BROKEN COUNTRY

Broken Country
Copyright © Light Oaks Media Ltd 2025
All rights reserved.

Korean translation copyright © 2025 by THEBOOKMAN Co.,Ltd
Korean translation rights arranged with THE BLAIR PARTNERSHIP LLP
through EYA Co.,Ltd

이 책의 한국어판 저작권은 EYA Co.,Ltd를 통해
THE BLAIR PARTNERSHIP LLP와 독점 계약한 (주)책읽어주는남자가 소유합니다.
저작권법에 의하여 한국 내에서 보호를 받는 저작물이므로
무단 전재 및 복제를 금합니다.

BROKEN COUNTRY

브로큰 컨트리

클레어 레슬리 홀 장편소설

박지선 옮김

북로망스

나의 소중한 삼총사
제이크, 마야, 펠릭스에게

일러두기
- 본문의 주는 모두 옮긴이의 것입니다.
- 본문의 이탤릭체는 원문에서 이탤릭체로 강조한 부분입니다.
- 인명, 지명을 비롯한 고유명사의 외래어 표기는 국립국어원 외래어 표기법 규정에 따랐습니다.

1. 게이브리얼 011

2. 바비 142

3. 지미 232

4. 프랭크 298

5. 그레이스 376

감사의 말 389

1.
게이브리얼

BROKEN
COUNTRY

목장 사람이 죽었다. 죽음 앞에서 사람들은 다들 누가 죽였는지 궁금해할 뿐이었다. 우발적 사고였을까? 아니면 계획된 살인? 심장에 총상을 입은 것으로 보아 살인 사건 같다고들 했다. 정확하게 심장을 겨냥한 계획 살인이 틀림없다고.

그들은 내가 말하기를 기다리고 있었다. 두 쌍의 시선이 나를 뚫어지게 바라보고 있었다. 하지만 그가 내게 말해 달라고 한 이야기를, 경찰이 도착하기 전까지 몇 번이나 연습한 그 말을 어떻게 한단 말인가?

나는 고개를 저었다. 시간이 더 필요했다.

삶의 마지막 순간에 평생을 다시 살게 된다는 말은 사실이다. 우리는 다시 그 시절의 소년, 소녀가 되어 빛과 경이로운 아름다움과 별빛 쏟아지는 밤이 찬란하게 펼쳐질 미래를 맞이할 수 있다.

그는 내가 바라보기를 기다리고 있다가 눈이 마주치자, 괜찮다는 의미로 미소 지으며 짧게 고개를 끄덕였다.

"*베스, 말해. 지금이야.*"

나는 그의 얼굴을 다시 보았다. 예나 지금이나 늘 아름다운 얼굴이었다. 우리는 모든 것이 달라지기 전에 마지막으로 눈빛을 교환했다.

1968년:
노스 도싯North Dorset 헴스턴Hemston

"게이브리얼 울프가 메도랜즈Meadowlands로 돌아왔더군. 아내와는 이혼했고. 그 넓은 집에서 휑하게 아들이랑 둘만 사나 봐." 아침 식사 중에 프랭크가 그의 이름을 불쑥 꺼냈다.

"이런."

머릿속에 이 한마디밖에 떠오르지 않는 듯했다.

"나도 그렇게 생각했어." 프랭크가 말했다. 그는 자리에서 일어나 식탁을 돌아 다가오더니 내 얼굴을 감싸고 입을 맞추었다. "그 바보 같은 놈 때문에 우리에게 골치 아픈 일이 생기게 놔두지는 않을 거야. 우리가 그 사람과 얽히는 일은 없을 거라고."

"누구한테 들었어?"

"어젯밤에 술집에서 다들 이 얘기만 하던걸. 엄청나게 큰 트럭 두 대로 런던에서 짐을 몽땅 싣고 온 것 같다고 말이야."

"게이브리얼은 여기 사는 걸 정말 싫어했는데. 왜 돌아온 걸까?"

몇 년 만에 처음으로 그의 이름을 소리 내어 말하자 혀가 이상해진 느낌이었다.

"그 집을 관리해 줄 사람이 없잖아. 아버지는 오래전에 돌아가셨고 어머니는 지구 반대편에 계시고. 게다가 똥통에 빠져 머리만 겨우 내놓았다고 할 정도로 처지가 어려우니."

프랭크는 어떻게 해서든 늘 나를 웃게 했다.

"그나저나 여긴 왜 왔을까?" 프랭크는 아무렇지 않은 듯이 말했지만, 머릿속에 스친 생각을 입 밖으로 내지 못했다는 걸 알 수 있었다. '*당신 말고 다른 이유 말이야.*'

"보나 마나 그 집을 팔고 라스베이거스나 몬테카를로 같은 곳으로 이사 가겠지. 그러니까 어디가 됐든……." 프랭크는 적당한 말을 생각해 내려고 고심하다가 마침내 찾아내자 흡족해하며 말을 이었다. "*유명인과* 어울릴 수 있는 곳으로."

프랭크는 해가 떠 있는 내내, 밤에도 꽤 많은 시간을 목장에서 보내며 동물을 돌보고 땅을 가꾼다. 내가 아는 누구보다 열심히 일하지만, 언제나 짬을 내 봄날 석양의 아름다움이나 느닷없이 하늘로 솟구치는 종달새의 어지러운 비상을 감상할 줄 아는 사람이다. 그는 날씨와 야생 동물과 뼛속 깊이 조화를 이루며 살았다. 이건 내가 사랑하는 그의 여러 모습 중 하나였다. 프랭크에게는 소설을 읽거나 극장에 갈 시간이 없었다. 누가 드라이 마티니를 얼굴에 뿌린대도 그게 뭔지 모를 사람이었다. 그는 게이브리얼 울프와, 적어도 신문에 실린 그의 모습과는 완전히 반대되는 사람이었다.

나는 현관문에 기대어 장화를 신는 남편을 지켜보았다. 20분 뒤면 그의 피부에는 소똥 악취가 세 겹으로 스며들겠지.

바깥에서 누가 거세게 문을 두드리는 바람에 프랭크는 깜짝 놀랐다. "이런, 제길." 그가 이렇게 말하며 문을 확 잡아당기자 지미가 휘청대며 들어왔다.

우리의 아침은 늘 이렇게 시작되었다.

지미는 어젯밤에 마신 맥주 때문에 아직도 벌건 얼굴로 눈을 반쯤 감은 채, 젤을 바른 듯 몇 가닥이 꼿꼿하게 뻗친 머리를 하고 말했다. "아스피린 있어요? 머리 아파 죽겠어요."

나는 지미의 숙취 때문에 거의 매일 사용하는 약상자를 서랍장에서 꺼냈다. 옛날에는 유아용 해열, 진통제와 비상용 반창고가 가득하던 상자였다.

프랭크와 지미는 다섯 살 차이지만 멀리서 보면 나조차 구분하기 힘들 정도로 닮았다. 둘 다 키가 180센티미터가 넘고 검은 색에 가까울 정도로 짙은 색 머리카락에 눈동자가 새파래서, 한 번 더 눈길을 주는 사람들이 많았다. 어머니의 눈을 빼닮았다고 들었지만 내가 직접 만나보지는 못했다. 둘 다 낡은 코듀로이 바지에 두툼한 티셔츠를 입었는데, 곧 그 위에 매일 입는 작업용 남색 멜빵바지를 걸칠 것이다. 둘이 쌍둥이라고 하는 마을 사람도 있지만 그냥 농담이었다. 어쨌든 프랭크가 훨씬 더 나이 들어 보이니까.

"그냥 맥주 한 잔 마시고 헤어질 거라더니?" 프랭크가 지미를 향해 씩 웃으며 물었다.

"맥주는 하루 종일 정직하게 고생한 대가로 신이 주는 보상이라고."

"성경에서 그래?"

"성경에 이런 말이 없다면 반드시 넣어야 해."

"정오에 양 목장에 있을 거야. 그때 올 거지?" 프랭크는 계속 웃으며 지미와 함께 현관문을 나서서 마당을 가로지르다 말고 나를 향해 외쳤다.

남자들이 농장에 나가 젖을 짜는 동안 주방을 치우고 나서도 할 일이 산더미 같았다. 한차례 헹궈낸 형제의 작업복이 빨래판 위에 수북하게 쌓여 나를 기다리고 있었다. 아침 먹고 난 설거지도 해야 했다. 바닥은 쓸어도 쓸어도 늘 지저분했다.

하지만 나는 일을 제쳐두고 커피를 한 주전자 새로 끓여 프랭크의 낡은 방수 재킷을 입고 작은 철제 탁자에 앉았다. 그리고 농장 들판을 가로질러 시선을 옮긴 다음 지평선의 푸른 참나무 숲 위로 솟아오른, 높이가 서로 다른 굴뚝 세 개를 뚫어지게 쳐다보았다.

메도랜즈.

과거:
1955년

나는 공상에 푹 빠져 무단 침입하는 줄도 몰랐다. 머릿속에는 사랑을 이루어 멋진 순간을 맞이하는 낭만적인 시나리오가 가득했다. 공상 속의 나는 분수 옆에 서서 오케스트라 음악이 흐르는 가운데 열정적인 사랑 고백을 받고 있었다. 이 무렵에 오스틴과 브론테의 작품을 많이 읽어서 과장되게 아름답고 극적인 공상을 주로 했다.

말 그대로 구름에 정신이 팔린 채 하늘을 올려다보고 있는데, 갑자기 뭔가와 부딪쳤다.

"뭐야?"

나와 어깨를 부딪친 남자애는 상상 속 영웅의 이미지는 아니었다. 키가 크고 호리호리하고 거만한 모습이 10대 시절의 다아시* 같았다.

"어딜 보고 다니는 거야? 여긴 사유지라고." 남자애가 말했다.

---

* 제인 오스틴 소설 『오만과 편견』의 남자 주인공.

나는 '사유지'라는 개념 자체가 좀 불합리하다고 생각했는데, 이렇게 퉁명스러운 상류층의 말투로 들으니 유독 거슬렸다. 우리가 있는 이 초원은 푸르고 완만하게 굽이쳤다. 풍성하게 핀 참나무꽃이 구름처럼 무리 지어 있는 이곳은 영국의 아름다움을 전형적으로 보여주었다. 낭만주의 시인 키츠나 워즈워스가 노래한 풍경이었다. 모든 사람이 누려 마땅한 곳이었다.

"웃음이 나?" 남자애의 짜증 난 표정에 나는 웃음이 터지려고 했다.

"여긴 외딴곳이야. 우리 말고 아무도 없고. 웃으면 안 될 이유가 없잖아?"

남자애는 잠시 나를 물끄러미 쳐다본 뒤에야 내 말을 알아들은 듯했다. "그러네. 세상에. 내가 무슨 짓을 한 거지? 게이브리얼 울프라고 해." 그는 손을 내밀며 화해를 청했다.

"알아."

게이브리얼은 내 이름이 궁금한 듯 기대에 찬 표정으로 나를 보았다. 하지만 아직 말해주고 싶지 않았다. 게이브리얼 울프에 관해서는 이미 들은 적이 있었다. 저택에 사는 잘생긴 아이로 유명했다. 하지만 실제로 본 건 처음이었다. 확실히 잘생기긴 했다. 검은 눈동자는 여자들이 껌뻑 죽을 만한 속눈썹에 둘러싸여 있었고, 곱슬한 갈색 머리카락이 제멋대로 이마를 덮고 있었다. 조각처럼 선명한 광대뼈에 코는 우아했다. 귀족적인 아름다움이라고 할 수 있을 것 같았다. 하지만 트위드 바지 아랫단을 양모 양

말에 쑤셔 넣었다. 어깨에는 같은 재질의 트위드 재킷을 망토처럼 걸쳤는데, 허리띠가 매달려 있었다. 노인의 옷차림이었다. 내가 좋아하는 타입이 전혀 아니었다.

"여기서 뭐 하고 있었어?"

"앉아서 책 읽을 곳을 찾고 있었어." 나는 외투 주머니에서 책을 꺼냈다. 에밀리 디킨슨의 얇은 책이었다.

"아, 시를 읽는구나."

"실망했나 봐. 우드하우스* 쪽이 취향이야?"

게이브리얼은 한숨을 쉬었다. "네가 무슨 생각하는지 알아. 하지만 틀렸어."

나는 미소를 참을 수 없었다. "뭐야, 독심술이라도 쓰는 거야?"

"넌 내가 멍청한 상류층 얼간이라고 생각하겠지. 버티 우스터처럼."

나는 고개를 갸웃한 채 그를 바라보았다. "버티 우스터**가 네 옷차림을 좋아했을 것 같긴 하네. 아주 훌륭하다고 했을 거야."

게이브리얼은 웃음을 터뜨렸다. 그러자 완전히 다른 사람이 되었다.

"이건 아버지가 예전에 입던 낚시 바지야. 벼룩시장에 내놓을 물건을 넣어둔 상자에서 몰래 꺼냈지. 네가 그렇게 싫어할 줄 알았다면 입지 않았을 텐데."

---

* P. G. Wodehouse, 가볍고 재치 있는 소설을 주로 쓴 영국의 유머 소설가.
** 우드하우스의 유명 소설 시리즈 주인공인 아둔한 귀족 청년.

"낚시하고 있었어?"

"응, 저 아래에서. 원한다면 보여줄게."

"나 같은 서민이 갈 수 있는 곳이 아닌 줄 알았는데?"

"그래서 보여주겠다는 거야. 내가 범한 무례를 만회하고 싶어."

나는 망설이며 그의 옆에 서 있었다. 빠져나오기 힘든 일에 휘말리고 싶지는 않았다. 난 앉아서 책이나 읽을 예쁜 장소를 찾으려 했을 뿐인데.

게이브리얼은 다시 미소 지었다. 얼굴이 달라지는 미소였다. 노인 옷차림을 하고 있어도 잘생겨 보이는 그런 미소. "비스킷도 있어. 가자."

"무슨 비스킷인데?"

게이브리얼은 머뭇거렸다. "커스터드 크림."

분수와 오케스트라. 호수와 비스킷. 그렇게 크게 다르지는 않았다.

"음, 그렇다면……." 모든 일은 이렇게 시작되었다.

1968년

나는 모든 계절 중에서 이른 봄을 가장 좋아한다. 공기는 은근히 차갑고 새들이 본격적으로 활동을 시작하며 들판에는 양들이 가득하다. 바비는 우리 집 양들을 무척 아꼈다. 여러 해 동안 젖병에 젖을 담아 비쩍 마른 어린 양을 먹였다. 그게 그 애의 일이었고 다른 사람들은 손도 못 대게 했다. 한번은 양을 먹이느라 학교에 가지 않은 적도 있었다. 활기 넘치던 소년 바비는 겨우내 반바지를 입었고 외투도 입지 않았다. 심지어 교장 선생님이 외투를 입고 오라고 집으로 돌려보내도 아랑곳하지 않았다. 특별한 아이였던 바비는 어릴 때 노래를 하도 많이 불러서 우리 모두 그 애를 엘비스라고 불렀다. 키가 크고 말랐으며 갈색 머리카락은 삼촌처럼 아무렇게나 뻗쳐 있었다.

지미는 트랜지스터라디오를 틀어놓았는데, 철판으로 만든 헛간에 도착하기 훨씬 전부터 소리가 들렸다. 비틀스의 노래 〈헬로, 굿바이Hello, Goodbye〉가 한껏 큰 소리로 흘러나왔다. 목장에 썩 어울리는 음악은 아니었지만 지미의 숙취에는 분명 효과가 있을 것 같았다. 들판 맨 위쪽 문으로 들어서며 보니, 지미는 암컷 양의 엉덩이에 한 손을 댄 채 제 엉덩이를 좌우로 흔들며 왼발로 박자를 맞추고 있었다.

"프랭크는?" 내 말에 지미는 들판 아래쪽을 가리켰다.

우리는 함께 서서 울타리를 뛰어넘는 남편을 지켜보았다. 그는 힘센 한 팔로 난간 위쪽을 잡더니 제대로 된 각도로 몸을 날려 올림픽 장애물 경주에 출전한 선수처럼 훌쩍 뛰어넘었다. 프랭크가 울타리 뛰어넘는 모습을 숱하게 보았는데도 여전히 소소한 기쁨이 밀려들었다. 열심히 일하는 것이 삶의 전부인 남자의 어린아이 같은 모습에서 느껴지는 기쁨이었다.

프랭크는 양팔을 힘차게 흔들며 우리를 향해 들판을 걸어 올라왔다. 이렇게 멀리에서도 그가 휘파람을 불고 있으리라는 걸 알 수 있었다. 프랭크는 이곳을 가장 좋아했다.

암컷 양이 대부분 새끼를 낳은 덕분에 들판에 나가 있는 양 46마리 말고도 헛간에 양이 몇 마리 더 생겼다. 젖병으로 젖을 먹여야 하는 어린 양은 한 마리뿐이었고 사산된 양도 한 마리뿐이었다. 프랭크와 지미는 임신한 양의 배에 손바닥을 대고 태아의 위치에 이상이 없는지 확인했고, 엉덩이 쪽도 점검하며 출산 징후를 살폈다. 어찌나 자주 확인했는지 자면서도 자동으로 할 수 있을 정도였다. 지미는 부드러운 손길로 양을 어루만졌고, 일하는 동안 암컷 양들에게 말을 걸고 일이 끝나면 바삭한 비스킷을 주었다. 프랭크는 머릿속에 할 일이 끝없이 떠오르는지 언제나 급했다. 그의 머릿속에는 너무 많은 것이 들어 있었다.

"어머님들과 수다 그만 떨고 일이나 계속하지?" 프랭크의 말에 지미는 못마땅한 듯 눈을 굴렸다.

"진짜 짜증나게 이래라저래라 하지 않아?" 지미가 암컷 양들을 향해 말했다.

양들은 길고 경사진 들판을 독차지할 수 있는데도 멀리 흩어지지 않고 늘 헛간 가까이 모여 있었다. 일주일쯤 지나면 새끼 양들은 혼자 좀 더 자유롭게 움직일 수 있는 상태가 되어, 가느다란 다리를 휘청대며 한쪽에서 다른 쪽 방향으로 뛰어가려 할 것이다. 바비는 이 무렵의 새끼 양을 가장 좋아했다. 농장에서 나고 자란 터라 양들이 어떻게 될지 잘 알면서도, 해마다 제가 기른 양들을 내다 팔 때면 마음 아파했다.

우리 중 누가 짖는 소리를 먼저 들었는지는 모르겠다. 그 소리에 돌아보니 금빛 털의 잡종 개가 이쪽으로 달려오고 있었다.

주인 없는 떠돌이 개가 우리 양들을 향해 달려들고 있었다.

"저리 가!" 프랭크가 개를 막으려 했다. 190센티미터의 키에 덩치 큰 그가 험악하게 막아섰지만, 개는 그를 빙 돌아 곧장 양 떼를 향해 돌격했다.

양들은 신음했고 새끼 양들은 두려움에 떨며 울었다. 태어난 지 며칠 안 됐지만 위험을 감지한 것이다. 개의 눈빛이 스위치를 켠 듯이 달라졌다. 녀석은 시커먼 눈동자로 이를 드러냈고 아드레날린이 솟구쳐 몸이 잔뜩 긴장했다.

"지미, 총! 어서!" 프랭크가 외치자 지미는 돌아서서 창고로 달려갔다.

프랭크는 거친 동물 같은 소리로 포효하며 개를 향해 재빨리 달려들었지만, 개가 더 빨랐다. 개가 양 한 마리의 목덜미를 물자 그 자리가 찢어졌다. 간담이 서늘해지는 붉은 피가 흘러 풀밭에 붉은 웅덩이가 생겼다. 한 마리, 두 마리, 그리고 세 마리. 양의 내장이 희생 제물의 내장처럼 흘러나왔다. 이제 양들은 여기저기로 흩어져 도망쳤고 공포에 눈이 멀어 비틀거렸다. 그래서 새끼 양들이 위험에 그대로 노출되고 말았다.

나는 소리를 지르며 개를 향해 뛰어가 흩어진 양을 모으려 했지만, 지미가 외치는 소리가 들렸다. "비켜요! 물러나요!"

그때 프랭크가 나를 품에 꼭 끌어안았다. 그의 가슴팍에 얼굴이 묻히자 심장 박동이 느껴졌다. 잇달아 총성이 들렸고 분함과 고통이 느껴지는 개의 울부짖음이 짧게 들렸다. 다 끝났다.

"이런 젠장." 프랭크는 한 걸음 물러서서 내 뺨을 감싸고 얼굴을 확인했다.

우리는 개가 있는 쪽으로 다가가서 양들을 달래며 "얘들아, 이리 오렴" 하고 불렀지만, 양들은 몸을 떨고 울면서 새끼 양 사체 세 구에서 더 멀리 떨어졌다.

그때 갑자기 신기루처럼 남자아이 하나가 들판을 뛰어 올라왔다. 반바지를 입은 작고 마른 소년이었다. 열 살쯤 되어 보였다. "내 개란 말이에요!" 아이는 소리를 질렀다.

고음의 다정한 목소리였다.

"제길." 지미의 말에 아이는 피투성이가 된 털 뭉치를 보며 외쳤다. "아저씨가 내 개를 죽였지!"

이제 아이의 아버지가 도착했다. 붉게 달아오른 얼굴로 숨을 헐떡이는 모습은 내가 알던 그 소년과 거의 다르지 않았다. "이런, 세상에. 녀석을 쐈군요."

"어쩔 수 없었어요." 프랭크가 도살된 양들을 가리키며 말했다.

게이브리얼은 프랭크가 누구인지, 아니 적어도 그의 아내가 누구인지 전혀 모르는 것 같았다. 하지만 잠시 후 돌아서서 나를 발견했다. 그의 얼굴에 잠시 당황한 기색이 스치더니 곧 정신을 차렸다.

"베스."

하지만 나는 그의 말을 외면했다. 아이를 돌보는 사람이 아무도 없었다. 아이는 개 옆에 서서 이 공포스러운 상황을 잊고 싶은 듯이 양손으로 눈을 가리고 있었다.

"아가." 나는 재빨리 아이 곁으로 가서 어깨에 손을 얹었다. 그런 다음 앞에 쪼그리고 앉아서 아이를 안았다. 그러자 아이는 흐느끼기 시작했다.

"계속 울어. 울면 좀 나을 거야."

반바지를 입은 남자아이는 내 품에 안겨 울음을 터트렸다.

그리고 모든 일은 이렇게 다시 시작되었다.

재판:
1969년, 올드 베일리 Old Bailey

사랑하는 남자가 피고인석에서 교도관 사이에 앉아 판결을 기다리는 모습을 지켜보는 고통은 그 무엇으로도 감당할 수 없었다.

상상할 수 없는 범죄로 기소된 남자.

남자는 방청석을 살피며 나를 찾지도, 배심원을 쳐다보지도 않았다. 나처럼 배심원을 하나하나 유심히 살펴보지도 않았다. 나는 강한 공포가 엄습하는 가운데 스스로 질문했다. 이 피곤한 표정의 머리가 희끗희끗한 여자는 그가 무죄라고 믿을까? 은행 직원이 입을 법한 가는 줄무늬 정장에 흰 깃이 달린 푸른색 셔츠를 입고 커프스를 한 중년의 남자는 유죄에 표를 던질까? 다른 배심원보다 친절해 보이는, 머리를 어깨까지 기른 젊은 남자는 우리 편일까? 그의 운명을 손에 쥔 남자 일곱 명과 여자 다섯 명은 대부분 속을 알 수 없었다. 언니는 여자 배심원이 많아서 조짐이 좋다고 했다. 일반적으로 여자들이 동정심이 많다면서. 지푸라기라도 잡고 싶은 심정이었기에, 내 마음 한구석에서는 여자 배심원들이 우리가 그 모든 위험을 감수하고 엇나간 열정을 불태운 사정을 이해해 주기를 바랐다.

몇 달 동안 이야기만 오가다가 드디어 재판이 시작되었다. 이 법정의 모든 것이 우리가 처한 심각한 상황을 더 심각하게 만드는 듯했다. 높은 천장과 나무판을 붙인 벽, 등받이가 높은 의자에 빨간 옷을 입고 앉아 왕좌에 앉은 왕처럼 법정을 살펴보는 판사, 그 아래에서 가발을 쓰고 검은 법복을 입고 서류를 뒤적이며 재판이 시작되기를 기다리는 변호사와 검사. 피고인석 앞에 선 법원 서기는 은근히 거들먹거리는 태도로 차분하고 냉정하게 선언했다. "피고인은 살인 혐의로 기소되었으며……."

언론 방청석에는 트위드 재킷을 입고 넥타이를 맨 기자들이 가득했는데, 여자는 한 명도 없었다. 그다음으로, 나와 언니 엘리너가 목을 빼고 구경하는 사람들과 함께 앉아 있는 일반 방청석이 있었다. 얼마 전까지만 해도 나 역시 그들처럼 사람들 사이에서 벌어지는 극적인 이야기가 궁금해서 안달이었다. 프로푸모 스캔들*과 그 후 스캔들의 핵심 인물 스티븐 워드**의 재판을 얼마나 열성적으로 지켜보았던가. 스캔들에 연루된 모델 크리스틴 킬러Christine Keeler와 맨디 라이스 데이비스Mandy Rice-Davies가 법정을 떠나는 사진에서 얼마나 세련돼 보였는지, 지금까지도 언론이 두 사람을 얼마나 폄하하고 깎아내리는지 마치 어제 일처럼 생생히 기억한다.

하지만 사랑하는 사람이 피고인석에 앉아 있을 때는 매우 다르다. *'자기, 제발 나를 좀 봐.'* 나는 늘 그랬듯이 그에게 텔레파시를 보내려고 애썼지만, 그는 낯설고 멍한 눈빛으로 앞을 응시할 뿐이었다. 그가 사건이 발생한 뒤로 깨어 있는 매 순간 고통을 느끼고 있음을 알려주는 유일한 단서는 화난 듯이 앙다문 턱이었다. 모르는 사람이 보면 적대적으로 보일 수 있는 표정이었지만 나는 알았다. 그건 그가 울음을 참는 유일한 방법이었다.

과거

전형적인 영국의 호수를 그린다면 메도랜즈의 호수와 똑같을 것

---

* 1960년대에 영국에서 발생한 정치 스캔들.
** Stephen Ward. 정형외과 의사이자 사교계 거물로, 정부 고위 인사들에게 여성을 소개해 주었다.

이다. 호수는 꽃술이 선명한 노란색을 띠고 꽃잎이 주먹처럼 뭉쳐 있는, 흰색과 분홍색 수련 군락에 뒤덮여 있었다. 한쪽 끝에는 버드나무 두 그루가 물 위를 가로질러 가지를 뻗었고, 백조 세 마리가 자로 잰 듯이 일정한 간격을 유지하며 일렬로 우리를 향해 다가오고 있었다.

게이브리얼은 돗자리, 소풍 바구니, 접이식 캔버스 의자 한 개를 갖다 놓았고, 낚싯대 두 개가 의자에 걸쳐 있었다. 그는 편히 앉으라는 듯이 의자를 가리켰지만 나는 의자 대신 돗자리 위, 그의 옆에 앉기로 했다. 그는 바구니에서 차가 담긴 타탄체크 무늬 보온병과 가리발디Garibaldi 비스킷 봉지를 꺼냈다.

내가 눈썹을 치켜올리자 게이브리얼은 씩 웃었다.

"그냥 잼이 들어간 비스킷이라고 하면 네가 안 올까 봐."

나는 남색 테두리가 그려진 하얀색 주석 머그잔에 차를 따르는 게이브리얼을 지켜보았다. 손이 예뻤는데, 손가락이 길고 우아했다. 그는 물어보지도 않고 차에 우유와 설탕을 넣어 내게 건넸다.

호수 저편 버드나무 근처에는 사파리 배경의 영화에서 볼 법한 고풍스러운 카키색 텐트가 있었다. 옅은 황갈색 바지에 깔끔한 셔츠를 넣어 입은 그레이스 켈리가 텐트 밖에 앉아서 진토닉을 홀짝이는 장면이 눈에 선했다.

"텐트는 왜?"

"여름에는 여기서 야영하거든. 매일 아침에 잠에서 깨면 수영을 해. 작은 스토브에 베이컨을 굽고 달걀프라이도 하고."

내 눈에는 메도랜즈 같은 저택에 사는 남자애가 굳이 야영하며 불편하게 지내는 게 이상해 보였다.

나도 여느 마을 사람들처럼 해마다 열리는 여름 축제 때 메도랜즈에 가본 적이 있었다. 차를 나눠주는 천막에서 빅토리아 케이크를 몇 조각 먹었고, 언니와 함께 이인삼각에 나갔다. 숟가락에 달걀을 얹고 달리는 경기에 나가서는 꼴찌에서 두 번째로 들어오기도 했다. 게이브리얼의 어머니 테사를 본 적도 있었는데, 패션모델처럼 머리부터 발끝까지 검은색으로 헴스턴보다는 파리에 더 잘 어울릴 단정한 정장을 입고, 챙 넓은 모자를 쓰고 커다란 선글라스를 꼈다. 주홍빛 입술만이 유일한 색채였다. 평범한 무늬의 원피스를 입고 샌들을 신은 다른 모든 어머니에 비해, 테사는 늘 이국적이고 범접할 수 없어 보였다. 게이브리얼의 아버지 에드워드도 떠올랐다. 정장을 입고 안경을 썼으며 나이가 훨씬 많은 그는 막대 위 코코넛을 맞히려고 과감하게 공을 던졌다.

그런데 게이브리얼은 기억나지 않았다.

"마을 축제 때 왜 널 본 적이 없었을까?"

"난 언제나 학교에 있었으니까. 그런데 이제는 안 가. 2주 전에 기말고사가 끝났어. 대학에 가기 전까지 3개월 동안 집에 있어야 하는데 잘 견딜 수 있을지 모르겠어."

나는 눈앞에 보이는 풍경을 가리켰다. 반짝이는 호수와 그 위로 늘어진 나무들. 길쭉한 나뭇잎이 거울 같은 호수에 비쳐 금빛 깃털처럼 반짝였다. 흰색과 분홍색 수련은 불규칙한 모양으로 무수히 많은 점을 찍었다. "어떻게 그게 힘들 수 있어?"

게이브리얼은 나를 흘끗 보더니 어깨를 으쓱했다. "신세 한탄은 아니야. 네 말이 그런 뜻인지는 모르겠지만. 내가 운이 좋다는 건 나도 알아. 하지만 난 지금껏 주로 학교 기숙사에서 살았어. 여기 내 또래는 아무도 몰라. 그러니까 내 말은, 집에서 지내는 걸 별로 좋아하지 않는다는 거야."

"부모님은 어쩌고. 부모님이랑은 잘 지내지 않아?"

그는 그저 그렇다는 뜻으로 손을 휘휘 저었다. "아버지는 조용하고 학구적이셔. 대부분 서재에 틀어박혀 책을 읽으시지. 아버지가 어쩌다가 어머니와 결혼하게 되었는지 정말 모르겠어. 잠시 정신이 나갔던 걸까. 두 분은 이보다 더 다를 수 없는 사람들이야. 아버지는 내게 아무것도 묻지 않고 어머니는 날 한시도 가만히 놔두지 않아. 어머니는 내 인생의 시시콜콜한 것까지 다 알고 싶어 하시지. 친구들은 어떤 애들인지, 어떤 파티에 초대받았는지, 여자 친구는 있는지. 특히 여자 친구 문제를 궁금해하셔. 내 연애에 이상한 환상을 품고 계시거든. 그리고 대하기 어려울 때도 있어. 특히 술 마실 때. 대부분 술을 마시긴 하지만."

게이브리얼을 만난 지 15분이 채 안 되었지만, 그가 말하지 않은 것들이 이미 들리는 듯했다. 잘 꾸며진 커다란 크리스마스트리 옆에 앉아 있는 열 살이나 열두 살쯤 된 남자애가 떠올랐다.

선물에 둘러싸여 뭔가 다른 것을, 선물이 아니라 장난치고 소란 피우고 농담하는 것을 간절히 원하는 모습이 그려졌다.

내가 우리 가족 이야기를 꺼내자 게이브리얼의 얼굴에서 아쉬워하면서도 부러워하는 기색이 느껴졌다. 나는 런던에 있는 변호사 사무실 비서로 일한 지 곧 1년이 되어가는 언니 이야기를 해주었다. 언니는 낮에는 성마른 남자들을 상대하며 시간을 보냈지만 밤이 되면 전쟁 후의 영광을 한껏 누리고 있는 런던을 탐방했다. 소호의 재즈 클럽, 퇴근 후의 술집, 새벽에 코번트 가든Covent Garden의 꽃 시장을 돌아다닌 일, 그리고 몇 시간 뒤에 잠에서 깨 보니 침실 여기저기에 빨간 장미가 흩어져 있던 일을 편지에 써서 보냈다.

시골 소녀에게 언니의 삶은 비할 데 없이 다채롭고 풍요로워 보였다. 나는 어서 빨리 언니처럼 런던에 가고 싶었다.

언니의 침실 창밖으로 함께 몸을 내민 채 아버지의 벤슨 앤드 헤지스Benson & Hedges 담배를 나눠 피우고 서로 공상을 나누며 사춘기를 보낸 이야기도 해주었다.

"10대 여자애들은 무슨 공상을 해? 제임스 딘? 말런 브랜도?"

"그것보단 좀 더 고상해." 나는 즉시 방어 태세를 취했다.

하지만 게이브리얼의 말이 옳았다. 우리는 주로 남자와 사랑에 관해 이야기했다.

"그런데 그 공상 속에 평범한 사람들도 있었어? 그러니까 특별히 신경 쓰이는 사람이라든지?" 그는 구름이 흘러가며 남긴 가느다란 흔적을 관찰하는 듯이 하늘을 올려다보았다.

사실, 있었다. 물론 게이브리얼에게 그 얘기를 할 생각은 아니지만. 별로 얘기할 것도 없었다. 같은 버스를 타고 학교에 가고 항상 내게 미소 짓는 남자애. 키가 크고 어깨가 넓고 잘생긴 그 아이는 덩치가 커서 교복이 작아 보였다. 언젠가는 교복을 찢고 나올 것만 같았다. 주말이면 가족 소유의 목장에서 일하느라 피부가 늘 그을어 있었다. 그 애는 고전적인 방식으로, 즉 자기 친구를 통해 내 친구에게 언제 한번 나와 데이트하고 싶다는 뜻을 전했다. 나 역시 비슷한 방식으로, 그렇게 물어본다면 좋다고 대답할 것이라고 에둘렀다.

게이브리얼의 질문에 답하지 않는 것이 가장 간단할 것 같았다. "주로 서로의 미래를 상상했어. 내가 상상한 언니의 미래가 언니가 상상한 내 미래보다 언제나 더 자세하고 정성스러웠지. 언니는 쉽게 지루해했어. 하지만 난 아주 자세한 것들에 몰입해서 몇 시간 동안 계속 이야기했고 잘못된 방향으로 나갔다가도 다시 좋은 결과로 이어지는 식이라, 언니는 해피엔드를 들으려고 언제나 기다려야 했지."

"넌 이야기를 잘하는구나. 분명 작가가 될 거야."

"난 시를 써."

시에 대해서는 아무에게도 말한 적 없었다. 스스로 별로라고 생각하기 때문일 것이다. 하지만 시 쓰는 걸 멈출 수는 없었다. 러시아 혁명에 관한 에세이를 써야 하는데도 공책에 시구절, 반쯤 완성된 구문, 듣기 좋은 단어의 조합을 잔뜩 쓰고 있었다.

게이브리얼은 돗자리 위 우리 사이에 놓인 에밀리 디킨슨의 책을 톡톡 두드렸다. "시를 쓴다고. 어쩐지 그럴 것 같더라."

"실력 없는 시인이야. 어쩌면 형편없을지도."

"그런 말 하지 마. 이미 원하는 존재가 되었다고 자신을 속여야 해. 우리 아버지가 그렇게 말씀하셨어. 넌 글을 쓰니까 이미 작가야."

잠시 침묵이 흐른 뒤에 그가 다시 말했다. "나도 글을 써." 그의 말에서 멋쩍어하는 기색이 느껴졌다.

우리는 미소 지었다. 둘 다 같은 생각을 하는 듯했다. 작가 지망생 둘, 몽상가 둘, 삶의 시작을 기다리는 외로운 10대 청소년 둘. 우리에게 공통점이 이렇게 많을 줄 누가 생각이나 했을까?

"무슨 글?"

"소설인데 앞부분만 몇 번을 쓰나 몰라. 항상 똑같은 부분에서 막혀. 70쪽쯤 썼을 때."

"뭐에 대한 건데?"

"말하기 쑥스러운데."

"혹시 옷 취향이 수상한, 저택에 사는 남자애가 나와?"

게이브리얼의 의기소침한 표정에 나는 문득 자신이 정말 싫어졌다. 난 왜 이 모양으로 행동할까? 그를 잘 알지도 못하면서 이런 식의 유머를 구사한 건 틀림없이 잘못된 판단이었다. "미안해. 농담이었는데 하면 안 되는 말이었어. 이 모든 게 얼마나 고통스러운지 누구보다 잘 알아."

"내 이야기가 반영된 건 맞아. 주인공은 술꾼이야. 자기보다 훨씬 나이 많은 남자와 결혼해서 불행하게 살고 있는 아름다운 여인이지. 내가 인생에서 원하는 건 소설을 쓰는 것뿐이야. 예전에는 그레이엄 그린Graham Greene 같은 소설가가 되고 싶었어. 그러다가 킹즐리 에이미스Kingsley Amis의 『럭키 짐』을 읽고서 모든 게 바뀌었어. 정말 재미있으면서도 대담한 책이거든. 난 그런 소설가가 되고 싶어. 위험을 감수하고 사람들을 놀라게 하는. 운이 좋으면 서른 살이 되기 전에 베스트셀러 작가가 될지도 모르지. 자, 내 가장 은밀한 비밀을 말했어. 이제 비웃어도 좋아."

"비웃고 싶지 않은데." 내가 불쑥 말했다. "내가 한 말을 모조리 주워 담고 싶을 뿐이야. 우리 다시 시작할 수 있을까?"

이번에 악수를 청하며 손을 내민 사람은 나였다.

"베스 케네디, 넌 이상한 애야." 게이브리얼이 내 손을 잡으며 말했다.

"좋은 뜻이야, 나쁜 뜻이야?"

"당연히 좋은 뜻이지. 나랑 비슷하게 이상해. 난 이런 걸 본능적으로 감지하거든."

하늘의 빛이 물러나기 시작할 때쯤 나는 집에 가려고 일어섰다. 우리는 몇 시간이나 이야기를 나누었다.

"큰길까지 데려다줄게." 게이브리얼이 말했다.

"네 땅에서 얼른 나가라고 에스코트하는 거야?"

"너랑 최대한 끝까지 시간을 보내려고."

이 말에 기쁨이 밀려들었지만 내색하지 않았다.

"언제 다시 올 거야?"

게이브리얼이 내가 다시 올 거라고 확신하는 게 좋았다. 우리가 다시 만나는 게 당연하다고 생각하는 것이.

"주말에?"

"금요일 저녁에 와. 밤에 호수는 마법 같거든."

작별 인사할 때 악수하거나 입 맞추어야 할 것 같은 어색함이 흘렀지만 둘 다 하지 않았다.

"그럼, 갈게." 내가 말했다.

"트위드 바지는 당장 갖다 버릴게." 내 뒤에 대고 그가 외쳤다.

"좋았어."

나는 길이 꺾이는 곳에서 뒤돌아보고 손을 흔들었다. 게이브리얼의 시선이 내가 시야에서 사라질 때까지 계속 쫓아오는 걸 느낄 수 있었다.

1968년

게이브리얼 울프를 다시 만나 그의 아이와 죽은 개를 집에 데려다주다니. 그 수많은 공상 어디에도 없었던 일이다. 레오는 랜드

로버 뒷좌석에 앉아 있었고, 개는 프랭크의 낡은 외투에 싸여 있었다. 레오의 울음소리가 뼈를 후벼 팠다.

게이브리얼은 이따금 우리 둘을 진정시키는 동시에 개의 입장을 변명하려 애썼지만 역부족이었다. "그건 본능이야. 녀석이 그런 짓을 할 줄은 몰랐잖니. 사냥개는 사냥하고 짐승을 죽이도록 길러졌단다. 목장 아저씨도 유일하게 할 수 있는 일을 한 거야. 녀석을 막아야 했으니까." 그가 아들에게 말했다.

"그 아저씨가 로켓을 죽였어요." 레오가 말했다.

"이런, 레오. 아저씨는 양들을 지켜야 했어." 게이브리얼이 약간 콧소리를 냈는데, 그걸 듣자 그의 미국인 아내가 떠올랐다.

게이브리얼의 말에서는 그다지 확신이 느껴지지 않았다. 이해할 수 있었다. 목장에 대해 아무것도 모르는 사람이 양을 잃은 목장 주인이 어떤 대가를 치르게 되는지 제대로 알 리 없지 않은가? 양을 팔아서 겨울을 나는 우리지만 돈이 문제가 아니었다. 기르던 동물이 죽어가는 것을 보는 일은 가슴 아팠다. 종족이 학살당하는 모습을 지켜보는 양 떼의 절대적 공포를 느끼는 일도. 임신한 암컷 양을 돌본 지 5개월 만에 새끼 양이 태어났을 때의 기쁨은, 아무리 자주 봐도 줄지 않는 그 기쁨은 야만적이고 피비린내 나는 죽음으로 그들을 잃는 결말에 이르고 말았다.

그렇더라도 아이는 고통을 견디기 힘들 것이다.

"미안해." 내가 말했다.

"베스?"

나는 게이브리얼을 흘끗 보았다. 나이가 들었는데도 여전히 잘생겼다.

"네 잘못이 아니야."

그동안 신문이나 잡지에서 보던 다른 자아가 아닌 이렇게 평범한 모습의 그를, 상심한 아들을 달래는 아버지의 모습을 한 그를 보고 있자니 비현실적인 느낌이었다. 문학계의 *앙팡 테리블*[*], 게이브리얼 울프. 알고 지낸 지 몇 년 만에 게이브리얼은 그 무엇보다 간절히 바라던 존재가, 존경받는 작가가 되었다. 고작 스물네 살에 출간된 첫 소설은 베스트셀러가 되었다. 그의 꿈이 6년 만에 이루어진 것이다. 파격적인 글쓰기 스타일과 누가 봐도 잘생긴 외모의 조합 덕분에 언론의 주목을 꾸준히 받았다. 출판계에 록 스타가 있다면, 게이브리얼은 믹 재거[**]였고, 그의 예쁜 금발 아내는 메리앤 페이스풀[***]이었다. 그리고 우리의 삶은, 그와 나의 삶은 정반대로 흘러갔다. 이제 나는 목장 주인의 아내였고, 나의 하루하루는 몹시 추운 아침과 동틀 무렵에 새끼 양이 태어나는 마법 같은 순간들로 가득했다.

이런 내 삶을 단 1초도 바꾸고 싶지 않았다.

우리는 메도랜즈 대문으로 들어섰다. 게이브리얼이 어린 시절

---

[*] enfant terrible. '무서운 아이'를 뜻하는 프랑스어로, 뛰어난 신예를 표현할 때 주로 쓴다.
[**] Mick Jagger. 전설적인 록밴드 롤링 스톤스의 리드 보컬.
[***] Marianne Faithfull. 믹 재거의 연인이자 영국 가수.

을 보낸 집은 여전히 지금껏 내가 본 집 중 가장 아름다웠다. 노란빛이 도는 예쁜 석조 건물, 커다란 나무문으로 올라가는 계단, 아치형 창문과 하늘색으로 칠한 창틀은 프랑스 저택의 축소판 같았다. 나는 하나도 변하지 않은 풍경이 반가웠다.

게이브리얼은 차에서 내려 개를 안고 집으로 향했고, 아들이 뒤따라갔다.

"그럼 난 이만 가볼게." 내가 그들 뒤로 외쳤다.

게이브리얼은 당황한 표정으로 돌아섰다. "이 개를 어떻게 해야 할지 모르겠는데."

"묻어줘야지."

감성적인 내 아들 바비가 떠올랐다. 그 애는 새나 토끼가 죽을 때마다 묻어주었고 작은 장례식을 숱하게 치렀다.

"어디에?"

"공간이 부족하진 않을 텐데, 안 그래?" 내 말에 게이브리얼은 예전의 그 익숙한 눈빛으로 나를 곁눈질했다. 우리는 매우 빠르게 과거의 역할로 돌아갔다. 즉, 그는 지주의 아들이, 나는 신랄하게 비판하는 사람이 되었다.

하지만 예전의 우리가 아니었다. 그는 아버지이고 나는 한때 어머니였기에, 과거에 별개였던 우리의 정체성은 부모라는 이유로 하나가 되었다. 자식이 생기면 절대 이전의 삶으로 돌아갈 수 없다. 그 자식이 더 이상 존재하지 않더라도.

레오가 말했다. "어디에 묻으면 좋을지 생각났어요. 베스 아줌마, 우리랑 같이 가줄 수 있어요?"

조금 전에 자기 개를 죽인 사람에게 하는 말치고는 무척 예의 바른 질문이었다. 레오는 갈색 눈동자를 크게 뜨고 나를 똑바로 보았다. 바비의 눈동자도 갈색이었다. 나는 막 휘저은 진흙 같은 색이라고 했다. 그러면 바비는 언제나 웃음을 터뜨렸다.

"그럼, 같이 가자. 근사한 장소를 찾아보자꾸나."

우리는 말끔하게 다듬어진 푸른 잔디를 가로질러 예전에는 없던, 게이브리얼이 레오를 위해 지은 게 틀림없는 트리 하우스를 지나갔다. 바비가 트리 하우스를 정말 좋아했을 것이라는 생각이 들었다. 바비는 건초 더미에서 미끄럼을 타거나 아빠와 함께 트랙터에 타는 것만으로도 행복해하던 아이였다. 장난감이 많지는 않았지만 프랭크처럼 목장에서 느낄 수 있는 찬란한 아름다움을 매일 깊이 이해했다.

"우리 어디 가는 거야?" 내가 묻자 레오가 대답했다.

"호수요."

게이브리얼은 나를 보며 미소 지었지만, 나처럼 추억 때문에 마음이 아린 듯 애석해하는 미소였다. 이런 생각은 스스로 용납할 수 없었다. 오래전 게이브리얼과의 관계가 끝났을 때 나는 한동안 엄청난 충격에 빠졌고, 얼마 후에는 자존심 있는 여자라면 누구나 했을 법한 일을 했다. 그 일을 지워버리고 게이브리얼과의 관계를 단절했다. 나는 게이브리얼을 10대 시절의 첫사랑 정도로, 당시에 잠시 좋아한 가수 조니 레이Johnnie Ray 정도로 치부하기로 마음먹었다. 그런데 한때 서로에게 의미가 컸던 곳에서 이렇게 그를 다시 만나자, 그냥 놔두면 마음이 흔들릴 것 같았다.

아버지와 아들은 버드나무 아래의 어느 지점을 골랐다.

"삽을 가져오면 구덩이 파는 걸 도와줄게." 내가 말했다.

게이브리얼이 삽을 가지러 간 사이에 나는 레오와 나란히 서서 호수를 바라보았다.

레오는 이제 울지 않았지만 침울하게 호수를 보고 있었다. 그 애가 낯선 사람인 나와 단둘이 남아서 어색하지는 않은지 궁금했다.

"여기 사는 게 좋아?"

"별로요. 친구들이 보고 싶어요. 지금 같은 반 애들은 싫어요. 못됐거든요."

"선생님이 누구시니? 애덤스 선생님? 좋은 분인데. 안 그래?"

"그런 것 같아요." 레오는 미국인 억양으로 말했다. 억양이 들쑥날쑥했는데, 특정 단어는 미국인처럼 들렸지만 대부분은 영국인에 가까웠다. "선생님을 어떻게 알아요?"

"우리 아들도 그 학교에 다녔거든."

2년 동안 익숙해졌을 만도 한데 다음 질문을 기다리는 일은 조금도 쉬워지지 않았다.

"몇 살인데요?"

"2년 전에 죽었어. 아홉 살이었지."

"나랑 비슷한 나이네요."

레오는 내 말을 있는 그대로 받아들였다. 아이만이 할 수 있는 일이었다. 하지만 잠시 후, 뜻밖에 매우 다정한 행동을 하는 바람에 나는 숨이 멎을 뻔했다. 레오는 내 손을 잡았다. "보고 싶겠어요. 그렇죠?"

"그럼." 레오는 내 말에서 격한 감정을 느꼈는지, 잡고 있던 손에 힘을 주었다.

게이브리얼이 우리가 각자 쓸 삽 세 개를 가지고 돌아왔을 때도 레오와 나는 같은 자리에 서 있었다. 말은 없었지만 우리 둘 사이에 묘하게 평화로운 느낌이 흘렀다. 이 아이와 함께 있어서 그런 것 같았다. 내 아들은 아니지만, 레오의 기운과 다정함에서 바비가 떠올랐다.

땅파기는 힘들고 체력이 필요한 일이었다. 땅이 너무 단단해서 깊이 파고 들어갈 수가 없었다. 레오는 곧 포기하고 1미터쯤 떨어진 곳에 앉아서 지켜보았다.

게이브리얼과 나는 한동안 말없이 땅만 팠다. 그러다가 내가 말문을 열었다. "어머니는 지금 오스트레일리아에 사신다며."

그는 나를 흘끗 보았다. "겨우 1만 6천 킬로미터 떨어진 곳인데 뭘. 이 정도라도 떨어뜨려 준 걸 보면 신이 있기는 한가 봐."

"아빠, 당연히 있죠. 왜 없다고 생각해요?" 레오가 말했다.

"그냥 비유적인 표현이야. 농담이라고."

"아빠는 할머니를 별로 안 좋아해요." 레오가 비밀이라도 밝히듯이 말했다.

"글쎄, 아줌마도 대체 왜 그러는지 모르겠네."

그동안 게이브리얼의 웃음을 잊고 있었다. 그가 얼마나 진심으로 웃는지, 그 웃음이 얼마나 전염성이 있는지. 그래서 나도 모르게 그를 따라 웃음을 터뜨리고 말았다. 아니, 나도 모르게라기보다 그의 어머니에 대한 감정에도 불구하고 웃음이 났다.

"아빠, 베스 아줌마도 아들이 있대요. 하지만 죽었대요. 그래서 지금도 아주 슬프대요." 레오가 말했다.

게이브리얼과 나의 웃음이 이내 사그라들었다.

"오, 알고 있었어." 게이브리얼은 나를 보지 못하고 사방을 둘러보며 말했다. "편지를 쓰고 싶었는데 확신이…… 그러니까 네가……."

"괜찮아. 정말로."

자주 있는 일이었다. 내 슬픔과 상실 앞에서 곤란해하는 사람들에게 괜찮은 척해야 하는 상황. 하지만 게이브리얼에게 바비 이야기를, 그가 본 적 없는 아이 이야기를 한다면 아주 특별한 방식으로 마음이 아플 것 같았다.

"괜찮지 않아. 편지라도 써야 했는데. 네 생각을 정말 많이 했지만……."

"게이브리얼?"

"응?"

"그만해. 부탁이야."

"알겠어. 하지만 하나만 말해도 돼?"

1. 게이브리얼

"사과만 빼고. 그건 질색이야."

내 목소리는 의도했던 것보다 더 냉랭했다. 하지만 끊임없이 사과를 받으면 우울해진다. 다정하면서도 슬픈 눈빛을 하고 정중하게 말하는 그 말을 듣고 있으면 비명을 지르고 싶어진다.

"우리가 다시 친구가 될 수 있을까?" 게이브리얼이 한 손을 내밀자 우리가 처음 만났을 때가 떠올랐다.

게이브리얼의 초조해하는 얼굴을 보고 있자니 내가 그를 정말 좋아하는구나 싶었다. 늘 그랬다. 그 모든 일에도 불구하고.

나는 무덤 위로 손을 뻗어 그의 손을 잡았다. "그래, 친구 하자."

과거

게이브리얼은 메도랜즈 진입로 끝에서 나를 기다리고 있었지만, 내가 어느 쪽에서 오는지 잊은 듯이 다른 쪽을 보고 있었다. 덕분에 그를 잠시 살펴볼 수 있었다. 오늘 밤에 그는 어두운색 옷을 입었다. 남색 스웨터와 회색 바지였다. 20미터가량 떨어진 곳에서 보아도 길고 가는 실루엣이었다. 얼굴은 보이지 않았지만 나는 그의 모든 것을 찬찬히 눈에 담았다. 키가 크고 호리호리한 몸, 계속 머리를 쓸어 넘기는 한 손과 바지 주머니에 찔러 넣은 나머지 손.

"트위드 바지가 벌써 그리운데." 내 말에 그는 돌아보았다.

우리는 서로를 보고 이내 미소 지었다. 바보처럼 활짝 웃었다. 게이브리얼도 나와 같은 감정이라는 뜻일까? 지난 한 주는 견디기 힘들 정도였다. 나는 게이브리얼 생각으로 가득 차, 기억나는 모든 대화를 다시 떠올리며 우리가 통한다는 느낌이 나만의 상상일지 궁금해했다.

"네 옷 입으니까 달라 보여." 내 말은 멋있다는 뜻이었다. 충격적일 정도로.

우리는 아주 가까이 서 있었고, 나는 그에게 키스하고 싶은 충동을 참기 힘들었다. 아주 잠시만이라도. 느낌이 어떨지, 게이브리얼이 어떻게 반응할지 궁금했다. 하지만 그냥 돌아섰다. 게이브리얼이 내 머릿속에 스치는 생각을 모조리 읽고 있는 듯한 느낌이 들었다.

"정말 올 줄 몰랐어." 그가 말했다.

"안 온다는 생각은 안 해봤는데."

게이브리얼은 내 말을 이해하고는 보답이라도 하듯이 느릿하게 미소 지었다.

그는 잼 유리병에 넣은 수많은 촛불로 호수로 내려가는 길을 밝혀두었다. 호수 앞에는 하얀 식탁보를 깐 작은 탁자가 놓여 있었고, 그 위에는 와인 잔, 은색 나이프와 포크가 차려져 있었다. 가운데에는 연분홍 장미가 꽂힌 꽃병도 놓여 있었다. 접이식 나무 의자 두 개에는 쿠션이 놓여 있었고, 등받이에는 추워질 때를 대비한 담요를 걸쳐 놓았다. 하지만 가까이에 낮은 화로를 두고 불을 피워 놓았기 때문에 추워질 것 같지는 않았다. 달이 서서히 떠올라 주위의 모든 것이 은빛으로 환히 빛났다. 버드나무, 호수 표면, 풀까지도 크리스털로 만든 것처럼 반짝였다. 지금껏 본 중 가장 낭만적인 장면이었다. 우리 둘만을 위해 만들어진 무대였다.

"정말 근사해. 많이 힘들었겠는데."

"말했잖아. 남는 게 시간이라고. 불행히도 준비하는 걸 어머니가 보셨어. 그래서 지금 자세한 사정을 알고 싶어서 안달이지. 하지만 걱정하지 마. 여기 내려오지 않기로 약속했으니까."

"네 어머니와 만나도 상관없어." 내 말에 게이브리얼은 웃음을 터뜨렸다.

"실제로 우리 어머니를 만나게 되면, 그 말 기억나게 해줄게."

그는 와인을 두 잔 따랐다. 닭 요리, 감자 샐러드, 토마토, 온실에서 수확한 상추가 있었다. 잼 병에 담긴 샐러드드레싱도 있었다. 그리고 목에 두른 페이즐리 무늬 스카프를 풀고 나를 향해 미소 지으며 잔을 들어 올리는 게이브리얼이 있었다.

"무단 침입자를 위해." 그의 말에 우리는 건배했다. 누군가에게 자신을 이해시키고 싶을 때 들려주는 조각난 이야기들은 참 이상하다. 우리는 그게 자신을 아는 지름길이라도 되는 듯이 이야기하지만, 과연 그런 게 가능하기나 할까.

나는 게이브리얼에게 우리 가족이 아일랜드 출신이라고, 적어도 아버지는 그렇다고 말해주었다. 비록 아버지는 런던에서 태어났고 여덟 살에 가족이 섀프츠베리Shaftesbury로 이사했지만, 아버지는 아일랜드에 살아본 적이 없고 아일랜드어 억양으로 말하지도 않지만 언제나 그곳을 애타게 그리워했다.

"한번은 아빠가 영국에 살면서 모든 게 잘못된 기분이라고 했어. 원래 살아야 할 곳에서 쫓겨난 기분이라면서. 그래서 내가 아일랜드 땅을 밟아본 적도 없는데 어떻게 그럴 수 있느냐고 물었지. 그랬더니 그냥 느낌이 그렇대. 유전자를 물려받았기 때문에 좋든 싫든 뼛속 깊이 새겨질 수밖에 없다고. 아빠는 아일랜드에 가면 모든 조각이 갑자기 제자리를 찾아 맞춰질 거라고 생각하셔."

어머니는 나처럼 도싯에서 나고 자랐다. 열여섯 살에 아버지를 만나서 그 뒤로 쭉 함께하고 있다. 두 분은 같은 사범대학에 진학해 졸업하자마자 결혼했고, 스물다섯이 되기 전에 딸 둘을 낳았다. 평생 소박하고 흔들림 없이 서로 헌신했다. 그래서 가끔은 이런 부모님 때문에 언니와 내가 이룰 수 없는 낭만적인 기대를 품게 되었다는 생각도 들었다. 그런 사랑을 할 수 있기를 바라다니.

우리는 종교 이야기도 했다. 나는 가톨릭 신자였는데, 아버지에게서 자연스럽게 물려받은 것이었다. 그래서 다섯 살 때부터 줄곧 수녀님들에게 교육받았다.

"수녀님들은 어때?"

"몇 분은 좋아. 불친절한 분들도 있는데, 교장 수녀님이 유독 그래. 교장 수녀님이 예뻐하는 애들도 있지만 불행히도 나는 아니야. 이제 1년만 더 버티면 자유로워지니 천만다행이지 뭐야."

게이브리얼은 옥스퍼드의 베일리올 칼리지Balliol College에 진학할 예정이었다. 그의 아버지와 할아버지가 공부한 학교였다. 그는 아버지가 썼던 방과 같은, 사각형 안뜰이 내려다보이는 방을 쓸 것 같다고 했다.

"네가 바보였어도 받아줬을까?"

"아마도. 학장님이 아버지와 동창이야. 지금도 친하게 지내셔."

게이브리얼은 웃었다. 내가 웃을 줄 알았던 것 같다.

나는 아무 말도 하지 않기로 마음먹고 접시를 내려다보았지만, 분노가 치밀어 올랐다. 게이브리얼처럼 태어날 때부터 미래가 정해져 있는 사람에게는 이토록 쉬운 일이었다.

"불공평하다고 생각하는 거 알아. 하지만 베스, 너도 원하면 옥스퍼드에 갈 수 있어. 요즘에는 여자들도 입학할 수 있는 칼리지가 꽤 있거든. 세인트 앤스St Anne's에 지원할 수 있겠다. 최근에 칼리지가 됐는데 옥스퍼드 기준에서는 아주 진보적인 곳이지."

우리 학교에 옥스퍼드나 케임브리지에 가는 사람은 아무도 없었다. 대학에 진학하는 학생 자체가 드물었다. 고등학교의 마지막 2년을 다니는 학생들은 대부분 학교생활이 시간 낭비라고 생각했고, 아이를 기르고 살림을 꾸리는 삶이 시작되기를 기다릴 뿐이었다. 마치 그 일이 인생의 궁극적 목표라도 되는 듯이.

내가 말이 없자 게이브리얼이 말을 이었다. "넌 문학을 좋아하잖아. 옥스퍼드에서는 세계 최고의 교육을 받을 수 있어. 거기 도서관이 어떤지 상상도 못 할 거야. 아름다운 건물에 초판본이 가득하다고. 제라드 맨리 홉킨스Gerard Manley Hopkins와 셸리의 친필 원고를 소장하고 있어. 너보다 먼저 그 도서관을 거쳐 간 수많은 작가를 생각해 봐. 오스카 와일드나 엘리엇과 같은 거리를 걷는 거야."

"여성 작가는 없어?"

"그게 중요하면 내가 알아볼게."

저녁 날씨가 서늘해지자 우리는 의자를 불가로 옮겼다. 게이브리얼은 장작을 더 넣고 부지깽이로 불씨를 들쑤셨고 불길이 솟구칠 때까지 바람을 불어넣었다. 우리 집 뒷마당에서 보는 별보다 이곳의 별이 더 밝게 빛나는 것 같았다. 똑같은 별일 텐데도 짙은 남색 하늘에 보석처럼 박혀 있었다.

"시간이 많이 늦었네. 집에 가야겠어." 내가 말했다.

"5분만 더 있다 가. 아니, 10분. 오늘 밤엔 시간이 정말 빨리 가네."

분위기가 사뭇 달라졌다. 게이브리얼의 얼굴을 보자 심장이 빨리 뛰기 시작했다. 그는 의자에서 몸을 숙여 내 입술에 입을 맞췄다. 머뭇거리면서도 다정한 키스였다.

"저녁 내내 키스하고 싶었어."

"그런데 왜 이제야 한 거야?"

게이브리얼은 웃음을 터뜨렸고 나는 생기가 도는 그의 모습이 좋았다. 평소에 그는 관찰자처럼 행동하는 경향이 있지만, 웃을 때면 경계심이 풀렸다.

"긴장했나 봐. 너도 같은 마음일지 확신이 들지 않았고." 그는 내 손을 잡고 끌어당겨 나를 무릎에 앉혔다.

우리는 다시 키스했다. 이번에는 모든 것이 담긴 키스였다. 그의 혀는 처음에는 조심스럽게, 그러다가 점점 자신 있게 내 혀를 찾았다. 우리는 손가락을 깍지 낀 채 아주 딱 붙어서 강렬하게 키스했다.

키스가 이럴 수 있다는 걸, 키스하며 머릿속이 하얘지고 나 자신을 잃을 수 있다는 걸, 상대가 전하는 손길과 맛에 온몸이 불탈 수 있다는 걸 처음 알았다.

게이브리얼은 나를 데려다주겠다며 마을 외곽에 있는 메도랜즈에서 우리 집이 있는 중심가까지 함께 걸었다. 우리 집 대문 앞에서 다시 입 맞췄는데, 위층 창가에서 부모님이 보고 있을까 봐 작별 인사의 의미로 뺨에 순수하게 했다.

"지금껏 만난 누구보다 이미 널 더 좋아해. 이런 말, 너무 이른가?" 게이브리얼이 말했다.

나는 현관문으로 이어진 진입로를 올라가며 미소를 감출 수 없었다.

열쇠로 현관문 여는 소리에 주방에서 아버지가 황급히 나왔다. 나를 기다리고 있었던 게 틀림없었다.

"우리 딸 표정 좀 봐. 세상에. 사랑에 빠진 것 같은데." 나를 본 아버지가 말했다.

"아빠. 하지 마세요." 내가 웃으며 대꾸했다.

하지만 위층으로 올라가 잠자리에 들 때까지 아버지의 말이 전하는 짜릿함에 사로잡혀 있었다. 어쩌면 이게, 전에는 한 번도 경험하지 못한 이 감정이, 환희가, 흥분이, 격한 행복이 그것인지도 몰랐다. 어쩌면 이게 사랑인지도 몰랐다.

1968년

프랭크는 술집으로 오라는 쪽지를 남겨 놓았다.

나는 주전자에 물을 얹어 차를 한 잔 끓였지만 마시지는 않았다. 감정에 휩싸여 무기력하게 서성대면서도, 그 감정을 의식적으로 생각하지는 않기로 했다. 이게 다 레오 때문이었다. 그 애가 잡은 손 때문이었다. 어린아이들은 동물처럼 고통을 직관적으로 알아차린다는 것을, 그리고 그 고통을 피하거나 불편해하지 않는다는 것을 잊고 있었다. 프랭크와 나는 서로의 슬픔 주위를 맴돈다. 아이를 잃은 부부라면 모두 고개를 끄덕일 것이다. 당연히 상대의 아픔이 보이지만, 마치 슬픔의 시소에 올라타기라도 한 듯이 서로를 넘어뜨리지 않으려는 마음뿐이다.

가끔 이럴 때면 나는 그냥 슬픔에 굴복했다. 가만히 앉아서 바비를, 그 애에 관해 그리운 모든 것들을, 어린 그 아이를 떠올렸다. 어떤 때는 지금처럼 일어나서 외투를 챙겨 입고 밖으로 나갔다. 사람들과 어울리며 주의를 다른 데로 돌려야 했다. 술과 대화로 감정을 풀 수밖에 없었다.

컴퍼스 인Compasses Inn은 마을 사람들이 금요일마다 모이는 곳이었다. 곧 무너질 듯한 이곳은 초가지붕에 바닥에는 석판이 울퉁불퉁하게 깔려 있고 구석마다 어둑했다. 낡아빠진 피아노가 한 대 있었고 언제나 영업이 끝날 무렵에 누군가가 연주했다. 하지만 대개 노래도, 연주도 못 하는 사람이었다. 장식이라는 말을 써도 될지 모르겠지만, 술집 실내 장식은 암울하고 음침했다. 벽에는 18세기에 쓰던 녹슨 낫, 골동품 쟁기, 사냥용 덫 같은 무시무시한 농기구가 걸려 있었다. 맥주는 수시로 맛이 이상했고 감자칩은 언제나 떨어졌으며 바닥은 사과주가 흘러 끈적거렸다. 세상에 이보다 더 좋은 곳이 있을까.

프랭크와 지미는 바에 앉아 있었고 앞에 놓인 500밀리리터 잔이 반쯤 비어 있었다. 프랭크 뒤로 다가가 톡톡 두드리자 그는 고개를 돌려 나를 보고 환하게 웃었다. 나를 보는 게 세상에서 가장 좋은 일이라는 듯이. 언젠가 언니가 나와 프랭크의 통화를 옆에서 듣고 이렇게 말했다. "부부끼리 통화하는 것 같지 않아. 만난 지 얼마 안 된 사람들 같아."

나는 운이 좋다. 그걸 잘 알고 있다.

지미의 여자 친구 니나가 이곳에서 일한다. 두 사람은 열아홉 살 때부터 사귀었다. 니나는 매력적인 외모의 소유자였는데, 오늘 밤에는 붉은 기가 도는 금발을 깔끔하게 말아 올렸다. 잘 차려입기를 좋아하는 니나는 나와 함께 소위 스윙잉 식스티즈*에 대해 종종 이야기하며, 이곳에서는 그 흔적도 찾아볼 수 없다고 웃기도 했다. 코듀로이 옷을 입고 파이프 담배를 피우는 남자들이나 평범한 스웨터에 바지를 입은 여자들을 비롯해 술집 단골들을 보면 시간이 왜곡된 공간에 들어섰다고 해도 과언이 아니다. 하지만 틈날 때마다 런던에서 쇼핑하며 최신 유행에 월급을 탕진하는 니나는 달랐다.

나는 일하는 니나를 지켜보는 게 좋았다. 니나는 손님들과 가볍게 장난치고 매력적으로 행동하면서도, 필요한 순간에는 단호하게 선을 그었다. 그 덕분에 아무도, 심지어 술에 취한 사람조차도 그녀를 함부로 대하지 못했다. 하지만 솔직히 술집에서 니나가 가장 자주 끌어내는 취객은 지미였다.

"애는 좀 어때?" 내가 옆에 앉기가 무섭게 프랭크가 물었다.

"기분이 몹시 안 좋아. 자기 개가 우리 양들을 그렇게 죽였다는 데 좀 충격을 받은 것 같기도 하고. 도시에서 자랐을 테니까. 그렇겠지?"

"울프는? 어땠어?"

프랭크가 나를 유심히 살피는 게 느껴졌다. 프랭크는 게이브리얼과 헤어진 나를 위로하고 보살펴 주었다. 그랬기에 내가 이별을 극복하는 데 얼마나 오래 걸렸는지, 얼마나 혹독한 대가를 치

---

* Swinging Sixties. 1960년대에 런던에서 유행한 패션 스타일로, 고전적인 스타일에서 벗어난 실험적인 디자인, 밝은 색상, 기하학 패턴 등이 특징이다.

렀는지 누구보다 잘 알았다.

"괜찮았어." 나는 이 무미건조한 말에 웃음이 났다. "어른이 돼서 달라진 듯해. 아빠가 됐고. 뭔지 알지?"

"잘난 체하는 부잣집 도련님이 어련하시겠어." 지미가 말했다.

내가 알기로 지미는 오늘 게이브리얼을 처음 만났다. 그런데도 프랭크에 대한 의리 때문인지 그를 싫어했다. 형제는 우애가 끈끈했다. 『생쥐와 인간』을 읽었을 때, 스타인벡이 내 삶을 들여다본 것 같아서 현기증이 날 정도였다. 형제의 우애는 소설의 주인공 조지와 레니에 비할 바가 아니었다. 이런 생각을 입 밖으로 내본 적은 없었다. 지미는 단순한 성격이 아닌데도 프랭크에 대해서만은 한결같이 아이처럼 헌신했는데, 때로는 지나치다고 느껴질 정도였다. 하지만 대체로 지미는 매우 다정한 사람이다. 교회 숙녀들부터 동네 경찰관까지 모든 사람을 사로잡았으며, 먼저 인사를 건네고 문을 열어주며 돈이 없어도 늘 술을 한 잔 사는 사람이었다.

오늘 밤에는 헬렌이 술집에 왔다. 헬렌은 학창 시절부터 나와 가장 친한 친구였다. 바비가 죽었을 때 마을 전체가 1, 2주 동안 슬픔에 빠졌다. 그러고 나서 다들 그 일을 잊은 듯했다. 아니면 프랭크와 내가 아이의 죽음을 떠올리지 않게 하려고, 강바닥에 쌓인 침전물처럼 말하지 않은 마음을 아래에 담아둔 채 가볍고 쾌활한 대화만 나누려 한 것인지도 몰랐다. 그때 사람들의 얼굴에는 불안한 기색이 역력했다. *'무슨 이야기를 하지? 그래, 날씨 이*

야기를 하자!' 하지만 헬렌은 달랐다. 바비가 죽고 나서 1년 동안 헬렌은 매주 빠짐없이 우리 집에 왔다. 청소가 필요한 것을 모조리 청소했고 주방을 치우고 침대 시트를 갈았다. 별다른 말은 하지 않았다. 그저 우리가 편하게 있도록 놔두고 뒤에서 요리하고 정리하고 차를 끓이는 등 우리 삶이 잘 굴러가도록 조용히 도왔다. 나는 그 일을 잊을 수 없다.

헬렌은 프랭크가 지미와 둘이 이야기하기를 기다렸다가 낮은 목소리로 내게 속삭였다. "게이브리얼이 돌아왔다고? 이게 대체 무슨 일이야?"

"그리고 어쩌다 보니 첫날 오후에 우리가 그의 개를 죽였지."

헬렌과 나는 웃음을 터뜨렸다. 학교 다닐 때부터 그랬던 것처럼, 웃으면 안 되는 순간에 터지는 그런 종류의 웃음이었다.

"무슨 얘기가 그렇게 재미있어?" 프랭크가 돌아보며 물었다.

"별 얘기 아니야." 헬렌이 상냥하게 대답했다. "우리 스패니얼이 임신했다고 얘기했던가? 보아하니 래브라도랑 하룻밤 사고를 친 것 같아. 이 말괄량이 같은 녀석. 여섯 마리를 낳았는데 다 분양하고 한 마리 남았어. 수컷인데 아주 잘 생겼다니까."

"내가 데려갈게." 내 말에 프랭크는 놀라서 웃더니 내 뺨에 입 맞췄다.

"내 아내는 의논이라는 걸 하는 법이 없지. 왜 안 되겠어? 목장에 강아지가 있으면 좋지." 그가 말했다.

하지만 내 머릿속에서는 이미 다른 생각이 굴러가고 있었다.

강아지가 마음을 어루만지는 데 얼마나 좋은지 잘 알았다. 그리고 지금 나보다 강아지가 더 필요한 사람이 있었다.

과거

'원죄 없이 잉태되신 성모 수녀원The Immaculate Conception Convent'이라고 학교 이름을 지은 수녀회가 혼인 관계 이외의 성관계에 반대하는 것은 당연한 일이었다. 혼인 관계 안에서의 성관계조차 반대할지도 모를 일이었다. 지금 교장을 맡은 이냐시오 수녀님은 수년 동안 성관계에 심하게 부정적이고 억압적인 태도를 보였다. 그랬기에 학생들은 평생 성 문제로 콤플렉스를 겪거나, 우리 언니처럼 자유로워지는 순간 방탕한 생활에 빠질 수밖에 없었다. 졸업을 앞둔 학생이 얼마 전에 임신했는데, 배부른 티가 나기도 전에 퇴학당했다는 소문도 돌았다.

   교장 수녀님은 매주 월요일 마지막 시간에 종교 수업을 했다. "엘리자베스." 이냐시오 수녀님이 날카로운 목소리로 이름을 불렀으나 나는 생각에 너무 깊이 빠져서 얼른 대답하지 못했다.

   지난번에 게이브리얼과 함께 시간을 보낸 뒤로 내 몸은 불타오르고 있었다. 달리 표현할 길이 없었다. 남자애들 몇 명과 키스해 본 적이 있었지만 이렇게 강렬하고 식지 않는 욕망으로 이어진 적은 없었다. 이제 나는 지금껏 한 번도 상상하지 못했던 일들을 떠올렸다. 그가 내 옷을 벗기고 맨살을 어루만지고 우리 몸이 서로 밀착되는 모습과 거기에서 더 나간 일들이 떠올랐다. 지금껏 한 번도 경험해 보지 못한 괴로움도 느꼈다. 낯선 우주로, 전에는 존재하지 않았던 욕망만이 존재하는 세계로 던져진 것 같았다.

"엘리자베스 케네디!"

"네, 수녀님?"

"수업 끝나고 남으면 좋겠는데. 할 말이 있어."

다른 학생들은 모두 교실에서 나갔고, 나는 이냐시오 수녀님 책상 옆에 서서 기다렸다.

"옥스퍼드에 지원할 생각이라고 들었는데?"

영어 선생님에게 옥스퍼드에 가서 영문학을 공부하고 싶다고 말했을 때, 선생님은 반대 의견을 비쳤다. 옥스퍼드는 '나 같은 여자애'가 갈 수 있는 곳이 아니라고 했다. 자세히 설명하지는 않았지만 나는 무슨 말인지 알아들었다.

"네, 맞아요."

"우리 학생이 그곳에 입학한다면 틀림없이 학교로서도 매우 자랑스러운 일일 테지. 넌 충분히 똑똑한 학생이니까 지원하기만 하면 될 거야."

뜻밖이었다. 나는 환한 미소를 참을 수 없었다.

"학교에서 최대한 도와줄게." 수녀님은 대화가 끝났다는 표시로 고개를 끄덕였다. "이제 어서 가 봐, 엘리자베스, 버스 놓치겠다."

집으로 가는 버스에서도 내 머릿속은 온통 게이브리얼이었다. 이번 토요일에 밤새 함께 있기로 했기 때문에 다른 걸 생각할 수 없었다. 부모님께는 헬렌의 집에서 자고 온다고 했다. 거짓말하는 건 싫지만 사실대로 말하면 어머니가 많이 걱정하실 게 뻔했다. 너무 이르다고 하시겠지.

함께 밤을 보내기로 약속할 때 게이브리얼은 이렇게 말했다. "내가 널 어떻게 해보려 한다고 생각하지는 말아줘."

'제발 그렇게 해줘.' 이렇게 생각했지만 말하지는 않았다.

나는 생각에 너무 푹 빠진 나머지, 말을 걸기 전까지 누가 옆자리에 앉은 줄도 몰랐다. "안녕, 베스."

프랭크 존슨이었다. 이번에는 친구들과 늘 앉던 버스 뒷자리에 앉지 않았다. 나는 프랭크가 좋았다. 그는 언제나 내 또래 다른 남자애들보다 성숙해 보였다. 우리는 학교 친구들이 여는 파티나 해마다 열리는 마을 축제에서 마주쳤는데, 그때마다 프랭크는 춤을 추자고 하거나 음료수를 가져다주겠다고 했다. 한동안 나는 우리의 편안한 우정이 다른 뭔가로 발전하지 않을까 기대하기도 했다.

프랭크의 어머니는 그가 열세 살 때 뇌출혈로 돌아가셨다.

어머니는 오후에 소젖 짜는 일을 돕다가 젖소의 발길질에 관자놀이를 정통으로 맞았다. 목장에서 사고가 종종 발생한다는 건 다들 알고 있었다. 정작 내가 충격을 받았던 건, 바로 그다음 날 프랭크가 통학버스에 나타났기 때문이었다.

그날 오후에 미술 수업이 있어서, 납작하게 누른 꽃을 두 시간 동안 파란 종이에 붙였다. 학생들은 대부분 마당에서 꺾은 수선화를 가져왔지만 나는 수고를 무릅쓰고 숲에 가서 블루벨 꽃을 약탈해 왔다. 집에 돌아가는 버스에서 내릴 때, 창백한 얼굴로 말없이 앉아 있는 프랭크 옆을 지나쳤다. 그때 꽃을 붙여 만든 그림을 가방에서 꺼내 그에게 건넸다. 아무 말도 필요 없었다. 프랭크의 놀란 표정과 희미한 미소가 아직도 기억난다. 그 뒤로 우리는 쭉 친하게 지냈다.

"뭐 좀 물어보려고." 프랭크의 말에 나는 겁이 나서 가슴이 철렁했다.

내가 원했던 일이, 사실은 몇 주, 몇 달 동안 꿈꾼 일이 너무 늦게 찾아왔다.

"내가 뭘 물어보려는지 알 거라고 생각해."

그럼, 알고말고. 그리고 지금 나는 무엇보다 그 일이 일어나지 않도록 막고 싶었다.

"베스." 프랭크는 다시 내 이름을 불렀다. 그가 연습한 말이 시작되는 게 아닐까 두려웠다.

"이 말을 하려고 아주 오래 기다렸어. 난 언제나 널 생각해. 버스에서 널 볼 때 하루 중 가장 기분이 좋아. 이번 주말에 나와 만나주면 정말 기쁠 거야."

프랭크는 나를 보지도 않고 말을 이었다. 내 시선이 마주치지 않는 곳을 보고 있었다. 그러다가 말을 마치고서야 나를 보았고,

보자마자 안타까움 가득한 내 표정을 알아차렸다.

"이런. 너는 싫구나? 내가 왜 너도 좋아할 거라고 생각했을까." 그가 말했다.

나는 프랭크의 팔에 손을 올렸다. 싸구려 옷감으로 만든 검은색 교복 재킷 위로 내 손가락이 펼쳐졌다. 프랭크는 주먹을 쥐고 있었다. 손목과 손가락 마디 사이에 검은 털이 여기저기 보였다.

"그게…… 미안해…… 만나는 사람이 있어."

프랭크는 상처받은 표정이었다. "내가 너무 늦었네."

"미안해." 나는 다시 사과했다.

나는 우리 관계를 개선하고 싶었고, 그의 잘생기고 건강한 얼굴에 다시 빛을 불어 넣을 방법을 찾고 싶었다.

하지만 프랭크는 일어나서 버스 앞쪽으로 가버렸다. 그리고 운전기사가 버스를 세우자 집에서 멀리 떨어진 곳인데도 내렸다. 나와 가까이 있는 걸 잠시라도 견딜 수 없다는 듯이.

집으로 가는 내내 프랭크가 내 머릿속을 차지했다. 그가 집까지 걸어가야 할 먼 길과 버스에서 내릴 때 느꼈을, 얼굴이 화끈거리는 굴욕감을 생각하자 가슴이 먹먹해졌다. 그리고 그런 생각 밑바닥에는 내가 뭔가 엄청난 기회를 버린 게 아닐까 하는 후회, 자책, 혼란 같은 것이 깔려 괴로웠다.

1968년

레오는 트리 하우스에서 자동차 진입로를 올라오는 사람이 누구인지 내다보고 있었다. 그리고 나를 보자 손을 흔들고는 밧줄 사다리를 타고 내려왔다. 레오를 다시 보자 전율이 흘렀다. 이 아이의 체형과 체격에 잃어버린 우리 아들이 떠올랐다. 프랭크도 함께 와서 보면 좋을 텐데 하는 생각도 들었다. 바비가 죽은 뒤로 우리는 아이들과 시간을 거의 보내지 않았다. 특히 바비와 동갑인 아이와는 한 번도 같이 있어 본 적이 없었다. 그건 우리의 선택이었고 왜 그런 선택을 했는지 잘 알지만, 아이 없는 삶이 이토록 외로울지는 미처 몰랐다.

내가 차에서 강아지를 꺼내자 레오는 꺅 소리 질렀다. "아줌마 강아지예요?"

"아직 누구의 강아지도 아니야. 말하자면 집을 찾는 중이거든. 안아볼래?"

레오가 팔을 요람처럼 만들자 강아지는 이내 편하게 자리 잡았다.

"강아지가 너랑 있으니까 정말 편안해 보이네."

"아빠한테 보여줄래요. 서재에 있어요."

게이브리얼이 일하는 모습이 궁금하기는 했다. 지난 수년 동안, 검정 터틀넥 티셔츠를 입고 생각에 잠긴 게이브리얼의 모습을 기사에서 셀 수 없이 많이 보았다. "또 헤밍웨이인 척하고 있네." 언젠가 헬렌이 미용실에서 몰래 가져온 《보그》 잡지를 보여주며 이렇게 말했다. 사진 속 게이브리얼은 타자기 앞에 앉아 있었고 옆에는 위스키 잔이 놓여 있었다. 나는 그의 책을 몰래 읽으며 한때 알고 지낸 소년에게서 느낄 법한 친밀감의 흔적을 찾았다. 그리고 늘 발견했다. 그는 독설가이자 애주가인 여성 등장인물들과 야하고 도발적인 성적 묘사로 용감한 작가라는 명성을 얻었고, 때로는 내 눈물을 쏟아냈다.

집안에 들어서자 추억이 밀려왔다. 현관에서 나는 냄새도 똑같았다. 사방에서 풍기던 왁스 광택제와 오래된 나무 냄새. 참나무 판자를 붙인 벽, 쪽마루를 깐 바닥, 내가 좋아한, 양말 신은 발로 밟으면 미끄러웠던 낡은 원형 계단. 게이브리얼과 함께 아버지의 담배를 훔치러 가던 주방. 그곳에서 약간 떨어진 방에 게이브리얼이 있었다. 그는 우리를 등진 채 빠른 속도로 타자를 하고 있었다. 책과 종이로 뒤덮인 어지러운 책상 위에 그 유명한 위스키 잔이 놓여 있었다. 나는 책꽂이에 꽂힌 오든W. H. Auden, 그레이엄 그린Graham Greene, 헨리 제임스Henry James의 책을 몰래 살폈다.

"아빠, 이것 봐요." 레오가 말했다.

게이브리얼은 돌아앉아 나와 강아지를 동시에 보았다. 머리카락은 손가락으로 빗어 넘긴 듯이 약간 헝클어져 있었고 뺨에는 파란색 잉크가 길게 묻어 있었다.

"베스." 그가 말했다. "아니, 이게 누구야? 세상에, 정말 귀엽구나."

게이브리얼이 다가와서 강아지를 쓰다듬었다.

그가 너무 가까워지자 불편했다. 그를 다시 만나자 새로운 기분이 들며 들떴다. 느껴서는 안 되는 감정이었다. 머릿속으로는 과거는 중요하지 않다고, 이제 우리는 성인이니 친구가 되려고 노력하거나 적어도 친구인 척할 수 있다고 되뇌었다. 우리의 새로운 관계에 완전히 적응한 줄 알았는데 몸이 나를 배신했다.

"이 녀석 이름이 뭐지?"

"아직 이름은 없어."

"하지만 아줌마가 계속 키울 거죠?" 레오가 물었다.

"아무도 안 데려가면 그래야지. 친구 헬렌을 도와주는 거야."

레오는 게이브리얼을 보았다. 둘은 꼭 닮은 미소를 지었다. 그 미소는 서서히 커지더니 마지막에는 더 이상 참지 못하고 곧 터질 듯한 웃음으로 번졌다.

"무슨 품종이야?" 게이브리얼이 물었다.

"절반은 스패니얼인데 나머지는 정확히 몰라. 래브라도가 섞인 것도 같고. 젖은 완전히 뗐대. 실내 배변 훈련도 했다고 들었고."

"그럼, 우리가 원하면 키울 수 있는 거야?"

"응."

"아빠, 키우면 안 돼요? 제발요."

"왜 안 되겠어? 네가 잘 돌봐주겠다고 약속만 하면."

레오는 강아지를 내려놓았다. 그러자 강아지는 곧바로 바닥에 오줌을 싸기 시작했다.

"대단한 녀석이군. 배변 훈련을 받았다더니." 게이브리얼은 이렇게 말하며 나와 레오를 보았다.

갑자기 다 같이 웃음을 터뜨리자 기분이 좋았다.

"녀석을 키우고 싶으면 가축이 있을 때 어떻게 행동해야 하는지 확실히 가르쳐야 해. 여긴 목장이 많은 시골이라 사방에 가축이 있잖니."

"그런 일이 또 일어날까요?" 레오가 불안한 듯 물었다.

"훈련만 잘 받으면 일어나지 않을 거야. 괜찮다면 내가 도와줄게." 나는 뒷일은 생각하지 않고 무심결에 내뱉었다.

미처 생각을 바꾸기 전에 레오가 양팔로 내 허리를 감싸안더니 품에 얼굴을 묻었다. 잠깐이지만 나는 무척 당혹스러웠다. 바비를 생각하지 않으려고 눈을 감았다. 눈을 뜨자 게이브리얼이 다정하면서도 슬픈 미소를 띤 채 나를 바라보고 있었다.

"여보. 우리 강아지 어디 있어? 오늘 오후에 데려온다고 하지 않았어?" 저녁을 먹으러 목장에서 돌아온 프랭크가 물었다.

"게이브리얼 아들에게 줬어. 도움이 될 것 같아서."

프랭크는 말이 없었다.

"레오가 강아지 훈련하는 걸 도와주려고. 그런 일이 다시 생기는 건 싫으니까."

"알겠어."

프랭크와 나의 대화는 언제나 편안하게 흘러갔다. 우리는 주로 목장 일에 관해, 함께 힘과 열정을 쏟아붓는 일에 관해 이야기했다. 작년에 시아버지 데이비드가 심장마비로 세상을 떠난 뒤로 (목장에서 일하다가 돌아가셨는데, 늘 원하던 방식의 죽음이었다) 프랭크와 지미와 내가 함께 목장을 꾸려왔다. 목장 일은 완전히 새로운 영역이었다.

프랭크는 좀처럼 볼 수 없는 근엄하고 진지한 표정이었다. '*베스, 그 애와 엮이지 마. 그 애는 우리 아들이 아니야. 그런다고 우리 아들이 돌아오지 않아.*' 이런 말을 하고 싶겠지.

그 대신 프랭크는 이렇게 말했다. "당신이 울프와 그 아들과 시간을 보내는 게 걱정할 일일까?"

나는 그에게 이렇게 말하고 싶었다. '*바비를 위험에 빠뜨린 건 당신이었잖아. 내가 아니라 당신이 그랬잖아.*'

하지만 나는 "굳이. 혹시 걱정돼?"라고 말했다.

"당신이 걱정할 필요 없다고 하면 걱정 안 될 거야."

나는 프랭크의 손을 잡고 그가 마지못해 웃을 때까지 미소 지었다.

"걱정할 필요 없어. 약속해."

당시에는, 그 모든 일이 시작될 때는 정말 그럴 거라고 믿었다.

재판

내가 일반 방청석에 자리 잡자 다들 고개를 돌려 나를 보았다. 이제 나는 전과 다른 사람이 되었다. 두 남자를 사랑한 여자. 한 남자는 신문에 실릴 만한 사람이고 다른 한 남자는 평범한 목장 주인이다.

이 이야기가 처음 알려졌을 때, 사진기자들이 우리 집을 찍으려고 목장에 몰래 들어왔다. 창문의 칠이 벗겨지고 마당은 어수선해 허름하지만 내가 아끼는 우리 집이었다. 나는 주방에서 그들을 살피다가 미친 여자처럼 소리를 지르며 뛰어나갔다. 다음 날, 그들은 그 사진을 골라서 실었다. 나는 얼굴을 감추고 그들이 던지는 질문에 절대 대답하지 말아야 한다는 것을 힘들게 배웠다. *"그가 왜 그랬습니까?"* 내가 가장 자주 받은 질문이었다. 기자들, 마을 사람들, 친구들은 물론이고 처음에는 가족들까지 이렇게 물었다.

나는 우리가 구상해서 다듬고 매일 연습하며 완벽하게 만들려고 애쓴 이야기를 그들에게 들려주었다. 그것으로 충분하기를 바라면서.

진실을 말할 수 있다면 얼마나 쉬울까?

과거

게이브리얼의 텐트 안은 한 번도 본 적 없는 다른 우주에 들어간 듯한 분위기였다. 더블 사이즈 매트리스에는 시트가 깔려 있고 담요가 놓여 있었다. 아주 위엄 있어 보이는 붉은 벨벳 커버가 씌워져 있었는데, 루이 14세의 기둥 네 개 달린 침대에 어울릴 법했다. 바닥에는 양가죽 러그가 깔려 있고, 침대 옆 작은 수납장에는 물병과 잔 두 개가 놓여 있었다. 문고판 책이 가득 꽂힌 작은 책꽂이까지 준비되어 있었다. 게이브리얼은 텐트 천장에 화사한 색의 실크를 고정해 늘어뜨렸고 구석마다 유리 등에 촛불을 켜두었다.

"무슨 생각해?" 그가 물었다.

"『아라비안나이트』 같다는 생각. 너무 근사해서 다른 데 가고 싶지 않을 것 같아."

게이브리얼은 침대에 앉아서 내게 손을 내밀었다. "이리 와."

이 순간만을 상상했는데 막상 닥치자 온몸이 얼어붙었다.

"안 되겠어. 너무 떨려." 내 목소리는 잔뜩 긴장돼 있었다.

"그러지 마. 그냥 이야기하려는 거잖아. 그러다 보면 손잡는 정도는 할 수 있겠지. 하지만 그것도 네가 내켜야 하는 거야."

나는 게이브리얼 옆에 앉았고, 그는 약속대로 이야기를 시작했다. 반려견 몰리 이야기를 했는데, 래브라도 종이었고 열여섯 살까지 살았다고 했다.

"몰리는 세상에서 가장 순한 개였어. 모든 사람을 사랑했지. 주방 창문을 넘어 들어온 도둑 둘마저도. 도둑들이 대대로 내려온 은식기를 훔치는 동안 꼬리만 흔들고 있었지 뭐야."

그는 침대 옆에 펼쳐서 엎어놓은 소설책을 집어 들어 내게 보여주었다. 프루스트의 『잃어버린 시간을 찾아서』 1편 「스완네 집 쪽으로」였다.

"다음 학기 토론 수업에서 잘난 척하려고 고른 책인데 생각보다 괜찮더라. 꽤 재미있는 대목도 있고."

그는 나를 보며 미소 지었다. "가끔은 밤을 새우다시피 하는 날도 있어. 널 생각하느라. 그리고 너와 같이 하고 싶은 걸 생각하느라."

"뭘 하고 싶은데?"

게이브리얼은 내 얼굴을 감싸고 키스하는 것으로 대답을 대신했다. 길고 느리고 강렬한 키스였다. "이제 좀 덜 떨려?" 그가 입술을 떼고 물었다.

"응."

우리는 침대에 마주 보고 누웠다. 서로의 얼굴이 아주 가까이에 있었다.

게이브리얼은 내 이마부터 코까지 선을 그리듯 따라 내려가다가 윗입술 위에서 손가락을 멈추었다. "여기 이 약간 파인 곳을 생각했어. 내 손가락 끝에 딱 맞는 모양과 크기라면 정말 좋겠다고."

그는 내 손을 잡았다.

"우리가 밤을 같이 보낸다고 해서 이 이상의 일을 해야 한다고 생각하진 마."

"내가 원한다면?"

"그러면 이야기를 해봐야겠지."

"원해."

반쯤 웃으며 나를 보던 게이브리얼의 표정이 달라졌다. 그의 얼굴에서 보이는 욕망이 내 안의 무언가에 불을 붙였다. 대담함, 욕구 같은 것들이었다.

"정말이야."

할 수만 있다면 이 순간을 멈추고 싶었다. 앞으로 무슨 일이 일어날지 알고서, 그와 동시에 그렇게 해도 될지 확신하지는 못한 채 서로 애타게 바라보는 이 순간을.

우리는 계속 키스했다. 그리고 한 단계 더 나아간 쪽은 나였다. 나는 셔츠 단추를 풀고 그의 손을 가슴에 갖다 댔다.

모든 것이 느릿하게 진행되었다. 나는 옷을 하나씩 벗었다. 게이브리얼도 벗었다. 우리 둘은 알몸으로 끌어안고 전율을 느꼈다. 그리고 옷을 벗은 서로의 은밀한 모습을 천천히 감상했다. 햇볕에 그을린 매끈한 피부 아래에서 느껴지는 단단한 근육, 배꼽에서 사타구니까지 길게 이어진 검은 털, 흥분한 그의 모습, 내가 성기를 가볍게 건드리자 헉하고 놀라던 숨소리.

내 맨살을 어루만지며 무늬를 그리는 게이브리얼의 손길에서 망설임과 의문이 느껴졌지만, 몸이 우리를 조종하기 시작했고 우리가 가야 할 길은 너무도 분명했다. 나는 그를 내 위로 올라가게 했고 우리는 더욱 열정적으로 키스했다. 본능적으로 엉덩이를 들어 그와 밀착하자, 내 몸을 누르는 단단한 성기가 느껴졌다. 그때 게이브리얼이 몸을 뗐다.

"안 돼, 베스. 이러면 안 돼." 그가 속삭였다.

"왜?"

"알잖아."

"잠깐이라도?"

그는 내 안으로 끄트머리를 살짝 밀어 넣었다.

우리는 천천히 서로를 향해 움직였고 곧 본능에 굴복하고 말았다. 계획된 게 아니었다. 그럴 수밖에 없었다. 기분이 좋았다. 그러다가 게이브리얼이 더 깊이 밀고 들어오자 나는 아파서 비명을 질렀다.

"아, 이런. 미안해." 그는 몸을 떼려 했지만 나는 다리로 그를 꼭 안았다.

"그냥 있어." 내가 속삭였다.

그는 내 말대로 했다. 우리가 서로만 바라보는 이 시간을, 내 안에서 그가 전하는 감각을 느끼며 가장 친밀한 방식으로 서로 연결된 이 긴 시간을 뭐라고 설명할 수 있을까? 이 순간을 여러 번 상상했지만 생각했던 것과 전혀 달랐다. 내 마음은 정확히 설명할 수 없는 감정으로, 기쁨도 슬픔도 아닌 이름 모를 감정으로

가득 찼다. *'이게 우리야. 이게 우리야.'*

잠시 후, 나는 게이브리얼 쪽으로 몸을 살짝 움직였다.

"괜찮아? 아파? 그만할까?"

"게이브리얼? 부탁인데 입 좀 다물어."

"노력할게."

우리는 서로 바라보며 미소 지었다. 내 마음 한구석에서는 이런 일이 벌어지고 있다는 게 아직 믿기지 않았다. 제삼자가 되어 바깥에서 나를 들여다보는 것만 같았다.

통증은 기분 좋은 아픔으로 서서히 바뀌기 시작했다. 우리는 완벽하게 맞는 것 같았고, 간이침대에서 앞뒤로 몸을 흔들며 천천히 부드럽게 리듬을 찾았다. 그동안 게이브리얼의 눈은 내 얼굴을 한시도 떠나지 않았다.

"할 수만 있다면 지금 여기 영원히 머물고 싶어." 그가 말했다.

그 후 우리는 둘 다 처음이었는데도 어떻게 해야 할지 정확히 알고 있었다는 사실에 놀라워했다. 우리는 함께 누웠고 심장 박동이 서서히 차분해졌다. 너무 꼭 끌어안고 있어서 게이브리얼의 얼굴을 볼 수 없었다. 그때 그가 말했다. "사랑해. 널 처음 본 순간부터 그랬던 것 같아."

"응." 나는 그 말이 사실이라고 믿었기 때문에 이렇게 대답했다.

이건 러브 스토리였고 과거에 내가 꿈꿨던 그 어떤 이야기보다 훨씬 좋았다. 내게 단 하나의 소원이 허락된다면 바로 이것이었다. 우리의 이야기가 해피엔드이기를.

1968년

레오를 만나러 가는 첫날, 나는 프랭크와 지미와 함께 양들이 풀을 뜯는 들판에 나와 있었다. 우리는 암컷 양에게 먹이와 물을 주고 새끼 양을 살펴보았고, 다음 주 경매에서 어떤 양이 먼저 팔릴지 이야기하며 목록을 수정했다.

물통을 새로 채우고 먹이통에 사료를 담아 놓았는데도, 양 몇 마리가 지미 주변에 모여 그의 허벅지를 들이받고 울면서 관심을 끌었다. 늘 이랬다. 지미는 양들의 록 스타였다.

"이제 저리 가세요, 티기 윙클 부인*. 이제 일해야 해요." 지미는 아끼는 암컷 양의 엉덩이를 찰싹 때리며 말했다.

우리 목장 암컷 양에 이름을 붙여 주는 전통은 바비가 시작했고, 지미는 그 전통을 고수했다.

"젠장." 프랭크가 손목시계를 흘끗 보며 말했다. "진짜 그러네. 어떻게 벌써 3시 반이나 됐지? 젖소들이 투덜대고 있겠군. 베스, 도와줄 수 있어?"

"미안, 난 가봐야 해. 강아지 훈련하는 날이라."

프랭크가 놀라서 홱 돌아보았다. 오늘 내가 메도랜즈에 간다는 걸 잊은 모양이었다. 그의 얼굴에 잠시 분노가 깃들었다가 애써 평온함이 다시 찾아왔다. 그걸 보니 프랭크는 나와 게이브리

---

* 베아트릭스 포터의 유명 동화 『티기 윙클 부인 이야기』에 등장하는 고슴도치.

얼이 만나는 걸 영원히 괜찮다고 생각하지 않으리라는 걸 알 수 있었다.

그는 내 옷을 유심히 살펴보았다. 오늘 나는 평소에 입던 프랭크의 낡은 비옐라* 셔츠와 코듀로이 바지를 입지 않았고 무릎까지 오는 장화도 신지 않았다. 대신 검은색 터틀넥 티셔츠와 짙은 청바지를 입었는데, 발목 부분이 약간 퍼진 이 청바지는 니나에게 물려받은 것으로 내가 가진 가장 세련된 옷이었다.

나는 꼼꼼히 살피는 프랭크의 시선에 얼굴이 달아올랐고, 괜히 눈치가 보여 옷차림이 너무 과했나 싶은 생각이 들었다.

"그 광대 놈은 왜 신경 쓰는데요?" 지미가 물었다.

지미도 프랭크의 표정을 본 게 틀림없었다.

"지미, 그건, 가끔은 남을 위해 수고를 감수하는 것도 좋은 일이니까." 내 목소리는 너무 방어적이고 뾰족했다.

"그 남이라는 사람이 완전 개자식이라도요?"

"베스, 쟤 농담하는 거야." 내가 일어나기도 전에 프랭크가 끼어들었다.

"반만 농담이야." 지미가 그의 말을 정정했다. 우리는 눈을 동그랗게 뜨고 서로 노려보다가 이내 둘 다 웃고 말았다. 언제나 지미에게는 오래 화낼 수 없었다.

메도랜즈까지 차를 타지 않고 걸어가기로 했다. 생각할 시간

---

* 양모와 면을 섞은 옷감.

이 필요했기 때문이다. 이렇게 메도랜즈에 가서 레오와 오후를 보내는 것에 대해, 어쩔 수 없이 게이브리얼을 만나는 것에 대해 걱정할 이유가 없다고 프랭크에게 말했다. 나는 자신에게도 똑같이 말했다. 하지만 우리 집에서 메도랜즈까지 걸어가는 10분 동안 내 몸과 마음은 그 말을 듣지 않으려 했다. 배 속이 뭉친 듯 팽팽한 긴장감이 돌았고 혈관에서 피가 요동치며 불안한 박자로 쿵쿵대는 게 느껴졌다. 그 당시 일어난 일 중 아무도 모르는 게 있었는데, 나는 그 비밀이 들통날까 봐 두려움에 떨며 살았다. 그리고 게이브리얼을 다시 볼 수 있다는 생각에 설렘이 밀려들자 더 불안해졌다.

나는 문을 두드렸다. 한때 지금과 매우 다른 이유로 가슴 두근대며 이 자리에 서 있었던 기억을 머릿속에서 밀어냈다.

문을 열어준 게이브리얼은 나를 보고 미소 지었다. 그는 청바지에 흰 셔츠를 바지 밖으로 빼입었고, 그 위에 구멍이 잔뜩 난 너덜너덜한 스웨터를 입었다. 며칠 면도를 하지 않은 듯했다. 눈 밑에는 그늘이 져 있었다. 전업 작가로서 글을 쓰며 홀로 아이를 키워야 하는 그가 어떻게 생활을 꾸려가고 있는지 궁금했다. 겉보기에는 그다지 잘하고 있는 것 같지 않았다.

"베스. 들어와. 널 보면 아주 좋아할 사람이 있어."

때마침 레오가 강아지를 안고 현관으로 뛰어왔다.

"아직 이름 안 붙여줬어?" 내가 물었다.

"히어로예요." 레오가 대답했다.

"멋진데. 잘 어울려."

"시작하기 전에 차 한 잔 마실래? 끓일 참이었는데." 게이브리얼이 말했다.

"아니, 괜찮아. 그리고 우리랑 같이 있지 않아도 돼. 우린 정원에 나갈 테니 하던 일 해."

게이브리얼의 얼굴에 뭔가가 스쳤다. 그가 어른과 시간을 보내며 기분 전환하기를 고대하고 있었던 게 아닐까 하는 생각이 들었다. 그래도 어쩔 수 없었다. 나는 가급적 그와 시간을 보내지 않기로 마음먹었으니까. 프랭크를 위해, 나를 위해 그래야 했다.

"알겠어. 그럼 난 이만 가볼게." 게이브리얼이 차분하게 말했다.

그가 가는 모습을 지켜보면서 안도감만큼이나 실망감도 컸다.

정원에서 레오와 나는 '앉아'라는 명령으로 훈련을 시작했다. 히어로가 성공할 때마다 집에서 준비해 온 작은 체더치즈나 햄 조각 같은 간식으로 보상해 주었다. 히어로가 훈련을 빨리 따라갔기 때문에 그다음으로 '기다려'를 훈련하기로 했다. 내가 먼저 시범을 보였다. 히어로를 앉힌 다음 손바닥을 보여주며 '기다려'를 반복했다. 그런 다음 레오가 시도했는데, 강아지는 우리가 한 걸음씩 멀어지는데도 '기다려'라고 할 때마다 그 자리에 가만히 있었다.

"식은 죽 먹기인데." 내가 말했다.

"히어로는 천재 아닐까요?"

"그럴지도 몰라. 하지만 오늘은 여기까지 하자. 천재에겐 휴식이 필요하거든."

"벌써 가는 거 아니죠? 가야 해요?" 레오가 물었다.

레오가 별 뜻 없이 한 말이라는 걸 알았다. 그런데 그 순간 아이의 외로움이 보였다. "그 전에, 트리 하우스 보여줄래?"

레오는 무척 기쁜 표정이었다.

트리 하우스 내부는 전혀 뜻밖의 모습이었다. 공간이 꽤 널찍했는데, 서 있을 수 있을 정도로 높았고 폭은 2미터가 좀 넘었다. 밖을 내다볼 수 있는 큰 창도 있었다. 벽은 하늘색으로 칠해져 있고 바닥에는 에메랄드그린, 루비, 짙은 사파이어 블루 같은 화려한 보석 색상의 커다란 벨벳 방석 여러 개가 잔뜩 깔려 있었다. 만화책과 땡땡Tintin 시리즈가 쌓여 있었고, 양초, 구식 등유 램프, 도미노 상자, 카드 팩, 루도Ludo 보드게임도 있었다.

"나도 이런 트리 하우스가 있으면 좋을 텐데. 아지트로 딱이야. 여기에서 잠도 자봤어?"

"아빠가 여름에는 잘 거랬어요. 아빠는 야영을 좋아하거든요. 어릴 때 호숫가에서 야영했대요."

나는 가슴이 두근댔지만 애써 외면했다.

"언젠가 주말에 호수를 그린 적도 있어요. 그런 다음에 여기 올라와서 저녁을 먹고 촛불을 켜놓고 카드 게임을 했어요. 정말 최고였는데."

레오의 목소리에서 아쉬움이 느껴졌다. "친구들을 초대하렴. 다들 여길 좋아할 텐데."

"봐서요."

"학교는 어때?"

"괜찮은 것 같아요."

"아닌 것 같은데."

레오는 사실대로 말할지 고민하고 있었다. "나아지지 않았어? 지금쯤이면 잘 적응하고 있을 줄 알았는데."

"학교 가는 게 정말 싫어요." 레오는 갑자기 화난 표정이었다.

"무슨 일 있었어?"

"항상 혼나요. 선생님이 매일 교장 선생님한테 보내고요. 아니면 교실 밖에서 벌을 세워요."

"왜?"

"화가 나요. 그래서 가끔 다른 애들한테 소리를 질러요. 어제는 어떤 남자애를 때렸어요. 못된 말을 하길래 주먹으로 한 대 쳤어요. 어쩌다 보니 그렇게 됐는데 일부러 그런 건 아니에요."

"아빠도 알아?"

"자세히는 몰라요. 선생님한테 들은 것만 알죠."

"정말 힘들겠구나. 학교 가기 싫은 게 당연해. 지금보다 익숙해지면 나아질 거야."

"글쎄요." 레오는 매우 우울해 보였다. 이렇게 어린아이가 그토록 불행한 건 옳지 않았다.

"아줌마 가기 전에 보드게임 한 판 할까?"

"좋아요." 레오는 밝은 표정으로 상자에 손을 뻗었다.

레오와 함께 있어서 기뻤지만 마음 한구석에서는 계속 약간 슬펐다. 늘 그렇듯이 바비 때문인지 확실하지 않았다. 나는 이미 이 아이에게 마음이 쓰이기 시작했다. 아이와 엮이지 않겠다고 프랭크와 나 자신과 약속했는데도. 그리고 아주 조금이라도 이런 식으로 마음을 여는 것이 좀 위험하다는 생각도 들었다. 멈춰야 한다는 걸 알았다. 그리고 그러지 않으리라는 것도 알았다.

과거

해가 쨍쨍 내리쬐는 8월의 어느 한 주 동안 게이브리얼의 부모님이 스코틀랜드 하일랜드로 휴가를 떠나게 되었다.

"들꿩 사냥하러 가시는 거야. 그래, 잔인하지. 하지만 그 덕에 우리가 뭘 누리게 되었는지 봐. 일주일 내내 이 집에서 마음대로 지낼 수 있다고." 게이브리얼이 말했다.

그는 자기가 물려받은 것들을 자주 비난했지만 집안을 안내하는 그에게서 자부심이 느껴졌다. 현관만 보더라도 어두운색 나무판이 붙어 있고 천장에는 퇴폐적인 느낌의 거대한 크리스털 샹들리에가 매달려 있어 무도회장처럼 웅장했다. 왁스 광택제와 생화 향기가 났고, 뭔가 고풍스럽고 메마른 곰팡내 같은 것이 희미하게 나서 공기마저 세련된 느낌이었다.

이 집의 아름다움에 주눅 들지 않기란 힘들었다. 크고 웅장해서 아름답기도 했지만, 금박 액자 속 그림, 태피스트리, 광택 나는 짙은 색 목재, 사방에서 거울처럼 빛을 뿜어내는 은 제품 같은 것들 덕분에 더 아름다웠다. 이 방 저 방 돌아다니면서 세어보니, 꽃꽂이 장식이 네 군데나 있었다. 수선화를 꺾어와 꽃병에 꽂은 것이 아니라 도자기 꽃병에 예술적으로 꽂은 꽃 장식이었다. 게이브리얼의 어머니는 꽃꽂이에 열심인 모양이었다. 우리 어머니는 밤늦게 난롯가에 앉아서 과제를 채점하고 다음 날 수업 계획을 세우는데.

응접실 피아노 위에 걸린 가족사진을 유심히 보았다. 1930년대에 결혼한 신부 테사 울프는 그 어떤 할리우드 스타보다 아름다웠다. 게이브리얼이 누구를 닮아서 잘생겼는지 쉽게 알 수 있었다. 테사는 몸매가 드러나는 상아색 실크 드레스를 입고 깃털 달린 머리 장식을 하고 길고 하얀 장갑을 끼고 있었다. 결혼식 날인데도 뭔가 차갑고 사람을 긴장하게 만드는 분위기였다. 반쯤 지은 미소는 사진사와 하객과 남편까지도 경멸하는 비웃음 같았다.

가장 마음에 든 사진은 게이브리얼의 사진이었다. 아홉 살쯤 되어 보였는데, 반바지에 흰색 셔츠를 입고 다리를 꼬고 앉아서 통통한 검은 래브라도의 목을 끌어안고 있었다. 그의 미소와 솔직해 보이는 검은 눈동자 때문에 사진에서 눈을 뗄 수 없었다. 그 사진에는 내 마음을 건드리는 무언가가 있었.

햇살이 쉼 없이 내리쬔 한 주 동안, 우리는 낮에는 테니스를 치고 호수에서 수영했다. 이 공간에 우리만 있다는 걸 알기 때문에 더 대담해졌다. '매일' 청소하러 오는 W 부인을 제외하면 우리 둘뿐이었다. 우리는 오후에 알몸으로 일광욕했고 야외와 집 안의 거의 모든 공간에서 사랑을 나누며, 푹 꺼진 가죽 소파와 금박 입힌 책상을 비롯한 골동품 가구에 우리의 열정을 새겼다.

메도랜즈에 가는 날, 어머니가 의사에게 부탁한 페서리*를 내밀어서 깜짝 놀랐다. 게이브리얼과의 관계를 어머니와 이야기해 본 적은 없었지만, 내가 호숫가에서 자고 오는 날이 많았기 때문에 눈치채신 게 분명했다.

"엄마는 괜찮아요?" 내가 물었다.

"둘이 진지해 보이는데. 게다가 남자들은 결혼하기 전에 여러 연인을 만나잖니. 여자라고 안 될 게 있겠어?"

"엄마는 다른 엄마들과 다르네요." 내 말에 어머니는 웃으며 내게 입 맞췄다.

"정말 다행이에요."

시간이 두 배로 길게 느껴진 이 해방 주간 동안 뭔가가 달라졌다. 더 이상 시간은 중요하지 않았다. 우리 앞에 펼쳐진 시간은 고무줄처럼 마음껏 늘어나는 듯했다. 우선, 잠을 거의 안 잤다. 원할 때면 언제든 제대로 된 침대에서 함께 알몸으로 누워 있을 수 있다는 게 새로웠다. 나는 게이브리얼에게 우리가 구식 일기

---

* 질 경부에 씌워 정자가 자궁으로 들어가는 것을 막는 여성용 피임 도구.

예보 시계 같다고 했다. 그 시계에서는 날씨에 따라 남자가 튀어나오기도 하고 여자가 튀어나오기도 했는데, 우리도 그렇게 번갈아 깨어 있었다. 한 사람이 잠들더라도 나머지 한 사람은 요동치는 갈망에 언제나 깨어 있었다.

일주일 동안 우리는 한 사람처럼 지냈다. 게이브리얼이 어머니의 욕실에서 몰래 가져온, 맛있는 냄새가 나는 입욕제를 풀어 머리만 내놓고 온몸을 담근 채 함께 목욕도 했다. 내게 이런 목욕은 완벽한 사치 그 자체였다. 집에서는 일주일에 두 번 '목욕의 밤'이 있어서, 물을 데워 주석 욕조에 채우고 언니와 철저하게 교대로 몸을 담그는 게 전부였다.

우리는 신선한 식재료가 떨어져서 저장 식료품에 의지할 수밖에 없었기 때문에 점점 희한한 요리를 해서 먹었다. 통조림 햄을 넣은 콩소메 수프, 너무 오래 익혀서 접착제처럼 끈적해진 쌀, 큰 통조림 완두콩을 곁들인 구운 감자 같은 것들이었다. 각자 읽던 책은 놔두고 같은 책을 읽기도 했다. 속도를 맞춰 각 페이지를 읽고 때로는 잠시 멈춰 읽은 내용을 이야기하기도 했는데, 동시에 같은 말을 하는 경우가 많았다.

"우리가 뇌를 공유한 기분이야. 현실로 다시 돌아가면 어떻게 적응하지?" 게이브리얼이 말했다.

나는 저녁이 가장 좋았다. 우리는 게이브리얼 아버지의 저장고에서 와인을 꺼내 마시며 축음기로 음반을 들었다. 디키 밸런타인Dickie Valentine, 척 베리Chuck Berry, 빌 헤일리Bill Haley, 코메츠

Comets의 음악이었다. 그해 여름에 유행한 〈록 어라운드 더 클록 Rock Around the Clock〉도 반복해서 들었는데, 게이브리얼은 음악을 들으면서 내게 지르박 춤을 가르쳐 주려 했다. 그는 사교댄스 선생님처럼 "이제 팔 아래로, 두 걸음 뒤로, 돌아!"라고 설명했다. 이 댄스 강습은 언제나 둘이 웃음을 터뜨리며 소파에 쓰러지는 것으로 끝났다.

우리가 한 번도 하지 않았던 이야기를 나누기 시작한 것도 와인에 취해 혀가 풀린 이런 밤이었다. 나는 게이브리얼을 만나기 전에 나를 사랑한 사람이 있었는데 내가 그 사람의 마음을 아프게 한 것 같아서 걱정된다고 털어놓았다.

프랭크 존슨이 대학 입학시험을 치르는 대신, 학교를 그만두고 목장 일을 업으로 삼으려 한다는 소문이 돌았다.

"누구와 사랑에 빠질지는 이성적으로 결정할 수 있는 게 아니잖아. 하지만 누군지 몰라도 불쌍한 친구네. 난 너 없이는 못 살 것 같은데." 게이브리얼이 내게 입 맞추며 말했다.

"내가 피도 눈물도 없는 괴물이라고 생각하는 건 아니지?"

"난 네가 정말 완벽하게 멋진 사람이라고 생각해."

어느 날 밤에는 게이브리얼이 비밀을 털어놓았다.

몇 년 전에 어머니가 그에게 바람을 피우고 있다고 말했다는 것이다. 상대는 어머니 또래의 젊고 잘생긴 남자였는데 사실상 무일푼이었다. 하지만 어머니는 상관하지 않았다. 몇 주를 지내는 동안 두 사람은 사랑에 빠졌고 어머니는 게이브리얼의 아버지를 떠나기로 결심했다. 단, 게이브리얼이 함께 떠나야 했다.

"그 남자 이야기를 하는 어머니는 정말 행복해 보였어. 사랑에 들뜬 소녀 같았지. 엄청난 희열에 도취해 있었어. 그런 모습은 처음이었어. 마치 지금 우리처럼." 게이브리얼은 말을 잇기 힘든 듯이 잠시 멈추었다. "난 어머니에게 지금 떠나면 나를 다시는 못 볼 거라고 했어. 참 바보 같고 한가한 협박이었지. 하지만 진심은 아니었어. 그냥 아버지가 걱정돼서. 결국 어머니는 나 때문에 떠나지 못했고, 그때의 상처가 어머니 안의 무언가를 망가뜨린 것 같아. 어머니는 거의 하룻밤 사이에 다른 사람이 되었거든. 그때부터 낮에 술을 마시기 시작했어. 괴로워했고 냉랭한 사람이 되었지. 이유 없이 아버지에게 잔인했는데, 가끔은 나한테도 그랬어. 때론 내가 어머니 인생을 망쳤다는 생각도 해."

나는 적당한 말을 생각하느라 잠시 멈추었다. 그의 말은 충격적이었다. 어머니의 불륜 때문이 아니라 어머니가 그 관계를 정리하고 게이브리얼과 아버지에게 분노와 원망을 표출했기 때문이었다. 이기적이고 모진 사람 같았다.

"그렇게 생각하지 마. 어머니의 행복이 네 책임은 아니야."

게이브리얼은 나를 품에 안았다. "어머니는 혼자 불행한 걸로는 충분하지 않았나 봐. 아버지와 나까지 불행하게 만들어야 했지. 난 여기 있는 게 정말 싫었어. 네가 나타나기 전까지는."

"날 떠나지 않을 거지?" 함께 보낸 마지막 밤에 게이브리얼이 물었다. 시간이 늦었는지 아주 일렀는지는 알 수 없었지만, 침실 벨벳 커튼 주위로 희미한 빛이 드리우기 시작했다.

나는 반쯤 잠들어 꿈과 현실이 뒤섞인 기분 좋은 나른함에 빠져 있었다.

"베스?"

"응?"

"날 떠나지 않는다고 약속해."

"그럴 리 없잖아."

"그러니까 약속해 줘."

"진심이야?" 나는 눈을 떴다.

게이브리얼은 고개를 끄덕였다.

"네가 먼저 해." 내 말에 그는 웃음을 터뜨렸다.

"정말 지기 싫어하는구나. 잠이 덜 깼는데도 말이야."

게이브리얼이 먼저 약속했고 그다음에 나도 했다. 사실 아무 의미 없는, 연인들이 흔히 하는 바보 같은 말이었다. 하지만 그 순간만큼은 우리가 틀림없이 앞으로도 함께이리라 생각했다. 그리고 곧 다시 잠에 빠져들었다.

1968년

남자들은 목장에 나갔고, 나는 끝없는 집안일 중 오전에 끝내기로 한 일을 하고 있었다.

이럴 때는 바삐 움직이는 것만이 도움이 된다. 바비가 죽고 나서 사람들은 명상을 권했고 도서관에서 불교나 고대 요가 수련에 관한 책을 빌려다 주기도 했다. 그때 나는 생각했다. '*정말이지, 몇 분 동안 심호흡한다고 내 고통이 나아질 거라고 생각하는 건가?*' 어디에서나 바비가 보여 고통에 몸부림치던 초반 몇 달 동안에는 글을 읽을 수조차 없었다. 평생 책에서 위안을 얻었건만. 어린 시절에는 좋아하는 이야기에 푹 빠져서 실제 친구들보다 책 속 인물이 더 생생하게 느껴지기도 했다. 어른이 되어서도 소설 속 가상 세계에 완전히 몰입했고 어쩔 수 없이 현실로 돌아와야 할 때면 마음이 쓰리고 힘들었다. 그런데 갑자기 책을 읽고 싶은 마음이 들지 않았고 정신적으로 여력이 없었다. 라디오도 들을 수 없었다. 혼자 중얼거리는 것 말고는 다른 사람과 대화할 수 없었고, 대화를 하더라도 겉핥기식이었다. 하지만 일은 할 수 있었다. 그것도 아주 열심히. 내가 목장에서 다시 일하도록 해준 사람은 시아버지 데이비드였다. 그는 하루 열두 시간 연달아 고되게 몸을 혹사하면 슬픔을 해소하는 데 도움이 된다는 것을 알았다. 나는 남자들과 똑같이 소젖을 짜고 양 떼를 몰고 울타리를 고치고 건초 더미를 날랐다. 나와 프랭크와 지미만큼 열심히 일하는 사람을 본 적이 없을 것이다.

창턱에 무릎을 꿇고 신문지에 식초를 적셔서 창문을 열심히 닦고 있는데 초인종이 울렸다. 내려가서 현관문을 열기 성가셨지만 현관으로 향했다. 시골 사람들은 대부분 그랬다. 우리는 도시 사람들보다 예의를 중시하며 산다. 적어도 나는 늘 그렇게 생각했다. 우리는 서로 반갑게 맞이하고 물건을 빌려주고 유용한 정보를 공유한다.

하지만 현관문을 열었을 때 게이브리얼이 있을 줄은 예상하지 못했다.

"안녕." 아무렇지 않은 투로 말하려 했지만 내 심장은 사정이 달랐다.

"내가 방해했어?"

"아니야. 들어올래?"

시골 사람들에게 뿌리 깊이 박혀 피할 수 없는 예의였다.

게이브리얼은 안으로 들어와 호기심을 드러내며 주위를 살폈는데, 그가 무엇을 보는지 궁금했다. 흔해 빠진 목장 주택의 주방일 뿐인데. 프랭크의 조부모가 쓰던 커다란 참나무 식탁은 3대에 걸쳐 식사와 웃음과 말싸움을 지켜보았다. 식탁 의자는 다양한 종류가 놓여 있었는데, 내가 페인트칠한 것도 있었고 짙은 색의 오래된 나무 의자도 있었다. 주방 한쪽 끝에 있는 거대한 벽난로는 보는 사람마다 감탄했다. 큼지막한 검은 가마솥이 달려 있어야 할 것 같은 중세풍이었기 때문이다. 예쁜 파란색과 금색 도자기 장식을 올려둔 서랍장은 프랭크의 부모님이 거의 사용하지 않은 상태로 물려준 것이었다. 오래전 버스에서 프랭크에게 주었던, 야생화를 눌러 붙여 만든 그림은 액자 속에서 이제 빛이 바래 있었다. 그리고 포스터 크기로 확대한 바비의 사진이 있었다. 세 살 생일에 찍은 사진으로, 바비는 턱에 초콜릿을 묻힌 채 눈가에 주름이 잡히도록 특유의 환한 미소를 짓고 있었다.

게이브리얼은 그 사진을 유심히 보았다.

"아들이야? 베스, 너랑 정말 똑같이 생겼어."

"다들 그러더라. 그런데 무슨 일로 온 거야?" 너무 딱딱한 목소리였지만 어쩔 수 없었다.

게이브리얼은 망설였다. 내 직설적인 말에 당황한 듯했다.

"마감일이 다가오는데 일이 많이 밀려서, 매일 레오를 몇 시간 정도 봐줄 사람이 필요해. 당연히 유급이고. 학교 끝나는 시간에 레오를 데려와서 내가 글 쓰는 동안 같이 뭔가를 해주면 돼. 혹시 해줄 수 있어?"

"난 일이 있어. 프랭크와 지미와 목장을 운영해야 한다고."

"그러니까 그게, 레오가 널 정말 좋아해. 두어 시간 정도면 될 거야. 이미 레오와 시간을 자주 보내잖아. 내가 급여를 준다는 것만 달라지는 거야."

게이브리얼의 말이 옳았다. 지난 몇 주 동안 나는 메도랜즈에서 점점 시간을 많이 보내고 있었다. 잘 웃고 재잘대고 호기심 많은 레오와의 편안한 우정은 그 무엇보다 큰 위로가 되었다. 시작은 강아지 훈련이었다. 그러다가 곧 야생화를 하나하나 알려주었고 여러 종류의 새를 구분하는 법을, 새의 색과 소리를 가르쳐 주었다. 도시에서 자란 아이가 모르는 모든 것을 알려주었다.

"네게 돈을 받고 싶진 않은데."

"내가 아니라 출판사가 주는 거야. 이번 책 선급금을 꽤 괜찮게 받아서 넉넉히 주고 싶어."

게이브리얼 울프가 내 고용주라니, 그건 어떤 기분일까? 그리고 프랭크가 이 일에 동의하리라고 감히 기대할 수 있을까?

게이브리얼이 내 쪽으로 다가왔다. 그가 쓰는 나무 향, 정확히는 삼나무 향 화장품 냄새가 느껴질 정도로 가까웠다. 턱 근육의 움직임까지 보일 정도였다. "뭐 하나 얘기해도 될까?"

나는 말할 자신이 없어서 고개만 끄덕였다.

"네가 와준 덕분에 레오가 많이 달라졌어. 나도 그렇고. 네가 날 피해야 한다고 생각하지 않기만을 바랄 뿐이야. 어색하다는 거 알아. 많은 일들이 있었으니까. 그러니까 내가 하려는 말은, 우리가 친구로 지낼 수 있으면 정말 좋겠다는 거야."

"친구잖아."

"아니던데. 넌 우리 집 안으로 들어오는 일이 거의 없잖아. 내가 나타나자마자 언제나 황급히 가버렸고. 차 한 잔 마신 적도 없어."

"여기 할 일이 많으니까."

"베스. 나 좀 봐. 부탁이야."

나는 그를 보았다. 우리 둘은 눈싸움이라도 하듯 서로 쳐다보았고, 어찌나 오래 보았는지 웃긴다는 생각이 들기 시작했다. 결국 우리 둘 다 미소 짓고 말았다. 이 순간, 나는 목장 주인의 아내 베스 존슨으로 웃었다. 한때 내 앞에 서 있는 남자와 미칠 듯한 사랑에 빠진 10대 소녀 베스 케네디는 흔적도 없었다. '어쩌면 할 수 있을지도 몰라. 그 모든 일에도 불구하고 우리가 잘 지낼 수 있을지도 몰라.'

"프랭크와 이야기해 볼게. 우린 모든 걸 의논해서 결정하거든."
"물론 그래야지. 고마워."

저녁을 먹으며 프랭크와 나는 목장 일과 늘어나는 빚에 관해 이야기했다. 프랭크는 곧 은행에 가야 하는데 걱정된다고 했다. 소규모 목장은 수익이 나지 않았다. 돈을 벌려고 하는 일이 아니었다. 고생스럽지만 목장을 팔 생각은 해본 적이 없었다. 목장에는 프랭크와 지미와 나의 열정이 고스란히 담겨 있었다.

"아까 내가 뭘 봤게?" 프랭크는 이렇게 묻고는 나를 유심히 보았다. 속을 알 수 없는 표정이었다. "황조롱이가 돌아왔어."
"그럴 리가."
"진짜야. 쌍안경이 없어서 새끼들이 부화했는지 확인할 순 없었지만 아직은 아닌 것 같아. 온 지 얼마 안 된 게 틀림없어."

황조롱이는 우리 집 물푸레나무에 3년 연속으로 둥지를 틀었고, 바비는 황조롱이를 정말 좋아했다. 프랭크는 바비를 위해 나무 맞은편에 은신처를 만들어 주었다. 맥주 통을 놓아 그 안에 몸을 숨길 수 있게 했고 나무 사다리도 놓았다. 바비는 그 안에 들어가 쌍안경을 둥지에 고정한 채 몇 시간씩 보내며 새끼가 부화할 때마다 몇 마리인지 세었다. 바비가 학교에서 돌아오면 우리는 매일 은신처로 가서 수컷 황조롱이가 먹이를 찾으러 날아갈 때까지 기다렸고, 수컷은 언제나 부지런히 날아갔다. 우리는 새끼들이 조금 더 자라서 수컷이 돌아왔을 때 분홍색 부리를 벌리는 모습을 가장 좋아했다. 6주쯤 지나 새끼들이 둥지를 떠나면 언제나 슬퍼했고, 이듬해 봄에 돌아오면 무척 흥분했다. 바비가 죽던 그해부터 황조롱이는 돌아오지 않았다.

"내일 같이 가서 보자." 내가 프랭크에게 말했다.

우리는 식사를 계속했지만, 해야 할 이야기가 계속 신경 쓰여서 결국 참지 못하고 말문을 열었다. "할 말이 있어. 당신이 좋아하지 않을 만한 얘기야. 하지만 돈이 달린 일이야."

프랭크는 웃음을 터뜨렸다. "돈이 달린 일이라면 좋아할 것 같은데."

"게이브리얼이 방과 후에 레오를 봐달라고 부탁했어. 매일 두 시간씩. 가끔은 내가 메도랜즈로 가겠지만 난 레오를 우리 집으로 데려오고 싶어. 레오는 목장을 좋아해. 동물을 정말 좋아할 거라고."

"안 돼, 베스."

프랭크의 표정이 달라졌다. 내가 싫어하는 표정이었다. 매일 밤 식탁 너머로 누군가를 바라보며 몇 년을 살다 보면, 그 사람을 구석구석 알게 된다. 프랭크의 입 모양과 상처받은 눈빛을 보면 그가 무슨 생각을 하는지 알 수 있었다. 일촉즉발의 상황이었다. 그가 굳이 말하지 않아도 알 수 있었다.

"그 사람의 동정 따위는 필요 없어. 그동안 많은 일을 겪었으면서도 그런 걸 고민하다니 놀라운데."

"동정이 아니라 일자리야. 내가 안 하면 다른 누군가가 하겠지. 하지만 난 할 거야. 그래, 돈 때문이야. 하지만 그 애를 위해서가 더 큰 이유야. 프랭크, 내게도 도움이 된다고."

"그건 위험한 일이야." 프랭크가 나지막이 말했다.

나는 고개를 끄덕이는 것 말고는 아무것도 할 수 없었다.

"이 일로 우리 사이에 문제가 생기는 건 싫어." 내 말에 프랭크는 어깨를 으쓱했다.

이미 문제가 되고 있으니까.

과거

가까이에서 본 테사 울프는 정말 놀라웠다. 게이브리얼처럼 머리카락과 눈동자는 짙은 색이었지만 이목구비가 훨씬 섬세했다. 코는 우아했고 가는 입술은 도발적인 주홍빛이었다. 가느다란 목은 진짜가 틀림없는 다이아몬드 목걸이에 둘러싸여 반짝였다. 이렇게 아름다운 사람을 이 정도로 가까이에서 본 적은 없었다. 사실 이렇게 화려한 보석을 본 적도 없었다. 나는 빤히 쳐다보지 않으려고 애쓰는 수밖에 없었다.

게이브리얼의 말에 따르면 테사는 점점 술에 취하고 있었다.

"그냥 어머니 말이 전부 다 맞다고 하면 괜찮을 거야." 저녁 식사 자리에 도착한 내게 게이브리얼은 이렇게 말했다. 그에게 처음 초대받은 뒤로 내내 두려워한 시간이었다.

"얼마나 만나고 싶었나 몰라. 게이브 이 이기적인 녀석이 여름 내내 널 독차지했지 뭐야." 테사는 자기 옆 의자를 손짓하며 말했다.

"내 생각엔 아주 현명한 결정이었어." 에드워드 울프는 이렇게 말하더니 나와 악수하며 윙크했다. 나는 에드워드가 이내 마음에 들었고, 맞은편의 테사가 아니라 그의 옆에 앉고 싶었다.

그렇게 화려하게 차려진 식탁은 처음이었다. 유리잔, 나이프, 포크가 무서울 정도로 많았다. 네 사람이 먹을 저녁으로는 지나친 것 같았고, 시중드는 마을 소녀가 내온 음식은 들어보지도 못한 것들이었다. 훈제 연어와 비프 웰링턴이 있었는데, 알고 보니 비프 웰링턴은 소고기를 통째로 페이스트리에 감싸 구운 요리로, 가운데는 거의 익지 않았다. 식량 배급이 작년에야 겨우 끝났고, 우리 집 식단은 설탕과 고기가 약간 추가된 것 말고 별로 달라진 게 없었다.

음식을 내온 세라는 나보다 두 살이 더 많았고, 우리 둘 다 헴스턴 초등학교에 다녔다. 내가 소고기 조각을 먹는 동안 기다리는 세라를 보자 나 자신이 가짜처럼 느껴졌다.

"안녕, 세라. 어떻게 지냈어?" 내가 조심스레 말을 걸었다.

하지만 세라는 고개만 까딱하며 겨우 아는 체하고는 시선을 피했다.

"옥스퍼드에 지원했다면서? 잘됐구나. 어느 칼리지에 지원했지?" 에드워드가 물었다.

"세인트 앤스요. 영문학을 공부하려고요."

"아, *새*로 생겼다는 칼리지로군." 테사가 말했다.

"사실 세인트 앤스는 평판이 아주 훌륭해. 물론 내가 다니던 시절에는 옥스퍼드에 여학생이 하나도 없었지만. 게이브리얼이 정말 부러운데." 에드워드가 말했다.

"기숙사가 있는 사립학교를 졸업하고 온 여학생이 대부분일 텐데. 네가 소외감을 느끼지는 않을지 모르겠구나."

"어머니, 제발요. 그런 속물 같은 말은 하지 마세요." 이렇게 말하는 게이브리얼의 뺨이 선명하게 달아올랐다.

"이런, 우리 아들이 나더러 구제 불능 속물이라고 하네."

테사의 말에서 자부심이 느껴졌다. 그 순간, 나는 게이브리얼에게 들은 말보다 그녀를 더 잘 설명하는 무언가를 감지했다. 테사는 아닌 척하지만 원래 이 세계에 속한 사람이 아닌 듯했다. 제 발로 떠나려다가 모든 걸 포기하고 남은 세계였기에 더욱 중요했다. 그녀에게 이 세계는 위안이자 상이었다. 그래서 소중히 지키고 싶어 했다.

오늘 저녁이 힘들 줄 알았으나 그때마다 게이브리얼이 구해주리라고 믿었다. 하지만 그는 아버지와 한참 이야기를 나누었고,

나는 테사의 거슬리는 질문을 혼자 감당해야 했다. 테사 울프가 무언가에 굶주려 주위를 맴도는 느낌이 들었지만 그게 무엇인지는 알 수 없었다.

"부모님은 두 분 다 일하신다고? 어머니가 자식들이 어릴 때 함께 시간을 많이 보내지 못한 걸 아쉬워하실 것 같구나."

"그렇지 않아요. 두 분 다 선생님이라 방학 때는 언제나 우리와 함께 계셨거든요."

"가족들과 어디에서 방학을 보냈는데?"

일종의 시험 같은 기분이 들었고 마땅한 대답이 떠오르지 않았다. 테사는 프랑스 남부나 부유층이 즐겨 가는 곳 어딘가를 바라는 듯했다. 우리는 집에서 여름 방학을 보냈다. 부모님은 우리를 데리고 해안가로 당일치기 여행을 떠나거나 박물관을 탐방하러 갔고, 일주일에 두 번 도서관에 가서 대출 한도를 꽉 채워서 책을 빌려오기도 했다. 비 오는 날에는 거실에 벽난로를 피우고 네 식구가 모여 책을 읽었는데, 그때 느낀 고요한 만족감이 지금도 생생했다.

테사는 내 침묵을 알아차리지 못한 듯, 술잔을 채우고 다른 질문을 쏟아냈다. "게이브와 네 얘기를 해주렴. 그 애를 정말 사랑하니? 대답 안 해도 되겠네. 네 눈에 답이 다 있으니. 그리고 게이브도 널 아주 좋아한다는 거 알고 있단다."

테사는 낮고 은밀한 목소리로 게이브리얼은 친구를 쉽게 사귀는 유형이라고 말했다. "문제는, 가끔 그 애가 너무 많은 일을 한

꺼번에 번다는 거야. 옥스퍼드에 가면 친구들을 사귀느라 엄청나게 바쁘겠지."

"저도 바쁠 거예요. 대학 입학시험을 준비해야 하니까요."

테사가 몸을 숙이자 우리의 얼굴이 매우 가까워졌다. 꽃향기가 진한 향수 냄새가 났고 숨결에서 와인 냄새도 났다.

테사는 속삭임에 가까울 정도로 목소리를 낮췄다. "그러니까 내가 하고 싶은 말은, 널 생각해서 하는 말인데, 게이브리얼은 자기를 최우선으로 생각하는 애야. 그래서 뭐든 잘 해내는 거겠지. 그 애는 자기가 원하는 것에만 몰두해. 그러다가 느닷없이 관심사를 바꾸지. 친구들 사이에서도 그러는 걸 봤어. 제가 우주의 중심인 양 키운 내 잘못일지도 모르겠구나. 어릴 때 게이브를 신의 선물처럼 대했거든. 물론 지금도 그렇지만."

나는 게이브리얼이 해준 어머니 이야기를 떠올리며 자신을 위로했다. 테사는 심술궂은 주정뱅이고 자기 인생이 마음에 들지 않아서 게이브리얼의 인생에 집착한다고.

그리고 테사가 게이브리얼을 나만큼도 모른다는 사실도 알 수 있었다. 예컨대 글을 쓰고 싶어 하는 열정, 글을 잘 쓰지 못하면 어쩌나 하는 두려움, 자신은 싫어하지만 어머니가 염두에 둔 은행원이나 법조인이 될지도 모른다는 두려움 같은 것은 알지 못했다. 게이브리얼이 메도랜즈를 물려받고 싶어 하지 않는다는 사실도, 외아들로서 느끼는 압박감도, 아버지가 죽고 나면 어머니를 돌볼 책임을 떠안아야 한다는 두려움도 전혀 알지 못했다.

"그럼, 이제 저희는 호숫가로 가도 될까요?" 게이브리얼이 적당한 시점에 대화를 끊었다.

"그러렴." 에드워드는 이렇게 말하며 의자에서 반쯤 일어났다. "베스, 이렇게 만나게 되어 정말 반가웠단다."

"그 전에 설거지를 돕고 싶어요." 나는 주방에서 일하는 세라 생각에 이렇게 말했다. 내가 호화로운 음식을 먹는 동안 시중든 세라 때문에 죄책감이 들고 당혹스러웠다. 나는 일어나서 빈 접시를 차곡차곡 쌓고 나이프와 포크를 한쪽으로 옮겼다. 하지만 테사가 내 손을 잡았다.

"우린 이런 일을 하지 않아. 학교 급식실 직원이나 하는 일이야."

나는 속상한 눈빛으로 접시 하나를 움켜쥐고 다이닝룸에서 나갔다. 게이브리얼은 이 말을 듣지 못한 것 같았다. 어쩌면 사람을 바보로 만드는 어머니의 말을 그냥 흘려듣는 게 더 편하다고 생각했는지도 모른다. 나는 가슴속에서 분노가 솟았다.

멀리 주방 한구석 싱크대 앞에 세라가 서 있었고 그 옆에는 접시가 쌓여 있었다. 내가 들어갔는데도 세라는 돌아보지 않았.

나는 혹시 세라에게 말을 걸면 상황이 더 안 좋아지는 게 아닐까 싶어서 머뭇거렸다. 하지만 마음을 결정하기 전에 테사가 들어왔다.

"베스, 설거지는 그냥 두렴. 고맙구나. 세라 혼자서도 아주 잘 할 수 있어. 도와줄 필요 없단다." 테사는 이렇게 말하고는 속삭임보다 살짝 큰 소리로 말을 이었다. "가기 전에 한마디 할게. 분별 있게 피임은 잘하고 있겠지?"

나는 너무 소름 끼쳐서 아무 말도 못 하고 테사를 보기만 했다. 주방 반대편에 있는 세라에게 이 말이 들릴 리 없었지만, 그럼에도 모멸감을 느꼈다.

"그렇게 볼 필요 없어. 뭐 그리 놀랄 일이라고. 무엇보다 여름내내 게이브가 뭔가에 몰두하게 해준 건 고맙구나. 집에 있으면 무척 지루해하거든. 그 일 때문에 네가 곤란해지지 않기를 바라."

게이브리얼이 주방에 들어와 어머니에게 인사를 건네는 바람에 대답은 필요하지 않게 되었다.

밖에는 이슬비가 내렸고 형광색이 도는 푸른 하늘 가장자리에 빛이 리본처럼 띠를 두르고 있었다. 호숫가에 도착할 때쯤에는 폭우가 쏟아졌다. 우리는 옷이 흠뻑 젖을 때까지 키스한 다음, 옷을 벗어던지고 날씨의 신처럼 빗속에서 춤추고 빙빙 돌며 빗물에 몸을 씻었다. 살면서 가장 자유로운 순간이었다.

"너무 말이 없네. 그렇게 끔찍했어?" 게이브리얼이 내 손을 잡으며 말했다.

내 입에서 무슨 말이 나갈지 나도 알 수 없었다. 너무 많은 감정이 소용돌이치는 바람에 감정을 파악하기 힘들었다. 화가 나고 굴욕적이고 불안했다. 비참하고 부끄럽기도 했다. 게이브리얼과 함께 보낸 시간이나 우리가 함께 한 일을 조금도 후회하지 않지만, 영리하게도 그의 어머니는 내 머릿속에 의심의 씨앗을 심어 놓았다. 테사의 말이 맞는다면? 테사가 나보다 자기 아들을 더 잘 안다면?

"네 어머니 때문에 싸구려가 된 기분이야. 네가 여름을 보내려고 고른 창녀가 된 기분이라고. 옥스퍼드에 가려고 생각하다니 내가 바보였어. 우리가 한때 편하게 즐기는 것 이상의 관계라고 생각하다니 내가 정말 오만했어." 이 말이 독처럼 튀어나왔다. 가슴이 짓눌리는 듯했고 눈물이 날 것 같았지만, 눈물은 내 방에서 몰래 흘리기로 했다. 문득 가슴 아리게 외로웠다. 나는 이곳과, 이 사람들과 어울리지 않았다. "그런데 넌 날 내버려뒀지."

게이브리얼은 그럴 리 없다는 표정을 짓더니 곧 당황한 듯 어색하게 웃었다. "그냥 저녁 식사잖아. 너무 예민한 거 아니야?"

내 안에서 쏟아져 나오는 분노를 통제할 길이 없었다. "넌 이해 못 해. 하긴, 이해할 필요가 없겠지. 넌 그런 사람이니까."

"그게 무슨 뜻이야?"

게이브리얼은 상처받은 듯했다. 하지만 모든 사람에게, 특히나 자신에게 숨겨왔던 생각이 쏟아져 나오는 것을 막기에는 역부족이었다. "넌 노력하지 않아도 모든 게 주어지잖아. 빌어먹을 은수저를 물고 태어났지. 부족하다고 타박하는 사람도 없고 돈이 없거나 상류층이 아니라서 무시당하는 일도 없잖아. 어딜 가든 두 팔 벌려 환영받고. 원하는 건 뭐든 할 수 있어. 누구든 원하는 사람과 잘 수 있고. 그렇게 해도 박수 받지. 보잘것없다거나 가치 없다고 느끼지도 않을 거야. 오늘 저녁에 내가 너희 어머니에게서 받은 비웃음 같은 걸 견딜 일도 없을 테고."

"내가 한 마디 해도 돼?" 게이브리얼이 물었다.

"해봐."

"미안해." 그의 말에 나는 눈물이 터져 나왔다.

게이브리얼은 나를 꼭 안았다. 그의 가슴팍에 내 얼굴이 눌렸다. 세탁 세제와 비누와 그가 늘 바르는 화장품 향기가 났다. "네 말이 맞아." 그는 뒤로 약간 물러나 내 얼굴을 보았다.

곧 눈물이 흐를 듯 눈이 반짝였다.

"사실, 난 가끔 어머니가 무서워. 어머니는 마음만 먹으면 얼마든지 잔인해질 수 있거든. 그래도 내가 널 지켜야 했는데. 날 용서해 줄래?"

우리는 키스했다. 그의 따뜻한 입술이 내 입술에 닿았고 그의 두 손이 내 얼굴을 감싼 채 끌어당겼다. *'이게 우리야.'* 우리는 저 집 안에 있던 사람들이 아니라, 여름 내내 수많은 별이 빛나는 밤하늘 아래에서 사랑을 맹세한 소년과 소녀였다.

1968년

나는 지미가 질풍노도의 시기를 보내던 열세 살부터 알고 지냈다. 그때 프랭크는 틈틈이 지미에게 아버지이자 어머니 역할을 했다. 프랭크의 아버지 데이비드를 처음 만났을 때, 그는 몇 해

전에 아내를 잃은 슬픔에서 여전히 헤어나지 못한 채 제멋대로 구는 막내아들을 방치하고 있었다.

  소니아는 지미가 고작 아홉 살 때 세상을 떠났다. 곁에 있던 어머니가 갑자기 사라진 그 상실감을 이해하기에 지미는 너무 어렸다. 프랭크의 말에 따르면 지미가 열세 살이 되었을 때 말썽이 시작되었다. 학교에 술을 가져가는 바람에 귀가 조처를 받은 적도 있고, 점심시간에 아주 심하게 싸우고 쫓겨난 적도 있었다. 그때마다 학교에 가서 지미를 다시 받아달라고 사정한 사람은 프랭크였다. 그는 지미가 어머니를 여읜 슬픔 때문에 이따금 폭력적으로 행동한다고 설명했다. 당시 지미는 스스로를 놓아버리게 만든 상실감과 슬픔을 난폭한 행동으로 숨겼던 것 같다.

  오늘 밤 지미와 니나는 우리 집에서 저녁을 먹고 있다. 나는 두 사람이 함께해서 마음이 놓였다. 레오를 돌봐주기 시작한 뒤로 저녁에 프랭크와 대화할 때마다 긴장이 감돌았기 때문이다. 우리는 게이브리얼이라는 이름을 언급하지 않으려고 최선을 다했다. 프랭크는 그 이름만 나오면 언제나 불편해했다. 레오라는 이름도 가급적 입 밖에 내지 않았다. 나와 마찬가지로 프랭크도 레오가 우리 아들이 아니라는 이유만으로 마음 아플 테니까. 하지만 나는 점점 익숙해지고 있었다. 하루하루 지날수록 내 눈에 레오는 그 아이 자체로 보였고, *내* 아들, 아니 *우리* 아들은 차츰 뒤로 밀려났다.

  저녁 식사로 지미와 니나가 좋아하는 닭고기 햄 파이를 만들었다. 프랭크는 목장을 운영하는 오랜 친구에게 선물 받은 레드 와인을 두 병 가져왔는데, 그 자체로 사건이었다. 평소 집에 와인이 있는 일은 없기 때문이었다.

프랭크가 코르크를 따자 축하라도 하듯이 경쾌한 소리가 났다. 그는 와인을 두 잔 따랐다.

지미와 니나가 도착했을 때 우리는 롤링스톤스의 〈애프터매스Aftermath〉 앨범을 듣고 있었다. 니나가 외쳤다. "이 앨범 첫 곡 진짜 좋아해요. 〈마더 리틀 헬퍼Mother Little Helper〉 말이에요." 그러면서 춤추기 시작했는데, 완벽한 동작으로 한 바퀴 돌자 밝은색 머리카락이 흩날렸다. 니나는 분홍, 노랑, 초록이 섞여 있고 화려한 기하학무늬가 그려진 미니 원피스를 입고 청록색 스타킹에 광택 에나멜 소재의 메리 제인 슈즈를 신었다. 나는 니나가 외모를 가꾸려고 노력해서 좋았다. 그녀는 허름한 주방에 핀 진귀하고 화려한 꽃 같았다.

니나는 프랭크와 포옹하며 인사하고는 내 쪽으로 다가오다 말고 잠시 멈춰서 블러드하운드처럼 킁킁댔다. "설마 파이를 만든 건 아니죠?"

"당연히 만들었지, 이 바보야."

"베스 존슨, 사랑해요. 내가 이 말 했던가요?"

"여러 번. 그리고 나도."

우리는 스토브 옆에서 끌어안았다. 니나의 긴 머리카락이 내 얼굴을 스쳤다. 니나에게서는 배 향 샴푸와 니베아 크림 냄새가 났다.

"오늘 저녁엔 우리가 들러리 노릇을 할 것 같은데." 지미가 프랭크에게 말했다.

"언제는 안 그랬어?" 프랭크가 말했다.

"베스, 새로운 일은 어떤지 얘기해 줘요." 식탁에 앉자 니나가 말했다.

니나는 언제나 어려운 문제에 정면으로 부딪치는 사람이었다. 형제가 눈짓을 주고받았고 지미의 얼굴에 경멸 어린 기색이 잠시 스쳤다. 지미는 프랭크가 게이브리얼을 미워하지 말라고 할 때까지 계속 그를 미워할 것이다. 이들 형제는 그런 관계였다.

"아주 마음에 들어. 뭔가 다르더라고. 무슨 말인지 알지? 학교에 가는 게 너무 힘들 줄 알았는데 막상 가보니 오히려 도움이 돼. 지난 2년 동안 피했던 것들을, 그러니까 놀이터, 선생님, 엄마들을 마주하는 게 생각보다는 수월했어. 벌써 익숙해진 것도 같고. 레오는 바비와 전혀 달라. 다들 내가 레오와 같이 있으면 바비 때문에 아팠던 기억이 되살아나지 않을까 걱정했던 거 알아. 물론 가끔은 그래. 하지만 가치 있는 일을, 그 애는 물론이고 나도 달라지게 만드는 일을 하고 있다는 기분이 들어. 레오가 참 딱하더라고. 아버지는 일에 빠져 지내고 어머니는 레오를 떠나 미국에서 새 삶을 시작했으니. 외로운 아이야."

나는 말하는 내내 프랭크의 얼굴에서 눈을 떼지 않았다. 모두 그에게 하는 말이었다. 그리고 그가 이해했다는 것을 알 수 있었다. 프랭크는 내 말뜻을 알아들었다. 나는 안도감에 미소 지었고 그는 내 손을 잡았다. 우리는 언제나 말없이 소통하는 데 능했다.

두 번째 와인을 마실 무렵, 프랭크의 얼굴에서 긴장이 사라졌다. 피부는 약간 상기되었고 눈동자는 빛났다. 프랭크는 행복하고 젊어 보였다. 예전 모습처럼.

"와인 마시고 취한 모습이 보기 좋은데." 이 말에 프랭크는 내 입술에 약간 거칠게 키스했다. 마침표를 찍는 듯이, *"됐어, 이제 그만하자"* 라고 말하는 듯한 키스였다.

"둘이 뭐예요. 진짜 오글거리는 사랑꾼들이라니까." 니나는 이렇게 말했지만 기분 좋은 표정이었다. 우리 부부의 관계는 니나와 지미에게 의미가 컸다. "두 사람은 함께할 운명인 걸 어떻게 알았어요? 둘 다 정말 어렸잖아요." 니나가 말했다.

"열세 살부터 알았지." 프랭크가 말했다.

야생화 이야기는 할 것도 없었다. 그때 그림은 주방 벽에 걸어놓았는데, 이제 익숙한 배경이 되어 눈에 들어오지도 않았다.

"베스는 그보다 좀 더 걸렸어."

"하지만 일단 마음이 기울고 나서는 완전히 빠져버렸어." 나는 이렇게 말하며 프랭크의 어깨에 기댔다. 단순히 술기운 때문이 아니었다. 나는 힘들 때마다 프랭크에게서 위안을 얻었다. 우리는 서로에게 속한 존재였고 언제나 함께였다. 이건 나 자신에게 하는 이야기였다.

"두 사람도 이런 느낌 알지 않아? 다른 사람에게 눈길도 안 주잖아. 몇 년이나 사귀었더라? 5년? 6년? 왜 결혼 소식을 안 들려주는 거야?" 프랭크가 말했다.

그때 정말 이상하고 전혀 뜻밖의 일이 벌어졌다.

니나가 식탁에서 일어나더니 지미 앞에 무릎을 꿇었다.

니나가 무릎을 굽히는 그 순간, 우리 모두 깨달았다. 지미는 프랭크를 보았다. *'이게 진짜라고?'* 하는 표정이었다. 잠시 후 지미의 얼굴은 당황스러움에서 경이로움으로 바뀌었다.

"지미 존슨, 내 하나뿐인 사랑, 나와 결혼해 주겠어? 네가 청혼하기를 기다렸다가는 노처녀가 될 것 같은데."

지미는 니나를 끌어당겨 무릎에 앉혔고, 단둘이 있는 것처럼 키스하기 시작했다. 프랭크와 나는 휘둥그레진 눈으로 서로 쳐다보며 기다렸다.

"좋다는 거야? 대답 안 했잖아." 니나가 입술을 떼고 물었다.

"당연히 좋지! 내가 원하는 건 너뿐이야. 두 사람에게 물어봐." 지미는 어리둥절한 표정으로 그들을 보고 있던 나와 프랭크를 가리켰다. "처음 본 순간부터 널 사랑했어. 네가 거절할까 봐 너무 두려워서 청혼하지 못했던 거야."

니나는 못마땅한 듯 눈을 굴렸다.

"지미 존슨, 넌 네가 얼마나 탐나는 남편감인지 모른다는 게 문제야. 넌 내가 아는 남자 중에 최고야. 물론 외모도 나쁘지 않고 말이지."

그러고 나서 우리는 다 같이 얼싸안았다. 덩치 큰 두 남자가 힘차게 포옹하는 모습은 눈물이 날 정도로 감동적이었다. 데이비드가 이 모습을 보았으면 얼마나 좋았을까 싶었다. 데이비드는 한 번도 말한 적은 없었지만, 막내아들이 자리 잡고 사는 모습을 보고 싶어 했고 끊임없이 걱정했다.

니나는 지미의 무릎에 앉아서 목을 끌어안았다. 나는 두 사람에게서 눈을 뗄 수 없었다. 니나의 진면목을 제대로 본 게 언제였던가? 니나는 지미의 기분이 조금이라도 달라지면 레이더처럼 감지했고 최악의 상황도 아무렇지 않게 헤쳐 나갔다. 아름다운 동시에 그만큼 쾌활했으며 잘 웃고 춤추기를 좋아하고 어떤 상황에서든 최선의 결과를 찾으려 애썼다. 게다가 어떤 남자든 만날 수 있는데도 열아홉 살부터 지미 곁을 굳건하게 지켰다.

"그럼 결혼식은? 여기서 하자." 내가 말했다.

"이런. 결혼식 생각을 못 했어요." 니나가 웃음을 터뜨리며 말했다.

"모든 사람을 초대할 거예요. 마을 사람 전부 다. 이제 파티를 열 때가 됐다고요." 지미가 말했다.

블레이클리 목장에서 열리는 결혼식이라는 콘셉트에 우리 모두 흥분에 휩싸였다. 흘끗 보니 프랭크는 나를 보고 있었다. 그는 활짝 웃으며 고개를 끄덕였다. 나와 같은 생각을 하고 있다는 걸 알 수 있었다. 이 결혼식이 필요한 사람은 우리였다. 우리 모두에게 좋은 일이 될 것 같았다.

과거

나는 메도랜즈에서 열리는 만찬 모임에 갈 준비를 마치고 어머니의 침실에 있었다. 언니 엘리너도 같이 있었는데, 언니는 어머니 침대에 늘어져 패션에 대한 조언과 울프 가족에 대한 비아냥을 쏟아내고 있었다.

"너무 과한가?" 금박 테를 두른 전신거울 속의 내 모습을 보며 내가 물었다.

나는 언니에게 빌린 어깨가 드러나는 윗옷에 지난 나흘 동안 어머니와 함께 열심히 수선한 풍성한 주름치마를 입었다. 광택이 나고 폭이 넓은 가죽 허리띠를 어머니에게 빌렸고, 언니는 어머니의 헤어롤로 머리카락을 곱슬하게 말아 주었다. 언니에게 빌린 화장품으로 화장도 했다. 붉은 립스틱을 바르고 볼에 블러셔도 칠했다.

"세상에, 베스. 정말 예쁘구나." 돌아선 나를 보고 어머니가 말했다.

"아주 좋아. 물론 그 지독한 여자는 네 옷을 보고 구닥다리라고 말할 게 분명하지만." 언니가 말했다.

테사를 처음 만나고 와서 가족들에게 그녀가 어떤 태도였는지 말한 건 실수였던 것 같다.

며칠 전에 게이브리얼이 우리 집에 저녁을 먹으러 왔다. 저녁 내내 그는 정말 매력적으로 행동했다. 어머니에게는 좋아하는 브론테 자매에 관해 이야기했고 아버지에게는 어린 시절에 휴가차 가본 더블린에 관해 이야기했다. 그리고 언니에게는 런던의 밤문화를 물었다.

하지만 아무 소용 없었다. 게이브리얼이 가자 언니는 이렇게 말했다. "괜찮은 것 같아. 아주 잘생겼어. 하지만 그 목소리를 어떻게 참아? 상류층 특유의 그 말도 못 하게 거만한 목소리를. 안 그래?"

내가 도착했을 때쯤 만찬 모임은 한껏 무르익었다.

"왔구나, 우리 베스." 다이닝룸에 들어선 나를 보자 테사가 말했다. 그곳에는 게이브리얼, 그의 부모, 미국에서 온 친구들 몇 명이 모여 있었다. "우리가 준비되기도 전에 그 멍청한 여자애가 수프를 내왔지 뭐니. 그래서 안타깝게도 먼저 시작할 수밖에 없었구나."

"자, 내 옆에 앉으렴." 에드워드가 의자에서 일어나며 말했다. "소개해 주마."

손님들은 리처드와 모이라 스콧 부부와 딸 루이자였다. 루이자는 옥스퍼드 세인트 힐다(St. Hilda)에서 1학년 생활을 마쳤다. 게이브리얼은 오늘 저녁 식사에 대해 아무것도 알려주지 않았다. 주말에 따분한 미국 여자애가 올 텐데 어쩔 수 없이 그 애를 상대해야 한다면서 제발 도와달라고 한 것 말고는.

고개까지 기울여 가며 루이자의 이야기에 집중하는 게이브리얼을 보고 가장 먼저 든 생각은, 억지로 상대하는 게 아니라 자발적으로 흔쾌히 대접하고 있다는 것이었다. 루이자가 얼마나 예쁜지 그에게 아무도 말해주지 않았던 모양이다. 아니, 분홍빛이 도는 하얀 피부와 반짝이는 눈동자와 언제든 미소 지을 준비가 된 듯 올라간 입꼬리를 보면 '예쁘다'라는 말로는 모자랐다. 귀는 앙증맞고 아담한 코는 우아하며 자연스럽게 곡선을 이룬 입술은 장미 꽃봉오리 같았다. 루이자는 인형처럼 완벽했고 고전적인 미인의 전형이었다.

나는 오늘 저녁을 위해 차려입었다고 생각했지만 루이자에 비할 바는 아니었다. 루이자는 끈 없는 검정 새틴 드레스를 입고 어여쁜 목에는 딱 달라붙는 진주 목걸이를 둘렀으며 과감하게 가슴골을 드러낸 채 이 가족 파티에 등장했다.

모녀를 함께 지켜보는 일은 흥미로웠다. 특히 루이자와 모이라 스콧처럼 서로 꼭 닮은 모녀는 더욱. 모이라의 매끈하고 주름 없는 피부와 딱 달라붙은 검정 드레스에 둘러싸인 날씬한 몸을 보니 루이자도 저렇게 나이 들겠구나 싶었다. 루이자는 좋은 유전자와 훌륭한 골격을 물려받았다. 두 사람은 새하얀 치아를 드러내며 전형적인 미국인답게 미소 지었다. 이 우아한 미소를 보여주려고 그러는지는 몰라도 자주 웃었다.

루이자는 식탁 맞은편에서 내게 손을 흔들었다. "만나서 정말 반가워. 게이브리얼이 네 이야기만 하더라."

"루이자는 옥스퍼드에 대한 정보를 주었고."

"옥스퍼드에서 친하게 지내는 친구들 중에 시인과 극작가도 있어. 그 애들은 언제나 다른 작가들을 찾아다니지."

갑자기 두 가지를 분명하게 이해할 수 있었다. 루이지와 게이브리얼이 가까워질 것이라는 사실과 내가 소외감을 느끼게 되리라는 사실이었다.

예의상 그랬는지 일부러 그랬는지 모르지만, 곧 맞은편에 앉아 있던 리처드 스콧이 내게 말을 걸었다. 그렇게 궁금한 게 많은 사람은 처음이었다. 그는 내 가족, 학교, 좋아하는 작가, 좋아하는 음악, 시골에 계속 살고 싶은지 아니면 도시에 살 생각이 있는지 같은 질문을 끊임없이 쏟아냈다.

리처드는 새로운 총리 앤서니 이든Anthony Eden을 어떻게 생각하는지, 처칠이 떠나서 슬픈지 묻는 등 나를 어른처럼 대했다.

나는 부모님에게 들은 말을 그대로 읊었다. 한때 처칠이 훌륭한 정치인이기는 했으나 이제 은퇴해야 할 때이고 이든은 오랫동안 기다렸다고. 부모님은 보수당 지지자였으나 그 이야기는 혼자만 간직하기로 했다.

얼마 전에 교수형 당한 루스 엘리스Ruth Ellis 이야기도 했다. 여느 또래들처럼 나 역시 사형은 충격적이었다. "그 사람에겐 자식도 있었다고요. 게다가 남자 친구가 폭력을 행사했죠. 아주 잘못된 판결이에요." 리처드는 내 목소리가 떨린다는 것을 알아차렸는지, 내 손을 토닥였다.

이따금 이야기에 몰두한 게이브리얼과 루이자를 훔쳐보기도 했다. 루이자는 흠모하는 눈빛이 아니라 온전히 집중한 눈빛으로 게이브리얼을 보았다.

약간의 추궁 끝에 스콧 가족에 대한 정보를 일부 짜맞출 수 있었다. 그들은 캘리포니아 할리우드 힐스Hollywood Hills에 살았다. 반짝이는 수영장이 있고 스포츠카가 몇 대 서 있는 하얀 저택이 떠올랐다. 해 질 무렵에 들러 술을 마시는 매릴린 먼로도. 영화 제작자인 리처드는 최근에 〈사브리나〉와 〈이창〉을 제작했다. 둘 다 내가 본 영화였다.

"앨프리드 히치콕과 아는 사이세요?" 유명인 때문에 들뜬 목소리였지만 나도 어쩔 수 없었다.

"음, 남들만큼은 알지. 그 사람은 혼자 틀어박혀 지내는 성격이라."

"같이 일하기에는 어땠어요?"

리처드는 와인을 한 모금 마셨다. "'까다롭다'라는 표현 정도가 가장 적당할 것 같군. 쉬운 사람은 아니야."

"매릴린 먼로도 아세요? 여쭤보지 않으려 했지만 참을 수가 없네요."

리처드는 웃음을 터뜨렸다. "물어봐도 괜찮아. 만난 적이 있어. 할리우드는 좁은 곳이라 파티에 가면 다 만난단다. 하지만 안다고는 말 못 하겠구나. 같이 일해본 적도 없고, 그녀 주위에는 수행원이 여럿이라."

"아빠?" 식탁 너머에서 루이자가 불렀다. "게이브리얼이 소설을 쓰고 있대요. 아빠가 그 소설을 읽고 평가해 줄 만한 사람을 알 거라고 말하는 중이었어요."

"그건 내가 해줄 수 있지. 뭐에 대한 소설이지?"

게이브리얼은 그런 사람이었다. 부모님과 여자 친구를 비롯해 아는 사람들이 모인 자리에서 할리우드 제작자에게 자기 아이디어를 발표하라고 요청받는다면, 나는 떨려서 그대로 무너졌을 것이다. 하지만 게이브리얼은 정반대였다. 그는 잠시 생각하며 할 말을 정리했고 우리는 기다렸다.

"일반적인 러브 스토리를 반대로 뒤집은 이야기라고 할 수 있어요. 여자가 남자와 결혼하고 싶어서 필사적인 게 아니라 그 반대예요. 여자는 성적인 탐구를 원하고 남자처럼 자유롭게 살고 싶어 하죠. 그래서 남자의 청혼을 거절하고 아무 남자와 잠자리를 해요. 남자는 집에서 여자가 돌아오기를 바라며 기다리고요."

"마음에 드는데. 고정관념을 뒤집었군. 어떻게 끝나지?" 리처드가 말했다.

게이브리얼이 뭐라고 말하기 전에 테사가 끼어들었다. "이야기 속의 도발적인 여주인공이 누구인지는 아주 분명하네." 테사는 나를 바라보았다. 의도가 뻔했다. "베스, 솔직하게 대답해 보렴. 좋은 조건으로 결혼할 기회가 생겨도 거절할 거니?"

방 안이 갑자기 조용해졌다. 식탁 건너편에서 게이브리얼이 나를 보고 있었다. 그가 무슨 생각을 하는지 알 수 있었다. *'엄마를 화나게 하지 마. 부탁이야. 그냥 넘어가 줘.'* 테사가 술을 마실 때면 에드워드와 게이브리얼은 이런 식으로 아슬아슬하게 줄타기했다.

"좋은 조건이라는 게 구체적으로 뭔데요?" 나는 답을 피하며 되물었다. "그에 대한 생각이 서로 다를 것 같은데요."

'테사, 예를 들자면 당신의 결혼은 내가 본 그 어떤 결혼보다 문제가 많고 망가져 있는걸요.'

식탁 건너편에서 게이브리얼이 나를 향해 고개를 저었다. 그때 나는 다시 한번 깨달았다. 그가 곤경에 빠진 날 허우적대도록 방치하고 있다는 걸. 나 혼자서 날 지키도록 내버려두고 있다는 걸. 그는 테사와 얽힌 일에 맞설 성격이 못 되었다. 게다가 리처드 스콧이 소설 이야기를 들어주는 기회를 망치고 싶어 하지도 않았다. 특권층은 이런 식으로 굴러갔다. 적당한 사람을 만나면 문이 열리고 안내를 받아 그 문으로 들어가는 것이다. 모임에 들어오라고 권유받고 딱 맞는 사람이라는 말을 들으면서. 물론 주정뱅이 어머니가 일을 망치지 않았을 때의 이야기다.

"사실, 결혼 같은 건 생각해 본 적 없어요. 그나저나 이 소고기 맛있네요. 아주 부드러워요."

또 하나 알아차린 점이 있었다. 식사가 끝나고 루이자가 가까이 있는 접시를 차곡차곡 쌓기 시작하자 테사는 그냥 고맙다고 인사했다.

"루이자, 그냥 있으렴. 주방에 설거지할 여자애가 있단다. 내가 베스랑 같이 푸딩 가져오마."

식사를 시중드는 마을 여자애가 한 명 더 있었기 때문에 굳이 내가 도울 필요는 없었다. 테사가 나와 단둘이 이야기하고 싶어서 댄 핑계가 아니라면. 나는 무서워서 속이 뒤틀렸다.

"루이자는 매력적인 사람 같아요." 주방에 들어서자 내가 말했다.

"그렇지? 루이자와 게이브는 만나자마자 죽이 잘 맞더구나. 게이브가 좋아할 타입일 줄 알았어."

"루이자 가족을 초대한 건 아주 좋은 생각이었어요. 게이브리얼이 친구를 사귀고 대학 생활을 시작해서 잘됐어요."

나는 테사가 듣고 싶어 하는 말만 했다. 하지만 소용없었다. 그녀는 생각에 잠긴 까만 눈동자로 나를 빤히 보며 동정 어린 미소를 희미하게 지었다.

"딱한 베스, 난 네가 정말 걱정되는구나."

"네? 왜 걱정되는지 모르겠는데요."

"게이브가 떠나도 잘 지내기를 바라마."

"한 학기만 보내고서 돌아올 텐데요."

테사는 웃음을 터뜨렸다. "둘 사이가 그렇게 오래갈 거라고 생각하니?"

나는 테사의 불쾌한 말에 너무 놀라서 무슨 말을 해야 할지 몰랐다.

"베스, 난 네가 마음에 들어. 그래서 하는 말인데, 여름 한철 짧은 불장난 때문에 모든 걸 내던지지 않기를 바란다. 아니, 오히려 내 아들이 널 이용하는 걸 알면서도 내버려둔 거니?"

1. 게이브리얼

나는 화가 나서 얼굴이 달아올랐다. 남자들은 성적 능력이나 침대 기둥에 새긴 '정복한 상대'의 수를 과시해도 끊임없이 칭송받는다. 반면 여자들은 감히 똑같이 했다가는 조롱당하기 십상이다. 그리고 조롱을 퍼붓는 사람들은 대부분 다른 여자들이다.

테사는 게이브리얼이 설명한 소설 내용을 듣지 못한 걸까? 그가 아무도 의문을 제기하지 않을 정도로 뼛속 깊이 새겨진 이중 잣대를 폭로하려 한다는 것을 모르는 걸까? 테사는 몰랐을지라도 게이브리얼은 이해하고 있었다.

"게이브리얼 같은 남자들은 대부분 너 같은 여자로는 만족 못해. 모질게 굴 생각은 없어. 그 반대지. 네게 미리 귀띔해 주려는 것뿐이야. 네가 상처받지 않도록."

그 이후 저녁 시간 내내, 테사가 넌지시 한 말이 머릿속에서 떠나지 않았다. 게이브리얼과 루이자를 바라보았다. 겉보기에 둘은 정반대의 모습이었다. 한 사람은 머리카락 색이 짙고 키가 컸고, 다른 한 사람은 금발에 아담했다. 하지만 멋진 외모에 똑똑하고 잘 자란 둘은 사랑에 빠지게 될 운명인 헨리 제임스 소설 속 주인공처럼 천생연분 같았다.

1968년

매일 저녁 6시 정각이 되면 메도랜즈에 전화벨이 울린다. 내가 집에 갈 시간이라는 신호이자, 레오가 캘리포니아에서 잘 자라고 전화하는 엄마와 이야기 나누는 시간이었다. 레오의 엄마는 곧 이곳에 올 예정이었고, 레오는 거의 이 얘기만 했다.

레오는 달려가서 전화를 받았다. "엄마!"

엄마의 목소리를 들어서 정말 행복한 것 같았다. 대서양 건너편에서 자식의 목소리만 들을 뿐 볼 수 없는 엄마의 마음이 얼마나 아플지 가늠할 수 없었다. 레오의 엄마가 어떻게 견딜까 싶었다.

게이브리얼의 말에 따르면, 그가 레오의 양육권을 임시로 갖게 된 이유는 단 하나였다. 아내 스스로 다른 사람과 사랑에 빠진 것에 대해 죄책감을 심하게 느껴서 레오에게 선택권을 주었기 때문이었다. 엄마와 함께 미국에 있느냐, 아빠와 함께 영국에 있느냐를 두고 일단 레오는 영국을 선택했다.

레오는 오늘 하루에 대해, 영어 수업 시간에 쓴 글과 무례한 말을 해서 교실에서 쫓겨난 남자애에 대해 엄마에게 이야기했다. 나는 이 말들을 반쯤 흘려듣고 있었다.

"젠장." 레오가 이렇게 말한 바로 그때 게이브리얼이 들어왔다.

"아주 잘하는 짓이야." 게이브리얼이 비꼬듯 말했다.

그러다가 레오가 소리를 지르는 바람에 우리 모두 뒤를 돌아보았다. "지금 장난하는 거예요? 안 온다고요?"

레오는 잠시 말없이 듣기만 했다. 우리를 등지고 있었지만 온몸에서 절망을 느낄 수 있었다.

"그건 이유가 아니라 핑계잖아요. 그냥 오기 싫은 거잖아요."
레오는 이렇게 외치더니 수화기를 팽개치고 주방에서 뛰쳐나갔다.

게이브리얼은 수화기 너머로 질타하기 시작했다. "맙소사, 내게 먼저 말했어야지. 그러면 레오가 덜 충격받게 전달할 수 있었잖아. 정말 못 오는 거야?" 그때 현관문이 쾅 닫히는 소리가 났다.

나는 마음이 찢어졌다. 레오가 화내도록 내버려두어야 할지 쫓아가야 할지 고민했다. 때로 레오는 간신히 버티고 있는 듯했다. 오직 엄마가 온다는 희망으로 버틴 것일지도 모른다.

나가 보니 레오는 호수 앞에 앉아 있었다. 내가 다가가는데 쳐다보지도 않았다.

"싫으면 그냥 갈게."

레오는 말이 없었다.

"엄마를 만날 날을 얼마나 많이 기다렸는지 알아."

"엄마는 아기만 신경 쓰는걸요."

"왜 못 오신대?"

"당연히 아기 때문이겠죠. 이가 난대요. 그래서 비행기 타는 게 너무 힘들다고요. 그냥 핑계죠 뭐."

"정말 힘들 것 같은데. 아기들은 여행을 잘 못하거든."

"그럼 혼자 오면 되잖아요."

"말이 쉽지, 아기가 있으면 힘들단다. 아기를 돌보려면 할 일이 많거든."

"아줌마는 내 편을 들어줄 줄 알았어요."

레오는 평소답지 않았다. 날 선 목소리에서 불안이 느껴졌다. 목멘 소리를 하는 걸 보니 눈물을 참고 있는 듯했다.

"난 네 편이야. 완전히. 그리고 네 엄마도 그럴 거야. 내가 하고 싶은 말은 이것뿐이야."

"하지만 아줌마는 아들을 다른 나라에 두고 떠나지는 않았잖아요. 가방에 갖고 다니는 그 애 사진을 볼 때 아줌마 표정이 어떤지 봤다고요."

레오의 말에 숨이 멎는 듯했다. 바비의 사진을 가지고 다녔는데, 하루에도 얼마나 자주 들여다보는지 내가 사진을 본다는 사실조차 의식하지 못할 정도였다. 하지만 엄마를 향한 그리움을 애써 숨기는 레오가 아들을 향한 그리움을 애써 숨기는 여자를 보고 있다고 생각하자 충격이 컸다. 만난 지 얼마 안 됐는데도 레오와 내가 잘 맞는다고 느낀 이유가 더욱 분명해졌고 동시에 더 위험하게 느껴졌다. 이건 진짜 유대감이 아니었다. 그 점을 명심해야 한다.

"저기 봐, 아빠 오시네." 우리는 잔디밭을 가로질러 황급히 다가오는 게이브리얼을 보았다.

그는 레오 옆에 앉아서 어깨를 감쌌다. "정말 미안하구나."

"그 이야기는 하고 싶지 않아요."

"그럴 만도 하지."

게이브리얼은 더 이상 말하지 않았다. 나는 상황을 억지로 개선하려고 애쓰지 않고 레오가 당장 어쩔 수 없는 실망감과 슬픔을 받아들이도록 놔두는 그가 매우 현명하다고 생각했다.

잠시 후, 레오는 게이브리얼의 어깨에 머리를 기댔다.

매 한 마리가 멋있게 곡선을 그리며 하늘에서 급강하하더니 호수 표면을 스쳐 지난 뒤에 풀밭에 내려앉았다.

"저것 봐, 독수리네. 멋있지 않니?" 게이브리얼이 말했다.

"아빠, 저건 새매예요. 독수리는 더 크고 깃털이 회색이 아니라 갈색이라고요."

"제법인데." 게이브리얼은 레오의 어깨를 주먹으로 가볍게 쳤다. "그래, 우리 시골 소년이 아빠 모르게 또 뭘 배웠을까?"

호수를 둘러싼 숲은 새의 안식처였는데, 특히 초여름에 새들이 많았다. 레오와 나는 바비가 쓰던 쌍안경으로 새를 관찰하며 구별했다.

"바비는 새 이름을 수백 가지나 알았대요. 나는 아직 몇 가지밖에 몰라요." 레오가 말했다.

"바비?" 게이브리얼은 이렇게 묻고는 곧 실수를 깨달았다. "아, 베스의 아들, 알고말고."

가끔 레오에게 바비 이야기를 하는 게 이상한 일일까? 열 살인 레오는 죽었을 때의 바비보다 한 살 많은 또래라 그런지 바비에 대해 궁금해했다. 나는 바비와 함께했던 일을 레오에게 이야기하는 게 좋았다. 레오가 조금이라도 바비를 알게 된다는 사실이 좋았다. 그리고 레오에게 이야기하면 바비에 대한 기억을 생생하게 간직하는 데도 도움이 되었다.

레오는 바비가 무슨 일을 할 수 있었는지 게이브리얼에게 이야기했고, 나는 그 말을 가만히 듣고 있었다. 소젖을 짤 줄 알고 찌르레기 소리를 낼 줄 안다는 말도 했다. 레오는 바비를, 영원히 만날 수 없는 그 애를 자랑스러워하는 것 같았다. 나는 레오가 그런 일들을 다 기억하고 있어서 감동했다.

하지만 잠시 후 나를 바라본 게이브리얼의 눈동자에는 의문이 가득했다. *'왜 이러는 거야? 왜 레오에게 죽은 네 아이 이야기를 하는 거야?'*

과거

여름이 저물자 헴스턴은 계절의 변화에 맞춰 모습을 바꾸었다. 나무는 구릿빛이 도는 금색과 비트 뿌리 같은 붉은색과 바나나 같은 노란색을 뽐냈다. 그리고 게이브리얼은 이곳에 없었다.

처음에 그는 끊임없이 편지를 썼다. 그리움으로 불타고 시처럼 읽히는 편지였다. 그러다가 학기가 진행되고 대학 생활에 점점 몰두하게 되자 편지가 달라졌다. 열정은 사라졌고 다급하게, 더 안 좋게는 의무감에 쓴 느낌이었다. 한 가지 신경 쓰이는 점은 게이브리얼이 루이자 스콧을 너무 자주 언급한다는 것이었다. 둘은 분명 친한 친구 사이인 것 같긴 한데. 게이브리얼은 루이자가 속한 모임에 푹 빠졌다. 예술과 문학을 좋아하는 사람들의 모임이었는데, 장 폴 사르트르의 작품을 분석하며 담배를 피우고 캄파리를 마시는 모습이 눈에 선했다.

나는 11월에 있을 세인트 앤스 면접을 준비하느라 파티 초대를 거절했고, 눈이 아파서 책을 덮을 수밖에 없을 때까지 밤낮으로 공부했다.

"너무 무리하는구나." 아버지는 이렇게 말하며 같이 산책을 나가 맑은 공기를 마시며 기분 전환을 하자고 구슬렸다.

"그냥 둬. 이제 몇 주밖에 안 남은걸." 어머니가 말했다.

어머니는 나의 대학 진학에 나 못지않게 열의를 불태웠다. 어머니가 고등학교를 졸업한 1930년대에는 옥스퍼드에 진학하는 여성이 거의 없었다. 옥스퍼드는 애당초 선택지에 없었던 것이다. 아버지가 그 일을 장난삼아 이야기한 적이 있기 때문에 나도 잘 알았다. 어머니가 자신이 누리지 못한 삶을 나를 통해 대신 살려 한다고.

"우리가 너무 자주 찾아가서 지긋지긋할지도 몰라." 어머니는 웃으며 말했다.

"그럴 리가요. 강에서 배를 타고 크림 티도 먹고 온종일 애슈몰린Ashmolean 박물관에서 깨진 도자기 조각도 구경해야죠."

거의 두 달 만에 게이브리얼과 다시 만날 수 있었다. 그는 칼리지 바깥 낮은 담벼락에 앉아 책을 읽으며 내 면접이 끝나기를 기다리고 있었다. 그는 나를 보자 펄쩍 뛰어내리며 책을 바닥에 내동댕이치고 두 팔을 활짝 벌렸다. "진짜 베스네. 그리고 추운데 옷이 이게 뭐야." 그는 입고 있던 헐렁한 모직 코트로 나를 감싸 안으며 말했다.

"더 헐벗을 예정인데." 내 말에 우리는 웃음을 터트렸고, 그의 기숙사 방에 도착할 때까지 점점 빠르게 거리를 달렸다.

우리는 방문이 닫히기가 무섭게 옷을 찢을 기세로 벗기 시작했다. 알몸으로 게이브리얼의 침대에 누워 오랜만에 그의 살이 내 살에 닿는 느낌을 만끽했다. 나는 그의 가슴, 배, 골반을 어루만지며 내가 가장 사랑하고 그리워한 곳까지 내려갔다. 게이브리얼은 내 목에 몇 번이나 입을 맞추었다. 내가 정말 그리웠다고, 나를 말도 못 하게 원한다고, 우리 사이에 달라진 건 없다고 말하는 듯했다. 내가 너무도 잘 기억하는 절박한 갈망이 되살아났다. 게이브리얼은 언제나 기다렸다가 하면 더 좋을 것이라고 말했지만 나는 기다리고 싶지 않았다. 그가 다시 내 안에 들어오자 견딜 수 없을 정도의 강렬한 쾌감을 느꼈다. 게이브리얼은 내 이름을 외쳤다. 베스, 베스. 그런 다음 우리는 숨도 쉬기 힘들 정도로 꼭 끌어안고 함께 누워 있었다.

"24시간 동안 몇 번이나 사랑을 나눌 수 있을 것 같아? 한번 알아볼까?" 게이브리얼이 물었다.

나는 정말 행복했다. 우리가 가졌던 것, 그리고 지금도 가지고 있는 것이 진짜라는 걸 알게 되었기 때문이다. 한편으로는 왜 의심했을까, 왜 그의 편지를 뒤적이며 그가 더 이상 날 사랑하지 않는다는 증거를 찾으려 했을까 의문스러웠다.

"너한테 옥스퍼드를 보여줘야겠어." 몇 시간 뒤, 여전히 침대에 누운 채 게이브리얼이 말했다.

해가 저물었다. 창밖으로 보이는 검푸른 하늘 아래의 옥스퍼드 풍경은 신비로웠다.

"같이 생일 파티에 가야 해. 하지만 널 독차지하고 싶은데." 게이브리얼이 말했다.

"누구 생일 파티?"

"토머스 니컬스. 톰이라고 있어. 2학년이야."

게이브리얼은 약간 망설였다. 나는 그가 파티에 가는 걸 썩 내켜 하지 않는 이유가 무엇인지 궁금했다. 작가 친구들에게 아직 고등학생인 나를 소개하는 게 어색한 걸까? 아니면 내게 숨기고 싶은 다른 이유가, 아니 누군가가 있는 걸까? 나는 숨겨진 진실을 조금이라도 알아내 보려고 작은 부분까지 세세히 살폈다.

"톰은 어디에 사는데?"

"마그달린 스트리트Magdalene Street에. 루이자와 함께 살아."

루이자. 그녀의 이름을 듣자 오싹했다. 내 몸은 몇 주 동안 의심과 질투를 저장해 두었다가 언제라도 불러낼 준비가 된 듯했다. 몇 시간 동안 사랑을 나누고 사랑한다고, 보고 싶었다고 끝없이 열정적으로 고백한 것들이 이제 허공으로 사라져 버렸다.

"난 그냥 쉬고 있을게. 하지만 부모님께 뭐라고 말씀드리지? 옥스퍼드에서 보낸 24시간을 아주 자세히 듣고 싶어 하실 텐데."

"네 말이 맞아. 가서 30분만 있다가 몰래 나가서 저녁 먹을 곳을 찾아보자." 게이브리얼은 이렇게 말하며 이불을 젖히고 침대에서 벌떡 일어났다.

처음 파티에 갔을 때는 짜릿하고 흥분됐다. 톰과 루이자는 학생 둘이 살기에는 놀라울 정도로 큰 집에서 함께 지냈는데, 사방에 사람들이 가득했다. 사람들은 번쩍이는 검은색 피아노가 있는 거실에 모여 있거나 계단에서 담배를 피웠다. 집주인을 찾으려고 주방에서 외치는 소리도 들렸다. 나는 '*이런 게 대학 생활이구나*'라고 생각하며 모든 것을 유심히 살폈다. 보라색 벨벳 정장을 입은 남자애가 있었고, 불편해 보이는 자세로 냉장고 문에 기대 끌어안고 애정 행각을 하는 커플도 있었다.

톰은 금발에 트위드 재킷을 입고 안경을 쓴 채 얼빠진 표정으로 샴페인을 따르고 있었다. "자, 여기." 그는 찰랑거리도록 채운 잔 두 개를 우리에게 건넸다. "완벽한 타이밍인데. 이거 정말 좋은 샴페인이거든. 그런데 이쪽은 누구지? 또 신입생을 찝쩍대는 거야, 게이브?"

게이브리얼은 2학년인 루이자의 친구들과 주로 어울렸다. 같은 학년 학생들과 전혀 어울리지 않는 것 같기도 했다. 게다가 게이브리얼은 톰에게 내 이야기를 하지 않은 것이 분명했다. '*아니,*

아무에게도 하지 않았을까?' 극심한 의심과 불안이 배 속에서 거품을 일으키며 톡톡 튀었다.

"이쪽은 베스. 오늘 세인트 앤스 면접을 봤어."

"어서 와, 베스. 옷 예쁘네."

우리는 사람이 세 겹으로 모인 복도를 뚫고 비교적 조용한 응접실로 갔다. 게이브리얼은 그곳에 있는 사람들을 모두 아는 듯했다. 그들은 양 볼에 입 맞추고 포옹하고 등을 토닥이며 게이브리얼을 맞이했다. 그는 나를 소개했다. "이쪽은 베스야. 면접 때문에 왔어. 나와 같은 마을에서 자랐고."

나는 전형적인 부잣집 여자들처럼 니트 카디건과 스웨터 세트를 입고 여러 겹의 진주 목걸이를 한 글로리아, 클라우디아, 이머전을 보며 미소 지었다. 한편으로는 게이브리얼이 왜 나를 여자 친구로 소개하지 않는지 의아했다.

"게이브, 왔구나!"

클라우디아와 이머전과 이야기 나누느라 돌아볼 수 없었지만, 뒤쪽에서 귀에 익은 목소리가 들린다는 것은 이내 알아차렸다. 다정다감한 미국인이었다. 나는 면접이 어땠느냐는 질문에 "주로 낭만주의에 관해 이야기했다"라고 대답하면서도 귀를 쫑긋 세워 낮게 깔린 목소리에 집중했다.

"못 온다고 했잖아."

"베스가 오고 싶어 하는 것 같아서."

"어색하지 않아야 할 텐데."

"괜찮아. 오래 있지 않을 거야."

"게이브, 그날 밤 일 말인데……."

"베스, 다시 말해줘. 잘 못 들었어." 클라우디아인지 이머전인지가 이렇게 말하는 바람에 나머지 대화는 엿듣지 못했다.

갑자기 루이자가 나를 끌어안았다. 그녀의 모든 것이, 옷차림, 금색과 검은색이 섞인 담뱃대에 끼워서 피우는 담배, 검은색 둥근 테 안경 같은 것들이 나를 무너뜨렸다. 특히 그 안경 때문에 내 기억보다 더 아름다워 보였다.

옥스퍼드에 오기 전에 손재주 있는 친구 헬렌에게 물방울무늬 원피스를 깜짝 선물로 받았다. 《보그》에 실린 패턴을 보고 크리스챤 디올의 뉴 룩 디자인을 본떠 만든 옷이었다. 네크라인이 깊이 파이고 가슴 부분은 딱 달라붙는데 치마는 풍성하게 퍼지는 스타일이었다. 나는 이 원피스가 정말 마음에 들었다. 이 옷을 입으면 다른 사람이 된 것 같았다. 하지만 루이자를 본 지금, 이 옷을 갈기갈기 찢어버리고 싶은 심정이었다.

루이자는 어깨와 빛나는 금빛 피부가 드러나고 가슴골이 살짝 보이는 검은색 상의를 입었다. 거기에 종아리까지 내려오는 검은색과 흰색 체크무늬 바지를 입고 넓은 금색 허리띠를 했다. 그리고 흰색과 금색이 섞인 챙 달린 모자를 약간 뒤로 넘겨서 쓰고 있었다. 루이자는 믿기지 않을 정도로 예뻤다.

"면접은 어땠어? 잘했어?" 루이자가 예쁜 청록색 눈동자로 내게 미소 지으며 물었다.

나는 이 질문이 지긋지긋했고 나 자신도 너무 지긋지긋했다.

사실, 면접은 이보다 더 좋을 수 없었다. 면접관 두 명 중 한 명은 여자였는데, 우리는 금세 통하는 느낌이었다. 면접이 시작된 지 몇 분 만에 우리는 제프리 초서의 바스 부인 이야기나 셰익스피어의 비극 같은 뻔한 주제에서 벗어나, 좋아하는 여성 시인의 시에 관해 이야기를 주고받았다. 길버트 교수님은 현대 미국 시인 중 앤 섹스턴Anne Sexton과 메리 올리버Mary Oliver를, 최근에 알게 된 케임브리지의 젊은 학자 실비아 플라스Sylvia Plath를 눈여겨보라고 했다. 그리고 면접이 끝나고 나를 안내해 주며 이렇게 말했다. "우리 학교에는 활발한 글쓰기 모임이 있어요. 학생이라면 이곳에서 매우 잘 해낼 겁니다."

나는 이 내용 중 일부를 간신히 루이자에게 말했다. 그랬더니 루이자는 내 손목을 잡으며 말했다. "오, 너도 글을 써?" 그녀는 한 손을 가슴에 대고 눈을 지그시 감았다. "게이브가 소설을 쓰고 있는데, 아름다워. 재미있고 파격적인 데다가 용감해. 게이브에게 기대할 법한 것들인 것 같아. 너도 읽어봤지?"

나는 가까스로 미소 지었다. "게이브리얼이 자기 글에 워낙 비밀스러워서. 사실 우리 둘 다 그래."

"혹시 내 얘기 중?"

게이브리얼이 와서 우리 사이에 서며 미소 지었다.

그를 보자마자 루이자의 얼굴이 환해졌다. 루이자는 게이브리얼의 가슴팍에 손바닥을 댔다. 그 행동이 너무 익숙해 보여서 거슬렸다.

"베스에게 네 멋진 소설에 관해 이야기하던 중이야." 루이자는 이렇게 말하며 나를 돌아보았다.

하지만 나는 루이자를 보고 있지 않았다. 게이브리얼을, 볼이 빨개진 그를 보고 있었다. 그는 불편해 보였다. 죄책감을 느끼는 것 같기도 했다. 루이자가 손을 치운 뒤에도 그랬다.

잠시 후 게이브리얼과 함께 파티장을 떠날 때, 내 머릿속에서는 전쟁이 벌어지고 있었다. 나는 그에게 화내며 소리치고 싶었다. *"왜 내가 여자 친구라고 말 안 해? 왜 루이자의 손이 닿았을 때 얼굴이 빨개졌어? 둘 사이에 내가 알아야 할 뭔가라도 있는 거야?"*

"식당이 대부분 문 닫을 시간이네. 하지만 열려 있는 인도 음식점을 알아." 게이브리얼이 손목시계를 보며 말했다.

"내가 아무것도 모르는 시골뜨기라고 생각해?"

게이브리얼은 인상을 찡그렸다. "그럴 리가. 왜 그런 말을 해?"

'음, 글쎄, 딱 떨어지는 상류층 억양으로 말하는 사람들만 가득한 곳에서, 여자들은 캐시미어 옷을 입고 남자들은 샴페인을 무슨 레모네이드처럼 마시는 그곳에서, 돈도 없고 인정도 받지 못한 나는, 혼자서만 도싯 억양으로 말하는 나는 물 밖에 나온 물고기 같은 기분이었는데.'

"네 친구 클라우디아인지 누구인지 말이야. 내 말을 계속 되묻더라고. 알아듣기 힘들어하는 것 같았어."

"정말 말도 안 돼." 게이브리얼은 나를 멈춰 세웠다. 그리고 고개 숙여 내 이마, 눈, 코, 입술에 차례로 입 맞췄다. "난 네가 말하는 게 좋아. 정말 그립기도 했고."

나는 옥스퍼드의 밤공기를 깊이 들이마시며 세상에서 가장 멋진 남자인 게이브리얼의 모습을 눈에 담았다.

"식당은 집어치우고 내 방으로 돌아가자고 하면 뭐라고 대답할 거야?" 그가 물었다.

"'하느님, 감사합니다'라고 하겠지."

우리는 서늘한 밤공기 속에서 서로를 바라보았다. 게이브리얼은 내가 예전부터 알던 표정을 짓고 있었다. 모든 것이 차츰 사라지고 우리 둘만 남게 되는 그 표정을. 내가 그에게 충분한 존재라는 표정, 더 나아가 내가 전부라는 표정이었다. 내가 해야 할 일은 그저 믿는 것뿐이었다.

"베스, 내 눈에 보이는 네 모습이 네게도 보이면 좋을 텐데. 넌 파티장에 있던 수많은 여자애들보다 더 가치 있는 사람이야."

1968년

"당신에게 이런 면이 있었네." 나무가 늘어선 긴 진입로에 들어서 호텔이 보이자 내가 말했다. 프랭크는 내 깜짝 생일 선물로 호텔 숙박을 계획했다. 데번Devon과 접한 지역에 있는, 붉은 벽돌로 지은 큰 호텔이었다.

"서른 번째 생일은 평생 한 번이잖아." 프랭크는 이렇게 말하며 호텔 앞에 차를 세웠다.

우리는 호텔의 모든 것에 흥분했다. 여기저기 망가진 파란색 여행 가방을 우리보다 전에 먼저 방으로 올려다 주는 것에도. 은쟁반 위에서 우리를 기다리던, 유리병에 담긴 위스키와 진에도. 우리 둘 다 처음 보는 엄청나게 큰 침대에도. 호텔 직원이 나가자 프랭크는 그 큰 침대에 가로로 누워 폭이 자기 키와 같다는 것을 몸소 보여주었다.

"이리 와." 그가 옆자리를 토닥거렸다.

우리는 말없이 누워 손가락을 깍지 낀 채 천장의 정교한 회반죽 장식을 쳐다보았다.

"프랭크, 여기 너무 비쌀 것 같아서 걱정이야." 내가 불쑥 내뱉은 말에 남편은 인상을 찡그렸다.

"돈 걱정은 하지 말랬잖아. 한 번도 안 쓴 오래된 트레일러를 팔아서 여유 자금이 좀 생겼어. 이제 다른 말은 하지 않기로 약속해."

"알겠어." 나는 그에게 입 맞췄다. "그런데 이렇게 시간이 많이 비는데 뭐 하지?"

프랭크는 미소 지었다. "몇 가지 생각나는 게 있는데."

"그래?" 그는 억센 손가락으로 능숙하게 내 셔츠 단추를 풀기 시작했다. "이제 옷 같은 건 필요 없을 거야."

프랭크는 내 셔츠, 치마, 속옷을 벗기더니 한쪽 팔꿈치로 몸을 일으킨 채 나를 내려다보았다. "당신이 얼마나 예쁜지 얘기했던가?"

"한동안은 안 했지."

"내가 바보였군. 이렇게 예쁜데. 그것도 아주 많이."

프랭크는 나를 어떻게 만져야 하는지 정확히 알고 있었다. 그의 손가락이 내 맨살 위에서 능숙하게 움직이기 시작하자 나는 눈을 감았다. 앞으로 어떻게 진행될지, 프랭크가 천천히 하는 걸 얼마나 좋아하는지 잘 알았지만 갑작스러운 갈망이 나를 사로잡았다. 그래서 기다리고 싶지 않았다. 내가 그의 허리띠를 풀고 바지를 홱 잡아당기자 프랭크는 웃음을 터뜨렸다.

"진정해. 급할 거 없잖아?"

"당신을 원해."

이 말로 충분했다. 프랭크는 옷을 벗고 내 위로 몸을 숙이더니 얼굴 양옆을 손으로 짚고 손쉽게 내 안으로 들어왔다. 천천히, 깊게. 내가 원하는 건 이게 전부였다.

"아, 정말 좋아. 당신이 최고야." 프랭크가 말했다.

그 후, 우리는 굳이 옷을 입지 않고 오후 내내 침대에 있었다. 프랭크가 룸서비스로 차를 주문하자 아까와 같은 직원이 가져왔다. 그는 침대에 있는 나와 호텔 가운만 걸친 프랭크를 보지 않으려고 예의 바르게 눈을 피했다.

"우리가 난잡한 주말을 보낸다고 생각하겠어." 직원이 가고 나서 내가 말했다.

"맞잖아." 프랭크가 가운을 벗고 내 옆으로 뛰어들며 말했다. "그럴 거라고 말 안 했던가?"

우리는 오래된 빅토리아풍 욕조에 물을 가득 채우고 각자 양쪽 끝에서 앉은 다음, 피부가 벌게지고 쪼글쪼글해질 때까지 뜨거운 물을 계속 채웠다. 가끔 이야기를 나누기도 했지만 대부분은 수증기 속에서 미소만 주고받을 뿐 아무 말도 하지 않았다. 요즘 우리 둘 사이에 긴장감이 많이 흘렀는데, 오늘 오후를 보내며 그 긴장감이 사라지는 기분이었다. 이 짧은 시간 동안 우리는 다시 우리가 되었다.

저녁 식사 때는 식탁 위로 손을 맞잡고 근엄한 웨이터가 추천한 비싼 와인을 마셨다. 둘 다 주눅이 들어서 더 싼 와인을 추천해 달라고 말하지 못했다.

"아무렴 어때? 당신 생일인데." 프랭크가 와인 잔을 부딪치며 말했다.

그는 스테이크를 주문했다. 스테이크는 겉은 바삭하고 속에는 핏빛이 남아 있는, 프랭크가 좋아하는 상태로 딱 맞게 익혀서 나왔다. 내가 주문한 가자미 구이는 부드럽고 버터와 레몬 맛이 풍성해서 맛있었다. 둘 다 감자튀김과 껍질콩이 곁들여 나왔는데, 소박하고 아주 잘 조리된 음식이었다.

"이렇게 있으니까 뭐 생각나는 거 없어?" 프랭크가 물었다.

"우리 신혼여행?"

앞날이 창창하던 10대 둘이 눈에 선했다. 앞으로 10년 동안 무슨 일이 닥칠지 전혀 몰랐던 그때의 우리가. 호텔에서 밤을 보낸 건 둘 다 신혼여행 때가 처음이었다. 그리고 이번이 두 번째였다.

비싼 와인을 순식간에 마셔버리자 웨이터가 한 병 더 마시겠느냐고 물었고, 프랭크는 좋다고 대답했다.

"언제 이런 걸 해보겠어? 아내와 함께 취하니까 좋은데."

두 번째 병은 실수였던 것 같다.

우리는 바비와 보낸 즐거운 한때를 떠올리기 시작했다. 아이의 네 살 생일에 포장지 겹겹이 정성껏 싸서 선물한 장난감 트랙터 이야기도 나왔다. 바비는 그걸 보자마자 왈칵 눈물을 쏟았다. "왜 난 진짜 트랙터를 가질 수 없어요? 이건 움직이지도 않는걸요." 네 살 생일이 지나고 얼마 되지 않아 자전거 보조 바퀴를 뗐을 때, 바비는 마당에서 한 시간 동안 쉬지 않고 자전거를 탔다. 우리는 한동안 그 애를 '고독한 바이커'라고 불렀다. 바비가 크리스마스 아침에 양말에 든 선물을 하나도 풀어보지 않고 먼저 목장에 소젖을 짜러 가겠다고 고집부리던 일도 떠올랐다. 그때마다 바비는 소에게 줄 사과와 양에게 줄 비스킷을 주머니에 가득 채웠다. "걔들도 크리스마스잖아요."

오늘 밤에는 바비의 목소리가 또렷하게 들렸는데, 자주 있는 일이 아니었다. 내 눈에 눈물이 가득 고였고 프랭크도 마찬가지였다. 우리 둘 다 칼날 위에 선 듯이 위태롭다는 걸 잘 알았다. 하지만 우리를 끈끈하게 묶어주는데도 절대 입 밖에 내지 않았던 그 일을 함께 이야기하는 지금이 중요하게 느껴졌다. 온갖 추억이 가득한 목장을 떠나 멀리 왔기 때문에 가능한 일이었다.

"혹시 그때……." 프랭크는 말을 하다 말았지만, 그의 얼굴에 고통이 밀려드는 것을 알 수 있었다.

우리는 바비가 죽던 날에 후회스러운 일이 너무도 많았다. 그 일들을 제대로 했더라면 모든 것이 달라졌을 것이다. 하지만 그러지 못했다.

문득, 우리가 함께함으로써 오히려 치유가 힘들어진다는 생각이 들었다. 이제야 나는 외부자의 시선으로 밖에서 안을 들여다보듯이 이 상황을 바라보게 되었다. 우리 둘은 슬픔이라는 시커먼 바위에 함께 올라탄 채 이리저리 흔들리고만 있었다.

"나도 그런 생각해. 당신이 혹시 그때 그랬더라면 하고 후회하는 것 전부 다 나도 후회해. 하지만 그런다고 바비가 돌아오진 않아. 그 애를 보내려고 노력해야 해." 내가 말했다.

우리는 동시에 서로에게 손을 뻗었다.

"우리 괜찮아질까?" 프랭크가 말했다. 이 말을 하기까지 그가 얼마나 많은 대가를 치렀는지 잘 알았다. 프랭크는 자기 감정이나 결점을 비롯해 너무 민감하거나 아픈 부분을 건드리는 이야기는 절대 하지 않았다. 하물며 이렇게 원치 않는 대답을 들을지도 모를 질문은 할 리가 없는 사람이었다.

나는 뭐라고 대답해야 할지 몰랐다. 우리는 괜찮아질까? 우리 둘 다 잃어버린 아이 때문에 마음 아파하지 않을 때가 올까? 마음 한구석에 도사리며 공격할 때를 기다리는 죄책감이 언제쯤 사그라들어 조금이나마 견디기 쉬워질까?

"아마도." 내가 떠올릴 수 있는 최선의 대답이었다. 프랭크는 이 말을 듣고 싶었다는 듯이 고개를 끄덕였다.

"시간이 약이야." 프랭크의 말에 우리는 약간 씁쓸하게 웃었다. 이런 진부한 말을 마치 통찰력이 대단한 듯이 떠들던 사람들을 두고 우리끼리 농담한 적이 있었기 때문이다.

계속 웃고 있는데 웨이터가 엄숙한 표정으로 다가와 커피나 식후 술을 마시겠느냐고 물었다. 그는 특별히 코냑을 추천했다. 우리 둘 다 반색하며 "좋아요"라고 대답하자, 웨이터는 그날 저녁 처음으로 미소 지었다.

과거

아침에는 강의를 들으러 가려고 어제 아무렇게나 벗어던져 놓은 옷을 입는 게이브리얼을 지켜보았다. 그는 코듀로이 바지, 내 긴 머리카락이 몇 가닥 붙어 있는 검은색 스웨터, 트위드 재킷을 입었다.

"이거 보여?" 게이브리얼은 엄지와 검지로 내 머리카락을 한 가닥 떼어 냈다. "이게 정말 그리웠어."

그는 문 앞에서 돌아와 내게 키스하며 이불 속으로 손을 넣어

내 몸을 어루만졌다. "널 두고 가야 하다니 고문이 따로 없네. 확실한 건, 수업 시간 60분 동안 가웨인을 생각할 틈이 없겠는데."

"빠지면 안 돼? 이번 한 번만?"

게이브리얼은 손 글씨가 빼곡한 큰 종이를 몇 장 꺼내 보였다. "안타깝게도 이번 주에 제출해야 할 과제가 있어. 오래 안 걸릴 거야."

게이브리얼이 가고 나서, 나는 그의 셔츠를 입고 그가 메도랜즈에서 가져온 작은 휴대용 스토브에 주전자를 얹어 물을 끓였다. 호숫가에서 게이브리얼이 커피를 내리고 스크램블드에그를 만들고 베이컨을 굽던 그 모든 아침이 아주 오래전 일 같았다.

차를 한 잔 들고 게이브리얼의 책상으로 가서 아래쪽 정원을 내려다보았다. 9시 수업에 늦었는지, 흐트러진 모습으로 어쩔 줄 모르며 잔디를 가로질러 달려가는 남자애가 보였다. 대입 시험을 망치지 않는다면 내년의 내 모습이 될지도 몰랐다. 나는 차를 마시며 잠시 공상에 빠져들었다. 나는 세인트 앤스의 기숙사에서 지내겠지만 그때쯤 게이브리얼은 따로 숙소를 얻어서 살고 있을 것이다. 게이브리얼과 함께 쇠고기 스트로가노프나 코코뱅을 요리해서 어젯밤에 만난 사람들보다 더 다양한 친구들을 초대하는 모습을 상상했다. 시인은 물론이고 과학자, 미술사학자, 음악가도 초대해야지. 출신 학교를 불문하고 이곳에 오기 위해 열심히 노력한 모든 학생을.

그의 어머니가 옳았다. 나는 나와 같은 부류와 어울릴 때 더 편안했다. 어쩌면 내 나름대로 우월감에 빠져 다른 사람들을 평가하고 배척하는지도 몰랐다.

그때 초록색 공책이 눈에 들어왔고 아무 생각 없이 손을 뻗었다. 펼치려는 찰나 내가 뭘 보게 될지 퍼뜩 떠올랐다. 이건 게이브리얼이 쓴 소설인 것 같았다. 루이자에게는 읽도록 해준 그 소설. 작품이 완성되기 전에 다른 사람에게 보여주는 것이 얼마나 두려운 일인지는 아주 잘 알았다. 또한, 굴욕과 실패를 감수하고 작품을 세상에 내놓아야 비로소 완성된다는 것도 알았다. 누군가의 글을 읽는다는 것은 그 사람의 가장 내밀한 생각을 직접 들여다보는 것과 같다. 그리고 게이브리얼은 자기 글을 내가 아니라 루이자에게 보여주는 쪽을 택했다.

하지만 공책을 펼치자마자 소설이 아니라는 걸 알 수 있었다. 게이브리얼의 일기였다.

9월 25일
병에 걸린 것처럼 베스가 그립다. 진짜 아픈 것 같기도 하다. 여기엔 베스 같은 사람이 없다.

9월 30일
여름 내내 함께 보낸 사람을 볼 수 없다니 어떻게 이런 일이 가능하지? 내 일부가 사라진 느낌이다. 우리는 뇌를 공유하고 있다고 했는데. 이제 내 뇌의 절반이 사라졌다.

나는 얼른 공책을 덮었다. 다른 사람의 일기를 읽는 것은 최악의 기만행위이자 아주 저급하고 추악한 짓이었다. 그런 짓을 할 수는 없었다. 몇 분이 지났고, 다시 공책을 열어보고 싶은 유혹 때문에 목구멍이 타들어 갔다. 참아보려 했지만 소용없었다. 유혹을 이길 수 없었다. 선악과를 베어 물은 아담도 이런 심정이었겠지. 죄를 지으면 안 된다는 순수한 마음이 들다가도 어느새 절대 들어가지 않기를 바란 세계에 완전히 몰입하게 되었겠지.

몇 주가 지나자 나에 대한 언급은 차츰 줄었고, 'L', 그러니까 루이자에 관한 이야기가 점점 많아졌다. 리처드, 클라우디아, 나이절, 이머전 같은 이름도 등장했다. 좋은 강의와 별로 관심 없는 강의, 파티와 콘서트, 술집에서 보낸 밤에 관한 이야기가 있었다. 주말에 열린 하우스 파티 이야기도 있었는데, 친구들 소유의 웅장한 시골 저택에서 열린 듯했다. 나는 일기장을 넘기며 거슬리는 그 이름을 빠르게 찾았고, 당연하게도 지난 2주 사이의 일기에서 발견했다.

10월 말 일기에 게이브리얼은 이렇게 썼다.

L과 밤늦게까지 이야기하며 내가 느낀 의구심과 죄책감을 모두 털어놓았다. 늘 그렇듯이 L은 멋진 사람이다. 그녀가 없었으면 내가 뭘 어떻게 했을까. 그런데 이런, 이 일로 기분이 지독하게 안 좋다. 결국 L과 밤을 함께 보내고 말았다. 오늘 아침에 L을 뒷문으로 몰래 내보내야 했다. 아무도 그녀를 못 봤기를, 베스가 모르기를

기도하는 수밖에.

그리고 4일 전에 쓴 내용은 결정적이었다.

루이자가 나를 사랑한다. 뭘 어떻게 해야 하지? 3일 뒤면 베스가 면접 때문에 이곳에 온다. 삶이 엉망진창이다.

루이자에 대한 감정이 이런데 어떻게 나와 그렇게 사랑을 나눌 수 있었단 말인가? 게다가 그 의구심이라는 것은 나에 관한 것인가? 파티에서 본 루이자가, 게이브리얼이 우리 쪽으로 왔을 때 기뻐하던 그 얼굴이 떠올랐다. 그의 가슴팍에 손을 댄 것도. 무심결에 한 행동이었다. 아주 친밀해 보였고. 전에도 만져본 적이 있어서 잘 안다는 듯했다. 그리고 게이브리얼의 얼굴이 빨개진 것도 똑똑히 보았다. 배신했다는 죄책감 때문이었겠지.

나는 그날 일기를 다시 읽었다. 이제 단어 하나하나가 반박의 여지가 없는 증거로 보였다.

너무 엄청난 일이라서 이해하기에 버거웠다. 게이브리얼과 루이자. 루이자와 게이브리얼. 루이자는 게이브리얼을 *사랑한다.* 게이브리얼은 루이자와 잤다. 나는 어쩜 이렇게 아무것도 모르고 바보 같았을까? 그리고 왜 이 일기장을 펼쳐보았을까? 내 세상이 산산조각 나는 이 순간에도, 아무것도 모르던 조금 전으로 시계를 되돌리고 싶었다.

뭘 어떻게 해야 할지 몰라서 방 안을 서성였다. 게이브리얼과 루이자에게 난 그저 그가 한때 감정을 품었던 멍청한 여학생일 뿐일 테지. 그 둘은 내가 이곳을 떠날 때를 손꼽아 기다릴 테고.

방 한구석에 웅크리고 앉으니 연분홍색 스카프가 보였다. 스카프를 집어 들자 진한 꽃향기가 났다. 나는 그걸 바닥에 내팽개쳤다.

나는 원래 내 옷을 서둘러 입고 기분 나쁜 물방울무늬 원피스를 가방에 쑤셔 넣었다. 그리고 나가기 전에 게이브리얼의 책상 앞에서 잠시 멈추었다. 무슨 말을 쓸까 생각하는 동안 심장이 쿵쾅댔다.

게이브리얼, 다 끝났어.
더 이상 널 안 볼 거야.
이유는 네가 잘 알겠지.
베스가.

역에 가보니 집에 가는 버스가 아직 도착하지 않았다. 기다리는 사람이 많았고, 나는 그 틈바구니에 서서 충격에 휩싸인 채 몸을 감쌌다. 가쁜 숨을 몰아쉬느라 숨소리가 너무 컸다. 공기를 들이마시려고 필사적으로 애쓰는 것 같았다. *'게이브리얼과 루이자. 완벽한 짝이야. 정말 잘 어울리겠지.'* 내가 두려워하던 모든 일이 현실이 되었다. 내 부정적인 생각이 그렇게 만든 것만 같았다.

그리고 잠시 후, 게이브리얼이 정신없이 역으로 달려왔다.

"무슨 일이야?" 나를 찾아낸 그가 물었다. 게이브리얼은 나를 끌어안았고, 잠시 나는 그의 탄탄한 가슴에 얼굴을 묻고 울었다. 그 순간만큼은 무슨 일이 벌어졌는지 잊고 모든 것이 예전 그대로인 듯 행복했다. 레몬, 삼나무, 담배 연기가 섞인 그의 향기는 너무도 익숙했지만 더 이상 내 것이 아니었다.

나는 갑자기 몸을 뗐다. "루이자 일 알고 있어."

게이브리얼의 표정은 전혀 달라지지 않았다. "루이자가 왜?"

"넌 *사랑하잖아.* 둘이 잤고. 게이브리얼, 네 일기를 읽었어. 그러니까 굳이 부정하지 마."

"내 일기를 읽었다고? 어떻게 그래?" 게이브리얼이 너무 크게 소리 지르는 바람에 사람들이 돌아보았다. 그의 눈에 한 번도 본 적 없는 분노가 일었다.

"차라리 다행이야. 사실대로 말할 배짱 같은 건 없을 테니까. 도대체 뭘 하려는 거야? 우리 둘을 농락할 셈이야? 네 어머니가 너에 대해 경고했지. 넌 사람들을 이용하고 싫증 나면 다음 사람으로 갈아탄다고. 네가 옥스퍼드에 가자마자 날 싫증 낼 거라고. 그 말을 귀담아들을 걸 그랬어."

나는 최악의 말을 내뱉고 말았다.

게이브리얼의 분노가 다른 무언가로 바뀌었다. 냉정하고 극도로 혐오스럽다는 표정이었다. 나에 대한 감정일까, 아니면 어머니?

"게이브리얼." 내 말이 너무 심했다는 걸 알았기에 애원하듯이 그를 불렀지만 그는 고개를 돌렸다. 나를 보는 걸 견딜 수 없는 듯했다.

버스가 도착하자 사람들이 탔고 엔진에 시동이 걸렸다. 안내원이 문밖으로 몸을 내밀고 물었다. "학생, 안 탈 거예요?"

나는 뭐든 좋으니 게이브리얼이 날 붙잡는 말을 해주기를, 이게 우리의 끝이 아니기를 바라며 그를 보았다.

"가야 하잖아." 게이브리얼은 계속 나를 보지 않은 채 말했다. "네 말이 맞아. 우린 끝났어."

실연의 상처는 흔한 일이었다. 그래서 여자애가 격정적으로 운다고 해서 놀랄 사람은 없었다. 하지만 버스에 타자 모든 사람이 근심 어린 표정으로 나를 보았다.

"집까지 안전하게 데려다줄게요." 안내원이 말했다.

나는 버스가 역을 떠나는 순간에도 게이브리얼을 보고 있었다. 그는 무표정했지만, 굳게 다문 입과 눈 밑을 훔치는 손가락을 보니 울고 있다는 걸 알 수 있었다.

이때를 마지막으로 아주 오랫동안 그를 보지 못했다.

2.
바비

과거

바비는 폭풍우가 한창이던 어느 날, 주방 바닥에서 태어났다. 하루 종일 바람이 집 창문을 어찌나 거세게 흔들던지, 가끔은 창문이 날아가지 않을까 걱정될 정도였다.

만삭인 나의 하루하루는 더디게 흘렀고 제대로 해내는 일이 별로 없었다. 집 정리도 대충 했고 저녁 식사도 느릿느릿 준비했다. 예전에는 몇 분이면 하던 일들을 하는 데 몇 시간이 걸렸다.

처음 이 집에 왔을 때, 집과 이곳에 사는 세 남자의 상태를 보고 충격을 받았다. 낡고 방치된 집에 풀 죽은 세 남자가 살고 있었다. 그들은 몰랐겠지만 당시 모두에게 내가 필요했다. 프랭크의 아버지 데이비드는 아내 소니아를 잃은 슬픔으로 여전히 고통스러워하고 있었다. 데이비드는 소니아 없이 두 아들을 키워내려고 최선을 다했지만, 그래봤자 할 수 있는 일이 별로 없었다. 그래서 프랭크는 아버지가 하지 못하는 요리를 배웠지만 6개월 동안 치즈 샌드위치만 먹다 보니 점점 질렸다. 프랭크는 빨래하는 법과 지미의 숙제를 봐주는 법도 배웠다. 여기저기 청소도 했다지만 이 집에 처음 간 날 나는 수년간 쌓인 먼지와 거미줄 같은 묵은 때를 알아차리지 못했거나 신경 쓰지 않는다는 데 정말 놀랐다.

내가 집안일을 하며 만족감을 느끼리라고는 전혀 예상하지 못했다. 어렸을 때 어머니는 언제나 요리와 청소를 싫어했고, 다행히 그 일을 대신해 줄 만큼 자신을 사랑하는 남자와 결혼했다. 나는 목장 집과 그곳에 사는 남자들을 바꾸어 놓는 일이 생각보다 훨씬 보람 있다는 것을 알게 되었다. 원래 책과 관련된 삶을 살 운명이라고 생각했는데. 먼저는 대학이었고, 그다음으로 운이 좋으면 시인이 될 수 있을 줄 알았다. 언젠가 글을 쓰겠다는 꿈은 포기하지 않았지만, 내게 꼭 필요한 순간에 프랭크가 나타나 매일 새로운 무언가를 배워야 하는, 상상하지 못한 새로운 세계로 나를 이끌었다.

옥스퍼드 입학 제안을 거절하고서 몹시 속상했다. 특히 그 일로 어머니가 무척 실망했기 때문이었다. 하지만 내가 어떤 선택을 할 수 있었을까? 게이브리얼과 루이자와 같은 동네에서 2년을 보내라고? 무슨 일이 있어도 자존심까지 버려가며 그렇게 할 수는 없었다. 그리고 곧 프랭크가 나타났다. 멀리서 언제나 나를 사랑한, 잘생기고 순박한 남자였다.

　사람들은 내가 게이브리얼과 헤어지고 프랭크와의 연애로 자연스럽게 넘어가서 놀랐을 테지만, 그 놀라움을 굳이 표현하지는 않았다. 그리고 프랭크와 나는 어떤 의미에서는 서로 평생 알고 지낸 것과 마찬가지였다. 나는 프랭크가 게이브리얼과 정반대였기 때문에 그에게 빠진 것 같다. 처음에는 프랭크의 다정함과 솔직함이 좋았다. 그는 좀처럼 만날 수 없는 단순하고 솔직한 남자였다. 그리고 순수하고 진심 어린 헌신으로 내가 자신감을 되찾도록 해주었다.

　여자들이 대부분 그렇듯이, 내게도 출산 계획이 있었다. 양수가 터지거나 첫 진통을 느끼면 학교에서 일하는 어머니에게 전화하기로 되어 있었다. 학교 직원에게는 어머니가 뭘 하는 중이든 반드시 소식을 전해야 한다고 미리 부탁해 두었다. 어머니가 네트볼 심판을 보는 중이라면 경기를 중단해야 했다. 영어 수업 중이라면 수업을 중단하고 학생들이 알아서 공부하도록 해야 했다. 학교에서 목장 우리 집까지는 15분이 채 안 걸렸다. 어머니가 오시면 30분 거리의 병원으로 빨리 가야 했다. 초산 진통은 몇 시간 동안, 대개 하루 꼬박 넘게 지속되므로 병원에 도착하기까지 시간이 넉넉하다고 들었다. 진통이 오면 어떻게 해야 하는지도 배웠다. 수축 시간을 측정해 자궁 경부가 얼마나 확장되었는지 확인하는 방법 같은 것들이었다. 진통 초반부에는 집에 있다가 마지막에 프랭크가 어머니와 나를 태우고 병원에 가는 것이 이상적이었다.

오후 3시, 차를 끓이려고 의자에서 일어났는데 양수가 터졌다. 정말 이상한 느낌이었다. 돌바닥에 한꺼번에 쏟아져 내릴 줄 알았는데 그게 아니었다. 처음에는 물이 조금씩 흐르는 느낌이 들었다. 나는 깜짝 놀랐고 곧 어떤 상황인지 알아차렸다. 그 후 거의 즉시 첫 번째 진통이 느껴졌다. 교과서적인 순서였다.

첫 진통은 놀라울 정도로 아팠다. 단순히 찌릿한 통증이 아니었다. 더 안 좋은 점은, 진통이 잠잠해진 동안 출산이 내 바람과 달리 쉬운 일이 아니라고 생각하고 있을 때 곧 또다시 진통이 찾아왔다는 것이다. 이럴 리가 없을 텐데. 진통이 이렇게 짧은 간격으로 온다고? 나는 비틀거리며 전화기로 다가갔고, 학교 전화번호를 외우고 있었기 때문에 수화기를 집어 들어 귀에 갖다 댔다……. 그런데 전화는 먹통이었고 잡음만 이어졌다. 나는 아무도 없는 주방에서 비명을 질렀다. 어떻게 이럴 수 있지? 나중에 알고 보니 폭풍우 때문에 전봇대가 쓰러지면서 일대의 전화선이 끊어졌고, 결정적으로 우리 집으로 오는 차선이 막혀버린 것이었다. 집에서 나갈 수도, 누군가가 집으로 들어올 수도 없는 상황이었다.

우선, 나는 침착하려고 애썼다. 안락의자로 가서 다리를 벌리고 앉아 배운 대로 진통 사이사이에 호흡하려고 노력했다. *"탁구공을 입으로 불어서 수영장 물을 건너간다고 상상해 보세요."* 말도 안 되는 소리였다. 탁구공도 수영장도 떠올릴 수 없었다. 게다가 통증이 너무 심해서 길고 평온하게 숨쉬기는커녕 숨을 쉴 수도 없을 지경이었다.

진행이 빠른 탓에 뭔가를 생각하거나 계획하는 것은 고사하고 상황을 이해할 여력조차 없었다. 진통이 온몸을 압도했다. 진통은 나를 이 세계에서 다른 세계로 데려갔고, 그곳에서 나는 출산 기계이자 비명을 지르고 몸부림치며 땀을 쏟는 원시적인 여자일 뿐이었다. 고통 때문에 몸과 감각이 분리된 느낌이었다. 그래서 처음에는 신음이, 깊고 거친 울부짖음이 내가 내는 소리라는 것을 인식하지 못했다. 젖소가 출산할 때 들어본 소리와 똑같았다.

지미가 학교에서 돌아왔을 때, 나는 주방에서 흐느끼고 비명을 지르며 네발로 기고 있었다. 그러면서 내 몸이 하고자 하는 일을, 즉 아기를 밀어내는 일을 막으려고 안간힘을 썼다.

"이런, 세상에." 지미는 순식간에 방을 가로질러 다가왔다. "아기 때문인가요?"

"당연히 빌어먹을 아기 때문이지."

한 번도 해본 적 없는 말이었지만 기분이 괜찮았다. 지금 상황에 딱 들어맞았다.

"전봇대가 쓰러져서 도로를 막았어요. 나갈 수가 없어요. 가서 형을 불러올게요."

"가지 마!" 나는 피가 얼어붙을 정도로 무시무시한 소리로 외쳤다. 지미는 겁에 질린 얼굴이었다.

"아기가 나오려고 해. 도와줘."

지미는 이내 차분하고 유능한 도우미가 되었다. 아직 학생이지만 제 형과 무척 닮았다. 지미는 나를 처음 만날 날부터 지금껏 단답형으로만 말하고 마음을 열지 않았다. 그런데 긴박한 상황에 처하자 그의 내면에서 뭔가 스위치가 켜진 듯했다.

"좋아요, 좋아, 알겠다고요." 지미는 이렇게 말하며 교복 재킷을 주방 바닥에 벗어던졌다.

나는 헐렁한 원피스를 입고 있어서 다행스러웠지만 속옷을 벗어야 했다. "지미, 가위. 팬티를 잘라야 해. 손이 닿지 않아."

이 상황이 너무 어이없어서 울음과 동시에 웃음이 났다.

지미는 순식간에 가위와 수건을 가져와서 내 속옷을 잘랐다. 그리고 원피스 치마 부분을 등 쪽으로 걷어 올렸다. 그러자 내 벌거벗은 하반신이 드러났다. 하지만 지미는 신경 쓰지 않았고 나도 마찬가지였다. 그럴 틈이 없었다.

"좋아요. 머리가 보여요." 지미가 한번 보고 나서 말했다.

"세상에 맙소사."

"진짜예요."

나는 고통과 분노와 두려움 때문에 다시 비명을 질렀다. 비명은 어마어마한 압력에 순응하기 시작했다는 신호였다. 기계로 몸을 쥐어짜는 것만 같았다. 지금은 힘주는 것 말고 달리 할 수 있는 게 없었다. 하지만 곧 아기가 나온다는 사실에 통증마저도, 몸이 반으로 찢어지는 것 같은, 아니 그보다 더해서 말로 설명할 수 없는 엄청난 통증마저도 기분 좋고 도움이 되는 듯이 느껴졌다. 내 몸이 나를 완전히 집어삼킨 것이다.

"아주 잘하고 있어요." 지미는 산파처럼 능숙하게 나를 달랬다. 나중에 우리는 이때 일을 이야기하며 웃었다. "걱정 마세요. 난 새끼 양을 수도 없이 받았다고요. 이것도 같겠죠. 어쨌든 우리도 포유류니까요."

그리하여 결국 나는 대기하고 있던 10대 시동생의 손에 우리 아기를 낳았다. 미끈거리고 피가 뒤덮인 아기를 거꾸로 들고 엉덩이를 두드려서 첫울음을 터뜨리는지 확인해야 한다는 것을 지미가 어떻게 알았는지는 모르겠다. 탯줄을 묶은 다음 가위로, 오늘 아침에 자른 베이컨 기름이 아직 묻어 있을지 모를 가위로 잘라야 한다는 것은 또 어떻게 알았는지, 2분 뒤에 태반이 나오기 때문에 아직 끝난 게 아니라는 것을 어떻게 알았는지 모르겠다. 아마 양 출산을 도운 경험 때문이겠지. 어느새 나는 수건에 싸인 아들을 품에 안고 주방 바닥에 앉아 있었다.

"우리가 해냈어." 나는 다시 울면서 지미에게 말했다. 이번에는 다른 의미의 눈물이었다.

품에 안은 이 작은 인간을 보자마자 밀려드는 사랑을 뭐라고 설명할 수 있을까? 아직 제대로 알지도 못하는 작고 사랑스러운 얼굴이지만 나는 이미 중독되었다.

"형수님이 해냈죠. 난 마지막에 조금 도운 것뿐이에요."

"아기는 괜찮아?"

의학 교육이라고는 전혀 받지 않은 학생에게 왜 이런 걸 물어 보는지 알 수 없었지만, 출산의 마지막 단계를 거치는 동안 지미는 내게 신과 같은 존재가 되었다.

"완벽해요. 혹시 젖을 물려야 할까요? 입을 저렇게 좌우로 벙긋대는 게 배가 고파서 그러는 걸까요?"

나는 원피스 단추를 풀고 속옷을 내린 다음 아기의 입에 곧바로 젖꼭지를 갖다 댔다. 그러자 기적처럼 아기는 입술로 꼭 감싸고 젖을 먹기 시작했다. 지미와 나는 서로 쳐다보며 웃었다.

바로 그때, 현관문이 열리더니 프랭크가 들어왔다. 그는 들어오자마자 이 현장을 보았다. "맙소사." 그는 근심 가득한 표정으로 황급히 내게 다가왔다.

"괜찮아. 봐. 정말 예쁘지?" 내가 말했다.

"아들이야?" 프랭크는 바닥에 쪼그리고 앉아서 아기의 뺨에 가만히 손을 댔다.

그의 얼굴에 차츰 환희가 밀려드는 게 보였다. 우리 아기를 처음 보았을 때 내 표정도 틀림없이 그랬겠지. 몇 달 동안이나 궁금해하고 바라고 꿈꾸다가 마침내 아기를 만난 그 순간에 느끼는 감정보다 더 강렬하고 순수한 것은 없을 것이다.

"벌써 이 애를 사랑해." 그가 말했다.

"알아."

"우린 운이 좋아."

"맞아."

우리의 아기였고 우리는 이 아기의 부모였다. 이렇게 우리는 셋이 되었다.

1968년

니나의 아버지는 컴퍼스 인에서 술을 무료로 대접하며 두 사람의 약혼 파티를 열고 싶다고 고집했다. 나는 금요일 밤에 공짜 술을 주면 잘해봤자 사람이 몰려들어 소란을 피울 테고 최악이면 싸움이 나서 쑥대밭이 될 수 있다고 말할까 했지만, 술집 주인이니 이미 잘 알고 있지 않을까 싶었다.

우선, 약혼 파티는 즐거웠다. 사람들이 포옹하고 입 맞추며 니나를 축하하는 모습을 보는 게 좋았다. 위스키에 취한 늙은 농부가 손 키스를 보내는 것마저도. 지미가 니나를 놀릴 때 자주 하는 말이었는데, 니나는 70대 이상 노인들에게 인기가 많았다. 사실 모두 니나를 좋아했다. 화사한 분홍색 미니 드레스를 입은 니나에게서는 기쁨이 뿜어 나왔다. 남자들은 "운 좋은 자식, 대체 네가 우리랑 다른 게 뭐라고?"라고 말하며 지미를 질투하는 체했고, 지미에게 맥주와 위스키를 아주 많이 먹였다. 여자들은 니나의 반지를 보고 싶어 했다. 작은 진주에 둘러싸인 오팔 반지는 지미 어머니의 반지였다. 프랭크 역시 동네에서 사랑받는 터라 그의 등을 토닥이거나 뺨을 살짝 꼬집으며 축하 인사를 건네는 사람도 많았다. 프랭크는 크리스마스에 열리는 교회 기금 마련 행사에 양 한 마리를 통째로 기부하고, 목장을 운영하는 친구들에게 우리 들판에서 공짜로 풀을 뜯게 해주고, 어려운 사람들의 문 앞에 남몰래 음식 꾸러미를 놓고 가는 사람이었다. 바비가 살아 있을 때는 종종 학교에 가서 난방 라디에이터의 공기를 빼거나 판자를 덧대어 썩은 문을 고쳐주는 등, 시간에 쫓기는 목장 주인이 아니라 잡다한 수리를 하는 잡역부 같았다. 해마다 운동회에서 아버지 달리기 경주에 참가해 우승했는데, 그의 긴 다리와 건강한 몸과 한참 젊은 나이를 생각하면 당연한 결과였음에도 모든 사람이 그의 이름을 외쳤다.

나는 그의 체격을 견디지 못하고 곧 부서질 것 같은, 등받이 없는 의자에 올라가서 쉽게 균형을 잡고 숟가락으로 잔을 두드리는 남편을 바라보았다. "결혼식은 블레이클리 목장에서 열릴 예정입니다. 여러분 모두를 초대합니다."

엄청난 환호가 일었다. 헴스턴에서의 결혼식은 대부분 비슷한 방식을 따랐다. 마을 사람 모두가 참석하고 뭔가를 제공한다. 즉, 오랫동안 이곳에서 살아온 가족 같은 공동체가 비용과 스트레스를 공평하게 나누는 방식이었다. 헴스턴 사람들은 어떻게 하면 멋진 파티를 열 수 있는지 잘 알았다. 때로 다 같이 준비하는 결혼식이 틀에 박힌 것처럼 느껴질 수도 있다. 참석자도 음식도 비슷하고, 같은 드레스를 신부에 맞게 수선해 입는 경우도 한두 번쯤은 있으니까. 하지만 아무도 신경 쓰지 않았다. 한 시간 만에 천막, 야외용 탁자, 장식 깃발, 라이브 밴드, 술집에서 제공하는 사과주와 맥주, 통돼지 꼬치구이를 할 돼지, 결혼 케이크가 마련되었다. 교회의 꽃 장식을 담당하는 여성들이 결혼식 봉사자로 나섰고, 그에 따른 대화가 이어졌다. 9월에는 뭐가 가장 좋을까? 마리골드? 흰 철쭉? 그들은 전통에 따라 주황색과 흰색을 테마로 정했다. 헬렌은 니나의 드레스를 만들겠다고 나섰다. 헬렌은 여전히 재봉에 뛰어났다. 한때 나처럼 우수한 학생이었고 더 큰 일을 할 줄 알았으나, 인생은 좀처럼 계획대로 되지 않는 법이다.

나는 저녁 내내 시동생을 지켜보았다. 지미는 미래의 아내가 여러 사람에게 차례로 포옹 받는 모습을 보며 무척 뿌듯해했다. 니나는 지미를 세련되게 꾸미려고 최선을 다했다. 런던에서 산 청바지와 약간 화려해 보이는 반팔 셔츠를 집으로 가져왔고, 지미는 강압에 못 이겨 오늘 저녁에 이 옷을 입었다.

"옷이 아주 세련됐어." 내 말에 지미는 못마땅한 듯 눈을 굴렸다.

"바보가 된 기분이에요."

"결혼식에는 뭘 입으려고?"

"뭐든 약혼녀가 흠 잡지 못할 만한 걸 입어야겠죠. 분명 니나는 보라색 정장 같은 걸 입힐 거예요." 지미는 '약혼녀'라고 말할 때 나를 보며 씩 웃었다.

위스키가 담긴 쟁반이 술집 안을 돌았다. 지미는 지나가는 쟁반에서 두 잔을 집어서 한 잔을 내게 건넸고, 내가 안 마시겠다고 하자 두 잔을 다 마셨다. 나는 위스키 맛을 도통 몰랐다.

"어우." 지미는 독한 술에 눈물을 찔끔하며 나를 보았다.

"맛없어?"

"제법 괜찮은데요."

헬렌이 다가오더니 지미와 나와 차례로 포옹했다. "정말 좋은 소식이야. 지미, 네 결혼식 옷은 내가 만들게 해줘. 예전부터 남성복을 직접 만들어 보고 싶었거든."

"보라색이 어떨까 생각 중이래." 내가 헬렌에게 말하자 지미는 웃음을 터뜨렸다.

지미가 다른 사람과 이야기를 나누기 시작하자, 헬렌과 나는 우리끼리만 통하는 눈빛과 절반쯤 잘린 말로 대화를 시작했다.

"프랭크는?" 헬렌의 말에 우리는 한 발 떨어진 곳에서 친구들에게 둘러싸여 웃고 있는 프랭크를 바라보았다.

"좋아. 우리 둘 다." 내가 말했다.

지금 이 순간만큼은 사실이었다.

다들 파티에 열이 올라, 동네 경찰관 앤디 모리스가 한 손으로 지미의 등을 받치고 일으킬 때까지 그가 얼마나 취했는지 알아차리지 못했다. 앤디는 우리 모두 오랫동안 알고 지냈고 좋은 사람이었다. 니나를 만나기 전, 지미가 비행을 일삼던 시절에 인사불성으로 취한 지미를 집에 데려다준 적이 한두 번이 아니었다. 지미가 싸움에 휘말리거나 무면허 음주 운전으로 적발되었을 때마다 앤디는 훈방 조치하고 보내주었다. 여느 마을 사람들과 마찬가지로, 앤디는 지미가 어머니를 잃고 얼마나 큰 충격에 빠졌는지 잘 알았다.

"친구, 진정해. 위스키 좀 쉬엄쉬엄 마시라고." 앤디는 이렇게 말할 뿐이었다.

"장난해?" 지미는 앤디에게 어깨동무하느라 들고 있던 잔의 술을 약간 흘리며 말했다. "내가 결혼을 한다고. 신랑이 만취하는 게 전통인걸."

나는 프랭크를 흘끗 보며 눈썹을 약간 치켜올렸고, 그는 내 경고의 의미를 곧바로 알아들었다.

프랭크는 내 어깨를 감싸며 귓가에 속삭였다. "오늘은 지미의 밤이잖아. 안 그래?"

그때 갑자기 사람들의 소리가 줄어들더니 조용해졌고, 몇몇 사람이 고개를 돌려 뭔가를 바라보았다. 그제야 나는 술집에 들어선 게이브리얼을 보았다. 이 술집에서 그를 본 건 처음이었다.

게이브리얼은 마을에 도착한 뒤로 사람들과 어울리려는 노력을 전혀 하지 않았다. 그를 탓할 수는 없었다. 평생 집을 떠나 살았고 이곳이 자신에게 맞지 않는다는 말을 달고 살았으니까. 사람들은 그를 알기는 하지만 잘 알지는 못했다. 이것은 불편한 불협화음이었고 사람들에게 경계심을 심어주었다.

게이브리얼은 가족들에게 둘러싸여 바 근처에 서 있는 나를 보자 긴장했다. 갑자기 사람들의 시선이 집중되었고 우리는 어항 속 금붕어가 된 듯했다.

"뭘 드릴까요?" 니나의 아버지가 그에게 물었다.

"비터 한 잔 주세요. 레모네이드도요." 게이브리얼은 나를 돌아보며 미안하다는 듯이 어깨를 으쓱했다.

"레오가 차에 있어. 늦은 시간이라는 거 알지만 바람을 쐬고 싶어서."

"내가 차에 가서 레오와 함께 있을 테니 그동안 조용히 맥주를 마시는 건 어때? 오래 안 걸리잖아. 그렇지?"

게이브리얼이 대답하기도 전에 지미가 그의 팔을 붙잡고 돌려 세우더니 얼굴을 아주 가까이 들이댔다. "여기에 당신을 반길 사람은 없어." 지미는 말을 내뱉다시피 했다. 목소리에서 칼날처럼 날카로운 경멸이 느껴졌다.

"그래요? 꽤 직설적이군요. 걱정 말아요. 음료를 받자마자 나갈 테니까."

"지미, 그만해. 술집은 누구든 올 수 있는 곳이야." 프랭크가 끼어들었다.

게이브리얼은 프랭크를 향해 고개를 끄덕일 뿐이었다. 하지만 둘이 무언의 이해를 주고받았다는 사실이 지미의 화를 돋우었다. 날이 선 상태라 화가 커지는 데 시간이 오래 걸리지 않았다.

"런던이든 어디든 원래 있던 곳으로 가지 그래? 여기선 아무도 당신을 원하지 않아. 그러니까 꺼지라고."

갑자기 화가 치민 지미가 주먹을 불끈 쥐고 팔을 뒤로 빼는 모습을 우리 중 누구도 보지 못했다. 단 한 사람, 앤디만이 말없이 능숙하게 끼어들어 지미의 가슴팍을 양팔로 안았다. 지미는 몸부림쳤지만 꼼짝도 못했다. 앤디는 지미를 제지하며 달랬다.

"이렇게 행복한 밤에 그럴 필요 없잖아." 앤디의 말에 지미는 약간 잠잠해졌다. "맑은 공기 좀 쐬고 오자고. 어서. 밖으로 나가자."

"베스, 지미 왜 저래요? 왜 저렇게 취했죠? 5분 전까지만 해도 기분 좋았는데요." 내 옆에 온 니나가 말했다.

"위스키를 마시는 게 아니었어. 독한 술은 잘 못 마시는데. 내 잘못이야. 내 것까지 줬거든."

"아니, 내 잘못이야. 여기 온 게 잘못이었어. 난 아무것도 모르고……." 게이브리얼이 말했다.

그는 뭘 몰랐다는 건지 말하지 않았다. 나는 남편의 시선이 느껴지는 가운데 술집에서 나가는 게이브리얼을 지켜볼 수밖에 없었다. 그러면서 우리 셋이 이런 상태로 얼마나 더 버틸 수 있을까, 이러다가 끔찍한 일이 벌어지는 건 아닐까 생각했다.

재판

오늘 증인으로 출석한 사람은 앤디, 아니 검사가 부른 이름에 따르면 모리스 경사였다. 얼마 전까지만 해도 우리는 그를 친구로 여겼다. 하지만 총격이 발생한 그날 밤, 모든 것이 달라졌다.

앤디는 성경에 손을 얹고 차분한 목소리로 증인 선서를 했다.

피고인석에 앉은 남자를 단 한 번도 쳐다보지 않았다.

"모리스 경사님, 총격 사건이 발생한 밤 이야기를 하기 전에 먼저 존슨 가족과의 관계를 묻고 싶군요. 두 형제와 친구 사이였다고 알고 있는데요? 오랫동안 알고 지낸 사이입니까?"

앤디는 머뭇거렸다. 우리 가족과 거리를 두기에 가장 좋은 방법을 생각하고 있는 게 분명했다. "우리 마을 사람들은 모두 친구입니다. 존슨 가족과도 그 정도 사이였습니다. 친밀하게 알고 지낸 사이는 아니었죠. 술집에서 간혹 마주치는 정도가 전부였습니다."

"모리스 경사님, 제가 이해하기로는 오랜 세월 동안 이 가족과 주기적으로 얽힐 일이 있었더군요. 지미 존슨의 행실 때문에요."

"네. 맞습니다. 어릴 때 지미는 불량배 기질이 있었습니다. 제가 몇 번 싸움을 말린 적이 있습니다. 음주 운전으로 적발된 적도 두 번 이상이고요. 심각한 건 아니었습니다. 그동안 이 정도의 일은 없었어요."

"그렇다면 9월 28일 밤 이야기를 해보지요. 총격을 언제 처음 알았습니까?"

모리스 경사는 수첩을 내려다보았다. "그날 밤 9시 37분에 긴급 상황 신고 전화를 받았습니다. 블레이클리 목장에서 총격 사고가 발생했다는 신고였습니다. 피해자는 이미 사망한 상태라고 했고요."

"거기서 잠시 멈춰 봅시다. 경사님은 그날 밤 당직이었습니다.

존슨 가족의 농장으로 곧바로 차를 몰고 갔습니까?"

"네. 경찰서는 마을 시내에 있습니다. 차로 8분 정도 거리입니다."

"그때 가면서 무슨 생각을 했는지 기억납니까? 한 남자가 산탄총에 맞아 사망했습니다. 그런데 그 사람은 경사님이 잘 아는 사람이었습니다. 어떤 식으로든 이상하다거나 불길하다는 느낌이 들었습니까? 그러니까 모리스 경사님, 이게 살인 사건일 수도 있겠다는 생각이 들었는지 안 들었는지 묻는 겁니다."

"그 당시에는 안 들었습니다. 안타깝게도 목장에서는 사고가 꽤 흔합니다."

"하지만 현장에 도착하고 나서 생각이 바뀌었습니까?"

"네, 그랬습니다. 사실 관계가 맞지 않는 것 같았습니다. 이 일을 20년 동안 하다 보면 거짓말을 본능적으로 알게 됩니다."

이제 앤디는 피고인을 보았다. "24시간 내로 살인 사건 수사를 맡게 되리라는 걸 알았습니다."

과거

존슨 집안의 남자들을 사람답게 만드는 데 가장 큰 영향을 미친 것은 바비의 탄생이었다.

프랭크는 과장되고 우스워 보일 정도로 자식을 애지중지하는 아버지가 되었다. 내가 하는 걸 전부 다 따라 하고 싶어 했는데, 할 수만 있다면 모유 수유까지 할 기세였다. 매일 저녁 목장에서 돌아오면 자기 차례를 기다리느라 조바심이 나는 듯이 팔을 내밀었고, 바비를 어찌나 꼭 껴안았는지 아기의 맨살에서 그의 고단한 하루를 알리는 냄새가 났다. 소똥, 트랙터 기름, 임페리얼 레더 같은 것들이었다. 특히 임페리얼 레더는 그가 하루 종일 자주 쓰는 비누라서, 나는 그 냄새를 프랭크의 향기로 여기게 되었다.

"보고 싶었어." 프랭크는 이렇게 말하며 아들의 보드라운 뺨에 입을 맞췄다. "당신도." 그는 손을 뻗어 내 몸 어디든 가장 가까운 곳을 잡았다.

나는 언제나 프랭크가 오고 나서야 바비를 씻겼다. 그가 목장에서 몇 시에 돌아오든 상관없었다. 목욕통에 따뜻한 물을 받으면 프랭크는 바비를 그 안에 기대어 앉히고 앞뒤로 움직이며 얼렀다. 그러는 동안 나는 부드러운 천으로 바비의 얼굴을 닦았다. 거의 매일, 우리 둘은 바비를 놀라운 듯 내려다보았고 이따금 귀여워서 못 살겠다는 소리를 내기도 했다. 하루 중 내가 가장 좋아하는 시간이었다.

가장 놀라운 사실은 데이비드가 바비에게 완전히 푹 빠졌다는 것이었다. 프랭크와 지미는 어린 시절에 데이비드가 하루 종일 목장에서 일하느라 옆에 없었다고 늘 말했다. 그런 데이비드가 달라졌다. 저녁이면 손주를 무릎에 앉히고 노래를 불러주었다. 아주 오래전, 음악당에서 불렀을 법한 노래와 자장가였는데,

프랭크도 나도 처음 듣는 노래였다. 데이비드는 바비에게 신문을 읽어주기도 했다. 처음에는 그게 이상해 보였지만, 데이비드의 낮고 중후한 목소리에는 바비를 재우는 무언가가 있었다. 바비가 울면 나는 아이를 데이비드에게 건네며 말했다. "마법 좀 부탁드려요." 그리고 할아버지의 든든한 품에 아기가 안기는 순간, 즉시 마법이 벌어졌다.

그러면 데이비드는 잔뜩 신이 나서 나를 보며 말했다. "얘 좀 봐."

바비는 데이비드를 사람답게 만들었다. 이 뻣뻣하고 말 없는 목장 주인은 소리 내 웃고 노래하고 미소 짓는 사람이 되었다. 밤에 프랭크와 나는 침대에 누워 서로에게 속삭였다. 우리 아기는 기적과 다름없다고.

지미 역시 눈에 띄게 달라졌다. 이따금 학교에서 문제를 일으키는 건 여전했지만 전에 없던 자신감이 느껴졌다. 지미가 성장한 덕분이기도 했지만, 그가 나서서 침착하게 우리 아들을 받아주고 한 번도 당황하지 않고 참사를 막은 뒤로 더욱 그런 것 같았다. 그 일이 있은 뒤로 나도 모르게 지미를 우러러보게 되었다. 지미는 위기에서 빛나는 사람이었다.

바비가 태어난 지 몇 주가 지났을 때, 나는 낡은 담요를 접어 만든 아기띠로 바비를 안고 목장 여기저기를 걸어 다니기 시작했다. 직접 걸어보니 광활하고 끝이 없는 것만 같았다. 다른 사람을 마주치는 일도 거의 없었다. 가끔은 지구상에 바비와 나만 남은 느낌이었다.

나는 잠든 아기와 함께 이 땅을, 아기의 땅이기도 한 이곳을 돌아다니며 말했다.

"바비, 언젠가는 네가 아들, 딸을 안고 이렇게 다니겠지."

목장에는 수많은 종의 새가 있었는데, 데이비드는 모든 종을 아는 듯했다. 따뜻한 날 저녁이면 그는 우리와 함께 산책했다. 황혼의 햇살에 들판이 색을 바꾸어 자주색과 짙푸른 색으로 물들었다. 데이비드는 생김새와 울음소리로 댕기물떼새, 노랑턱멧새, 되새를 구분하는 법을 가르쳐 주었다. 아주 작은 것도 그냥 지나치는 법이 없었다. 나비도 저마다 이름이 달랐다. 조흰뱀눈나비, 팔랑나비, 초원갈색나비라고 했다. 들쥐가 허둥지둥 달아날 때면, 데이비드는 하늘을 올려다보며 포식자를 찾았고 어김없이 발견했다. 갑자기 바스락거리는 소리가 들리면 딱정벌레와 민달팽이를 사냥하려고 갈색으로 완벽하게 위장한 고슴도치를 발견했다. 우왕좌왕 움직이는 아기 여우 떼를 우연히 마주치면 데이비드는 가만히 서 있었고 나도 똑같이 했다. 우리는 그렇게 말없이, 어미 여우가 가까운 데서 사냥하는 동안 놀고 있는 아기 여우들을 지켜보았다. 이런 장면을 포착하는 것은 선물 같았다.

데이비드의 눈을 통해 블레이클리 목장은 내게 살아 숨 쉬는 곳이 되었다.

데이비드는 바비가 돌이 되기 전부터 아이를 트랙터에 태우고 목장을 돌아다녔다.

"조심하실 거죠?" 내 말에 그는 웃기만 하며 아기를 다리 사이에 끼워 앉힌 채 트랙터를 몰고 나갔다.

데이비드는 한 손으로 핸들을 잡고 다른 한 손으로는 손주를 적당히 감싼 채 운전했다. 나는 혼자 보낼 시간이 생겨서 좋았지만 한 시간쯤 뒤에 둘 다 환하게 웃는 얼굴로 마당에 나타날 때까지는 마음을 놓을 수 없었다.

"걱정할 필요 없어. 아버지를 믿어도 돼. 이 목장에서 어린 시절을 보내시기도 했고. 바비에게 아무 일도 일어나지 않게 하실 거야." 어느 날 밤, 어둠 속에서 마주한 프랭크에게 내가 두려워하는 일을 말하자 그는 이렇게 대답했다.

나는 '*당신 어머니에게 무슨 일이 일어났는지 봐*'라고 생각했지만 말하지는 않았다. 프랭크의 어머니가 당한 사고는, 소젖을 짜던 중 소의 뒷발질에 머리를 정통으로 맞은 사고는 갑자기 발생했고 피할 수도 없었다. 목장에서는 아무리 조심해도 지나치지 않다는 것을 이보다 더 확실하게 경고하는 사건은 없을 것이다.

가끔 불안하기는 했지만, 바비가 할아버지 곁에서 자라는 건 정말 좋았다. 머지않아 바비는 토끼를 사냥해 가죽을 벗기는 법이나 민물꼬치고기와 잉어를 낚는 법을 배우게 될 것이다. 새끼 양의 출산을 돕는 법도 알게 될 것이며, 80만 제곱미터가 넘는 이 목장에 서식하는 온갖 새와 곤충의 종을 구분할 수 있게 될 것이다. 이 밖에 여러 세대에 걸쳐 전해 내려온 존슨 가족의 지혜를 모두 습득하겠지. 그건 바비의 권리였다. 그리고 나는 바비가 그러기를 바랐다.

1968년

나는 바비가 주방 바닥에 책상다리로 앉아서 어미 잃은 양에게 젖병으로 젖을 먹이는 모습이 담긴 사진을 가장 좋아했다. 이 사진을 하도 자주 봐서 이제는 바비의 이름이 언급될 때마다 그 모습이 떠올랐다. 여섯 살, 일곱 살, 여덟 살, 아홉 살 때 모습 모두 알고 있는데도. 그 사진을 아무것도 씌우지 않은 채 가방 속 꺼내기 쉬운 곳에 넣거나 가끔은 외투 주머니에 넣고 다니는 바람에 사진이 구겨지고 닳기 시작했다. 그러다가 프랭크가 사진을 넣을 작은 가죽 케이스를 사주었고, 그 덕에 지금은 항상 들고 다니는 마크라메 가방에 사진을 계속 넣어 다닌다.

가방에 이것저것 하도 많이 넣고 다녀서 다루기가 불편했다. 히어로에게 줄 간식, 몇 달이나 기다렸다가 도서관에서 빌린 어슐러 K. 르 귄의 『어스시의 마법사』, 쇼핑 영수증 한 뭉치, 쌍안경, 반쯤 먹고 남은 마리Marie 비스킷 한 팩, 레오가 집에 갈 때 길게 자란 풀밭을 맨발로 걷느라 벗어 놓은 양말 뭉치 같은 것들이 들어 있었다.

"주방 싱크대에도 간신히 수납할 수 있을 정도인데." 바닥에 쏟아낸 가방 속 잡다한 내용물을 보고 프랭크가 말했다.

나는 가방을 가지고 마당으로 나가서 흔들며 부스러기 하나까지 모두 털어냈다. 사진이 없었다. 나는 당황에서 울부짖었다.

"무슨 일이야?" 프랭크가 재빨리 나와 옆에 섰다.

처음에는 너무 괴로워서 대답할 수 없었다. 가방을 다시 뒤집어 보고 책장을 하나하나 넘기며 찾고 또 찾았다.

"사진이 없어졌어."

"그럴 리가."

프랭크가 나를 안았지만, 나는 너무 긴장한 나머지 같이 안지 못했다. 나를 안심시키려는 그의 목소리에서 괴로움이 느껴졌다. 우리는 바비 사진을 많이 찍지 않았다. 그때는 우리에게 사진만 남을 것이라고는 생각하지 못했다.

"찬찬히 다시 생각해 보자. 마지막으로 사진을 본 게 언제인지 기억나?"

프랭크에게 사실대로 말하려니 당혹스러웠다. 메도랜즈에서 게이브리얼과 레오가 옆에 없을 때. 저녁 식사를 준비할 때. 욕조에 물을 받거나 빨래를 널 때. 나는 사진을 매일 보는 동시에, 어떤 의미에서는 제대로 보지 않았다. 사진은 내게 일종의 부적이자 바비가 존재했음을 알려주는 물건이었다.

"어제."

"그럼 찾을 수 있을 거야. 내가 위층을 살펴볼게."

서랍장에 사진을 넣어둔 적은 한 번도 없었기 때문에 쓸데없는 짓이라는 걸 알면서도 서랍을 비웠다. 그때 초인종이 울렸다.

문을 열어보니 게이브리얼과 레오였다. 머릿속에 걱정이 가득해서 예의를 갖추려고 의식적으로 노력해야 했다. "어서 와. 들어올래?"

예상대로 게이브리얼은 고개를 저었다. 술집에서 지미가 난동 부린 뒤로, 별 뜻 없는 행동이었다고, 그저 술김에 한 바보 같은 행동이었다고 게이브리얼을 이해시키려 했지만, 그는 내 말을 믿지 않는 듯했다. 우리 집과 그의 집을 오가며 애써 유지한 균형이 점점 위태로워지는 것 같았다.

"레오가 할 말이 있대."

"이런. 뭔가 불길한데." 나는 레오를 보며 어서 말해보라고 부추겼지만, 레오는 내 눈을 마주하지 않고 시선을 피했다. "설마 그렇게까지 나쁜 소식일까. 자, 어서 말해보렴. 긴장돼 죽겠네."

레오와 게이브리얼은 매우 진지했는데, 게이브리얼은 도통 알 수 없는 표정이었다. 화가 난 것 같기도 했다.

레오는 한 손을 불쑥 앞으로 내밀더니 손바닥을 폈다. 작은 가죽 사진 케이스가 나타났다. "내가 아줌마 가방에서 꺼냈어요."

레오는 부끄러워하는 표정으로 바닥을 내려다보았지만, 나는 그 순간 안도감이 밀려와서 사진을 꼭 쥐고 품에 안을 뿐이었다. 눈물이 솟구치려는 듯이 목 깊은 곳이 묵직해졌다. "잃어버린 줄 알고 제정신이 아니었어."

"죄송해요." 레오가 말했다.

"위층에는 없는데." 내려오던 프랭크가 현관에 펼쳐진 광경을 보았다.

"아, 사진을 찾았군요? 가져다주기까지 하다니 이렇게 친절할 데가. 베스 가방에서 떨어졌나 봐요. 베스가 많이 걱정했어요. 아니, 우리 둘 다요."

나는 게이브리얼이 더 이상 이 일로 레오를 혼낼 것 같지 않아서 다행스러웠다. 레오에게 더 창피를 줄 필요는 없었다.

하지만 레오가 외쳤다. "내가 그랬어요! 내가 훔쳤다고요. 갖고 싶었어요. 바비를 보는 게 좋아서요."

레오의 말을 이해한 프랭크는 충격에 휩싸인 표정이었다. "그랬군." 프랭크의 목소리에서 특별한 감정이 느껴지지는 않았지만 그는 나만 뚫어지게 보고 있었다.

"어쨌든 우리 이 일을 너무 크게 벌이지는 말자. 사진도 무사하고 레오도 사과했으니까." 내가 황급히 말했다.

게이브리얼과 레오가 가고 현관문이 닫혔다. 하지만 프랭크와 나는 가까이 있으면서도 서로 눈을 마주치지 못하고 괜히 딴 데만 쳐다보았다.

"앞으로는 사진을 갖고 나가지 마. 다시는 잃어버리지 말자." 프랭크가 말했다.

"미안해." 나는 뭘 사과하는지도 확실히 모른 채 이렇게 말했다. 모든 게 미안했다.

"바비는 우리 아들이야. 그 애는 떠났고. 그런데 왜 저 사람들이 우리 애 일에 상관하는 거지?" 프랭크의 목소리가 갈라졌다.

"프랭크……." 나는 그의 손을 잡으려 했지만 그는 피했다.

"그 일을 하겠다고 했을 때 이런 상황이 생길 줄 알았잖아. 그런데도 당신은 안 하는 게 좋겠다는 내 말을 듣지 않았지. 도대체 이 일이 어떻게 끝날 거라고 생각하는 거야?"

과거

온 마을 사람들이 몇 달 동안 수군댄 결혼식이 바비의 세 번째 생일에 열렸다. 참나무 아래에서 우리 가족만의 조촐한 소풍을 준비하는데 승합차 여러 대가 메도랜즈에 짐을 내리고 있었다. 마을 사람들은 눈앞에 과시하듯 펼쳐지는 흥청망청한 광경을 두고 말이 많았다. 대부분 쓴소리였다. 아무도 초대받지 못했기 때문이다. 메도랜즈에서 청소부로 일하는 부인이 온실에서 희귀한 파란색 난을 보았다고 말하자, 마을 가게에 모인 사람들은 그 집 온실의 꽃들이 얼마나 사치스럽고 돈 낭비인지 한참을 험담했다. 정원사는 샴페인을 스물네 상자 내렸다면서, 프랑스어 같은 글자가 쓰여 있었는데 정확히는 기억나지 않는다고 했다. 큰 천막이 하나도 아니고 두 개가 설치되었는데, 호수가 아주 잘 보이는 곳에 자리 잡은 천막은 도로에서도 잘 보였다. 이 천막도 그냥 천막이 아니라고 들었다. 내가 이런 이야기를 하는 게 정말 고통스럽다는걸, 우리가 얇디얇은 얼음 위에서 스케이트를 타고 있다는 걸 누구보다 잘 아는 헬렌마저도 참지 못하고 구구절절 이야기를 풀어놓았다.

"천막에 알록달록한 조명을 둘렀더라고. 정말 멋있었어. 『아라비안나이트』에 등장할 법한 장면이야." 헬렌이 말했다.

그 말에 내 심장 박동이 조금 빨라졌다.

결혼식 준비를 위해 청소, 정원 관리, 세탁을 담당할 마을 사람들 몇 명이 추가로 고용되었다. 세세하게 신경 써야 할 일이 산더미였다. 초대한 하객은 300명이었다. 할리우드 스타는 물론이고 영국 귀족, 소설가, 음악가, 정치인도 있었다. 엘리자베스 테일러, 앨릭 기니스, 도리스 레싱, 아가일 공작부인이 참석한다는 소문이 돌았다. 테사 울프가 물 만난 물고기처럼 즐거워할 것이 뻔했다. 웨딩드레스는 노먼 하트넬Norman Hartnell이 디자인했고 상류층 전담 사진작가 앤서니 암스트롱 존스Antony Armstrong-Jones가 사진을 찍는다고 했다. 미국에서 스윙 재즈 밴드를 불렀고 파리에서 요리사를 불렀다. 《태틀러Tatler》에 따르면, 올해의 결혼식이었다.

생일날 바비는 일찍 잠에서 깼다. 어슴푸레 날이 밝았을 때 바비가 맨발로 마룻바닥을 뛰는 소리가 들렸고, 곧 작고 보드라운 몸이 프랭크와 나 사이로 파고들었다.

"나 이제 세 살이에요." 바비가 대뜸 선언했다. 이에 대꾸하는 프랭크의 말을 듣고 그도 나와 같은 생각을 하고 있었다는 걸 알았다. "3년을 꽉 채웠어? 대단한데."

"그날 폭풍우가 몰아쳤어요." 바비가 말했다. 프랭크에게 빨리 제가 태어나던 날 이야기를 해달라는 신호였다.

바비는 아버지의 가슴에 머리를 기댔고 프랭크는 아이를 끌어안았다.

"원래 여름에는 폭풍우가 자주 오지 않지만, 왔다 하면 아주 어마어마하단다. 그런데 그날의 폭풍우는 정말 대단했어. 나무가 쓰러지고 전화선이랑 전기도 끊어질 정도였지. 엄마는 혼자 있었어. 그런데 아기가 나오려고 하는 거야."

바비가 가장 좋아하는 대목은 지미 삼촌이 학교에서 돌아와 교복을 입은 채 어려운 상황을 수습하는 부분이었다. 지미는 바비의 영웅이었다. 바비는 지미가 자기 목숨을 구했다고 믿었다. 틀린 말은 아니었다.

바비는 생일이라 특별히 소젖 짜러 가는 두 남자를 따라가도 된다고 허락받았다. 체격이 작은 바비는 방해가 될 뿐이었지만, 프랭크와 지미는 바비가 소젖을 짜려고 낑낑대다가 실패하는 동안 언제나 참을성 있게 기다렸다. 그래서 바비가 따라가면 시간이 훨씬 오래 걸렸다.

프랭크가 바비의 방에서 옷 갈아입는 걸 도와주는데 갑자기 웃음소리가 터져 나왔다. 바비가 속옷 한쪽 다리 구멍에 두 다리를 한꺼번에 집어넣은 모양이었다. 바비의 남색 멜빵바지 이야기도 들렸다. 헬렌이 바비를 위해 만들어 준 바지였는데, 데이비드, 프랭크, 지미가 입는 것과 똑같았다.

"이제 아기 아니라고요." 바비가 말했다.

"그럼, 당연하지. 그러니까 자기 일은 스스로 해야지." 프랭크가 말했다.

두 사람은 덜컹덜컹 소리 내며 계단을 내려와 마당을 가로질러 갔다. 나는 점점 멀어지는 말소리를 들으며 혼자라는 여유를 느꼈고 저 둘이 내 가족이라는 데 흐뭇해했다.

오후에 두 번째로 소젖을 짜고 나서 바비의 생일 파티를 할 예정이었다. 부모님과 언니가 오고 데이비드, 지미, 프랭크, 나, 그리고 생일 주인공이 함께하는 자리였다. 이들이 전부였다. 동갑내기 아들이 있는 헬렌을 초대할까 생각했으나, 가족들만 모이기로 했다. 사실 나는 가족이라는 두터운 보호벽에 둘러싸여 지내는 데 만족했기 때문이다. 바비도 조부모와 이모와 삼촌에 둘러싸여 사랑받는 데 만족하는 듯했다. 그러니 굳이 변화를 줄 이유가 없을 것 같았다.

바비가 돌아오자 우리는 남은 오전 내내 파티를 준비했다. 울프 가족의 하객들은 저녁에 굴과 바닷가재 꼬리를 먹을지 모르지만, 우리에게는 잼 타르트, 꿀을 발라 구운 소시지, 파인애플에 이쑤시개로 치즈 조각을 꽂아서 만든 고슴도치가 있었다. 케이크 장식을 마치자 바비의 뺨과 코에 초콜릿이 묻어 있었다. 가뜩이나 들떴는데 단것까지 먹어서 더욱 흥분한 바비가 나를 보며 씩 웃는 모습을 사진으로 찍었다. 그러면서 우리는 다 같이 생일 파티를 손꼽아 기다렸다.

가족들이 소풍 장소로 모이려면 아직 몇 시간 더 있어야 했다. 게이브리얼의 결혼식 때문에 들려오는 소리에 신경 쓰지 않으려고 최선을 다했지만, 언제 무슨 일이 일어나고 있는지 초 단위로 알고 있었다. 주방 시계가 3시를 가리키자, 마을 교회에서 신부가 아버지와 함께 걸어 들어오기를 기다리는 게이브리얼이 떠올랐다. 15분 뒤에는 서로 인사하는 두 사람이, 한때 내 눈을 바라보던 눈빛으로 루이자의 눈을 바라보는 그가 떠올랐다. 그리고 같은 교회에서 가족들만 참석한 가운데 치른 내 결혼식도 떠올랐다. 모조 레이스가 달린 웨딩드레스와 프랭크가 빌려 입은, 길이가 너무 짧았던 정장이. 나는 내 삶을 조금도 바꾸고 싶지 않았다. 내가 일군 새로운 삶의 모든 것이 정말 좋았다. 하지만 마지막으로 한 번만 들여다보고 싶은 유혹이 솟구쳐 더 이상 억누를 수 없는 지경이 되었다.

"바비, 마을 결혼식 몰래 구경하고 싶지 않니?"

"진짜 스파이처럼요?"

"응. 묘지에 있는 큰 나무 뒤에 숨어서 말이야."

"솔직히 그러고 싶어요."

'솔직히'는 바비가 최근에 배운 말인데, 이 말을 쓴다는 건 상당히 중요한 일이라는 뜻이었다.

마을까지는 걸어서 5분밖에 안 걸리는 거리였는데, 바비의 걸음으로는 10분이 걸렸다. 그런데도 나는 너무 늦은 게 아닐까 걱정되기 시작했다. 결혼식 장소에 도착하자 교회 밖에 사진기자들이 줄줄이 서 있었고, 도로 양쪽에는 신혼부부를 보려고 기다리는 사람들이 잔뜩 모여 있었다. 그들은 직접 만들어 병에 담아 온 색종이 조각을 뿌릴 준비를 하고 있었다.

"자, 여기서부터는 제대로 스파이가 되어야 해. 마을 사람들 아무도 우리를 못 보도록 말이야. 할 수 있겠어?"

바비는 이미 스파이 역할에 집중한 듯 조용히 하라고 손가락 하나를 입술에 갖다 댔다.

우리는 멀리 떨어진 묘지 쪽으로 들어가 무덤 뒤에 몸을 숨기며 이 나무에서 저 나무로 재빨리 움직였다. 그러는 동안 나는 가장 잘 보일 만한 곳을 찾았다. 교회 종소리가 축하하듯 울려 감상적인 분위기가 되었을 때, 바비의 손을 잡고 주목나무 한 그루를 향해 질주했다. 우리 둘이 몸을 숨길 정도로 크고 결혼식을 잘 볼 수 있을 정도로 가까운 나무였다.

"보세요." 실크 모자를 쓰고 연미복을 입은 신랑이 걸어 나와 입구에 서자 바비가 속삭였다. 신랑의 팔에는 아담한 체구의 신부가 매달려 있었다.

몸에 딱 맞는 검은색 정장에 흰색 셔츠를 입고 검은색 넥타이까지 말쑥하게 차려입은 공식 사진사가 다급히 앞으로 나와 첫 번째 사진을 찍었다. "서로 눈을 바라보세요…… 아, 바로 그거예요. 완벽해요." 사진사의 또렷한 상류층 억양이 우리에게까지 들렸다.

언론사 사진기자들은 신혼부부 주위에 반원을 그리고 서서 미친 듯이 셔터를 눌러댔고, 게이브리얼과 루이자는 그럴 줄 알았다는 듯이 포즈를 취한 채 미소 지으며 기다렸다. 내일 모든 매체의 사교 면에 이들의 사진이 실리겠지.

게이브리얼을 본 건 몇 년 만이었다. 그는 변하지 않았다. 고급 결혼 예복을 입은 모습은 늘씬하고 우아했다. 늘 그렇듯 잘생겼다는 말보다 아름답다는 말이 더 잘 어울리는 얼굴이었다. 두 사람을 보고 있자니 내겐 그런 감정을 느낄 자격이 없는데도 질투심이 밀려왔다.

나는 게이브리얼을 바라보는 바비를 보았다. 내 아들은 이 남자를, 한때 내게 정말 의미가 컸던 이 사람을 알지 못하겠지. 바비가 그를 다시 볼 일은 없을 것 같았다. 당연히 떠올릴 일도 없을 테고. 바비는 우리가 나무 뒤에 숨어서 스파이 놀이하던 날도 기억 못 하겠지. 이건 그저 시간이 멈춘 듯한 어느 한순간일 뿐일 테니까.

"신랑이 어때 보여?" 내가 물었다.

"음…… 멋쟁이 신사 같은데요?" 내가 웃음을 터뜨리자 바비는 조용히 하라고 쉿 소리를 냈지만 까만 눈동자는 익살맞게 빛났다.

'멋쟁이 신사'는 프랭크가 잘 준비를 마친 바비를 부르는 별명이었다. 바비는 할머니가 잘 준비를 해줄 때면 언제나 반짝이는 얼굴을 하고 가르마 탄 머리를 물 묻힌 빗으로 빗었고 잠옷 단추를 목 끝까지 채웠다.

나는 루이자가 고개를 돌려 게이브리얼에게 뭐라고 말하는 걸 지켜보았다. 게이브리얼이 그 말을 들으려고 몸을 가까이 기울이는 것도, 루이자의 뺨에 입 맞추는 것도.

루이자의 어머니 모이라는 내가 마지막으로 본 날 이후로 전혀 나이 들지 않은 모습으로 교회에서 나왔다. 주름 장식 셔츠와 반바지를 입고 타이츠를 신은, 머리끝부터 발끝까지 새하얀 차림으로 아장아장 걷는 아이의 손을 잡고 있었다. 게이브리얼과 루이자에게 아들이 있다는 이야기를 듣기는 했지만 직접 보니 눈을 뗄 수 없었다. 모이라는 아이를 안아 루이자의 품에 안겼고, 게이브리얼은 고개 숙여 아이의 이마에 입 맞췄다. 그러자 기자들은 열광적으로 셔터를 눌렀다. 결혼하기 전에 아기를 낳기로 한 두 사람의 선택을 보도한 기사 중 비판적인 내용은 하나도 없었다. 내가 왜 다른 걸 기대했는지는 모르겠다. 게이브리얼과 루이자 같은 사람들에게는 그런 규칙이 적용되지 않는 법인데.

옆에 있던 나의 어린 아들은 이제 지루해졌는지 참을성 없이 몸을 꿈틀대기 시작했다. 아이를 향한 사랑이 솟구쳤다. 내게 필요한 전부는 바로 여기에 있었다.

정말 다행이었다. 저들도 셋이고 우리도 셋이다. 기분 좋은 대칭이다. 결국 우리 둘 다 잘 풀린 셈이다.

"자, 바비, 이제 다 됐어." 내가 아이를 돌아보며 말했다.

"넵. 그렇다마다요." 바비는 프랭크의 말을 흉내 냈다.

아이는 쓰고 있던 모자를 위로 던졌다가 단번에 다시 잡았다.

남자들이 흔히 쓰는 납작한 모자는 데이비드가 선물해 준 것이었다.

나는 바비를 끌어안았다. "오늘은 네 생일이니까 선물은 다 네 것이라는 거 알아. 그런데 엄마가 가장 좋은 선물을 받았구나."

1968년

바비의 사진에 관해 레오에게 굳이 다시 이야기하지 않았다. 사실 나도 책임이 있다고 생각했기 때문이다. 엄마를 그렇게 보고 싶어 하는 레오 앞에서 바비를 그리워하는 마음을 드러내다니. 괜히 상황을 나쁘게 만들었다. 어쨌든 내가 이해하기로는 그게 원인이었다. 바비에 대한 기억을 잊지 않으려고 레오에게 바비 이야기를 하다니, 내가 이기적이었다. 그런데 문제는, 아무도 내가 바비의 이야기를 하는 걸 들어주지 않는다는 것이다. 프랭크는 바비 이야기를 못 견뎌 하는 때가 많았다. 죄책감이 너무 심한 나머지 애당초 바비가 존재하지 않은 듯이 행동해야 겨우 버틸 수 있기 때문이었다. 나는 프랭크가 걱정됐다. 이 해결되지 않은 슬픔은, 갈 곳 없는 슬픔의 끝은 어디일까? 그는 지치도록 일해서 매일 밤 기진맥진한 채 잠들었다가 해가 뜨면 다시 일할 준비를 하는 방식으로 슬픔에 대처했다. 지미도 마찬가지였다. 물론 지미는 술에 의지해 힘든 시기를 견디기도 했다. 하지만 적어도 그에게는 니나가 있었고, 결혼식을 앞둔 기대감이 있었다. 바라건대 곧 두 사람의 아기도 생길 것이다.

집에 가려는데 게이브리얼이 주방에 들어왔다. 그가 오후 내내 일하는 바람에 사진 사건 이후로 처음 마주쳤다.

"우리, 얘기 좀 해야 하지 않아? 와인 한 잔 마실래?" 게이브리얼은 식탁에서 숙제하고 있던 레오를 흘끗 보았다. "서재로 갈까?"

권유라기보다 명령에 가까운 말에, 그를 따라 복도를 걸어가던 나는 문득 찌르는 듯한 불안을 느꼈다. 레오를 돌보는 일을 그만하라고 할 것 같았다. 그러고 싶지 않았지만 그게 우리 모두를 위해 최선일지도 몰랐다.

이 방이었다. 책이 가지런히 꽂힌, 이 아름다운 방. 예전에 우리는 이 방에서 일주일을 보냈다. 소파에 함께 엉겨 붙어 누렇게 색이 바랜 얇은 소설이나 조판이 화려한 소설을 읽었고, 재미있거나 특별히 좋은 구절이 있으면 잠시 멈추어 서로에게 소리 내어 읽어 주었다.

소파 앞 탁자에는 화이트 와인 한 병과 잔 두 개가 놓여 있었다.

"내가 뭐라고 할 줄 알고. 자신감이 넘치네." 내 말에 게이브리얼은 웃음을 터뜨렸다.

"네가 싫다고 하면 나 혼자서라도 마실까 했지."

예상대로 와인은 맛있었다.

"지하 저장고에 있던 거?" 나는 첫 모금을 마신 뒤에 물었다.

게이브리얼은 고개를 끄덕였다. "혼자서는 다 마시지 못할 정도로 많아. 아마 식초로 변한 것도 있을걸."

그 후에 이어진 잠깐의 침묵 속에서 나는 일상적인 이야기로 게이브리얼의 주의를 돌릴까 했지만 걱정 때문에 머리가 잘 안 돌아가서 딱히 할 말이 생각나지 않았다.

"레오 이야기를 하려고. 그런데 네 기분을 상하게 하고 싶지는 않아." 마침내 게이브리얼이 말문을 열었다.

나는 와인 잔을 탁자 위에 내려놓고 면접이라도 보는 듯이 자세를 꼿꼿이 했다. 아니, 해고를 당한다고 하는 편이 적합하겠다. "내가 일하는 게 마음에 들지 않는다고 해도 충분히 이해해. 방과 후에 레오를 돌봐줄 사람은 많을 거야. 내가 주변에 알아봐 줄 수도······."

내 말을 이해한 게이브리얼은 깜짝 놀랐다. "아니, 아니야. 그걸 원하는 게 절대 아니야. 우리 둘 다 알다시피 레오는 그다지 행복한 아이가 아니야. 학교를 끔찍하게 싫어하지. 레오가 유일하게 기다리는 게 너와 함께 보내는 오후야. 저, 어려운 일이라는 거 아는데······."

"게이브리얼, 그냥 말해."

"레오에게 바비 이야기를 많이 했지?"

"그랬던 것 같아." 나는 최대한 아무렇지 않은 듯이 말했다.

"내가 보기엔 레오가 바비에게 좀 집착하는 것 같아. 정말 이상하게 들릴 거야. 나도 알아. 레오는 바비를 자기는 따라갈 수 없는 완벽한 아이로 여기는 것 같아. 이게 다 내가 이혼한 탓이야. 그것 때문에 레오의 머릿속이 엉망이 됐어. 레오는 엄마를 그리워해. 여기에 버려졌다고 생각해. 그런데 갑자기 네가 이 특별한 아이와 함께 나타난 거야. 지금은 세상에 없지만……."

나는 울지 않으려고 두 주먹을 꼭 쥐고 떨리는 숨을 길게 내뱉었다.

"아, 이런. 내 말 때문에 속상하구나. 미안해." 게이브리얼은 괴로운 표정이었다.

나는 그를 향해 고개를 끄덕이고 또 끄덕였다. "바비 이야기를 그렇게 많이 하는 게 아니었어. 하지만 레오가 궁금한지 계속 물어보더라고. 아무도 내게 바비 얘기를 꺼내지 않는데. 바비가 모두에게 잊힌 유령이 된 것 같았어. 난 그 애가 그리운데. 말도 못하게 보고 싶은데. 그래서 레오에게 바비 이야기를 하는 게 좋았어. 일단 시작하니까 멈출 수가 없더라고."

"바비를 알았더라면 좋았을 텐데." 게이브리얼이 나지막이 말했다.

그의 말이 안긴 고통 때문에 나는 아무 말도 할 수 없었다. 앞으로의 내 삶은 내 아들을 알지 못하는 사람들로 가득 차겠지.

"바비는 어떤 아이였어?"

"게이브리얼, 난 바비 이야기를 하지 *않으려고* 최선을 다하는 중이라고." 나는 다시 차분해져서 웃고 있었다.

"나한테는 안 그래도 돼. 난 바비가 어떤 아이였는지 알고 싶은걸. 조금만 들어봐도 아주 멋진 아이였던 것 같은데."

"그래?"

늘 그렇듯 내 심장은 머리를 배신한 채 빠르게 뛰기 시작했다.

"응. 그러니까 전부 다 얘기해 줘."

우리의 우정이 달라지기 시작한 순간이었다. 아주 서서히 달라져서 처음에는 알아차리기 힘들 정도로. 초저녁에 함께 와인을 마시던 그 순간. 매일 저녁 한 시간씩 내가 죽은 아들 이야기를 하면 게이브리얼은 재미있는 이야기라도 듣는 듯이 귀를 기울였다. 그동안 나는 바비의 모든 것을 털어놓았다. 어쩌면 나의 모든 것까지 털어놓았는지도 모른다. 내 아이를 만나지 못할 남자에게 그 아이가 어땠는지 설명하려면 어디에서부터 시작해야 할까? 당연히 태어나던 날부터, 격렬한 폭풍우로 나무와 전봇대가 쓰러져 목장으로 가는 길이 막힌 그날부터 시작해야겠지. 10대 남학생이 주방 바닥에서 조카를 받던 그날부터. 나는 그날을 떠올리다 말고 잠시 멈추어 이야기를 시작하기 전에 그때의 희열을 다시 한번 되새겼다.

집으로 걸어갈 때면 바비가 내 곁에 있었을 때의 추억이, 다디달던 9년이 모두 생생하게 떠올랐다. 그리고 내일은 게이브리얼에게 무슨 이야기를 해줄까 생각하며 설렜다. 한편으로는 내가 부모만 알고 있는 소중한 외아들 이야기를 게이브리얼에게 해주고 있다는 사실을 프랭크가 알면 얼마나 상처받을까 싶어서 두려웠다.

과거

우리 아들은 해 뜰 때부터 해 질 때까지 부모, 삼촌, 할아버지와 함께 밖에서 시간 보내는 걸 세상에서 가장 좋아하던 시골 소년이었다. 아이가 다섯 살이 될 때까지의 이 눈부신 시간을 나는 충분히 감사하며 누렸을까? 매일 아침이면 바비가 프랭크와 함께 마당을 가로질러 목장으로 가면서 높은 톤으로 끝없이 재잘대는 소리가 들렸다. 아침을 먹으러 돌아온 바비는 할아버지 옆으로 가서 쿠션 위에 올라앉아 계속 이야기했다. 그리고 나와 같이 하염없이 잡초를 뽑았다. 바비는 잡초를 아주 잘 찾았는데, 작은 손으로 잡초를 움켜쥐고 뿌리까지 뽑아냈다. 그래서 옆에는 잡초 더미가 수북하게 쌓였다. 우리는 고생한 대가로 핫 초콜릿을 마시고 다시 모험을 떠났다. 가끔은 양이 풀을 뜯는 들판 맨 아래쪽 철문에 앉아 있었다. 암컷 양이 새끼를 부르는 소리가 골짜기에 울려 퍼지고 벌레 우는 소리가 들리고 산들바람이 살갗을 스쳤다. 바비는 프랭크와 데이비드와 과거 그의 아버지가 그랬듯이, 이 굽이치는 푸른 들판을 통해 조상들과, 천 년 동안 이어온 소리와 풍경과 맛과 촉감과 만났다. 아이는 그렇게 이 모든 것을 온몸으로 받아들였다.

바비는 이미 독립적인 한 인간이 되어 가고 있었다. 때로는 불러도 들어오지 않아서 화를 돋우기도 했지만, 나는 바비가 마당에서 놀고 있을 때 쓰려고 작은 종을 장만했다. (물론 마당에서 놀기로 해놓고 다른 곳에 가는 일도 있지만.) 그 종을 몇 분 동안 울려도 바비가 돌아오지 않으면 프랭크나 데이비드가 있는 곳으로 가버렸다는 걸 알 수 있었다. 그래도 바비에게 오래 화낼 수는 없었다. 우리 모두 마찬가지였다. 모두를 무장 해제하는 바비의 미소 한 번이면 전부 다 용서되었다.

얼마 지나지 않아 바비는 초등학교에 입학했다. 셔츠와 넥타이 차림에 끈을 묶는 반짝이는 구두를 신은 바비는 내 자식 같아 보이지 않았다.

"너무 이상해 보여요." 욕실에서 양치질하며 거울을 살피던 바비가 말했다.

"이상한 게 아니라 아주 말쑥해 보이는데."

"음. 엄마가 그렇다면 그렇겠죠." 바비는 미심쩍은 표정이었다.

하지만 학교에서는 놀라울 정도로 자신감 있는 모습을 보였다. 신입생들은 대부분 엄마에게 매달려 있었지만, 바비는 뒤도 돌아보지 않고 여유 있게 교실로 향했다. 교실에 들어가기 직전에야 내가 생각났는지 달려와 내 귓가에 속삭였다. "나 없어도 괜찮겠어요?"

"바비, 괜찮지 않아. 집에 가자. 학교에는 내일 오자." 나는 이렇게 말하고 싶었지만 간신히 참았다.

"엄마는 괜찮을 거야. 가서 재미있게 보내."

바비가 학교에 있는 낮 동안 나는 목장 일에 전념했다. 데이비드는 두 아들이 어린 시절부터 습득한 온갖 것들을 내게 알려주었다. 암소의 유선염을 조기에 발견하는 징후, 양이 종기가 잘 나는 곳, 양의 눈과 발굽을 점검하고 양모 품질을 파악하는 법을 배웠다. 그 덕분에 양의 배와 엉덩이를 손으로 눌러 보고 등급이 더 높은 풀이 필요한지, 시장에 내다 팔 정도로 살이 올랐는지 알 수 있게 되었다. 트랙터에 달린 롤러로 밭을 평평하게 하는 법도 배웠다. 데이비드는 콤바인 수확기를 운전하는 법까지 가르쳐 주었다. 콤바인의 높다란 운전석에 앉자 고치에 들어간 듯한 느낌이었고, 우리 목장 들판 전경이 눈앞에 펼쳐졌다. 프랭크와 함께 콤바인에 타고 옥수수밭을 천천히 오르내리며 느긋하게 시간을 보내는 게 좋았다. 그 안에서는 목장에서는 좀처럼 느낄 수 없는 친밀함과 오붓함이 느껴졌다. 우리는 가족의 옥수수를 수확하고 탈곡하는 긴 시간 동안 온갖 이야기를 나누었다. 나는 프랭크를 웃게 하려고 우리는 콤바인 수확기에서 사랑에 빠졌다고 말하기도 했다.

이렇게 우리 둘이 마주 보지 않고 같은 방향을 보며 친밀해진 모습을 보였기 때문에 데이비드가 이런 걸 물어봤는지도 모르겠다. "조만간 둘째를 가질 생각이니? 이제 바비도 학교에 갔잖니."

나는 그 질문에 깜짝 놀랐다. 지금껏 시아버지에게 들은 질문 중에 가장 사적이었기 때문이다. "벌써 저랑 같이 일하기 싫어서 그러세요?" 나는 그를 놀리듯 되물었다.

데이비드는 고개를 끄덕일 뿐 더 이상 말하지 않았다. *'이해해.*

네 일이니 내가 간섭할 일이 아니지'라는 의미의 끄덕임이었다.

둘째 생각을 안 해본 건 아니었다. 내 마음 한구석에서는 아기를 간절히 원했다. 외부와 단절된 진공 상태에서 더없는 행복을 느끼던 때가 그리웠다. 잠이 부족해 몽롱한 채 평행 우주에 공존하는 듯하던 그때가. 배 속에 품고 있을 때만큼이나 그 작은 생명체와 가깝게 연결되어 있다고 느끼던 그때가. 아기의 향기, 모양, 품에 안았을 때의 따뜻한 무게감, 섬세한 숨소리도. 물론 둘째는 다를 것이다. 지금은 학교에서 돌아와 내 관심을 독차지하고 싶어 하는 바비가 있으니까. 나는 45분 동안 의자에 꼼짝없이 앉아서 아기에게 모유를 먹이는 내 모습을 떠올렸다. 그러는 동안 수유가 끝나기를 기다리는 바비는 인내심이 점점 바닥나겠지. 하지만 젖을 다 먹이고 나면 기저귀를 갈아주어야 한다. 그리고 아기가 울면 나는 아기를 안고 서성대며 달랠 테고 내 첫아이에게 소홀할 수밖에 없을 것이다. 바비가 얼마나 충격받고 실망할지 느껴졌다. 지난 5년 동안 모든 순간을 함께 한 엄마였는데, 이제 더 이상 제 변덕을 모두, 아니 일부조차 받아줄 수 없다니. 그러면 바비는 단념하고 새로운 질서를 받아들이겠지. 바비가 달라지면서 우리 사이의 유대감도 차츰 느슨해질 테고. 나는 아직 그런 상황을 받아들일 준비가 되지 않았다.

며칠 뒤, 프랭크가 데이비드와 이야기를 나눈 것이 분명해졌다. 프랭크는 침대에 누워서 물었다. "당신, 피임하고 있어?"

프랭크가 이런 걸 묻는 일은 드물었다.

"당연하지."

우리는 거의 매일 밤 예외 없이 사랑을 나누었다. 프랭크는 그러면 하루의 근심을 잊고 머리가 맑아지며 잠을 잘 잘 수 있다고 했다. 나는 사랑을 나눌 때 프랭크와 가장 친밀감을 느꼈다. 하루 중 이 시간에만 느낄 수 있는, 그런 친밀감이었다.

"그건 왜 물어?"

"피임을 중단하면 어떨까 해서. 물론 당신이 원한다면."

"당신 아버지와 이야기했구나?"

"응."

"당신은 우리가 아기를 또 가지면 좋겠어?"

"좋지 않을까? 바비에게 동생이 생기는 거잖아."

"그렇겠지. 정말로."

나는 어느 정도 성의껏 대답했다고 생각했는데 프랭크를 속일 수는 없었다.

"당신은 왜 싫은데?"

나는 어떻게 말해야 프랭크가 잘 이해할까 생각하느라 잠시 멈추었다가 대답했다.

"지금이 적당한 시기인 것 같기는 해. 하지만 바비와의 끈을 끊을 준비가 안 됐어. 물론 언젠가는 그래야 하겠지만 우린 아직 젊잖아. 당신이랑 나 말이야. 그리고 엄마의 경우는 상황이 달라. 완전히 매여서 쉴 틈이 없잖아. 바비와 지금처럼 지낼 수는 없을 거야. 이해돼?"

이게 프랭크의 장점이었다. 그는 언제나 이해했다. 프랭크는 팔을 뻗어 내 얼굴이 가슴팍에 눌리도록 꼭 끌어안았다. "완전히 이해했어. 우리에겐 최고의 아이가 있잖아. 굳이 하나 더 낳아서 위험을 감수할 필요는 없지."

오늘 밤에 사랑을 나눌 때는 뭔가 달랐다. 우선, 우리는 단 한 번도 서로에게서 눈을 떼지 않았다. 프랭크는 내 안으로 아주 깊숙이 밀고 들어오더니 움직이지 않고 나를 내려다보았다. 나는 너무 흥분해서 그의 가슴을 어루만지며 맨살 아래의 단단한 근육과 넓은 가슴팍과 어깨를, 그가 전하는 힘과 무게를, 무엇보다 내가 그를 얼마나 사랑하는지를 느꼈다. 마침내 그가 깊숙한 곳에서 원을 그리며 천천히 움직이기 시작하자, 움직일 때마다 내 목 깊은 곳에서 쾌감의 탄성이 터져 나왔다. 평소에는 복도 바로 건너편에 있는 다른 가족들 때문에 소리 내지 않으려고 노력하지만, 오늘은 쾌감에 압도당한 나머지 멈출 수 없었다. 온몸이 소용돌이치며 떨렸다. 나는 프랭크를 붙잡고 그의 이름을 불렀다. 그러자 프랭크는 어둠 속에서 "괜찮아"라고 속삭였다. 그 강렬하면서도 부드러운 느낌은 세상 그 무엇과도 비교할 수 없었다. 잠시 후 프랭크는 격렬하고 빠르게 움직였다. 숨이 끊어질 정도로 가쁜 숨을 몰아쉬면서도 계속 나를 바라보았다. 우리는 동시에 절정에 올랐고 잠시 후 서로를 끌어안고 그 강렬함에, 날것의 광기에 웃음이 터지고 말았다.

프랭크가 속삭였다. "세상에, 어떻게 이럴 수가 있지?"

나는 울고 웃으며 속삭였다. "그러게."

우리는 잘 때의 자세로 편히 누웠다. 나를 안은 프랭크의 목소리에는 이미 졸음이 가득했다. "지금의 이 행복을 조금도 바꾸고 싶지 않아."

1968년

메도랜즈 정원에 레오와 함께 있는데 검은색 택시가 덜컹대며 진입로에 들어섰다. 도싯의 외딴 시골 마을인 이곳에서는 흔치 않은 광경이었기에 우리는 나란히 서서 누가 왔는지 지켜보았다.

"런던에서 온 택시일까요?" 레오가 물었다.

"백만장자가 아니고서야 택시비를 감당할 수 없을걸."

"엄마예요, 우리 엄마!" 레오는 뒷자리 승객이 눈에 들어오자 비명을 질렀다. 택시가 멈추기도 전에 달려가서 문을 열려고 했다.

루이자가 택시에서 내려서 두 팔을 활짝 벌리자 아들이 품에 뛰어들었다.

"엄마. 엄마. 엄마." 레오는 몇 번이나 엄마를 부르다가 끝내 흐느꼈다. 나는 그저 눈물을 참는 수밖에 없었다.

"왜 온다고 말 안 했어요?" 두 사람이 몸을 떼고 나서 레오가 물었다.

"깜짝 놀라게 해주고 싶어서 그랬지. 아빠한테 네가 집에 있는지 확인했어. 하지만 아빠한테도 온다는 말은 하지 않았단다."

루이자는 처음으로 나를 보았다. 그러고는 경계하는 미소를 지었다. "베스. 이렇게 다시 만나서 반가워요. 지난 몇 달 동안 이야기 정말 많이 들었어요."

현관문이 열리더니 게이브리얼이 계단을 뛰어 내려왔다. "이럴 수가. 루이자. 믿을 수가 없군."

루이자는 약간 미심쩍은 표정으로 그를 보았지만 게이브리얼은 씩 웃으며 그녀의 뺨에 입 맞췄다.

"레오, 정말 엄청난 깜짝 선물이네. 안 그래? 얼마나 있을 수 있어?"

"며칠. 부모님이 마커스를 봐주시는 동안만. 당신만 괜찮으면 레오를 데리고 런던에 갈까 하는데. 호텔에 묵으면서 우리가 자주 가던 곳들에 갈까 해." 루이자는 아들을 내려다보았다. "좋아?"

"정말 좋아요!"

레오는 엄마의 허리를 끌어안았고, 세 사람은, 아버지와 어머니와 아들은 집을 향해 걷기 시작했다. 그 장면을 보고 있자니 이들 셋이 한 가족이었을 때의 모습 같아서 기분이 묘했다. 부모와 아들. 프랭크와 나와 바비처럼.

현관문 앞에서 게이브리얼은 나를 떠올렸다. "베스, 들어가서 차 한 잔 마시지 않을래?"

나는 고개를 저었다. "아니야. 레오가 두 사람과 시간을 보낸다니 아주 기쁜 일이야. 난 이만 갈게."

그날 저녁, 프랭크와 저녁을 먹는데 전화벨이 울렸다.
"베스? 맞아요?"
톤이 높고 초조한 미국인의 목소리였다.
"루이자."
"내일 아침 일찍 레오와 런던에 갈 예정이라 당신을 다시 볼 기회가 없을 것 같아서요. 혹시, 이상하게 생각할지도 모르지만, 술집에서 잠깐 만나서 술 한잔할래요?"
"그 집에서 부른다고 해서 하던 걸 다 내팽개치고 달려갈 필요는 없잖아. 다른 사람한테는 안 그러면서." 전화를 끊자 프랭크가 말했다.
여름 들어 내가 메도랜즈에서 돌아오는 시간이 점점 늦어지고 가끔은 술 냄새가 났기 때문에 뭔가 달라졌다는 걸 알아차릴 수밖에 없었다. 우리의 결혼 생활은 내리막길에 접어들었고, 나는 이를 막기 위해 무엇을 해야 하는지 너무 잘 알았다. 문제는, 그렇게 하고 싶다는 확신이 들지 않는다는 것이었다. 이렇게 말해도 될지 모르겠지만 레오와 게이브리얼과 함께 보낸 몇 주는 지난 몇 년보다 더 행복했다. 프랭크에게 얼마나 큰 상처를 주고 있는지 알면서도 계속 이렇게 지내는 것은 이기적인 행동이었다. 하지만 멈출 수 없을 것 같았다.

술집에 가니 루이자가 먼저 와 있었다. 구석진 곳의 작은 탁자에 앉아 있는 그녀 앞에는 진토닉이 두 잔 놓여 있었다.

"진, 괜찮아요?" 루이자는 한 잔을 내 쪽으로 밀며 물었다. 따뜻하고 숨김없는 미소였다. 그녀는 나와 친구가 되고 싶어 하는 것 같았다.

언론에 실린 루이자와 게이브리얼의 사진을 샅샅이 살펴보던 시절이 있었다. 루이자가 웃고 있지 않은 사진을 보며 그녀가 차갑고 거만하다고 단정 지었다. 두 사람이 아주 행복하고 사랑에 푹 빠진 사진을 보면서는 루이자가 내게서 게이브리얼을 빼앗아 갔다고 생각했다. 당시 나는 루이자는 인정머리 없는 미국인이라고, 게이브리얼은 그녀를 당해낼 수 없다고 합리화했다.

"레오가 엄마를 만나서 정말 기뻐하더군요. 그 애를 안 지 몇 달 만에 그런 표정은 처음 봤어요. 정말이지 얼굴에서 빛이 났어요. 그런 모습을 봐서 정말 좋았고요."

"레오가 많이 달라졌어요. 믿기지 않을 정도로요. 이젠 더 이상 어린애가 아니더군요."

"아들과 함께 있지 못해서 정말 힘들겠어요."

"내 심정 모를 거예요." 루이자는 한 손을 가슴에 올렸다. 연분홍색 바탕의 손톱 끝에는 하얀색 매니큐어가 칠해져 있었다. 손목에서 금색 팔찌가 딸랑딸랑 소리를 냈다. 새하얀 코트 원피스가 아주 잘 어울렸다. 꼭 그녀의 어머니처럼. 그리고 테사 울프처럼. 내가 아는 여자들과 차원이 달랐다. 루이자가 돈 때문에만

돋보이는 건 아니었다. 그녀에게는 진짜 자기만의 스타일이 있는 듯했다.

"베스, 솔직히 레오와 떨어져 사는 게 정말 힘들어요. '더는 못 하겠어'라는 생각이 계속 들어요. 레오가 나와 같이 미국에서 살면 얼마나 좋을까요."

"마음 깊은 곳에서는 그러고 싶어 할지도 모르잖아요."

"잘 모르겠어요. 레오와 게이브는 아주 가까워요. 그래서 레오가 제 아빠와 함께 여기 있겠다고 했고요."

"레오가 가면 게이브리얼은 충격이 크겠죠."

나도 충격이 클 것이다. 대리 만족을 안겨주던 나의 가짜 가족이 찢어지다니.

"그래서 아이를 데리고 미국에 갈 수 있을지 알아보려는 거예요. 문제는 레오가 여기서 어떻게 지내는지 게이브가 제대로 알려주지 않는다는 거예요. 내가 걱정할까 봐 그러는 것 같긴 한데. 하지만 상황이 좋지 않은 것 같아요. 나한테 솔직히 말해줄래요? 레오는 괜찮은가요?"

나는 레오에게 가장 좋을 만한 일을 하고 싶은 마음과 본의 아니게 게이브리얼에게 상처를 줄 수 있다는 생각 사이에서 갈등하느라 잠시 망설였다. 속내를 솔직하게 털어놓을 정도로 루이자를 잘 아는 건 아니었으니까.

"베스, 부탁이에요. 레오가 걱정되지 않았다면 이런 걸 묻지도 않았을 거예요."

나는 이해한다는 뜻으로 고개를 끄덕였다.

"말했듯이 레오는 아버지와 무척 가까워 보이더군요. 메도랜즈에 있을 때 레오는 즐겁게 잘 지내요. 하지만 학교생활을 힘들어하고 친구가 많지 않은 것 같아요. 화를 다스리기 힘들어하고 그것 때문에 문제가 있었어요. 중요한 건, 레오가 엄마를 정말 그리워한다는 거예요."

"당신이라면 어떻게 하겠어요? 같이 미국으로 가자고 우기겠어요? 엄마로서……."

루이자는 말을 끊었다. 예쁜 얼굴에 당황한 기색이 스쳤다. "미안해요. 생각 없이 말했네요."

"괜찮아요." 너무 딱딱한 말투였다. 바비 이야기만 나오면 목소리가 굳는 걸 알지만 이렇게라도 마음을 단단하게 만들어야 했다. "하지만 그 질문에 대답은 못 하겠네요. 나는 그런 상황에 부닥친 적이 없으니까요. 당신이 여기 더 자주 올 수 있으면 레오도 괜찮아질 거예요. 조만간 이곳에 적응해서 자리 잡겠죠."

"정말 그렇게 생각해요?"

"네. 아직 얼마 안 됐잖아요. 레오가 여기에서 산 지 몇 달밖에 안 됐어요. 내년 이맘때쯤이면 분명 예전 모습을 찾을 거예요."

"베스, 당신은 좋은 사람이군요. 레오 곁에 당신이 있어서 다행이에요."

신기하게도, 적이었다가 순식간에 친해질 수 있는 여자들이 있었다. 두 번째 술을 주문할 무렵에는 루이자와 무슨 이야기든

할 수 있을 것만 같았다.

"게이브리얼과는 무슨 일이 있었어요?" 나는 루이자를 보며 물었다. "이런 질문이 실례인 걸 알지만, 신문에서 두 사람 사진을 봤을 땐 언제나 정말 행복하고 사랑에 빠진 것 같았거든요."

"우리가 그랬나요? 겉모습만 봐서는 현실을 알 수 없겠죠. 아, 물론 그 사람을 사랑했어요. 당연히 그랬죠. 게이브는 날 사랑하려고 노력했고요. 하지만 우리는 자신을 속이고 있었어요."

"레오가 생기지 않았다면 결혼하지 않았을 것 같아요?"

미처 막을 틈도 없이 이 말이 나와버렸다. "미안해요. 내가 상관할 일이 아닌데."

하지만 루이자는 당황하지 않고 고개를 끄덕였다. "솔직히 말하면, 아마 안 했을 거예요. 게이브는 내가 임신했다는 사실을 알자 결혼하자고 했어요. 나는 시간을 갖고 기다리고 싶었고요. 돌이켜 보면 그때까지도 그가 날 사랑하기를 바랐던 것 같군요."

"그럼 테사는요? 당신이 임신한 걸 알고 기뻐하는 테사는 상상하기 힘들군요."

"전혀 신경 쓰지 않았어요. 우리가 약혼했고 자기가 꿈에 그리던 파티를 계획할 시간이 넉넉하다는 데 신이 났을 뿐이었죠."

나는 잔을 집어 들고 진을 크게 한 모금 마셨다. 테사 울프 얘기를 꺼내는 게 아니었다. 그녀의 경멸 어린 말투가 어제 들은 듯이 생생했다. *"게이브리얼 같은 남자들은 대부분 너 같은 여자로는 만족 못 해."*

"결정적으로 헤어진 이유는 뭐였어요?"

"부모님을 만나러 미국에 갔는데 아버지가 저녁 식사에 마이클을 초대했어요. 마커스의 아빠예요. 아버지와 같이 영화 쪽 일을 하는 사람이었죠. 진부한 말이지만, 마이클은 내게 첫눈에 반했고 아주 매력적이고 적극적이었어요. 내게 완전히 푹 빠졌다고 말했고요. 전에는 한 번도 경험해 보지 못한 일이었죠. 변명하려는 건 아니에요. 정말로요. 결혼한 몸으로 다른 사람과 사랑에 빠진 일은 두고두고 죄책감을 느낄 거예요."

루이자는 당당하고 맑은 눈빛으로 나를 똑바로 보았다. "남편이 나보다 다른 사람을 훨씬 더 사랑한다는 사실을 안다는 게 얼마나 지치는 일인지, 얼마나 사람을 의기소침하게 만드는지 모를 거예요."

나는 탁자를 내려다보며 마음을 잡으려 애썼다. 방금 들은 말이 도저히 믿기지 않았다. 오래전, 오직 한 가지를 알고 싶어 하던 시절이 있었다. 게이브리얼이 루이자보다 나를 더 사랑한다는 사실만을. 그때 듣고 싶던 이야기를 지금 이렇게 들으니 약간 기뻤다. 물론 나는 프랭크를, 우리가 함께 노력해서 일군 삶을 사랑한다. 내가 프랭크를 사랑하지 않게 되는 일은, 그가 필요하지 않게 되는 일은 절대 없을 것이다. 지금 이런 이야기를 나누는 것조차 배신처럼 느껴졌다. 그럼에도 아드레날린이 솟구쳤다. 몸속 깊은 곳에서 흥분이 차올랐다.

"두 사람 사이에 무슨 일이 있었는지는 모르지만, 그 일로 게이브리얼이 다른 누구와도 제대로 된 관계를 맺지 못한 것만은 분명해요. 그 일에 대한 반발심 때문에 날 만난 게 틀림없었고요. 어쨌든 난 처음부터 그를 사랑했으니까."

루이자가 말하는 단어 하나하나가 나를 관통해 울려 퍼지는 것 같았다. 나는 탁자 아래에서 두 손을 깍지 끼었다. 루이자를 쳐다보기가 두려울 지경이었다.

"모든 게 잘못된 방향으로 흘러갔어요. 안 그래요?" 루이자의 말에 나는 울지 않으려고 다급하게 숨을 들이마셨다.

"한마디만 더 하고 다른 얘기 할게요. 약속해요. 기분 나쁜 거 알아요. 그 점은 미안해요, 베스."

루이자는 잠시 내 손을 잡았다. 그녀의 다이아몬드 약혼반지는 모욕적일 정도로 컸다. "아직 늦지 않았어요."

루이자는 이어지는 말은 하지 않았다.

"아직 늦지 않았어요. 당신과 게이브리얼 말이에요."

과거

나는 해마다 바비의 생일에 어김없이 양가 가족이 모두 모이는 자리가 좋았다. 오늘 바비는 일곱 살이 된다. 오늘 저녁에는 지미가 새 여자 친구 니나를 소개하기로 해서 두 배로 특별했다.

두 사람은 몇 주 전에 만났다. 니나는 똑같이 생긴 들판 사이에서 길을 잃고 지미의 트랙터를 향해 손짓했다. 지미는 니나가 새로 생긴 술집 주인의 딸이라는 이야기를 듣고 집까지 태워주겠다고 했다.

"거길 타라고요?" 니나는 진흙과 소똥을 비롯해 온갖 것이 뒤덮인 트랙터를 미심쩍은 듯이 바라보며 물었다.

"이런 데 타기엔 고상한 사람이라는 건가요?" 지미는 이렇게 말하여 몇 마디 나누지도 않고서 니나의 화를 돋우었다.

"그럴 리가요." 니나는 지미의 옆자리에 올라탔다.

그 후로 두 사람은 계속 만났다. 데이비드와 프랭크와 나는 안도감을 티 내지 않으려고 최선을 다했다. 우리 셋은 지미가 마음 잡고 잘 살게 할 가장 좋은 방법이 무엇일지 대화를 많이 나누었다. 지미는 대체로 잘 지냈지만 느닷없이 폭음하고 문제를 일으키기도 했다. 우리 모두 니나가 해답이기를 바라고 있었다.

가장 먼저 부모님과 언니가 선물을 잔뜩 싣고 도착했다. 런던에 사는 언니 엘리너는 바비의 생일마다 휴가를 냈다. 비서로 처음 일을 시작한 법률사무소에서 치열하게 일해서 높은 자리에 오른 언니는 요즘 아주 인기 있는 사무 변호사다. 언젠가는 언니가 그 사무소를 이어받으리라고 의심치 않는다. 언니는 나는 아직 가보지 못한 파슨스 그린Parson's Green의 아파트에 살면서 프랭크와 내가 꿈도 못 꿀 만큼 돈을 많이 번다. 하지만 언니의 삶과 내 삶을, 또는 언니와 나를 바꾸고 싶지는 않다. 요즘 언니와 나는 매우 다른 삶을 살고 있다.

"세상에서 제일 좋아하는 우리 바비, 어디 있다 이제 왔어?" 언니는 이렇게 말하며 바비를 품에 안았다.

언니의 선물은 언제나 최고였다. 여유가 있기 때문이기도 했지만 고민 끝에 선물을 고르기 때문이었다.

바비는 언니의 선물 포장을 풀며 소리 질렀다. "우와, 이모!" 그러면 언니는 물개 박수를 쳤다. 바비를 기쁘게 해주는 걸 정말 좋아했다. 선물은 배터리로 작동하는 레코드플레이어였다. 바비는 대부분의 음악을 매우 좋아했는데, 그중에서도 엘비스 프레슬리의 음악을 유독 좋아했다. 〈하운드 독Hound Dog〉과 〈올 슈크 업All Shook Up〉이 온 집안에 쾅쾅 울려서 가끔은 창문이 깨지는 게 아닐까 싶을 정도였다.

물론 음악이 아니더라도 창문은 깨지기 직전이었다. 창틀은 대부분 썩었고 유리는 얇은 데다가 군데군데 금이 가 있었다. 목장에서 집을 수리하는 일은 언제나 목록 맨 아래로 밀려 있었다.

어머니, 언니, 내가 오늘 만찬을 위해 요리하기로 했다. 우리는 요리를 꽤 잘하게 되었다. 어릴 때 어머니는 요리를 싫어하셨고 대부분 아버지가 했지만, 할머니가 된 지금은 다른 사람이 되었다. 생일 몇 주 전부터 전화를 걸어 '우리 왕자님을 위한 메뉴 구상'에 돌입했다. 어머니는 장난으로 바비를 왕자님이라고 불렀다. 오늘 저녁 메뉴는 소고기 스튜와 바비가 좋아하는 파인애플 케이크였다. 아버지는 함께 마실 레드 와인과 생일 주인공을 위한 코카콜라를 가져왔다.

우리가 요리하는 동안 바비와 아버지는 에어픽스Airfix 프라모델을 조립하기 시작했다. 아버지가 바비의 생일 선물로 사준 것이었는데, 바비는 플라스틱 부품이 담긴 봉투를 뭐가 뭔지 모르겠다는 표정으로 살펴보았다. 나는 바비가 자라면서 에어픽스에 흥미를 잃게 되지 않기를 바랐다. 아버지는 절대 그럴 리 없으니까.

두 사람의 이런 모습을 보고 아버지에게 딸 둘이 아니라 아들을 원하지는 않았는지 물어본 적이 있었다.

"절대 아니야." 아버지는 조금도 망설이지 않고 대답했다. "나는 여자들과 더 편안하게 지내는 거 알지? 하지만 너도 알다시피 이 녀석은 좀 특별하잖니."

5시가 되자 남자들이 목장에서 돌아와 차례로 씻고 옷을 갈아입었다. 6시에는 모두가 함께 커다란 참나무 식탁에 둘러앉았다. 바비는 엘리너가 런던에서 가져온 하얀색 카우보이모자를 쓰고 주인공 자리에 앉았다.

니나는 나와 전혀 달랐다. 나라면 다른 누군가의 가족이 모두 모인 집에 들어갈 때 약간은 떨리고 두려웠을 텐데. 데이비드를 처음 만났을 때가 떠올랐다. 《파머스 위클리Farmer's Weekly》를 읽고 있던 그는 고개도 몇 번 들지 않았다. 나중에 프랭크에게 들어보니, 당시 데이비드는 소니아의 죽음으로 우울했다. 내가 데이비드를 편하게 대하기까지는 시간이 오래 걸렸고, 바비가 태어나고 나서야 비로소 가까워질 수 있었다.

니나는 굳이 노크하지 않고 현관문을 열고 들어섰고, 금색 포장지로 싸서 빨간 리본을 묶은 선물을 품에 안은 채 낯선 사람들이 잔뜩 앉은 식탁 앞에 서더니 이렇게 말했다. "여기 엘비스 팬은 없겠죠?"

"저요!" 바비가 학교에서 하듯이 손을 번쩍 들었다.

"그럼 이게 필요하겠군." 니나는 선물을 건넸다.

선물은 중고 상점에서 구한 파란색 스웨이드 부츠였다. 바비에게는 너무 컸지만 두꺼운 양말을 신으면 맞을 것 같았다.

"이거 절대 안 벗을 거예요." 바비는 신나서 꺅 하고 소리 지르더니 주방을 돌아다니며 우리에게 차례로 보여주었다.

지미는 조카를 어깨높이까지 번쩍 안고 주방을 뛰어다녔고, 바비는 기쁨의 비명을 질렀다. 그런 다음에는 당연히 선물 받은 새 레코드플레이어로 〈블루 스웨이드 슈즈Blue Suede Shoes〉를 들어야 했다. 이를 통해 니나가 선물만 잘 고르는 게 아니라 춤도 잘 춘다는 것이 드러났다. 니나는 바비에게 엘비스처럼 어깨를 흔들고 엉덩이를 돌리는 춤 동작을 가르쳐 주었고, 두 사람은 양말만 신은 채 주방 바닥을 가로지르며 춤을 추었다. 나머지 사람들은 모두 둘을 지켜보며 웃음을 터뜨렸다.

훗날 나는 지미가 진정한 사랑에 빠진 건 바비가 일곱 살 때였다고 말할 것이다. 그리고 그때 바비도 사랑에 빠졌다. 저녁 내내 지미는 열정 가득한 눈빛으로 니나에게서 눈을 떼지 못했다. 지미가 무슨 생각을 하는지 훤히 보였다. *'어떻게 해야 이 매력적인*

여자를 오래 곁에 둘 수 있을까?'

사랑하는 사람들과의 저녁 식사는 익숙한 패턴으로 흘러갔다. 우리는 와인을 마실수록 점점 시끄러워졌다. 웃음이 끊이지 않았고, 대화가 정치 쪽으로 흘러갈 때면 묘한 긴장감이 돌기도 했다. 언니가 열을 올리며 데이비드가 열렬히 지지하는 토리당을 비난하자, 어머니가 끼어들어 주제를 바꾸며 상황을 정리했다.

"사실, 알려야 할 일이 있어. 교장 자리를 제안받았어. 하지만 수락할지 말지 결정하기가 힘드네."

"당연히 하셔야죠. 승진할 때가 됐잖아요." 언니가 말했다.

어머니는 잠시 말을 멈추었고, 나는 아버지가 와인 잔을 손가락 사이에 끼고 빙빙 돌리는 모습을 보았다.

"그게, 근무지가 코크Cork야."

"아일랜드요?" 나는 충격을 감출 수 없었다. 부모님에게는 손자가 있다. 그런데 어떻게 햄스턴이 아닌 다른 곳에서 살 생각을 할 수 있지?

"정말 잘됐어요. 아일랜드에 사는 게 아빠 꿈이잖아요." 엘리너는 이렇게 외치며 언니다운 단호한 눈빛으로 나를 뚫어지게 보았고, 나는 걱정하지 말라는 눈빛을 보냈다.

"당연히 가셔야죠."

"정말?" 아버지가 나를 보며 물었다.

아버지는 나를 정말 잘 알았다.

"그럼요. 이제 아빠를 위해서 살 때가 됐어요." 내가 힘주어 대답했다.

"계속 거기 살겠다는 건 아니야. 몇 년 정도일 거야. 우리가 아직 젊을 때 모험을 즐기는 거지." 어머니가 말했다.

어머니는 바비를 흘끗 보았다. "하지만 이 녀석이 정말 보고 싶을 거야."

저녁이 깊어질수록 지미와 니나는 서로에게 손을 떼지 못했다. 니나는 식탁 아래로 지미의 허벅지에 손을 얹었고, 지미는 니나의 흘러내린 머리카락을 슬쩍 귀 뒤로 넘겨주었다. 은밀하게 미소를 주고받으며 손을 잡는 모습에서 단둘이 있고 싶고 싶어 하는 간절함을 알 수 있었다. 니나는 아직 우리 집에서 자고 간 적이 없었고, 그녀의 부모님이 지미가 그 집에서 자고 가는 것을 반겼을 것 같지도 않았다. 두 사람은 프랭크와 내가 연애 초기에 그랬듯이, 시골 사람답게 집 밖에서만 데이트하고 있었다.

우리 모두 갓 연인이 된 두 사람에게 시선을 빼앗겼는데, 바비가 특히 그랬다.

"사랑에 빠졌어요?" 바비가 니나에게 물었다.

"응, 맞아." 니나가 자신 있게 대답했다.

지미의 얼굴이 기뻐서 터질 듯이 붉어졌다.

"결혼할 것 같아요?" 바비가 물었다.

"스무고개 하는 거니?" 니나가 웃음을 터뜨렸다. "우리는 아직 만난 지 몇 주밖에 안 됐어."

"우리 엄마랑 아빠는 어릴 때 결혼했어요. 서로 잘 알지도 못했어요."

"그건 아닌데. 아빠가 몇 년 동안 통학버스에서 엄마를 몰래 봤지." 프랭크가 말했다.

아버지의 얼굴에 흡족한 표정이 스쳤다. 아버지는 게이브리얼과 헤어지고 슬퍼하는 나를 보기 힘들어했고, 나만큼이나 큰 충격에 빠졌다. 당시에 언니와 어머니는 재빨리 태도를 바꾸어 게이브리얼을 비난했다. 이해할 수는 있었지만 듣고 싶지 않았다.

"너와는 정말 맞지 않는 사람이었어." 언니는 이렇게 말했다.

어머니는 그 관계에서 빠져나온 게 오히려 다행이라고 했다. "이제 그 애가 어떤 사람인지 알았잖니. 그 애가 없으면 더 잘 살 거야."

하지만 아버지는 당시 매사에 그랬듯이 아무것도 신경 쓰거나 조심하지 않고 첫사랑에 맹렬하게 빠져든 나를 보고도 게이브리얼을 한 번도 비난하지 않았다.

"누구나 실수해. 특히 젊을 때는. 게이브리얼이 이 일을 후회하게 될 거다." 아버지는 이렇게 말했다.

얼마 지나지 않아 프랭크가 집으로 찾아오기 시작했다. 우리의 연애는 상대적으로 고전적인 방식이었지만 달콤했고, 부모님은 처음부터 프랭크를 좋아했다. 임신 사실을 알았을 때 부모님이 너무 감당하기 힘든 일이라고, 너무 이르다고 생각할까 봐 걱정했다. 프랭크와 내가 오래 사귀지는 않았기 때문이다. 하지만 기대했던 것보다 일찍 손주가 생긴다는 사실에 매우 기뻐했고, 바비는 태어나자마자 두 분이 가장 좋아하는 사람이 되었다.

우리 모두 바비 덕분에 달라졌다.

"다른 사람들도 엄마랑 아빠처럼 평생 한 사람을 사랑하나요? 아니면 다른 사람을 먼저 사랑할 수도 있나요?" 바비가 느닷없이 내게 물었다.

아이의 다정하고 순수한 목소리가 식탁 위를 가르자 다른 대화는 이내 수그러들었다. 방 안에 어색함이 뚜렷해졌다. 니나는 혼자만 뭔가를 이해하지 못하고 있다는 것을 알아차리고 당황했다. 아무도 나서서 말하지 않았고 대답은 내게 맡겨졌다.

"한 사람만 사랑하는 게 가장 단순하지. 하지만 중요한 건, 평생을 함께 보낼 올바른 사람을 찾는 거야. 어떤 과정을 거치든지 말이야."

"맞는 말이야. 다 같이 건배하자고." 프랭크는 이렇게 말하며 계속 나를 보았고, 나는 미소 짓고는 눈을 피했다.

1968년

지미의 총각 파티는 정확히 결혼식 일주일 전에 열렸다. 지미와 프랭크는 완전히 들떠서 술집으로 사라졌다. 나이를 불문하고 마을의 모든 남자들이 모여서 얼마 남지 않은 지미의 총각 시절을 기념하는 자리였다.

"지미 잘 지켜봐. 알았지?" 집을 나설 때 프랭크의 귓가에 속삭이자 그는 눈을 굴렸다.

"당연하지." 그러고는 짜증 섞인 말투를 만회하려고 내게 키스했다. "언제는 안 그랬나?"

혼자만의 저녁이었지만 할 일이 많았다. 결혼식 날 먹을 소스와 푸딩을 준비해야 했고 집은 치워도 치워도 끝이 없었다. 빨래 바구니도 비워야 했다.

하지만 나는 저녁 날씨가 따뜻한데도 벽난로를 피우고 그 앞에 앉아서 불길을 물끄러미 바라보며 생각에 잠겼다.

루이자와 술집에서 나눈 대화를 몇 번이나 곱씹었다. 게이브리얼은 언제나 나를 사랑했고 지금도 그럴 것이라는 뜻을 넌지시 담은 말이었다. "아직 늦지 않았어요." 아니, 당연히 늦었다.

게이브리얼과 나 사이에 아무 일도 일어나지 않았고 앞으로도 그럴 것이다. 나는 프랭크를 사랑하고 우리는 깊은 유대감으로 연결되어 있다. 그러나 지난 몇 주 사이에 게이브리얼과 더 가까워진 것은 부정할 수 없었다.

거의 매일 저녁 함께 마시는 와인 때문이었다. 그때마다 게이브리얼은 바비 이야기를 해보라고 부추겼고, 그때가 하루 중 가장 즐거운 시간이었다. 그는 궁금한 게 많았다. 잠시 멈추어 생각하게 만드는 질문을 던졌다. 그러면 어느새 나는 기억을 더듬어 바비가 가장 좋아했던 음식인 꿀을 발라 구운 소시지를 떠올리거나 바비의 가장 친한 친구 이름을 떠올리려 애썼다. 바비는 모두와 친하게 지냈기 때문에 가장 친한 친구는 없었지만. 그럴 때마다 바비의 일부가 새롭게 되살아나는 듯했다. 그래서 이렇게 바비를 떠올리는 일이 작은 기적 같았다.

하루의 끝자락에 게이브리얼과 함께하는 이 시간에, 레오가 다른 방에서 텔레비전을 보고 있는 이 시간에, 우리가 나란히 앉아서 이야기를 나누거나 자주 그러듯이 가만히 있기만 하는 이 시간에 내가 느끼는 감정은 행복에 가까운 무언가였다.

프랭크가 술집에서 돌아왔을 때 나는 자다가 현관문 닫히는 소리에 깼다. 그가 살금살금 계단 올라오는 소리가 들리더니 어둠 속에서 옷 벗는 소리가 들렸다. 그는 내 옆에 멀찍이 누웠다.

"깼어?" 마침내 그가 물었다.

내 숨소리를 듣고, 내가 꼼짝도 하지 않는 것을 보고 깼다는 것을 알았을 것이다.

"어땠어?"

잠시 프랭크는 말이 없다가 대답했다. "생각했던 대로지 뭐."

술에 취하지 않은, 기운 없는 목소리였다.

"무슨 일 있었어?"

"아, 이런, 베스, 모르겠어. 딱히 무슨 일이 있었던 건 아니야. 어쨌든 지미는 지금 침대에서 자고 있어. 엄청나게 코를 골면서. 내일 아침에 일어나서 목장에 못 갈 게 분명해."

"그럼 내가 도와줄게. 그런데 왜 그래, 프랭크? 싸움이라도 났어?"

"더 안 좋아. 지미가 너무 취해서 제대로 서 있지도 못했어. 물론 전에도 있었던 일이지. 수도 없이."

"그렇게 엉망이 될 줄 알았잖아. 지미의 총각 파티니까."

"그래."

"프랭크, 나야. 나한테 말해봐." 나는 이렇게 말하며 프랭크의 손을 잡았다. 지금껏 그에게 한 번도 할 필요가 없었던 말이었다.

"집에 오는 길에 지미가 울기 시작하더라고. 정신이 나가서 술주정이든 뭐든 하는 줄 알았는데, 이런 말을 했어……." 프랭크는 말을 끊었다.

"뭐랬는데?"

"지미 말이……."

그제야 나는 우는 법이 없는 프랭크가 눈물을 참고 있다는 걸 알았다.

"잘 살아갈 자신이 없대. 가끔은 자기가 없으면 우리가 더 잘 살 것 같대. 나나도. 자기가 문제를 너무 많이 일으킨다고. 그렇게 말했어. 모든 게 바비에게서 시작된 거야. 그 애가 죽은 뒤로 지미는 한 번도 괜찮았던 적이 없어."

"이런, 프랭크." 잠시 나는 말하기가 힘들었다. 바비가 죽은 뒤로 우리 중 누구도 괜찮지 않았다. 하지만 프랭크가 그 사실을 인정하는 일은 드물었다. "지미가 그런 말을 해서 당신도 속상할 거야. 하지만 난 진심이 아니었다고 생각해. 그냥 술 취해서 한 말이었을 거야. 요즘 니나랑 둘이 정말 행복하잖아. 둘 다 앞날이 창창하다고. 당신도 알잖아."

우리는 동시에 서로 끌어안았고 다시 우리가 되었다. 익숙한 프랭크의 향기가 났고 그의 탄탄하고 따뜻한 몸이 내게 딱 달라붙어 있었다.

사랑을 나누지는 않았다. 그럴 상황이 아니었다. 우리는 서로 안고 있었고 나는 프랭크의 맨살에 입술을 대고 그를 안심시키는 말을 속삭였다. 지미는 괜찮을 거라고, 술에 취해서 말도 안 되는 소리를 한 거라고, 내일이면 기억도 못 할 거라고. 마침내 프랭크의 고른 숨소리가 나자 나는 그가 잠들었다는 것을 알았다.

과거

바비가 아홉 살이던 해의 여름 방학이 끝날 무렵, 우리는 어느 날 오후에 같은 반 학생을 모두 블레이클리 목장으로 초대했다. 이 행사를 맡은 바비는 군사 작전을 방불케 하는 계획을 세웠다. 첫째, 아이들에게 그가 좋아하는 동물을 소개한다. 그다음, 참나무 아래로 소풍 나가서 차를 마신다. 그 후에는 사격 게임을 한다.

시작은 목장 구경이었다. 바비는 아이들에게 착유기 작동법을 알려주었다. 기계의 꼭지 부분을 젖소 유방에 맞추는 방법과 그 상태로 젖 짜는 방법을 직접 보여주었다. 바비는 어른처럼 순식간에 해냈다.

양을 풀어놓은 들판에 나가서는 아이들에게 비스킷을 나눠 주며 암컷 양에게 먹이도록 했다.

"우와, 바비. 넌 이걸 매일 할 수 있는 거야? 정말 운이 좋구나." 밝은 금발을 라푼젤처럼 땋은, 아주 예쁜 헤이즐이 말했다.

오래된 참나무 아래에서 소풍을 시작하면서 나는 '*초대하기를 잘했어*'라고 생각했다. 아이들은 바비의 진짜 모습을 보게 되겠지. 바비가 수업 시간에 창밖을 멍하니 바라본다는 사실은 선생님들에게 들어서 알고 있었다. 바깥세상을 그리며 햇살이 살갗에 전하는 느낌을 그리워하는 죄수 같다고 했다. 음, 틀림없이 그랬을 것이다. 실내에 있는 건 바비에게 고문일 테니까.

한번은 쉬는 시간에 놀이터에 나갔다가 대낮에 집에 온 적이 있었다. 나는 바비를 다시 학교에 보내려 했지만 프랭크가 말렸다.

"이번 한 번만 봐주자. 사실 바비에게 학교가 무슨 소용이겠어? 필요한 게 다 여기 있는데."

프랭크도, 지미도 어릴 때 똑같았다. 이들 모두 땅에 속한 사람들이었다.

참나무는 목장의 그 어떤 것보다 의미가 컸다. 프랭크가 청혼한 곳이 바로 이 나무였다. 무릎을 꿇거나 반지를 내밀거나 샴페인을 터뜨리지는 않았다. 그는 담백하게 말했다. "너 없이 살고 싶지 않아. 계속 그랬어."

사랑이 불타오르는 눈빛으로 나를 바라보는 프랭크를 보며,

그의 말에 뭔가 중요한 의미가 있다는 것을 알 수 있었다.

"프랭크, 무슨 말이야?"

그는 기이한 이교도 의식이라도 치르듯이 나를 안고 참나무 주위를 돌았다. "바보야, 나랑 결혼하자고. 뻔한 거 아니야?"

아이들이 차를 마시는 동안 나도 모르게 윌리엄이라는 남자애를 지켜보고 있었다. 물론 윌리엄이 누구인지는 알고 있었다. 열두 명뿐인 아이들이 4년째 한 학급으로 지내고 있으니까. 윌리엄은 집에서 외로울 것 같았다. 엄격하고 나이 많은 아버지와 독실한 기독교 신자인 어머니 둘 다 윌리엄에게 시간을 많이 쏟는 것 같지 않았다. 그렇다고 다른 학부모가 신경 쓰는 것도 아니었다. 내가 아는 한, 윌리엄은 다른 아이들의 집에 초대받는 일도 없었고 윌리엄의 집에 가본 아이들도 없었다.

무엇보다 윌리엄이 입고 있는 옷 때문에 눈에 띄었다. 깔끔한 흰색 셔츠에 코듀로이 반바지와 페어 아일 스웨터*를 입은 모습이 전쟁통에 피난 가는 어린이 같았다. 솜 인형을 들고 절망적인 표정으로 여행 가방에 앉아 있는, 사진에서 본 피난민처럼 말이다. 윌리엄은 쓰고 있던 챙이 좁은 모직 중절모를 쉴 새 없이 만지작거렸다. 모자를 벗어 한 손에 들었다가 손가락으로 빙글빙글 돌리더니 위로 던져 올렸다가 받아서 다시 썼다. 돋보이고 싶어서 모자를 쓴 것 같았는데 다른 아이들은 알아차리지 못한 듯

---

* 스코틀랜드 페어 섬에서 유래한, 작은 기하학무늬가 반복하여 들어간 스웨터.

했다. 그 애에게는 어딘가 슬픈 구석이 있었다.

마지막으로, 차를 다 마신 아이들은 사격 게임을 시작했다. 모두 들떴다. 여자아이들을 총 쏘기를 지루해할 줄 알았는데. 우리는 손으로 그린 과녁 두 개 앞에 아이들을 나란히 세웠다. 빨간색, 하얀색, 파란색 원을 그리고 가운데 작고 까만 점을 그려 넣은 과녁이었다.

데이비드가 공기소총을 겨드랑이에 끼우고 총의 무게가 가슴에 실리도록 잡는 법을 보여주었다. "총이 무겁단다. 조준경을 들여다보기 전에 총에 익숙해지는 연습부터 해야 해. 서두르지 말고 천천히 하렴. 모두 순서가 돌아갈 테니까." 데이비드가 말했다. 그는 총기 안전 수칙과 총을 쏘기 전에 지켜야 할 규칙을 엄격하게 이야기했다.

"총을 쏘는 방향에 아무것도 없나? 이렇게 물으며 오른쪽, 왼쪽, 뒤쪽까지 살펴서 총알이 나가는 길에 아무도 없는지 확인해야 해. 항상 '클리어'라는 신호를 기다렸다가 쏴야 해. 무슨 말인지 알겠지?" 아이들은 꼼짝도 하지 않고 데이비드를 바라보았다. 그리고 고개를 끄덕이며 알겠다고 대답했다. 위험성을 설명했지만 아이들의 흥분을 부추길 뿐이었다.

데이비드는 아이들이 총을 쏠 때마다 옆에 서서 총을 쏘기 전에 조금이라도 장난치지 못하도록 했다. 지미와 프랭크는 총알을 채우는 역할이라, 총알을 한 발 쏘고 나면 즉시 총을 가져다가 총알을 채웠다. 남자아이들은 직접 총을 들고 대부분 과녁 중앙을 맞히거나 비교적 중앙과 가까운 곳을 맞췄다. 여자아이들은 프랭크와 지미가 총의 위치를 잡아 주면 그동안 조준경을 들여다보고 방아쇠에 손가락을 올려놓았다. 데이비드가 "클리어!"라고 외치자 아드레날린이 솟구치는 듯했다.

윌리엄의 차례가 되자 분위기가 달라졌다. 뒤늦게 깨달았지만 윌리엄은 관심을 끌고 싶어 했다. 그 애는 데이비드 옆에 서서 몸을 꼼지락대고 움직이더니 돌아서서 뒤쪽의 아이들을 향해 씩 웃었다.

"가만히 있어. 자꾸 움직이면 과녁이 안 보여." 데이비드가 엄하게 말했다.

나는 일이 터지기 전에 감지했다. 저 아이 안에 억압된 무언가를, 끓어오르는 좌절감을. 윌리엄은 조준했고 데이비드는 "클리어!"라고 외쳤다. 그러자 윌리엄이 반쯤 돌아서더니 다른 아이들에게 총을 겨누었다. 악몽 같았다. 아이들은 너무 놀라서 얼어붙었고 윌리엄은 소리쳤다. "이거나 받아라, 멍청이들아!"

데이비드가 총을 힘껏 내리치는 바람에 샌들을 신은 윌리엄의 발에 총이 떨어졌다. 아이는 아파서 고통스러워하며 울부짖었다.

데이비드가 외쳤다. "무슨 생각을 한 게야, 이 바보 같은 녀석아!" 그러자 윌리엄은 울음을 터트렸다. 그 순간조차 그 애의 울음소리는 뭔가 이상했다. 충격받고 당황하고 발가락에 멍이 들었거나 부러졌을 수도 있지만, 눈물 한 방울 흘리지 않으면서 귀를 찢을 듯한 소리로 울부짖는 윌리엄의 울음소리는 꾸며낸 것 같았다. 지미와 프랭크도 황당한 듯이 눈빛을 교환했다.

"그게 얼마나 위험한 일인지 알아?" 나는 이렇게 물으며 쪼그리고 앉아 윌리엄의 발을 살폈다.

엄지발가락이 새빨개졌고 발톱도 이미 색이 달라지기 시작했다. 곧 적갈색에서 검은색이 될 것 같았다.

"그냥 장난이었어요. 재미있으라고요." 윌리엄의 말에 데이비드가 날카롭게 꾸짖었다.

"손가락을 방아쇠에 얹고 있었잖니. 사람을 죽일 수도 있었다고. 살인은 전혀 재미있는 게 아니야."

윌리엄이 내 품에 얼굴을 묻는 바람에 어쩔 수 없이 그 애를 안았고, 우리는 집으로 향했다.

집 마당에서 윌리엄의 어머니 앨리슨과 다른 부모들이 기다리고 있었다. 윌리엄은 어머니를 보자마자 귀가 찢어지도록 울부짖으며 다리를 절뚝이기 시작했다.

"뚝 그쳐!" 앨리슨은 아들에게 이렇게 말하고서 나를 보았다. "우리 애 발이 어떻게 된 거죠?"

"발가락에 멍이 들었는데……." 내가 말을 꺼냈는데 데이비드가 앞에 나섰다. 그가 그렇게 바짝 쫓아오고 있는지 몰랐다.

"베스, 내가 설명하마. 방금 일어난 일의 심각성을 자세히 알리고 싶군요. 오늘 오후에 당신 아들이 믿을 수 없을 정도로 어리석고 위험한 짓을 했습니다. 사람을 죽일 수도 있었어요. 아이들은 공기소총으로 표적을 맞히는 게임을 하고 있었습니다. 덧붙이자면 안전 지침을 엄격하게 지켰고 감독을 철저히 했고요. 그런데 별안간 윌리엄이 총구를 돌려 다른 아이들을 겨누면 재미있을 거라고 생각한 모양입니다. 윌리엄이 들고 있던 총을 내가 내리쳐서 떨어뜨리는 바람에 아이 발가락에 멍이 들었고요. 내가 할 수 있는 말은 그 정도 사소한 부상으로 그쳐서 우리 모두 운이 아주 좋다는 것뿐입니다. 훨씬 더 심각할 뻔했어요."

"윌리엄, 입 다물어!" 앨리슨이 쏘아붙이자 칭얼대던 윌리엄은 즉시 조용해졌다. "파티에서 아이들이 총을 가지고 놀았다고 이해하면 되는 건가요?"

"앨리슨, 공기소총이에요. 표적을 맞히는 게임이요. 초대장에다 썼잖아요." 내가 말했다.

"아홉 살짜리를 초대해서 총을 갖고 놀게 하는 사람들이 어디 있어요?"

다른 어머니들은 어느 편을 들어야 할지 몰라서 열심히 지켜보기만 했다. 모두 사격 게임에 대해 알고 있었다.

"도대체 아이가 어떻길래 몇 번이나 안전 수칙을 알려줬는데도 같은 반 아이들에게 총구를 겨눌 수 있는지 스스로 의문을 가져야 할 텐데요. 쏠 의도가 있었든 없었든, 기다리지 않고 조처했으니 망정이지요." 데이비드가 말했다.

앨리슨은 윌리엄과 멀찍이 떨어져서 아이를 쳐다보지도 않았고 한 번도 위로해 주지 않았다. 윌리엄은 잔뜩 주눅 든 채 엄마를 보고 있었다. 나는 앨리슨이 순하고 수줍음 많은 사람인 줄 알았는데, 이 여자는 강철처럼 딱딱하고 차갑고 분노를 억누르고 있었다.

"애를 여기 보내는 게 아니었어요. 제대로 돌보지도 않는데. 당신네 가족이 어떤 사람들인지 다들 알고 있다고요."

"말해봐요. 우리가 어떤데요?" 데이비드가 물었다.

"무모하기 짝이 없군요." 앨리슨은 파티를 망치러 온 못된 요정 같은 말을 내뱉었다. "조만간 큰코다칠 거예요. 스스로 판 무덤이죠."

재판

우리 담당 변호사 로버트 마일스에게 법정에 출석하기로 한 전체 증인 명단을 받았음에도, 증인석에 선 앨리슨 제이컵스를 보자 충격이 컸다. 앨리슨은 머리카락이 축 처지고 피부가 창백했다. 자주 입는 볼품도 매력도 없는 옷을 입었고 누구보다 소심해 보이는 데다가 비호감이었다. 무엇보다 그 안에는 얼음장 같은 심장이 있었다.

"제이컵스 씨. 뒤늦게 증인으로 출석하겠다고 답변하셨는데요. 갑자기 마음을 바꾼 이유가 무엇인가요?" 도널드 글로숍 검사가 말문을 열었다.

"어떻게 해야 할지 고민했어요. 하지만 여러 마을 사람과 이야기 나누고 나서, 제게 블레이크 목장 사람들에 관한 새로운 정보가 있다는 사실을 깨달았어요. 그 정보가 배심원단에게 도움이 될지도 모르겠다 싶었고요."

앨리슨이 하는 이야기는 너무 과장이 심해서 어느 순간 나는 소리를 질렀다. 일반 방청석에서 내 옆에 앉아 있던 언니가 내 손을 잡았다. 앨리슨은 방학 때 아들 윌리엄과 같은 반 친구들이 모두 목장에 초대받았다고 증언했다. 그리고 존슨 가족이 어떤 사람들인지 알기 때문에 다들 경계했다고 말했다. "우리는 바비를 걱정했어요. 애를 그렇게 키워도 될까 하는 걱정도 했고요."

"왜 그랬습니까?"

"존슨 가족의 행실은 일반적인 규범을 벗어나거든요. 야만적이랄까요. 예를 들면, 바비는 다섯 살 때 갓 태어난 송아지가 머리에 총 맞는 장면을 보았어요. 정말 잔인하죠. 어린아이에게 그런 걸 보여줄 필요는 없잖아요. 다음 날 바비는 학교에 와서 반 아이들에게 그 이야기를 했어요. 그 후 몇몇 아이들은 몇 주 동안 악몽을 꾸기도 했어요."

법정이 혐오로 술렁댔다.

"존슨 가족이 조심성 없는 건 모두 아는 사실이에요. 소니아 존슨은 소젖을 짜다가 젖소 뒷발에 머리를 정통으로 맞아서 사망했어요. 당연히 조심할 수 있었을 텐데 말이죠."

"그게 전부입니까, 제이컵스 씨?" 글로숍 검사가 물었다. 그의 목소리에서 짜증 나고 하찮아하는 기색이 내게도 전해졌다.

좋았어. 나는 이 법정의 모든 사람이 앨리슨의 진짜 모습을 보기를 바랐다. 교활하고 문제를 일으키고 나쁜 소문을 퍼뜨리는 사람이었다. 새로운 희생양을 잡아먹으려는 포식자였다.

"아이들이 목장에 초대받은 그날 오후는 엉망진창이었어요. 솔직히, 우리 아들이 살아서 그곳에서 나온 것만 해도 운이 좋았어요."

앨리슨은 피고인석을 흘끗 보더니 마지막으로 혐오의 총알을 날렸다. "그 후로 우리는 아이들을 블레이클리 목장에 다시는 보내지 말자고 했어요. 조만간 그곳에서 누가 죽을 것 같다고요. 안타깝게도 그 누구의 예상보다도 빨리 그 일이 일어났고요."

1968년

결혼식은 본래 기쁨이 가득한 행사다. 사랑과 유대를 공개적으로 축하하는 자리이자 세심하게 준비된 축제다. 음악이 흐르고 사람들은 춤을 추고 음식을 실컷 먹고 기쁨에 겨워 술을 마신다. 오늘 블레이클리 목장에서 그 기쁨은 한껏 고조되었다. 지미와 니나가 마침내 결실을 맺는 모습을 모두 함께 모여 지켜보는 즐거움 때문만은 아니었다. 우리 가족은 숱한 풍파를 겪었기에, 수많은 마을 사람들이 지난날의 원한과 다툼을 모두 제쳐놓고 우리의 운이 트이는 장면을 직접 보러 나왔다.

니나와 지미는 프랭크와 나만 참석한 가운데 등기소에서 간단히 결혼식을 올린 다음, 목장에서 제대로 식을 치르기로 했다. 결혼식 장소는 헛간으로, 우리는 그곳을 닦고 광내고 칠해서 여느 교회 못지않게 멋지게 만들었다. 마을 이집 저집에서 빌려 온 의자를 줄지어 놓았는데, 세련되지 않고 서로 어울리지 않았지만 온 마을이 함께 준비한 결혼식이라 더 좋았다. 교회의 여성 신자들이 높이 2미터에 달하는 꽃 장식을 해주었고, 니나와 아버지가 걸어 들어오는 길에 붉은 카펫도 깔았다.

  두 사람이 헛간에 들어서자 모두 돌아보았다. 한쪽 구석의 스피커에서 〈유 캔트 허리 러브You Can't Hurry Love〉가 흘러나왔다. 은은한 금빛 드레스를 입은 날씬하고 사랑스러운 니나를 영원히 바라볼 수 있을 것만 같았다. 5년 전 처음 만났을 때와 거의 달라지지 않은 모습이었다.

  지미와 니나가 서로 인사하자 프랭크는 내 손을 잡았다. 다른 누구보다 그에게 더 의미 있는 결혼식이었다. 식이 끝나고 가족이 할 일은 아무것도 없었다. 마을 친구들이 모든 일을 처리해주었기 때문에 우리는 그저 즐기면 그만이었다. 긴 탁자에는 마을에서 집집마다 선물로 가져온 음식이 잔뜩 놓여 있었다. 카레와 마요네즈 소스에 버무린 닭고기, 차갑게 먹는 쇠고기와 햄 덩어리, 큰 그릇에 담긴 코울슬로와 감자 샐러드가 있었고 야외 화덕에서는 돼지를 두 마리 굽고 있었다. 사과주, 맥주, 와인, 진, 브랜디, 위스키를 비롯한 다양한 술을 내주는 바도 있었는데, 다 마시지도 못할 정도의 술은 대부분 기부받은 것들이었다.

초반 한 시간 정도는 손님들과 같은 내용의 대화를 주고받느라 정신이 없었다. 신부가 얼마나 아름다운지, 신랑은 운이 얼마나 좋은지, 둘이 오래 사귄 게 맞는지 같은 이야기였다. 머릿속에는 온통 '*게이브리얼과는 언제 이야기할 수 있을까?*' 하는 생각뿐이었지만, 다행히도 손님들의 말에 자동으로 응답할 수 있었다.

게이브리얼과 레오를 초대하는 것은 마지막에 결정되었다. 지미는 대놓고 게이브리얼을 싫어했고 이를 목격한 마을 사람들도 많았다. 그래서 프랭크는 두 사람을 결혼식에 초대하면 어색할 수 있다고 말했고 나도 나름의 이유가 있었기에 그 말에 동의했다. 그러던 중 레오가 여름 방학에 목장에 놀러 왔다가 니나와 친해졌다. 두 사람은 함께 헛간을 흰색으로 칠했고, 니나는 라디오를 크게 틀어놓고 예전에 바비에게 그랬듯이 레오에게 댄스 스텝을 가르쳐 주었다. 레오는 바비와 마찬가지로 니나와 사랑에 빠졌다. 니나에게는 사람들을 그렇게 만드는 매력이 있었다.

"나는 결혼식에 뭘 입어야 해요?" 어느 날 레오가 불쑥 물었다.

니나는 잠시 생각하고서 대답했다. "뭐든 재미있는 거. 날 놀라게 해주렴." 그러고는 미안하다는 뜻으로 나를 보며 어깨를 으쓱했다.

레오와 게이브리얼은 내가 혼자 있게 되자마자 다가와서 인사를 건넸다. 게이브리얼도 상황을 지켜보고 있었던 게 분명했다. 이 천막 안에 200명이 복작거리고 있었고 게이브리얼이 있는 쪽을 한 번도 돌아보지 않았지만, 나는 그가 정확히 어디에 있는지 계속 알고 있었다.

레오는 술이 달린 카우보이 셔츠를 입고 엄마가 미국에서 보내준 카우보이모자를 쓰고 와서 니나와의 약속을 지켰다.

"니나가 아직 못 봤어? 여기 모인 남자 중에 네가 베스트 드레서 상을 받을 것 같은데. 경쟁자가 없겠어. 근사한 새 정장을 입은 신랑보다도 멋지구나." 레오를 안으며 내가 말했다.

"상을 줘요?"

"없으면 만들어야겠는데."

"드레스 예쁘네." 게이브리얼의 말에 나는 그를 돌아보았다.

그를 본 건 실수였다. 그의 표정과 시선은 우리가 모든 감정을 자유롭게 얼굴에 드러내던 시절부터 잘 알고 있던 그것이었다.

"친구 헬렌이 만들어 준 거야." 이렇게 말하는 내 뺨이 붉어지는 게 느껴졌다.

무릎까지 오는 길이의 민소매 A라인 드레스는 아주 멋지고 내가 입어본 중 가장 과감한 드레스였다. 흰색에 밝은 분홍색과 노란색 꽃무늬가 흩뿌려진 디자인이었는데, 이걸 입은 오늘 저녁에는 목장 주인의 아내라는 느낌이 전혀 들지 않았다.

나는 말끔하게 면도하고 짙은 색 정장을 입은 게이브리얼의 모습에 깜짝 놀랐다. 10대 시절에도 나는 그가 정장 입은 모습을 좋아했다. 너무 자주 입어서 청바지를 입은 듯이 편안해 보이기 때문일 수도 있었고, 좋은 양모로 우아하고 몸에 잘 맞게 만든 맞춤 정장이라서 그럴 수도 있었다.

나는 애써 시선을 피했고 약간 떨어진 곳에 서서 나를 지켜보는 프랭크를 발견했다. 그는 와인을 두 잔 들고 있었다.

"가서 인사해." 나는 프랭크에게 다가가서 와인을 한 잔 받아 들며 말했다.

프랭크는 무표정하게 나를 보며 이렇게 말할 뿐이었다. "곧 축하 연설이 시작될 거야. 갈까?"

프랭크가 준비한 신랑 들러리 축하 연설은 이미 대부분 들어 보았지만, 그가 온 마을 사람들 앞에 서서 말하는 걸 보자 느낌이 새로웠다. 이들은 그의 친구이자 넓은 범위의 가족이며 평생을 알고 지낸 사람들이었다. 프랭크의 축하 연설은 완벽했다. 그는 어린 시절의 재미있는 이야기, 힘들었던 청소년 시절, 매우 아름다운 금발 여성이 지미의 트랙터를 향해 손짓한, 그 극적인 변화가 시작된 사건을 모두 담았다. 그때 지미는 기르던 턱수염을 하루아침에 깎더니 화장품을 사야겠다며 돈을 달라고 했다.

"그게 5년 전이었습니다. 그 뒤로 모두 아시다시피 우리 가족은 어려운 시기를 견뎠습니다. 그때마다 니나는 지미의 곁에서 함께 걸었습니다. 니나는 지미가 기댈 바위이자 영혼의 단짝입니다. 니나가 없는 지미는 길을 잃을 것이고 우리도 마찬가지입니다."

지미와 니나는 부부로서의 첫 번째 춤을 출 곡으로 〈캔트 헬프 폴링 인 러브Can't Help Falling in Love〉를 골랐다. 니나는 우리에게 엘비스의 노래를 틀어도 되겠느냐고 물었고, 프랭크와 나는 같은 생각이었다. 바비가 있었더라면 좋아했을 것이라고. 두 사람은 노래의 첫 소절이 나오는 동안 춤을 추더니, 니나가 나와 프랭크를 향해 손을 뻗으며 손가락 하나를 까딱거렸다. 그러자 프랭크는 나를 무대로 데려갔고 우리는 천천히 원을 그리며 돌았다. 두 형제와 그들의 아내가 마을 사람들이 지켜보는 가운데 무대에서 춤을 추었다.

"울고 있네." 프랭크가 말했다.

"노래 때문에. 당신과 나, 그리고 누가 생각나서."

내가 말한 누구는 바비였다. 하지만 프랭크는 생각이 딴 데 가 있었는지 다르게 받아들였다. "그 사람을 초대한 건 실수였던 것 같아."

처음에는 그 말을 이해하지 못했다. 잠시 후 이해한 나는 이렇게 말했다. "게이브리얼 얘기가 아닌데."

"베스······." 프랭크는 말을 하다 말았다. "지금은 이러지 말자. 지미와 니나의 날이잖아. 망치고 싶지 않아."

나는 더 이상 말하지 않고 노래가 끝날 때까지 프랭크의 가슴에 얼굴을 묻었다. 다른 사람들에게는 원래의 모습으로, 서로에게 헌신하고 한때 모든 것을 가졌으나 어리석고 처절하게도 잃고 만, 그럼에도 여전히 서로 사랑하는 부부의 모습으로 보여야 했다.

다른 커플들도 무대에 잔뜩 나왔고, 한 시간 정도 프랭크와 나는 바빴다. 나는 헬렌의 남편 마틴, 데이비드의 가장 친한 친구 브라이언, 지미, 이 밖에 초등학생 시절부터 알고 지낸 마을 남자들과 춤을 추었다. 평생 알고 지낸 사람들이었다. 우리는 비틀스, 버즈The Byrds, 슈프림스The Supremes의 음악에 맞추어 춤췄다. 프랭키 밸리Frankie Valli의 노래 〈캔트 테이크 마이 아이즈 오프 유 'Can't Take My Eyes Off You〉가 나오기 시작할 때, 우연히 니나와 지미가 다시 함께 춤추게 되었다. 그러자 사람들은 누가 먼저랄 것도 없이 두 사람을 가운데 두고 원형으로 섰다. 니나는 드레스 자락을 걷어 한 손으로 잡고 엉덩이로 박자를 딱딱 맞추며 지미를 향해 어깨를 좌우로 흔들었고, 지미는 니나에게 노래를 불러주듯 가사를 벙긋거렸다. 나는 니나를 보며 그녀는 언제나 무언가를 보여주는 사람이라고, 사람들이 뭘 원하는지 정확히 알고 그걸 줄 수 있는 사람이라고, 그래서 지금 하는 일을 잘하는 것이라고 생각했다. 이보다 더 멋진 신부는 없을 것 같았다.

그 후 니나와 나는 레오와 춤을 추었다. 우리는 레오에게 코르크 마개를 따듯이 몸을 비틀며 위아래로 움직이는 트위스트 춤을 가르쳐 주었고, 레오는 상기된 얼굴로 눈을 빛냈다. 잠시 동안 춤을 좋아하던 내 아들 바비와 함께 있는 기분이었다. 니나와 함께 있어서 더 그랬다. 하지만 그런 기억에 빠져들 수는 없었다. 살아 있었다면 열두 살이 되었을 테니 완전히 달라졌을지도 모른다. 그 애가 더 이상 춤추는 걸 좋아하지 않을지도 모를 일이었다.

천막 맞은편에서 게이브리얼이 지켜보고 있었다. 물론 그가 어디에 있는지는 계속 알고 있었지만, 이번에는 내가 그의 눈을 바라보았고 우리의 시선이 서로에게 너무 오래 머물렀다. 게이브리얼은 알아차리기 힘들 정도로 살짝 고개를 갸웃하더니 천막 밖으로 나갔다. 그러자 내 심장이 고통스럽게 요동치기 시작했다. 프랭크를 흘끗 보니 한쪽 구석에서 헬렌과 마틴과 이야기하고 있었다. 잠시 시간을 낼 수는 있지만 그게 다였다.

밖으로 나가자 게이브리얼이 기다리고 있었다.

"여기서 이야기할 순 없어." 내 말에 그는 나를 따라서 들판 가장자리에 있는 느릅나무로 향했다.

"할 말이 있어." 게이브리얼이 말했다.

하지만 그는 잠시 말이 없었다. 우리는 어둠 속에서 서로 바라보기만 했다.

"네가 나와 루이자에 관해 계속 잘못 알고 있었던 게 있어."

"그 얘기는 하지 말자. 다 너무 오래전 일이야."

"네가 진실을 알았으면 해. 너랑 사귀는 동안 루이자와 잔 게 아니었어. 루이자가 내 방에 있었던 건 맞아. 내가 죄책감을 느꼈던 건 네가 알게 되면 상처받을 것 같아서였어. 하지만 그날 루이자와 나 사이에는 아무 일도 없었어."

"게이브리얼." 내 목소리는 울부짖음에 가까웠다. 약간 정신이 나간 듯할 정도로 큰 소리였다. 술기운이 도는 모양이었다. 와인과 사과주에, 게이브리얼에, 그의 말이 사실일지도 모른다는 두려움에 취했다. "왜 이러는 거야?"

"너도 알잖아. 안다고 해줘. 너도 나와 같은 마음이라고 말야."

나는 게이브리얼을 볼 수 없었다. 보면 돌이킬 수 없을 것 같았다. 그래서 땅을 내려다보았다. "루이자에게 나에 대한 의구심이 있다고 말했잖아. 그건 부인할 수는 없을 텐데."

"네가 아니라 학교에 대한 의구심이었어. 그래서 자퇴하고 본격적으로 글을 써볼까 생각했어. 루이자가 말렸지만."

"이미 너무 늦었어." 내가 절망적으로 말했다.

"그래?" 그의 목소리는 다정했다. 자기를 봐달라고 유혹하는 것 같았다.

"왜 그때 사실대로 말하지 않았어? 네가 바람피웠다고 생각한다는 걸 알았잖아."

"베스, 그때 난 너무 화가 났어. 네가 어머니 말을 믿어서. 넌 내가 사람들을 이용한 뒤에 버린다고 했어. 그 말이 너무 큰 상처가 됐어."

"미안해."

"아니야, 미안해야 할 사람은 나야. 내가 너무 바보였어. 자존심 때문에 네게 돌아와 달라고 애원하지도 못했고."

"그런데 왜 너희 어머니는 네가 루이자와 사귄다고 했을까?"

"희망 사항?"

"아니면 더 나쁜 생각을 했을지도."

나는 내가 망치지 않았더라도, 게이브리얼의 어머니가 우리 둘을 갈라놓을 방법을 찾아내리라는 것을 늘 알고 있었다.

"우리 둘 다 정말 바보에 고집쟁이였구나. 그래서 기회를 날렸어." 내가 말했다. 그러자 게이브리얼은 오해의 여지가 없는 말투로 물었다. "그렇게 생각해?"

나는 그를 보았고 그는 나를 보았다. 위험하고 은밀한, 상대를 취하게 하는 눈빛이었다. 내 안에서 버티던 모든 것이 산산조각 났다.

나는 손을 뻗어 그를 만지고 싶은 마음이 무엇보다 간절했다. 그의 뺨을 어루만지고 싶었고, 아니면 심장을 어루만져 나처럼 거세게 뛰고 있는지 확인하고 싶었다.

우리에겐 이런 문턱이 너무도 많았다. 그래서 기회를 놓쳤고 가야 할 길을 가지 않았다. 우리 둘 사이에는, 나와 게이브리얼, 게이브리얼과 나 사이에는 우리가 함께할 수 있었을지 모를 삶에 관한 의문이 늘 불타고 있었다.

"이제 뭘 해야 하지?" 게이브리얼이 물었다.

천막에서 시끄러운 음악이 흘러나왔지만, 갑자기 주변이 고요해지더니 우리 둘의 소리만 들렸다. 우리의 숨소리. 내 머릿속을 두드리는 피와 맥박 소리. 아니, 그의 소리일까?

"이거." 나는 까치발을 하고 그에게 키스했다.

마침내.

내 입술과 게이브리얼의 입술이 만났다.

모든 것이 한꺼번에 느껴지는 키스였다. 격정적이면서도 부드러웠다. 너무도, 너무도 많은 감정이 담겨 있었지만 한참 모자랐다. 서로의 입술을 깨물고 머리카락을 움켜쥔 이 키스에 우리가 떨어져 있던 모든 세월의 모든 순간이 담겨 있었다.

음악이 바뀌고 파티가 계속되었지만 이곳에 우리 둘만 있는 기분이었다. 이 세상에 둘만 있는 것 같았다.

과거

참나무는 6월 초에 죽은 것으로 판명되었다. 맨 처음 알아낸 사람은 데이비드였고 그다음에는 프랭크가, 그다음에는 나무 치료 전문가인 친구가 죽었다고 판정했다. 친구는 나무를 베어줄 수 있지만 일이 너무 커서 한가해지는 늦여름까지 기다려야 한다고 했다.

"나무 베지 마세요. 영원히 그 자리에 있어야 해요." 바비가 말했다.

우리 모두 그랬듯이 바비도 참나무가 사라진다는 생각에 상실감에 빠졌다. 참나무는 언제나 목장에서 가장 마법 같은 장소였다.

데이비드가 말했다. "하지만 바비, 그냥 두면 너무 위험하단다. 강풍에 가지가 부러지면 죽을 수도 있어."

"강풍이 불 때는 가까이 안 갈게요, 할아버지."

데이비드는 쪼그리고 앉아서 바비에게 얼굴을 들이댔다. "어쩌면 나무는 베어 주기를 원할지도 몰라. 나이 들고 병들어서 많이 지쳤거든. 나무는 우리에게, 우리보다 먼저 살았던 많은 사람에게 최고의 시절을 주었잖니."

바비는 고개를 끄덕였다. "그러면 알겠어요."

나무는 토요일에 남자들 셋이 직접 베기로 했다.

토요일이 되자 바비는 잔뜩 흥분했다. 데이비드와 프랭크와 지미가 계획을 짜고 나무 치료 전문가 친구가 주고 간 지시 사항을 읽는 동안, 바비는 주방에서 왔다 갔다 하며 질문을 쏟아냈다.

"나무가 넘어질 때 시끄러울까요?"

"아주 시끄럽겠지. 천둥 칠 때처럼 쩍 갈라지는 소리가 날 게야." 데이비드가 대답했다.

"와. 그럼 땅에 큰 구멍이 날까요?"

"아마도." 지시 사항을 읽던 프랭크가 고개를 들고 아들에게 미소 지으며 대답했다.

"그런데 바비. 엄마는 네가 따라가면 안 될 것 같은데. 엄마는 같이 갈 수 없고 어른들은 바빠서 널 제대로 못 볼 것 같아."

나는 바비를 안으려 했지만 아이는 나를 밀어냈다. "엄마 너무해요."

데이비드와 두 아들의 표정에 피곤함과 조급함이 스쳐 지나갔다. 안전 문제로 조바심 내는 나 때문에 짜증 난 듯했다.

"괜찮을 거야." 데이비드가 무뚝뚝하게 말했다.

"프랭크? 오늘 아침에 내가 헬렌 만나기로 했다는 거 잊었어?"

"이런. 우리 중 한 사람이 바비를 잘 볼게."

"내가 약속을 취소하는 게 낫겠어."

"말도 안 되는 소리." 그는 방을 가로질러 와 나를 끌어안았다.
"당신, 나이 들면서 잔걱정이 많아지는 것 같은데."
"바비를 꼭 보이는 곳에 두겠다고 약속해. 그 애가 얼마나 요리조리 피해 다니는지 당신도 알잖아."
"네, 부인. 가서 친구랑 즐겁게 보내. 이 고귀한 숲 관리사들이 알아서 하게 놔두라고."
바비는 기뻐서 함성을 질렀다.

목장으로 돌아온 나는 불쌍한 참나무가 어떻게 되었는지 보려고 들판을 올라갔다. 나무가 한쪽에 누워 있으리라고 생각했는데, 뜻밖에도 서 있는 모습이었다. 생각보다 훨씬 힘든 일이었던 모양이다. 굵은 가지들은 이미 잘려 나갔는데, 그 모습을 보자 슬퍼졌다. 이 아름다운 나무는 내 삶에, 우리 모두의 삶에 아주 중요한 부분을 차지했는데 이렇게 가지가 잘려 나간 채 큰 몸통만 남게 되다니. 바비가 속상해하는 것도 당연했다.

데이비드, 프랭크, 지미가 나무에서 물러나 작업한 것을 살펴보고 있었다. 그런데 바비가 보이지 않았다. 기다리다가 지루해져서 양을 보러 간 게 틀림없었다. 바비를 찾으러 갈까 했지만 그럴 시간이 없어 보였다.

데이비드가 예상한 대로 쩍 갈라지는 소리가 엄청나게 크게 나더니 나무 몸통이 기울어지기 시작했다. 내 눈에는 쓰러지는 모습이 슬로모션으로 보였다.

그리고 그제야 바비가 보였다. 바비는 나무가 쓰러지는 방향 바로 앞으로 달려가고 있었다. 처음에는 기쁨의 환호성을 질렀고 잠시 후에는 두려움의 비명을 질렀다. 바비와 나의 고통스럽고 절박한 비명이 아주 길게 울려 퍼졌다. 나는 미친 여자처럼 바비에게 달려갔다. 필름이 빠르게 감기는 것처럼, 빨간 반바지, 창백한 다리, 짙은 머리카락이 스쳐 지나갔고, 참나무가 쿵 하고 땅에 쓰러지자 모든 것이 새까맣게 꺼져버렸다.

프랭크와 데이비드와 지미가 달리기 시작했다. 그들은 바비의 비명을 들었고 악마처럼 필사적으로 비명을 지르며 자식을 향해 달려가는 나를 보았다. 하지만 바비의 흔적은 보이지 않았다. 나무 몸통이 너무 큰 나머지 바비를 완전히 덮쳐버린 것이다.

나를 바라보던 프랭크의 얼굴을, 공포가 드리운 그 표정을 영원히 잊지 못할 것이다. 그는 두려워하고 있었다. 하지만 나는 프랭크를 보지 않았다. 데이비드도, 지미도 보지 않았다. 내 눈은 거대한 포유류처럼 옆으로 쓰러져 죽어 있는 나무에 쏠려 있었다.

"엄마 여기 있어, 바비. 여기 있어." 나는 몇 번이나 소리쳤다. 열 번. 스무 번. 내가 생각할 수 있는 건 이것뿐이었다. 제발 바비가 내 말을 들을 수 있기를 신에게 바랐다. 그리고 들을 수 있다면 내가 여기 있다는 걸 알려야 할 것 같았다.

"어서 떼어내!" 프랭크가 울부짖으며 맨손으로 나무를 들어 올리려는 가망 없는 시도를 하자 데이비드가 말렸다.

"내가 견인 줄을 가져오마. 구급차 불러."

"미안해, 미안해." 프랭크가 기진맥진한 채 사과하는 소리가 들렸지만 그 말이 귀에 들어오지 않았다. 내 머릿속은 주워들은 단편적인 과학과 의학 지식을 떠올리느라 바빴다. 그 와중에도 희망을 잃지 않으려 애썼다. 정말 기묘한 일이 벌어져도 살아남는 사람들이 있다고들 했다. 바비의 목소리가 들리지 않았지만 의식을 잃어서 그런 것이라면 다행스러운 상황이었다. 어쩌면 팔과 다리가 부러졌을지도 모르지만 그 정도는 치료할 수 있었다.

"트랙터에 있으라고 했는데. 그러겠다고 약속했어." 프랭크가 말했다.

"바비는 아홉 살이었다고."

아홉 살이었다고. 나는 *과거형*으로 말했다.

나는 비명을 지르기 시작했다. 프랭크가 다가왔지만 양손을 들어 그를 멈춰 세웠다. "건드리지 마. 부탁이야."

그냥 이 말이 나왔다. 이유조차 알 수 없었다. 너무 신경이 날카로운 나머지 붙들려 있는 걸 견딜 수 없어서 그랬는지도 모르겠다. 어쩌면 결과를 알기 전부터 이 불필요한 사고가 남편 때문이라고 원망하고 있어서 그랬는지도 모른다.

프랭크는 바비를 잘 지켜보기로 약속했다. 아이를 안전하게 지키겠다고 약속했다.

그래서 프랭크와 나는 데이비드가 트랙터를 몰고 와 거대한 덩어리를, 죽은 나무를 고통스러울 정도로 조금씩 들어 올릴 때도 서로 멀찍이 떨어져 있었다.

나무를 30센티미터가량 들어 올렸을 때, 맨 처음 내 눈에 스친 것은 빨간색 옷이었다. 그러자 내 입에서는 인간의 소리가 아닌, 영혼이 비명을 지르는 듯한 원초적인 울부짖음이 목 깊은 곳에서 터져 나왔다.

구급차가 대문으로 들어왔고 구급대원 두 명이 들것을 들고 들판을 가로질러 달려왔지만, 내가 먼저 바비에게 닿았다. 내 아들, 사랑하는 내 아들. 머리뼈가 으스러지고 팔다리가 부러지고 피투성이였지만 여전히 바비였다. 여전히 내 아들이었다. 나는 최대한 가까이 가서 아이 옆에 누웠다. 바비의 말이 옳았다. 나무가 쓰러지면서 땅에 큰 구멍이 났다.

"*엄마 여기 있어.*" 이번에는 나지막이 말했다. 너무 늦은 약속이었지만 내 말이 어떻게든 바비에게 닿기를 바랐다.

"*바비, 엄마 여기 있어.*"

3.
지미

BROKEN
COUNTRY

재판

아버지가 증인석에 섰을 때 어머니, 언니, 나는 일반 방청석 맨 앞줄에 앉아 있었다. 스스로 용서할 수 없는 짓을 많이 저질렀지만, 그중 최악은 재판 때문에 부모님을 큰 충격에 빠뜨렸다는 것이다. 총격 사건 이후에 아버지를 몇 번 보기는 했지만 오늘 보니 그새 많이 늙으신 것 같아서 놀랐다. 언니도 같은 생각이었는지 아버지를 보고 헉하고 놀라며 내 손을 잡았다. 아버지의 머리숱이 서서히 줄어들고는 있었지만, 위에서 내려다보니 몇 안 되는 머리카락을 조심스레 빗어 넘겨 거의 드러난 정수리를 가리려고 했다는 것을 알 수 있었다. 얼굴에는 주름이 깊어졌고 아무도 모르는 사이에 목도 피부가 늘어지고 주름이 많아졌다. 아버지는 손을 떨고 있었다. 법정에 출석한다고 가장 좋은 옷을 입고 왔는데, 결혼식에 입고 다니던 그 옷이 이제는 장례식에 입고 온 듯했다. 우리는 마음의 준비를 하지 못하고 마주한 아버지의 모습에 슬픔이 밀려들었다.

막상 이름, 주소, 직업, 피고인과의 관계를 확인하느라 말을 시작하자 아버지는 긴장이 사라진 듯했다. 차분하고 자신감 있는 선생님의 목소리로, 30년 동안 제자들의 주의를 집중시킨 그 목소리로 돌아왔다. 우리는 피고인의 성격이나 인격을 증언해 줄 증인으로 의사, 변호사, 교사, 지역사회에서 명망 있는 사람 등 전문직 종사자를 택하라는 조언을 들었다. 아버지보다 더 훌륭한 자격을 갖춘 사람은 없었다. 모든 사실을 제대로 알지도 못하는 아버지를 법정에 증인으로 세운 일로 죄책감을 느끼는가? 그렇다, 괴로울 정도로 느낀다. 아버지가 사실을 전부 다 알게 되면 절대 나를 용서하지 않을지도 모른다. 하지만 내가 어떻게 할 수 있을까? 이 거짓말에는 세 사람이 엮여 있었고, 누군가에게, 심지어 아버지에게조차 진실을 말하기에는 위험 부담이 너무 컸다.

우리 측 변호사의 첫 번째 신문은 별문제 없이 잘 끝났다. 아버지의 실수를 유도하는 어려운 질문도 없었고, 피고인을 위해 훌륭한 참고 자료를 제공할 기회도 충분했다. 옆에 있던 어머니가 긴장을 풀기 시작했다. 어느 순간에는 나를 보고 미소 짓기까지 했다.

하지만 곧 도널드 글로솝 검사가 신문하려고 일어났다.

검사의 목소리는 온화했지만, 상대를 교묘하게 괴롭히는 전략을 익히 아는 나로서는 그 아래에 무엇이 숨어 있을까 두려웠다.

"케네디 씨, 존슨 가족을 알고 지낸 지 얼마나 됐습니까?"

"아주 오래됐습니다. 프랭크와 지미의 아버지 데이비드 존슨은 처음에는 친구라기보다 지인이었다고 할 수 있습니다. 헴스턴은 큰 마을이 아니기 때문에 다들 친분은 달라도 어느 정도는 알고 지냅니다. 딸이 존슨 가족과 결혼하는 바람에 더 잘 알게 되었고요."

"당시 두 형제간에 마찰을 자주 보았습니까? 선을 넘을 정도로 심하게 말다툼했다든가 큰소리를 내며 싸웠다든가 아니면 다른 갈등을 떠올릴 수 있습니까?"

"전혀 없었습니다."

아버지가 의도가 있는 듯이 몸을 숙이자 어머니는 희미하게 미소 지었다. 어머니는 아버지가 무슨 말을 할지 정확히 알고 있었다. 두 사람은 이 증언을 수십 번 연습했을 테니까.

"두 사람은 제가 본 그 어떤 형제자매보다 가까웠습니다. 서로를 돌봐주었죠. 프랭크는 헌신적인 형이었습니다. 계속 지미를 걱정했고 지미가 안정적으로 잘 살 수 있도록 항상 노력했습니다. 프랭크는 좋은 사람이자 친절한 사람입니다. 지미뿐만 아니라 마을 사람 모두를 위해 애썼죠. 지미도 마찬가지였습니다. 가끔 말썽을 부리기는 해도 마음이 넓고 다정한 아이였습니다."

"그러다가 나중에는 두 사람 사이에 갈등이 있다는 것을 알았습니까?"

아버지는 머뭇거렸다. 아버지로서는 사실대로 말하지 않을 수 없었다.

"그 일이 있기 며칠 전부터 목장 집에 긴장감이 감돌기 시작했습니다. 그러니까……." 아버지는 처음으로 말을 더듬었다. "그 비극이 있기 며칠 전이요. 지미가 극도로 불안한 상태였다고 들었습니다. 술을 많이 마셨고요. 그래서 판단력이 흐려진 것 같더군요. 어떤 문제를 해결하는 방식을 두고 형제간에 의견 차이가 있었습니다."

충분히 말하면서도 너무 많이 말하지는 않아야 하는 위험한 임무를 헤쳐 나가느라 갈피를 잡지 못하고 힘들어하는 아버지의 모습은 견디기 힘들었다.

"그 비극이라는 게, 딸과 게이브리얼 울프와의 외도를 뜻합니까?"

"저는 딸의 사생활을 논하러 이 자리에 나온 게 아닙니다. 피고인의 성품을 증언하겠다는 목적 하나로 온 겁니다. 그 목적은 이미 달성했기를 바랍니다."

"케네디 씨, 무슨 말씀인지는 이해합니다만, 울프 씨를 얼마나 오래 알고 지냈는지 답변하면 배심원단에게 득이 될 겁니다."

아버지는 또다시 머뭇거렸다. "어렸을 때부터 알았다고만 해두죠."

"딸과 울프 씨의 관계가 처음 시작됐을 때부터입니까?"

"네."

"그 첫사랑은 얼마나 지속되었습니까?"

"오래가지 않았습니다. 여름 한 철과 그 후 한 달 정도였으니까요."

"그 관계가 끝나고 얼마 지나지 않아 딸이 프랭크 존슨과 교제하기 시작했고요?"

"네."

"두 사람은 어린 나이에 결혼했습니다. 그렇죠?"

"네, 맞습니다."

법정에 새롭게 긴장이 감도는 느낌이 들었다. 판사, 배심원단, 언론사 방청객의 기자들, 방청석에 자리 잡으려고 매일 줄을 선 일반 방청객 등 모든 사람이 도널드 글로솝의 미묘하게 달라진 말투에 촉각을 곤두세웠다. 그의 목소리 톤이 부드러워졌다고 해서 공감한다는 뜻은 아니었다. 오히려 반대인 경우가 많았다.

"베스가 가장 열정적이었던 이 첫사랑에서 온전히 회복하지 못했다고 생각할 수도 있겠군요."

아버지는 아무 말도 하지 않았다. 손이 보이지는 않았지만 두 손을 꼭 맞잡고 있다는 걸 알 수 있었다. 그 모습을 상상하자 양손을 맞잡고 *"여기 교회가 있습니다, 이렇게 하면 첨탑이 되고요, 문을 열면 모든 사람이 보여요"*라고 말하며 손가락으로 모양을 만들던 놀이가 떠올랐다. 바비와 함께 이 놀이를 얼마나 많이 했던가. 100번? 500번?

검사의 목소리에 점점 힘이 실렸다. "제 생각에는 프랭크 존슨이 결혼 초기부터 게이브리얼 울프를 지독하게 질투한 것 같습니다."

"아닙니다."

"아니라고요? 딸이 어렸을 때 사랑한 남자를 질투하지 않았다고요? 수년이 지나 코앞에서 그 관계가 다시 시작되었는데도 질투하지 않았을까요?"

"프랭크는 질투심이 강하지 않습니다. 성격이 그래요."

"케네디 씨, 증인은 정직한 사람입니까?"

어머니는 인상을 찡그렸고 언니는 눈물을 참느라 숨을 불규칙하고 길게 들이마셨다. 아버지는 그 누구보다 정직한 사람이었다.

"그렇습니다."

"그렇다면 마지막으로 하나만 더 묻죠. 사랑하는 여자가 낮 동안 다른 남자와 침대에 있는데도 사위가 질투 같은 감정을 전혀 느끼지 않았다고 진심으로 믿습니까?"

증인석에 앉아 있는 아버지와 방청석에서 내 옆에 앉아 있는 어머니가 그런 모습을 떠올리게 하다니 너무 무자비했다. 내가 수치심에 절어 있으리라고 생각할지도 모르겠지만, 사실 너무 오랫동안 수치심을 느낀 나머지 이제는 배경에서 들리는 소음이나 매일 보는 벽지처럼 느껴졌다. 수치심에 너무 익숙해진 나머지 무뎌지고 말았다.

언론에서는 목장 주인, 그의 아내, 유명 작가가 얽힌 우리의 삼각관계를 낱낱이 파헤치고 분석했으며 지나치게 선정적으로 과장했다. 나를 손가락질하며 비난하고 수치스럽게 만드는 헤드라인이 쏟아져 나왔다. 하지만 시간이 지나면서 점점 단련되었고 그 어느 것도 중요하게 여기지 않게 되었다.

"프랭크는 딸이 그런 관계를 맺게 된 이유를 이해했습니다. 질투를 느꼈더라도 아주 능숙하게 숨겼을 겁니다." 아버지가 말했다.

도널드 글로솝은 만족스러운 듯 희미하게 미소 지었다. "감사합니다, 케네디 씨. 이상 신문을 마치겠습니다, 재판장님."

일요일

"두 사람, 괜찮아요?" 어제의 신부가 물었다. 우리는 싱크대에 나란히 서서 산더미처럼 쌓인 설거지거리를 마주하고 있었다.

나는 니나의 말이 무슨 뜻인지 궁금했다. 무슨 뜻이든 가능했다. 우리는 오늘 새벽 3시에 마침내 잠자리에 들었고, 프랭크는 곧바로 잠들었다. 몇 시간 뒤, 그는 소젖을 짜러 가려고 일어났고, 나는 너무 피곤한 나머지 그가 나가는 소리도 듣지 못했다. 결혼식 이후로 프랭크와 이야기 나눌 기회가 없었지만, 어젯밤에 그가 천막 건너편에서 가끔 나를 쳐다보는 걸 보았다. 프랭크는 너무 슬퍼 보였다. 그리고 그 슬픔이 나를 괴롭혔다. 이렇게 착해빠진 사람은 드물었다. 나는 그런 사람이 아니다. 게이브리얼도 아니다. 지미도 아니고 아마 니나도 늘 그렇지는 않을 것이다. 하지만 프랭크는 마음속에 친절함이 흐르는 사람이었다. 이런 그에게 상처를 주는 건 두 배로 잔인하게 느껴졌고 고문 같았다.

그동안 내 머릿속에는 서로 충돌하는 생각이 가득했다. '*게이브리얼을 사랑하지만 프랭크를 떠나지 않을 거야. 프랭크를 사랑하는데 게이브리얼은 어쩌지?*' 이런, 니나, 우리는 괜찮지 않아.

"어젯밤에 지미에게 이야기했어요. 결혼 댄스곡으로 엘비스의 노래를 선택한 건 이기적이었다고요. 어젯밤에 울었죠? 다 봤어요."

"아." 나는 이렇게 말했지만 바비가 불쑥 떠올라 괴로움에 찬 신음일 뿐이었다.

바비. 어떤 의미에서는 늘 곁에 있지만, 끔찍하게도 대부분은 곁에 없는 존재였다. 그 애를 잃은 아픔은 절대 완전히 사라지지 않았다. 설령 잠시 잊는다 해도 오래가지 않았다.

"젠장. 내가 괜히 슬픈 얘기를 꺼냈군요." 니나는 비눗물 묻은 손으로 내 목을 끌어안고 가까이 당겼다.

목덜미에서 니나의 새 결혼반지의 서늘함이 느껴졌다.

"그냥 술이 안 깨서 그래." 내가 말했다.

"맙소사, 이 숙취 말이에요. 우리 왜 그렇게 많이 마셨을까요?" 니나가 웃음을 터뜨리자 반짝 빛을 받은 눈동자가 초록색에서 금색으로 바뀌었다.

하루 종일 마을 사람들이 자기 물건을 가지러 왔고 일손을 돕기도 했다. 우리는 차를 마시고 결혼 케이크를 나누어 먹었다. 헬렌의 남편은 정장을 입고 넥타이를 매고 신발까지 그대로 신고 잠들었다가 깼다. 자동차 뒷바퀴가 도랑에 빠져서 차를 두고 간 사람도 있었다. 결혼식에서 〈아베 마리아〉를 연주한 바이올리니스트는 랜드로버를 얻어 타고 집으로 돌아가면서 선루프를 열고 어깨까지 밖으로 내민 채 〈헤이 주드Hey Jude〉를 불렀다. 그걸 봤어야 하는데.

부적절한 키스 얘기가 나와서 심장이 덜컥 내려앉았지만, 게이브리얼과 내가 천막에서 나가는 모습이나 잠시 후 돌아오는 모습을 본 사람은 아무도 없는 게 틀림없었다.

소문과 웃음이 가득한 오후 내내, 내 안에서는 그 키스가 핏줄을 타고 계속 윙윙거렸다. 나를 지탱하는 동시에 혼란스럽게 하고, 더욱 갈망하게 만드는 비밀이었다.

월요일

월요일이 되었다. 아무것도 달라지지 않았지만 모든 것이 달라진 것 같았다. 천막은 철거되었고 목장은 평소 모습으로 돌아왔으며 남자들은 목장에 일하러 나갔다. 니나는 컴퍼스 인에서 점심시간 교대를 준비하고 있었다.

그리고 나는 홀로 남겨져 끝없이 돌고 도는 생각에 갇혀 있었다.

1시에 차 열쇠를 집어 들고 마음이 바뀌기 전에 메도랜즈로 향했다. 집 앞에 차를 세우고 초인종을 누르고 기다렸다. 나를 보는 게이브리얼의 얼굴에는 내가 느끼는 감정이 고스란히 담겨 있었다. 안도감, 두려움, 갈망이었다.

그는 나를 집안으로 끌어당기고는 문을 쾅 닫았다. "와줘서 정말 기뻐. 제정신이 아니었어." 게이브리얼은 양손으로 내 얼굴을 감쌌다. "사랑해. 한순간도 사랑하지 않은 적이 없어."

이번 키스는 달랐다. 예전의 그 키스였다. 나는 온몸에 긴장이 풀렸다. 마치 내 몸이 오래전에 학습한 패턴을, 이게 우리의, 게이브리얼과 나의 일상이던 시절을 기억하는 것만 같았다.

우리는 함께 소용돌이에 휘말려 수년을 거슬러 올라갔다. 이것밖에 없던 때로. 어쩌다 보니 서재에 있게 되었는데, 이 또한 익숙한 기분이었다. 그 어떤 의문도 품을 여유가 없었다. 용암이 흘러가는 길에 있는 모든 것을 없애버리듯이 열정이 우리를 뒤덮었다. 우리는 알몸으로 서로 감싸안았다. 뼈와 뼈가 맞닿았고 몸의 굴곡과 파인 부분이 딱 맞아들어 가자 우리의 몸은 안도의 한숨을 내쉬었다. 게이브리얼이 밀고 들어올 때마다 불길이 타오르는 듯했다. 그는 경이롭다는 듯이 내 이름을 불렀고 나 역시 그 경이로움을 느끼고 있었다.

이렇게 둘이 하나가 되고, 고통스러운 욕망에 굴복하고 나니 모든 게 제대로 된 느낌이었다. 마침내. 그토록 오랜 시간이 지난 뒤에. 이건 단순히 섹스나 사랑이 아닌 그 이상이었다. 우리 둘은 살과 뼈와 거칠게 뛰는 심장을 하얗게 불태웠다. 눈앞이 하얘져 아무것도 보이지 않을 때까지 점점 거세게, 빠르게 몰아붙였고 마침내 나는, 그리고 게이브리얼은 비명을 내질렀다. 그 긴 시간 동안 남몰래 갈망하던 일이 마침내 현실이 된 순간이었다.

그 후 우리는 충격에 빠져 말없이 소파에 누워 있었다. 땀에 젖은 게이브리얼의 가슴에 얼굴을 대자, 예전부터 그가 사용하던 감귤 향 비누와 화장품 향기가 났다. 가슴팍의 근육과 배까지 길게 난 검은 털도 똑같았다. 내 다리에 감은 다리도, 뺨에 전해지는 까칠한 수염도 똑같았다. 과거를 담은 타임캡슐 같았다. 세상의 다른 일들을 조금 더 오래 차단할 수만 있다면 얼마나 좋을까.

"개가 여기 없어서 다행이야. 녀석이 봤다면 어떻게 생각했겠어." 게이브리얼이 말했다.

나는 웃음이 터졌고 잠시 후 갑자기 눈물이 났다.

후회가 밀려들었다. 열기가 가라앉자 비로소 이 일로 내가 치러야 할 대가를 깨달은 듯했다.

프랭크를 잃게 되겠지.

"우리가 무슨 짓을 한 거지?" 내가 울면서 말했다.

"유일하게 할 수 있는 걸 한 거야." 게이브리얼은 다정하게 말하며 양손 엄지손가락으로 내 눈 밑의 눈물을 닦아 주었다. "하지만 다른 사람이 알 필요는 없어. 이런 일이 다시 있어서도 안 되고."

"난 다시 있으면 좋겠는데."

"나도 그래. 정말로."

나는 흩어진 옷을 집어 드는 게이브리얼을 지켜보았다. 세월이 지남에 따라 그의 몸은 달라졌다. 어깨가 더 넓어 보였고 내 기억 속의 마른 체형은 온데간데없었다. 그는 차례로 옷을 건네주었고 내가 입는 동안 기다렸다. 그리고 내가 옷을 다 입고 나서야 자기 옷을 입기 시작했다.

"혹시, 우리가 조심하면 잠깐은 이렇게 지낼 수 있지 않을까? 예전의 우리는, 그러니까 우리 관계는 대부분의 사람들이 경험하지 못하는 특별한 것이었잖아. 그런데 우린 그걸 버리고 말았지. 이렇게 기회가 다시 올 줄은 꿈에도 몰랐어." 게이브리얼이 말했다.

나는 이 마을의 생리를 잘 알았다. 사람들의 염탐과 떠도는 이야기가 길과 교회 마당과 학교와 상점에 속삭이는 듯이 흘러 다니고, 문과 창문을 비집고 스며드는 곳이었다. 사람들이 어떻게 서로 지켜보고 이야기하고 비밀스러운 꿍꿍이를 벌이는지 잘 알았다. 비밀이 존재할 수 없는 곳이었다. 사람들은 비밀을 숨기고 곱씹다가 결국 밝히기로 마음먹고, 완벽한 타이밍에 아주 정확하게 삶을 산산조각 낸다.

나는 이 모든 것을 알고 있었다. 하지만 이것만으로는 나를 멈출 수 없었다. 나는 눈을 크게 뜨고 우리의 은밀한 로맨스로 걸어 들어갔다.

월요일 밤

침대에 누워 있는데 프랭크의 목소리가 어둠을 갈랐다. "당신, 봤어."

피가 거꾸로 솟고 맥박이 빨라졌다. 갑자기 백색 소음이 들렸다. 나는 잠시 기다렸다가 스탠드를 켰다. "언제?" 최대한 편안하게 말하려고 애썼다. 난생처음 불륜을 저지른 날이었다.

"결혼식 때. 당신과 그 사람."

"게이브리얼?"

"응."

"내가 그 사람이랑 같이 있는 걸 봤다고? 언제? 그날 게이브리얼과 말도 거의 못 했는데."

"초반에. 축하 연설하기 전에."

"레오랑 있을 때 말하는 거야?"

프랭크는 고개를 끄덕였다.

"그런데?" 내 목소리는 차분했다. 너무 능숙하게 해내고 있었다. 벌써 어렵지 않게 아무렇지 않은 척할 수 있다니.

"무슨 말인지 알잖아."

"프랭크, 모르겠어. 당신이 무슨 생각하는지 내가 어떻게 알아."

"전에는 알았잖아."

나는 지금처럼 프랭크가 입꼬리를 늘어뜨리고 미소 짓는 게 싫었다. 우리는 항상 말하지 않아도 서로의 마음을 잘 알았다. 그래서 눈썹을 치켜올리거나 문을 슬쩍 눈짓하기만 해도 파티에서 일찍 빠져나올 수 있었다.

"내가 결혼식장에서 게이브리얼과 레오와 이야기해서 짜증 난 거야?"

"그 사람을 바라보는 당신 눈빛을 봤어. 질투에 눈먼 별난 놈 같은 소리라면 미안해."

프랭크는 희미하게 미소 지었다. 예전 모습이 보이는 미소였다.

"그렇게 들리긴 해. 하지만 난 그 질투에 눈먼 별난 놈을 사랑하는걸."

"그러길 바라."

"그렇다는 거 알잖아."

그리고 우리는 키스했다. 한 남자와 키스하고 또 다른 남자와 키스하는 게 잘못되었다고 느껴지지도 않았다. 둘은 서로 달랐다.

이건 시작이 너무 많은 사랑 이야기다. 이 끝이 어떻게 될지는 생각하지 않기로 했다.

화요일

바비가 죽고 나서 한동안 프랭크와 떨어져 지냈다. 당시 부모님이 아일랜드에 살고 계셔서 그곳에 잠시 가 있었다.

아일랜드에 도착하자마자 내가 돌아가고 싶어 하지 않는다는 걸 깨달았다.

"여기서 지내는 게 도움이 돼." 도착하고 얼마 지나지 않아 프랭크에게 전화로 말했다.

"그럼 거기 있어야지. 나도 당신이 거기 있기를 바라." 프랭크는 내가 예상한 대로 말했다.

몇 주가 흘렀다. 우리의 전화 통화는 점점 횟수가 줄다가 거의 통화하지 않는 지경에 이르렀다. 프랭크는 전화로 이야기하는 것을 좋아하지 않았다. 나는 이렇게 지내는 게 좋다고, 그 일에서 우리가 회복하려면 떨어져 지내는 수밖에 없다고 자신을 설득했다. 이렇게 떨어져 있으면 프랭크가 매일 아침에 내 옆에서 잠에서 깨지 않아도 된다고. 내가 언제나 마음 한구석에서 바비를 제대로 돌보지 않은 그를 비난한다고 생각하지 않아도 된다고. 여기 있으니 사람들이 우리에게 해준 이야기를 믿는 체할 필요도 없었다. 그건 사고였다고, 사고는 운이 나빠서 벌어졌고 목장 생활을 하다 보면 때로 비극적인 일이 벌어진다고. 프랭크의 어머니에게 일어난 일을 보라고. 우리는 그 말들을 믿는 체하며 몰래 아픔을 견뎠다.

내가 집으로 돌아간 건 지미 때문이었다.

니나가 멀리 코크까지 찾아와서 내가 떠난 뒤로 상황이 얼마나 나빠졌는지 알려주었다. 니나의 말에 따르면 지미는 다시 폭음하기 시작했다. 싸움을 걸고 불쾌한 짓을 해서 거의 매일 밤 술집에서 쫓겨난다고 했다. 한밤중에 혼잣말하며 마을을 떠도는 모습이 발견되기도 했다. 지미는 정신 나간 사람 같았다.

"그런데 대체 왜?" 어머니는 이해할 수 없다는 듯이 물었다. 바비는 나와 프랭크의 자식인데. 지미가 그렇게까지 무너질 이유가 없었다.

"그거야 너무 분명하죠. 지미는 자기 때문에 바비가 그렇게 됐다고 늘 자책했어요. 자기가 바비를 잘 돌봤어야 했다고 생각하죠. 자기 때문에 프랭크가 자식에 이어 아내마저 잃지 않았다는 걸 확실히 알려줘야 해요." 니나가 말했다.

지금도 지미는 둘로 줄어든 우리 가족이 그대로 유지될 것이라는 확신을 원했다. 하지만 그런 확신은 줄 수 없었다. 사실, 지금 나는 최대한 프랭크를 생각하지 않으려고 애쓰고 있으니까. 나는 게이브리얼을 생각하고 있었다.

처음 사랑을 나누었을 때는 정신보다 육체에 이끌린, 열에 들뜬 광란의 시간이었다. 그전까지만 해도 우리의 이성은 언제나 안 된다고 말하려 애썼다. 그런데 오늘은 달랐다.

우리는 천천히 옷을 벗고 알몸으로 마주 섰다. 기대감이 고통스러우리만치 강렬했다. 모든 감각이 확대된 듯이 감정이 솟구쳤다. 나는 그의 몸에 천천히 입 맞추었다. 코, 광대뼈, 목젖. 지난 몇 달 동안 눈여겨보며 내가 얼마나 사랑했는지 떠올린 곳이었다. 게이브리얼이 집게손가락으로 내 얼굴 윤곽을 따라가다가 입술 위쪽의 움푹 파인 곳에서 손을 멈추자 그도 똑같이 하고 있다는 것을 알 수 있었다. 자기 손가락 끝과 모양과 크기가 딱 맞다고 말하던 곳이었다.

우리는 침대로 향하면서도 부드럽게 어루만지며 상대를 새롭게 발견했다. 이렇게 만지고 키스하는 순간은 꿈만 같았다. 우리는 현실과 환상 사이의, 우리만의 완벽한 중간 지대에 붕 떠 있는 듯했다.

게이브리얼이 손을 짚고 몸을 세운 채 내 안으로 들어와 오래전처럼 느릿한 리듬으로 깊숙이 파고들자, 견딜 수 없는 감각에 휩싸였다. 나는 이 감각에, 우리 둘의 몸이 다시 한번 하나가 되었다는 이 친밀함에 깊이 빠졌다. 게이브리얼은 내 표정에서 고통을 보았는지 이렇게 물었다. "괜찮아?"

내가 유일하게 설명할 수 있는 건 이 말뿐이었다. "기억났어."

"나도 기억났어"라고 말하는 게이브리얼의 목소리에서도 같은 감정이 느껴졌다.

다른 말은 필요 없었다. 내가 옳았다. 우리가 사랑을 나누는 것은 단순한 섹스나 사랑 이상이었다. 아무것도 섞이지 않은 순수한, 오랜 그리움이었고 이보다 더 사람을 취하게 하는 것은 없었다. 오래전에 사랑했던 사람과 다시 잠자리를 하면 늘 이런 느낌인지 궁금했다. 그때의 첫 경험에 대한 기억이 몸속 깊이 새겨진 것 같았다. 날 것처럼 생생하고 모든 게 제대로 된 느낌이었고 현실감이 넘쳤다. 모든 것이 흐릿해지고 우리 둘만 선명하게 두드러진 것 같았다. 게이브리얼과 함께 침대에 있을 때면 나는 보다 나다운 느낌이었다. 실연의 아픔으로 달라지기 전의, 비극적인 사건으로 원치 않는 사람이 되어버리기 전의, 근심 걱정 없던 젊은 여자가 된 것 같았다. 이렇게 잠시 겉모습을 내던지고 게이브리얼이 기억하는 그 사람을 엿보는 것은 중독성이 있었다.

그와 함께하는 몇 시간 동안만큼은 온전한 내가 될 수 있었.

그 후 우리는 레오를 데리러 갈 시간이 될 때까지 서로 끌어안고 누워 있었다. 침실 커튼을 닫고 야행성 동물처럼 희미한 빛 속에 존재했다. 그 상태로 이야기를 나누었다. 온갖 이야기를 했다.

나는 스물네 살에 첫 번째 책이 출간되었을 때 기분이 어땠는지 물었다.

"오랫동안 내가 사기꾼 같았어. 자격이 없다고 생각했지. 벌거벗은 임금님이 된 기분이었어."

"그럼 지금은?"

게이브리얼은 미소 지었다. "좋을 때도 있고 나쁠 때도 있어. 두 번째와 세 번째 책은 더 쉽다고 생각하겠지만 경험상 그렇지 않아. 오히려 더 힘들지." 그는 잠시 말을 멈추고 나를 보았다. "넌 왜 시를 안 써?"

"내가 안 쓰는지 어떻게 알아?"

"그냥 알아." 조용하고 생각에 잠긴, 배려심 있는 목소리에 나는 이내 과거로 돌아갔다. 게이브리얼은 무언가를 간절히 원하는 동시에 그걸 얻지 못할까 봐 두려워하는 기분이 어떤 것인지 잘 알았다. 꿈속에서도 내면에 흐르는 불안을, 의심의 목소리를 이해했다. *'내가 부족하면 어쩌지?'* 가능성을 확인하기도 전에 포기하고 싶은 마음을. 한때 이 마음이 우리를 하나로 묶어주었다.

"쓰고 싶지 않아서 안 쓰는 건 아니야." 내가 할 수 있는 말은 이것뿐이었다.

나는 삶의 매우 행복한 순간을 떠올리며 시를 썼다. 어릴 때는 내가 좋아하는 공상을 하면서, 그런 다음에는 게이브리얼과 불같은 첫사랑을 하면서, 젊은 엄마로 사는 동안에도 잠시 짬을 내서 여기저기 시를 썼다.

게이브리얼의 물음에 제대로 대답하자면 이렇게 말했을 것이다. "*두려워서 그래. 빈 페이지를 열었을 때 하나만 보일까 봐. 바비만 보일까 봐.*"

게이브리얼은 내 손을 잡았다. "언제든 네가 준비되면 시는 그 자리에서 기다리고 있을 거야. 절대 멀리 떠나지 않을 거야."

게이브리얼은 루이자에 관해 이야기했다. 루이자가 다른 사람과 사랑에 빠지기는 했지만, 결혼이 실패한 건 자기 탓인 것 같아서 죄책감을 느낀다고 했다. "둘 사이의 사랑이 고르지 않다는 건 정말 끔찍한 일이야. 당연히 나는 아닌 척했지만 루이자는 속지 않더라. 루이자에게 상처 줬다는 거 알아."

우리는 레오에 관해, 마을 학교에 적응하려고 애쓰는 일에 관해서도 이야기했다. 어떻게 해야 상황을 바꿀 수 있는지도 이야기했다.

나는 가장 두려워하는 상황을 입 밖에 내고 말았다. "미국으로 이사 가야 할 것 같아? 레오가 엄마 옆에 있도록?"

게이브리얼은 놀란 표정으로 나를 보았다. "어떻게 그런 말을 해? 이런 일이 있었는데?"

"그것 때문에 겁나서."

"그런 일은 없을 거야. 지금은 아니야."

"약속해?"

"약속해."

불장난을 시작한 지 겨우 이틀이 지난 우리는 희망과 낙관에 가득 차 있었다.

나는 이중생활에 정말 빨리 익숙해졌다. 어제만 해도 학교 운동장에 들어서는 내 표정에 죄책감이 묻어날까 걱정했는데, 오늘 오후에는 벌써 편안해졌다. 레오를 잠깐 안으며 인사를 건넸다. 기다리던 다른 엄마들의 눈초리는 신경 쓰지 않았다. 그들은 그 눈빛을 숨기려고 애썼지만 나는 언제나 꼼꼼히 뜯어보는 시선을 느꼈다. 내가 없는 자리에서 어떤 질문이 오갈지 들리는 듯했다. 친자식이 아닌 아이와 매일 함께 시간을 보내는 건 어떤 기분일까? 그것도 잃어버린 자식과 또래인 아이와?

쉽게 답할 수 있는 질문은 아니었다. 레오는 바비와 매우 달랐다. 우선, 레오는 하는 짓이 나이에 비해 어린 것 같았다. 반면,

세 남자와 목장에서 시간을 많이 보낸 바비는 나이에 비해 어른스러운 경우가 많았다. 레오가 매일 학교 끝나고 나와 보내는 짧은 시간 동안, 내 관심사는 오직 이 아이의 삶을 조금이라도 더 즐겁게 만들어야 한다는 것뿐이었다. 할 수만 있다면 잠시라도 엄마에 대한 그리움을 달래주고 싶었다.

둘이 같이 주방에서 셰퍼드 파이가 익기를 기다리는데 게이브리얼이 들어왔다. 그는 식탁 위 우리 둘 사이에 놓인 사탕 봉지를 보더니 잽싸게 가져갔다.

"아빠도 알려줬어야지." 그는 박하사탕을 하나 입에 넣으며 말했다.

레오는 그를 보며 씩 웃었다. 게이브리얼이 곁에 있을 때면 늘 좋아했다. "미안해요, 아빠. 학교 끝나고 사탕 가게에 들렀어요."

"지금 뭐 하고 있어?"

레오와 나는 한창 카드 게임을 하며 종이에 점수를 적고 있었다.

"러미Rummy 게임이요."

"예전에 나도 정말 좋아했는데." 게이브리얼은 의자를 빼더니 우리 맞은편에 앉았다. "한 명 더 끼워줄 수 있을까?"

"사람이 많을수록 좋지." 내가 말했다. 나와 레오 중 누가 더 기뻐하는지 알 수 없었다.

카드를 섞어서 게이브리얼과 레오와 내 몫을 나눠주며 만족감을 느끼는 게 잘못일까? 어른 둘에 아이 하나. 이렇게 셋이 예전에 부모님과 함께 했던 게임을 즐기는 소박하고 행복한 순간이었다.

매일 이렇게 보내면 얼마나 좋을까. 잠시 빌려온 가족이지만 매일 이렇게 함께할 수 있다면 얼마나 좋을까.

화요일 저녁

프랭크는 이틀 연속으로 지미와 술집에 간 것 같았다. 쪽지 한 장 남기지 않고. 우리에게는 낯선 상황이었다. 프랭크가 나와 게이브리얼 사이를 눈치챘을까? 프랭크는 내 기분을 잘 알아차리는 사람이었고, 내가 하는 말은 물론이고 하지 않는 말도 들을 수 있는 사람이었다. 그는 내가 더 이상 게이브리얼을 언급하지 않는 것을 눈치챈 게 분명했다. 아예 언급하지 않으면 프랭크가 의심할 것 같아서 말하려고 노력했지만, 게이브리얼이라는 이름이 목구멍에 걸려서 맴돌았다.

늘 보던 익숙한 풍경에 둘러싸인 채 집에 혼자 있다는 게 이상하게 느껴졌다. 현관문 옆에 놓인 프랭크의 진흙투성이 장화, 의자 등받이에 대충 걸쳐 놓은 그의 방수 재킷, 탁자 위에 놓인 뜯지 않은 우편물. 모든 게 그대로인데 나만 완전히 달라졌다. 레오가 잠든 밤에 집안을 거니는 게이브리얼도 이런 기분일지 궁금했다. 낮 동안의 일을, 우리가 나눈 대화를, 키스를, 어루만지던 손길을, 짜릿한 섹스를 떠올릴 때 이런 기분인지. 아니면 나만 이상한 기분인지도 모르겠다. 이중생활의 다른 한쪽으로 돌아가려고 애쓰는 나만. 평생 그랬을지 모르지만 두 남자를 사랑하는 여자만.

누군가에게 이야기하고 싶었다. 하지만 누구에게 한단 말인가? 게이브리얼에 대한 불신을 숨기려는 노력조차 하지 않았던 언니에게는 할 수 없었다. 언니는 그에 대해 "……솔직히 말해서, 특권의식에 절은 멍청이잖아"라고 했다. 우리가 헤어지고 나서는 참지 못하고 이렇게 말했다. "내가 이럴 거라고 했잖아. 그놈 같은 남자들은 믿을 수가 없다니까." 언니가 우리의 이별에 대한 진실과 그렇게 만든 거짓말을 알게 되더라도 게이브리얼에 관한 생각을 바꿀 것 같지는 않았다. 무엇보다 언니는 프랭크와 매우 친했다. 그렇다고 처음부터 대놓고 프랭크를 좋아한 부모님께 말할 수도 없었다. 세상에. 아버지가 이 사실을 알면 어떻게 할지 생각하기도 싫다. 헬렌은 남편 마틴이 프랭크와 절친한 친구이므로 안 된다. 아마 마틴은 지금도 프랭크와 맥주를 마시고 있을 것이다. 따지고 보면 빌어먹을 마을 사람 전체가 마찬가지였다. 프랭크를 좋아하지 않는 사람을 한 사람도 떠올릴 수 없었으니까. 헴스턴의 영웅 프랭크 존슨은 할머니, 목장 주인, 교회 여성 신자들 모두에게 사랑받는 사람이었다.

밤이 깊어가는 줄도 모르던 나는 니나가 현관문을 벌컥 열고 들어오는 바람에 깜짝 놀랐다. "왜 어두운 데 앉아 있어요?" 니나는 전등을 차례로 켜며 말을 이었다. "보아하니, 오늘 남자들은 코가 비뚤어지게 마실 것 같아요. 그래서 우리 둘이 파티하면 어떨까 해서요. 그런데 우리 남편의 나쁜 습관에 프랭크가 물드는 것 같아요." 니나는 결혼 나흘 만에 '남편'이라고 말한 것을 들었는지 확인하려는 듯 나를 보았다. "언제부터 프랭크가 평일 저녁에 위스키를 마셨죠? 생각해 보니 주말에도 위스키는 마시지 않았던 것 같은데요."

프랭크. 방안에 조명이 은은하게 퍼지는 가운데 나는 그를 떠올렸다. *'내가 당신에게 무슨 짓을 한 거지?'* 프랭크는 언제나 술을 적당히 마셨고, 대개는 우리 목장 젖소에서 짠 신선한 우유를 넣은 차를 더 좋아했다. 얼마 전까지만 해도 술집에 가는 것은 우리가 금요일 저녁마다 함께하던 일이었는데.

"불이라도 피울까요?"

나는 통나무가 담긴 바구니를 살피는 니나를 바라보았다. 니나는 자작나무, 솔방울, 바싹 마른 잔가지 한 움큼 중 무엇이 불쏘시개로 가장 좋을까 고심하며 만지작거렸다. 그러다가 《파머스 위클리》에서 몇 페이지를 뜯어내 작게 구긴 다음 벽난로 쇠살대에 넣었다. 그리고 그 위에 불쏘시개를 둥글게 배열하고 작은 장작을 완벽하게 쌓았다. 우리는 주로 참나무, 물푸레나무, 느릅나무를 장작으로 썼고, 삼나무는 향 때문에 내가 가장 좋아했다. 니나와 나 둘 다 불을 잘 피웠는데, 이렇게 오래되고 추운 집에 살면 그럴 수밖에 없었다.

우리는 몇 분 만에 눈부시게 타오르는 불꽃 앞에서 얼굴이 따뜻해졌다.

"술은 좀 있어요?" 니나가 물었다.

"많아. 아직 냉장고에 와인이 잔뜩 있어."

"내가 알아서 준비할게요." 니나는 춤추듯 어깨를 으쓱대며 주방으로 갔다. 무척 행복해 보였다.

우리는 잔에 와인을 가득 채우고 접시에 치즈와 비스킷을 담아서 바닥에 책상다리로 앉았다.

"남은 음식을 다 먹으려면 얼마나 걸릴까?" 내가 물었다.

"치즈는 먹다 지쳐 썩어서 내버린대도 이상할 게 없을 정도예요. 너무 많이 남았어요."

"두 사람, 신혼여행도 가야 하는데."

새로울 것 없는 대화였다. 니나가 지미와 결혼하기로 결심한 순간부터 우리는 거의 매일 이 이야기를 했다. 프랭크는 며칠 동안 목장 일을 혼자 할 수 있다고 우겼지만, 지미는 말을 듣지 않았다. "그러는 두 사람은 신혼여행을 어디로 갔더라? 파리였나? 로마였나?" 지미는 이렇게 말하며 우리를 놀릴 뿐이었다.

이런 생각을 하자 고통이 밀려들었다. 도체스터Dorchester로 떠난 우리의 만 하루짜리 신혼여행. 프랭크는 데이비드가 선물로 예약해 준 호텔 문턱을 넘을 때 나를 안았다. 70대 노인들이 가득한 식당에서 아기 같은 얼굴로 웃음을 참느라 애쓰던 우리 모습이 눈에 선했다.

"음, 언제가 됐든 갈 수 있을 거야."

니나는 손사래를 쳤다. 다른 사람들은 몰라도 목장에서 일하면서 휴일을 꼬박꼬박 챙길 수는 없었다.

"그거 알아요?" 벽난로 불빛에 비친 니나의 얼굴이 들뜬 듯 빛났다. "나, 피임 중단했어요."

그 말을 이해하는 데 시간이 약간 걸렸다. 마침내 니나의 말뜻을 이해한 나는 놀라서 헉하고 급히 숨을 들이마셨고, 이내 마음이 아팠다. 그럴 자격이 없는데.

니나가 내 손을 잡았다.

블레이크 목장에 또다시 아기가 태어난다니. 우리 아기가 아니라 니나와 지미의 아기가. 프랭크와 나 둘 다 그 무엇보다 원하는 일이었다. 바비가 그렇게 된 뒤로 우리 둘 다 다시 시도할 준비가 되지 않았다고 생각했다. 하지만 가끔은 아기를 간절히 원했다. 잠깐씩 데려올 수 있는 아기를, 내가 가장 사랑하는 사람들이 낳은, 복잡한 생각 없이 그저 사랑스럽게 바라볼 수 있는 아기를 원했다.

"정말 잘됐다. 겉으로는 안 그래 보이겠지만 프랭크와 내가 늘 바라던 일이야." 나는 애매하게 웃으며 말했다.

"정말요?"

"그렇고말고."

우리는 서로 끌어안았다. 나는 이 오래된 난롯가에 앉아서 좋은 소식을 나누었을 다른 모든 사람을 떠올렸다. 수 세기가 지났지만 새로운 가족이 탄생할 때마다 희망과 낙관이 함께하는 것은 똑같았다. 인생에서 이보다 더 중요한 일이 또 있을까? 가족의 탄생이라는, 모든 것을 바꾸어 놓는 이 잠깐의 멈춤보다?

"언제 결정했어?"

"한동안 의논했어요. 우리 둘 다 준비가 됐고요. 음……." 니나는 말끝을 흐리더니 웃음을 터뜨렸다. "지미는 더 이상 준비될 가능성이 없어 보이고요. 아기가 태어나면 지미가 정신 차리기를 바라고 있어요."

"그럴 거야. 바비가 태어나던 날 지미가 얼마나 대단했는지 잊지 마. 그래 봬도 속은 깊어. 정말 기다려지는데. 난 세계 최고의 큰엄마가 될 거야. 오, 이런. 프랭크가 큰아빠가 된다니. 어떤 모습일지 상상해 봐."

프랭크를 떠올리자 내 얼굴이 어두워진 모양이었다.

"베스?" 니나는 나지막이 부르더니 내가 볼 때까지 기다렸다. "무슨 일 있어요?"

니나에게 말할 수 있다면 얼마나 좋을까. 내가 몹시 나쁘고 잘못된 일을 저질렀는데 절대 원래대로 되돌릴 수 없다고. 아니, 문제는 되돌리고 싶은지조차 모르겠다고. 어떻게 불륜이, 절대 넘지 않으리라 생각했던 선을 넘는 일이, 시간이 지나 일상에 가까운 일이 될 수 있을까? 내일이면 나는 집안일과 목장 일을 모두 마치고 연인을 만나러 메도랜즈로 몰래 가겠지. 우리는 곧장 침대로 갈 테고 그 소중한 시간 동안 프랭크 생각이 끼어들도록 놔두지 않겠지. 두 평행 세계에 존재하려면 특별한 사고방식이 필요했다. 내가 그런 부류의 여자라고는 한 번도 상상해 보지 않았다. 하지만 알고 보니 그런 여자였다.

"아니야. 아무 일 없어."

"다행이네요." 니나는 몸을 숙여 내 뺨에 입 맞췄다. "아직 결혼한 지 얼마 안 돼서 당분간은 축하 분위기가 이어지면 좋겠거든요. 이게 내 신혼여행이에요. 우리 둘이 하는 파티 말이에요. 운이 좋으면 곧 술 취한 남편들이 돌아와서 파티를 계속할 수 있겠죠. 지금 당장 중요한 건 그뿐이에요."

수요일

메도랜즈 현관문은 언제나 열려 있었다. 나는 몰래 들어가서 게이브리얼을 놀라게 하기로 했다. 그는 내가 도착하기 전에 잠깐 책상에서 글을 쓰고 있을 것이다. 나는 복도를 지나며 옷을 하나씩 벗어서 서재에 알몸으로 들어갈까 생각했다. 다시 불붙어 강렬하고 빠르게 타오르는 사랑의 관능에 사로잡혀 그야말로 제정신이 아니었다. 다른 말로는 설명할 수 없었다.

복도에 들어서자 목소리가 들렸다. 게이브리얼이 누군가와 이야기하고 있었다. 여자였다. 놀라서 머릿속이 어지러웠다. 내가 아는 사람이면 어쩌지? 레오가 없는 낮 시간에 메도랜즈에서 우연히 나를 마주쳤다고 프랭크에게 말할 수 있는 사람이라면? 게이브리얼과 나 둘 다 이런 상황을 생각해 보았고, 누가 물어보면 내가 게이브리얼에게 요리를 해주러 왔다고 말하기로 했다. 매일 이곳에 드나들면서도 다른 사람이 있을지 모른다는 상황을 예상하지 못했다니, 난 대체 뭐 하는 사람일까? 나는 불시착하거나 누군가 잡아 주기를 기다리며 자유낙하하는 것 같았다.

차로 무사히 돌아가 누가 보기 전에 이곳에서 빠져나갈 수 있기를 바라며 발길을 돌리는데 게이브리얼이 복도로 나왔다.

"왔어?" 낯선 이의 존재를 의식한 목소리였다. "가지 마. 곧 끝날 거야. 《더 타임스The Times》 기자가 오늘 온다는 걸 깜빡했네."

"이따 다시 올게."

"아니야, 그러지 마. 거의 끝났으니까 들어와. 커피 내려놨어."

식탁에 젊은 여자가 앞에 스프링 공책을 펼치고 앉아 있었다. 내가 들어가자 여자는 미소 지었다.

"베스, 이쪽은 플로라 휴스 기자야. 이번 컬러판 부록에 실릴 특집 기사를 쓰고 있어. 베스는 제 오랜 친구입니다."

플로라를 보고 있자니 혼란스러운 질투심이 마음을 찔렀다. 앞날이 창창한 신예 기자가 벌써 전국에 발행되는 신문에 글을 쓰다니. 플로라는 짧은 남색 원피스에 무릎까지 올라오는 흰색 플랫폼 부츠를 신었다. 머리는 눈 바로 위까지 내려오는, 세련된 로우 프린지 컷으로 잘랐다. 누가 봐도 '런던' 사람이었다.

게이브리얼은 내게 커피잔을 건넸고 손가락이 닿자 희미하게 미소 지었다. *"오래 안 걸려."* 그의 표정이 말하고 있었다.

"질문이 더 있습니까?" 그는 플로라에게 이렇게 묻고 나를 보며 말했다. "플로라는 나같이 한물간 작가만 인터뷰하는 게 아니야. 영국 출판계를 뒤흔들며 새로운 물결을 일으키는 젊은 작가들에 관한 기사도 쓴다더군. 난 서른한 살에 공식적으로 구세대가 되어버렸어."

게이브리얼은 웃음을 터뜨렸다. 하지만 플로라는 웃지 않았다.

"제 의도는 절대 그런 게 아니에요. 제발 그렇게 생각하지는……."

"플로라, 농담이에요."

게이브리얼이 그녀를 보며 미소 짓자 플로라는 얼굴을 붉혔다.

이 장면을 보고 있자니 기분이 묘했다. 게이브리얼이 많은 사람들에게 잘생긴 유명 작가로 알려져 있다는 것은 전부터 알고 있었다. 특히 첫 번째와 두 번째 책이 나왔을 때는 더욱 그랬다. 여성 잡지 기자들은 숨 가쁘게 여러 기사를 쏟아냈는데, 게이브리얼의 소설 내용만큼이나 그가 입는 옷과 그의 화장품 향기에도 내용을 많이 할애했다. 단순히 잘생긴 외모 때문만은 아니었다. 게이브리얼의 작품 속 성적 묘사는 과거 출판물에서 볼 수 있었던 그 어떤 것보다 노골적이었고, 이 때문에 수많은 독자를 끌어들일 수 있었다. 그는 성적 욕구를 대담하게 표현하기로 유명한 D. H. 로런스를 능가했다.

나는 커피를 들고 식탁 반대쪽 끝에 앉았다. 그 자리에는 게이브리얼이 보던 《데일리 텔레그래프Daily Telegraph》의 십자말풀이가 펼쳐져 있었는데, 그가 흐르는 듯한 우아한 필체로 정답을 일부 채워 놓았다. 그 손 글씨를 보고 있으니 문득 그가 옥스퍼드에서 보낸, 초반에는 아주 열정적이던 편지가 떠올랐다. 헤어지고 나서 편지를 불태웠지만 하도 자주 읽어서 지금도 내용이 기억났다. *우리처럼 서로의 안에서 한 몸처럼 살던 두 사람이 이렇게 떨어져 있다는 게 말이 돼?*

진실을 알게 된 지금 돌이켜 보니, 무슨 일이 일어났는지 제대로 파악하려는 노력조차 하지 않고 우리 스스로 환상을 깨버렸다는 게 도저히 이해가 안 됐다. 어리고 순진해서 그랬을까? 그때 내가 게이브리얼에게 전화했다면, 게이브리얼이 썼다가 찢어 버렸다고 한 여러 통의 편지 중 하나라도 보냈다면, 그의 어머니가 그 정도로 방해하지 않았다면…… 그러면 어떻게 됐을까? 그 삶이 내 것이 되었을지도 모르지. 그런데 지금 나는 반쪽짜리 삶을, 모든 것이 제자리에서 벗어나고 거꾸로 뒤집힌 기묘한 환상 속에 살고 있다.

플로라는 게이브리얼에게 최근 소설에 관해 물었다. 그 질문을 들으니 문득 그에게 쓰고 있는 소설이 어떤 내용인지 물어본 적 없다는 생각이 들었다. "소설은 잘 돼가?"라거나 "초고는 어디까지 썼어?"라고 물어볼 수 있었겠지만, 게이브리얼은 쓰고 있는 소설과 관련된 이야기를 꺼내지 않았다. 인터뷰를 듣던 나는 몸이 굳는 것 같았다.

"이번 소설은 오래전, 제가 첫 소설을 출간하기 전부터 구상한 아이디어를 다루고 있습니다. 성적 모험을 즐기는 젊은 여성이 주인공이에요. 여성에 대한 이중 잣대가 지금보다 훨씬 심하던 시대가 배경입니다. 신문에서는 지금 우리가 성적 혁명을 겪고 있다고 하더군요. 그런데도 제가 읽은 여성에 관한 보도 중 일부는, 심지어 귀사처럼 명망 있는 신문사의 기사조차 불편해지는 경우가 있더군요. 제게 글쓰기는 잠재의식에서 느끼는 불안을 이해하는 수단입니다. 처음에는 제가 왜 소설을 쓰는지 분명하지 않았어요. 시간이 지나면서 점점 또렷해졌죠."

"남성으로서 성평등이라는 개념을 받아들이기가 쉬웠나요?" 플로라가 물었다.

나는 생각했다. *'아, 바로 이런 점 때문에 플로라가 전국 신문에서 지금의 위치에 올랐구나.'*

플로라는 겁이 없었고 제대로 된 질문을 던졌다. 그리고 기꺼이 발톱을 드러냈다.

게이브리얼은 웃었지만 나는 그가 짜증 났다는 것을 알 수 있었다. "그렇지 않았다면 그런 소설을 쓰지 못했겠죠." 게이브리얼은 말을 멈추고 나를 보며 아슬아슬한 질문을 했다. "어릴 때 베스와 함께 이 문제를 이야기한 적이 있습니다. 베스, 기억나?"

"뭐였지?" 나는 최대한 태연하게 그를 보며 물었다.

"우리가 불평등에 대해 나누었던 대화들 말이야. 내게는 당연한 일이지만 여성이라서 할 수 없는 일들을 네가 모조리 지적했잖아. 은행 계좌 개설이나 혼자 술집에 앉아 있는 것 같은."

특별히 위험할 건 없는 예시였다. 어쨌든 게이브리얼은 플로라에게 나를 오랜 친구라고 소개했으니까. 하지만 나는 얼굴이 붉어지는 느낌이 들었다. 내가 아무 말도 하지 않고 잠시 긴장이 맴도는 침묵이 흐르자, 게이브리얼은 내가 불편해하는 것을 알아차리고 시선을 돌렸다.

플로라는 호기심을 노골적으로 드러내며 우리를 보고 있었다. "두 분이 서로 어떻게 아는 사이라고 했죠?"

"그것까지는 말 안 했어요. 이곳 햄스턴에서 함께 자란 친구입니다."

"두 분 사이에 무슨 사연이라도 있는 것 같은데……?"

플로라는 가벼운 농담조로 말했지만 게이브리얼은 단호하게 대꾸했다. "아닙니다. 기사와 관계없는 이야기는 하지 말지요. 이제 궁금한 건 다 물어보셨죠?"

기자가 가고 나서 게이브리얼과 나는 2층 침실로 올라가 바깥세상이 보이지 않도록 커튼을 쳤다. 우리는 관계를 갖고 이야기를 나누었다. 이전과 다를 것 없이 흘러가는 오후였지만 나는 마음이 편치 않았다. 아는 사람에게 들키면 어쩌나 하는 공포가 떠나질 않았다. 도무지 떨쳐낼 수 없었다. 자극적이고 화제가 될 만한 이야기를 찾는 기자 플로라 휴스가 우리 삶에 끼어든 것 때문에 불안했다. 우리가 임시로 만든 세계가 더 이상 신성하게 느껴지지 않았다. 더 이상 안전하게 느껴지지도 않았다.

수요일 저녁

"매일 저녁 술집에 가는 것 같네?" 저녁 식사를 마치고 프랭크가 식탁에서 일어나자 나는 밝은 목소리를 유지하려 애쓰며 물었다.

"그런가." 프랭크도 밝게 말하려 애썼지만, 그의 목소리에서 긴장과 슬픔이 느껴졌다.

프랭크는 같이 가겠느냐고 묻지 않았다. 일주일 전만 같았어도 물었을 텐데. 우리는 치즈 감자 구이를 먹는 동안 거의 아무 말도 하지 않았고, 나는 대화를 시도할 때마다 자신이 미워졌다. 내 머릿속에는 '우리 괜찮을까?', '제발 날 미워하지 말아 줘' 같은 생각이 가득했고 '미안해, 정말 미안해'라고 끊임없이 되뇌고 있었다. 프랭크는 이따금 나를 보았지만 그가 무슨 생각을 하는지는 알 수 없었다.

"프랭크……." 나는 현관문을 나서려는 그를 불렀다.

그는 돌아보았다. 그리고 기다렸다. "응?" 그가 물었지만 나는 할 말이 생각나지 않았다.

머릿속에 온갖 말이 떠올랐지만 아무 말도 할 수 없었다.

"잘 놀고 와." 내가 할 수 있는 말은 이게 전부였다. 나는 이런 어처구니없는 말을 한 자신을 조용히 저주했다.

"잘 자, 베스."

우리는 이미 낯선 사람이 되어 가고 있었다.

혼자 남은 나는 폭풍처럼 몰아치는 생각을 잠재울 수 없어서 주방을 서성댔다. 어떻게 해야 하지? 제발 누가, 누구라도 알려주면 좋겠다. 내가 의지할 수 있는 사람, 말이나 눈빛이나 비판으로 나를 꾸짖지 않으면서 내게 조언해 줄 수 있는 사람이 아무도 없었다. 어떻게 계속 이런 식으로 남편에게 상처를 줄 수 있을까? 처음부터 나를 사랑한 남자에게? 내가 날 때부터 나쁜 사람이기 때문이겠지. 그것도 아주 속속들이. 그게 틀림없었다. 그렇지 않고서야 어떻게 이런 식으로, 한 번도 아니고 매일 프랭크를 배신할 수 있을까? 어떻게 마음이 어둡기 짝이 없는 이런 상황에서도 아침이 오기를 간절히 바라며 잠자리에 들 수 있을까? 아침이 되면 게이브리얼을 또 만난다는 이유로.

목요일

게이브리얼의 얼굴을 보고 현기증이 날 정도로 감탄하지 않을 날이 오기나 할까? 정말 아름다운 얼굴이었다. 적어도 내 눈에는 그랬다. 그가 현관문 닫히는 소리를 듣자마자 복도로 달려 나오지 않을 때가 올까? 하룻밤이 아니라 몇 달 동안 헤어졌다 만난 것처럼 나를 끌어안고 키스하지 않을 날이? 사랑과 욕망 때문에 말도 못 할 정도로 숨 막히지 않을 때가 올까? 다시 불붙어 이토록 맹렬하게 타오르는 우리의 열정이 서서히 사그라드는 때가?

연인이 된 지 4일째 되는 날, 우리는 서로 끌어안았고 위층으로 올라가지도 못했다. 마룻바닥에는 옷이 흩어져 있었고 위에서는 샹들리에가 눈부시게 빛났다. 이번에는 빠르고 저돌적으로 사랑을 나누었다. 그 후 나는 게이브리얼에게 붉은 자국을 보여주었다. 아래층 계단 모서리에 허리가 눌려서 너무 아픈 나머지 잠깐 멈추라고 할 뻔했다. 물론 실제로 그러지는 않았다. 게이브리얼은 하루쯤 지나면 멍들 그 자국에 몸을 숙여 입 맞췄다.

"왜 말 안 했어?"

"그럴 상황이 아니었잖아."

게이브리얼은 웃음을 터뜨렸다. "그래, 그렇긴 했지. 하지만 네가 다치는 건 싫어. 그러니까 말해야 해."

오늘은 날씨가 따뜻해서 나머지 시간을 호수에서 보내기로 했다. 훤한 대낮에 밖에서 게이브리얼과 함께 있는 모습을 들킬 위험을 감수하다니. 바보 같은 짓이었지만, 특히 어제처럼 기자가 침입한 이후에는 더욱 그랬지만 어쨌든 그렇게 하기로 했다. 문득 내가 이런 위험을 감수하는 이유가 끝나기를 바라는 마음 때문이 아닐까 싶었다. 끝나는 쪽이 어느 쪽이든 간에. 하지만 단순히 과거의 유령을 쫓으려는 마음 때문일지도 모른다. 한때 이 호숫가에서 여름 내내 함께 한 소녀와 소년의 유령을.

우리는 낡은 파란색 돗자리를 펼쳤다. 게이브리얼을 처음 만난 날 보았던 그 돗자리였다.

"우리가 처음 만난 오후 기억나?" 내가 물었다.

"당연하지. 그때까지 만난 여자 중 가장 무례하고 화를 잘 냈지만 정말 눈부신 여자애라고 생각했어."

"무례한 쪽은 너였어. 네 땅에서 나가라고 했잖아."

"이런, 나 진짜 봐주기 힘든 인간이었군. 옷도 연금 받을 만큼 나이 많은 사람처럼 입고. 네가 날 한눈에 싫어한 게 당연하네."

"그래도 제법 빨리 내 마음을 바꿔놨어."

우리는 그때를 떠올리며 서로를 향해 미소 지었다. 고통스러워하지 않고 그 시절을 돌아볼 수 있었던 건 이번이 처음이었다. 이렇게 다시 만났기에 가능한 일이었다. 그랬기에 실제로는 강렬한 감정에 휩싸여 어지러워하는 두 자아가 하나로 융합되는 그 시작이 부드러워졌다. 과거에 우리는 짧은 기간이었지만 서로 깊이 이해했고 하나가 된 것 같았다. 침묵이 흘러도 상대의 감정을 아주 정확하게 읽어낼 수 있었고, 언제나 딱 맞는 질문을 해서 숨길 것이 없었다. 공유할 수 없는 것은 하나도 없었다. 우리 둘 다 그런 관계를 완전히 극복할 수 없었던 게 당연했다. 우리가 서로에게 돌아와야 하는 것도 당연했다.

몇 시간 동안 우리는 오직 둘만 신경 썼다. 우리에게는 이 호수가, 그림책에 나올 것만 같은 황홀한 호수가 있었다. 옛날 옛적에 모든 것이 시작된 그곳이었다.

우리는 물에 있던 찌르레기가 보란 듯이 완벽하게 수직으로 솟구치는 모습을 함께 지켜보았다. 그리고 게이브리얼이 "이 순간을 영원히 간직하고 싶어"라고 말하자, 나는 우리의 생각이 늘 그랬듯이 또다시 한 사람처럼 흘러가고 있다는 걸 알았다.

레오를 데리러 갈 시간이 되자 게이브리얼은 자기가 대신 가겠다고 했다. "여기 있어. 햇살을 즐기라고. 레오를 데리러 학교에 간 적이 별로 없거든." 그는 몸을 숙여 내게 키스했다.
학교 운동장에 함께 등장하는 위험을 무릅쓸 필요가 없다는 건 우리 둘 다 잘 알았다.
게이브리얼이 레오를 데리러 간 동안 나는 앉아서 우리의 호수를 멍하니 바라보며 다른 시절로 이동했다. 10대 시절에는 공상에 빠져 살았다. 지금 나는 예전의 우리 관계가 실패하지 않았다면 어떤 삶을 살고 있을까 상상하며 다시 공상에 푹 빠졌다.
옥스퍼드에서 세상을 발아래 둔, 똑똑한 대학생 둘이 보였다. 두 사람은 손을 잡고 달빛 드리운 거리를 걷다가 자갈 깔린 골목에서 잠시 멈춰 키스한다. 밀짚모자를 쓴 게이브리얼이 강에서 배를 타고 긴 노를 젓고, 나는 손을 물에 살짝 담근 채 물결을 느낀다. 우리는 보들리 도서관Bodleian Library에 나란히 앉아 과제를 하고 있다. 밤이면 게이브리얼은 자기 소설을 읽어주며 내 의견을 초조하게 기다린다. 나는 내가 쓴 시를 보여준다. 옛날에 내가 갈망했던, 그리고 지금도 남몰래 갈망하는 작가로서의 삶이다. 게이브리얼의 첫 소설이 출간되자 우리 둘은 그가 늘 원하던 일이 실제로 벌어졌다는 기쁨과 놀라움에 취한 채 샴페인을 마신다. 훗날, 나는 시 선집을 출간하고 게이브리얼은 황홀함에 빠진 관객들에게 시를 낭송해 주는 내 모습을 바라본다. 부모가 된 우리 둘을 감히 상상할 수 있을까? 게이브리얼과 나, 우리의 아들. 우리가 꾸렸을지 모를 가족의 모습을 그리자 가슴이 두근거렸다. 그러다가 레오가 내 이름을 부르는 소리에 공상에서 빠져나왔다. 그리고 아버지와 아들이 나를 향해 걸어오는 그 모습에 깜짝 놀랐다. 꿈이 현실이 된 것만 같았다.

"우리 소풍 온 거예요." 레오가 버들가지 바구니를 돗자리 위 내 옆에 놓으며 말했다. "아줌마는 와인을 마시고 나는 리베나*를 마셔요."

"색은 아주 비슷하겠구나." 내 말에 레오는 웃음을 터뜨렸다.

레오는 바구니에 담아 온 것들을 꺼내기 시작했다. 얇게 자른 햄, 치즈, 양상추, 토마토, 프렌치드레싱이 담긴 작은 잼 병이었다. 오래전 달빛 아래에서의 첫 저녁 식사가 떠올랐다.

"레오가 고른 거야. 좋은 아이디어지?" 게이브리얼은 이렇게 말하며 내게 미소 지었다.

나는 고개를 끄덕이고 재빨리 시선을 피했다. 우리 둘이 너무 오랫동안 서로 바라보면 레오가 뭔가를 알아차리지 않을까 걱정스러웠기 때문이다. 연인 관계에서 빠져나와 레오의 돌보미 역할로 돌아가는 일이 매일 점점 어려워지고 있었다.

게이브리얼이 와인 코르크를 따서 잔 두 개에 따랐다. 그리고

---

* Ribena, 물에 희석해서 마시는 블랙커런트 과즙 농축액.

나머지 와인 잔에는 집에서 물에 타온 리베나를 따랐다.

"건배." 레오는 잔을 들며 이렇게 말하더니 자기 잔의 음료를 꿀꺽꿀꺽 마셨다.

우리는, 게이브리얼과 나는 너그러운 부모처럼 레오를 보며 미소 지었다.

구름 한 점 없는 하늘 아래로 여전히 햇살이 따갑게 내리쬐는 완벽한 오후였다. 우리는 신발과 양말을 벗고 호숫가에 앉아서 호수의 은빛 그림자에 발을 담그고 식혔다.

레오는 소리로 새를 구분하며 이름을 나열했다. 댕기물떼새, 제비, 찌르레기 소리가 들렸고, 숲에서 희미하게 올빼미 울음소리가 들려 오후가 저물어가고 있음을 알렸다.

"아빠도 가르쳐 줄래?" 게이브리얼이 물었다.

나는 그곳에 앉아서 태양을 향해 고개를 든 채 이따금 눈을 뜨고 아버지와 아들을 살펴보았다. 두 사람은 까만 머리를 맞댄 채 야생 동물의 울음소리에 열심히 귀 기울였다. "아빠가 일 안 할 때가 좋아요." 레오의 말에 게이브리얼은 아이의 어깨를 감싸 안았다.

"나도 그래. 이런 거 더 자주 해야겠다."

"최고예요. 그렇죠?" 레오가 나를 향해 고개를 돌리며 말했다.

"그래." 게이브리얼의 말에는 필요 이상의 감정이 담겨 있었다.

"그래." 내가 나지막이 대답했다.

금요일 아침

메도랜즈로 가려는데 니나가 왔다.

"차 한 잔 마실 시간 있어요?"

우리는 뒷마당의 작은 탁자로 차를 가지고 나갔다. 가을이 오고 있었다. 생울타리에 블랙베리, 로즈힙, 엘더베리, 야생 자두가 잔뜩 열렸다. 이 무렵에 바비는 여기 나와서 까치발을 하고 통통하게 익은 과일 송이를 움켜쥔 채 입술을 보라색으로 물들였다.

자리에 앉기가 무섭게 니나가 말을 꺼냈다. "지난번에 게이브리얼의 집에 기자가 갔었죠?"

"그래? 모르겠는데."

니나는 나를 보았다. 예쁜 얼굴에 짜증이 묻어났다. "거기 있었으니까 알 텐데요. 왜 거기 있었는지 말해줘요."

"왜, 뭐가?" 나는 시간을 끌려고 이렇게 물었다.

"레오가 학교에 있는 대낮에 왜 메도랜즈에 있었느냐고요. 왜 어떤 저질 신문기자가 술집을 기웃대며 베스에 대한 걸 물어보느냐는 말이에요."

이런, 나는 니나에게 말하고 싶었다. 정말로. 내 안에서 흐르는 불안과 기쁨과 혼란을, 매 순간 나를 관통하는 짧막한 감정들을 쏟아내고 싶었다. 니나와 나는 친하지만 그녀는 내 남편의 동생과 결혼한 사이이기도 하다. 그래서 니나에게는 절대 털어놓을 수 없었다.

"기자가 나에 관해 뭘 물어봤는지 말해봐. 그럼 그때 메도랜즈에서 뭘 했는지 설명할게."

"좋아요." 니나는 잔을 들고 차를 한 모금 마셨다. "아주 젊고 자신만만해 보이는 기자였는데…… 아, 그 집에서 만났겠군요. 처음에는 점심시간쯤 와서 레모네이드를 주문했어요. 아주 눈에 띄더라고요. 호기심이 생겨서 흰색 부츠 어디에서 샀느냐고 물었어요. 그랬더니 '카나비 스트리트Carnaby Street의 작은 부티크에서 샀어요'라고 하더군요." 니나는 플로라의 딱 부러지는 런던 억양을 완벽하게 흉내 냈다. "그렇게 이야기를 나누는데 '유명 작가' 게이브리얼 울프를 인터뷰했다는 거예요. 그러면서 그를 알고 지낸 마을 사람들에게 배경지식이 될 만한 이야기를 듣고 싶다고 했어요. 어릴 때 어땠는지 어쩌고저쩌고하는 것들이요. 그래서 울프 가족은 술집에 오지 않는다고, 틀림없이 집에서 샴페인 마시는 걸 더 좋아할 거라고 말했죠. 내가 알기로는 교회에도 안 가기 때문에 마을 사람들 눈에 자주 띄지 않았다고도 말했어요. 그랬더니 기자가 게이브리얼의 집에 오랜 친구가 있었다고 했어요. 이름이 베스라고, 두 사람이 꽤 가까워 보였다고요. 그래서 궁금했죠. 왜 베스가 거기 있었을까."

나는 뚫어질 듯 쳐다보는 니나의 시선에도 얼굴을 붉히지 않았다. 가슴속에서 극심한 두려움이 치밀어 오르는 와중에도 반쪽짜리 진실이지만 그럴듯하게 들릴 만한 이야기를 지어내고 있었다. 이렇게 나는 아주 능숙하게 거짓말하는 사람이 되었다.

"오지랖 넓은 사람이네." 내 말에도 니나는 미소 짓지 않았다.

"그래서요? 왜 거기 있었어요?"

"지미에게 아무 말도 하지 않겠다고 약속해. 프랭크에게도. 내가 직접 말하기 전까지는."

니나는 조급하게 고개를 끄덕였다.

"게이브리얼이 예전에 구상한 아이디어를 고쳐서 새 소설을 쓰고 있어. 어릴 때, 그러니까 우리가 처음 만났을 때 쓰고 있던 연애 소설이야."

"설마 둘의 *연애*에 관해 쓰는 건 아니겠죠."

흠칫 놀라는 니나의 목소리에 드러난 감정은 우스꽝스러울 정도였다. 니나는 게이브리얼과 내가 처음 만난 시절을 잘 몰랐다. 니나를 알기 오래전 일이었으니까. 게다가 블레이클리 목장에서는 누구도 그 일을 언급하고 싶어 하지 않았다.

"아니, 그런 건 아니야. 하지만 나를 다시 만나고 나서 예전에 우리가 나눈 대화가 떠올랐나 봐. 그때는 글을 쓰는 것에 관해 이야기를 많이 했거든. 우리의 공통 관심사였으니까. 그래서 초고를 쓰다가 막혔다면서 나와 그때 이야기를 한 거야. 같이 플롯을 브레인스토밍하고 그다음에 무슨 일이 일어날지 이야기했지. 내 생각엔 도움이 된 것 같아. 그게 다야."

"그렇단 말이죠."

나를 바라보는 니나의 시선이 마음에 들지 않았다. 니나의 의심이 가득한 이상한 목소리도.

"음, 한 가지 더 말하자면 그 기자가 저녁에 다시 왔어요. 오후 내내 마을을 여기저기 기웃거린 게 분명했어요. 바에 앉더니 캄파리와 레모네이드를 주문했어요. 프랭크와 지미도 술집에 있었고요."

"뭐? 이런."

"기자는 다시 질문하기 시작했어요. 베스의 이름이 나왔죠. 내가 마을 사람 누구든 사는 곳을 알려줄 수는 없다고 말했더니 기자가 신이 나서 대꾸했어요. '베스 존슨을 찾았어요. 블레이클리 목장에 살던데요'라고요. 음, 아주버님이 그걸 듣더니 '내 아내에게 뭘 원하는 겁니까?'라고 물었어요."

나는 양손으로 입을 막은 채 니나의 말을 들었다. "그래서 기자가 뭐라고 했어?"

"내게 말한 그대로요. 무슨 컬러판인가 뭔가에 실릴 게이브리얼 울프 기사를 쓰고 있어서 그와 가까운 사람들과 이야기하고 싶다고요."

"아, 이런. 프랭크가 왜 말 안 했지?"

"아주버님은 벌컥 화를 냈어요. 기자에게 당장 꺼지라고 했죠. 그러면서 '목장에 찾아가서 아내를 성가시게 하면 무단 침입으로 경찰에 신고할 겁니다'라고 했어요. 너무 과하게 반응하더라고요. 기자는 그걸 고스란히 보고 들었고요. 베스와 게이브리얼 사이에 무슨 일이 있는지는 모르지만, 뭐가 됐든 아주버님이 잘 아는 것 같았어요."

3. 지미

니나가 가고 나서 나는 주방을 서성대며 혼잣말했다. 이게 무슨 뜻일까? 프랭크가 아는 걸까? 이렇게 끝나는 건가? 이제 게이브리얼과는 끝인가? 프랭크와도?

잠시 후 수화기를 들고 떨리는 손으로 다이얼을 돌려 게이브리얼에게 전화를 걸었다. 지금으로써는 위험할 만한 일이 없었고 집에 아무도 없었는데도, 죄책감 때문인지 수화기에 대고 방금 니나와 나눈 대화를 속삭이며 알려주었다.

"거기 가는 건 위험해. 오늘은 안 되겠어. 프랭크를 만나기 전까지는."

"어젯밤에 프랭크는 어땠어? 뭔가를 말하려 하지는 않았어?"

"프랭크를 거의 못 봤어. 저녁도 안 먹고 곧장 술집으로 갔거든."

무엇보다 그의 이런 행동이 진실을 말하고 있었다. 남편은 다 알고서 나를 피하고 있었다. 프랭크는 언제나 다 알고 있었다. 우리가 이 삼각관계에 갇힌 지 10년이 넘었다. 프랭크는 우리가 가장 사이좋을 때조차 버림받을까 봐 두려워했다. 말하지 않아도 알 수 있었다.

"그래서 넌 어떻게 하려고?" 게이브리얼이 나지막이 물었다.

*우리*가 아니라 *너*였다. 딜레마에 빠진 사람은 그가 아니라 나였다. 게이브리얼은 원하는 누구든 사랑할 수 있는 상황이다. 그 사랑을 자유롭게 되돌려줄 수 없는 여자를 선택한 건 그저 운 나쁜 일일 뿐이었다.

"모르겠어. 프랭크와 이야기해 봐야겠어."

"괜찮겠어?"

게이브리얼이 차마 말하지 못한 말이 들리는 듯했다. "*우리 괜찮을까?*"

"나 무서워."

"뭐가 무서운데? 프랭크가 알게 되면 어떻게 할까 봐?"

"아니, 그런 게 아니야."

프랭크는 화내지 않을 것이다. 그가 화내는 걸 본 적이 없었다. 아니, 어쩌면 아직 내가 못 본 것일지도 모른다. 프랭크가 기자에게 소리쳤다고 말할 때 니나는 충격받은 것 같았다. 나처럼 니나도 수시로 울컥해서 화내는 동생을 능숙하게 달래는, 소극적이고 차분한 프랭크만 보았을 테니까. 바비가 태어나고 나서는 아이에게 한 번도 언성을 높이지 않는 남자와 결혼해서 다행스러웠다. 자식에게 소리 지르고 화내며 가볍게 때리거나 툭 치는 아버지가 흔하지만 프랭크는 달랐다. 바비를 키우는 9년 내내 프랭크가 아이에게 소리 지르는 걸 한 번도 못 봤다.

"프랭크가 얼마나 상처받았을까 생각하니 무서워. 널 잃는 것도 그렇고."

"그래. 나도 그게 두려워."

우리는 한동안 침묵 속에서 서로의 숨소리만 들었다. 게이브리얼과 헤어지는 게 가능하기나 할까 하는 생각이 들었다. 그러면서 헤어질 필요가 없기를, 우리 사이에 벌어진 일이 무엇이든

이 정신 나간, 타오르는 집착이 그 끝을 찾기를 바랐다. 우리의 끝이 진짜 끝이 아닐지도 모른다는 생각도 들었다.

게이브리얼이 말문을 열었다. "사랑해. 우리가 이렇게 끝나더라도 다 이해해. 뭐가 됐든 네게 옳은 일을 하기를 바라. 하지만…… 이런 말을 해도 될지 모르겠지만, 너와 함께한 지난 며칠 동안 마지막에 널 그렇게 보낸 내가 얼마나 바보였는지 깨달았어. 아니, 늘 알고 있던 걸 *제대로* 깨달은 거지. 우린 함께할 운명이었어. 우리에게 다시 기회가 있기를 바랄 뿐이야."

금요일 오후

집을 나서자마자 비틀어진 모양의 커다란 바위 같은 회색 연기가 보였다. 처음에는 그 연기가 어디에서 나는지 알 수 없었다. 마당에 서서 꽈배기 같은 연기가 비스듬하게 하늘을 가로지르는 모습을 보고 어리둥절했다. 머리가 잘 안 돌아갔다. 들판에 불을 놓은 건 한 달 전인데. 수확 직후에 불을 놓아 그루터기를 바싹 태웠다. 그것 말고는 불이 날 이유가 없었다.

그때 연기가 어디에서 나는지 퍼뜩 떠오르자 명치를 한 대 얻어맞은 것 같았다.

나는 미친 사람처럼 들판을 가로질러 달렸다. 찬란한 가을 색으로 물든 생울타리 때문에 잘 보이지는 않았지만, 그 너머로 붉은색과 보라색 줄무늬가 얼핏 보였다. 제대로 보거나 느끼지도 못한 채 울타리를 넘어가는 작은 계단을 올라갔다. 여기 올라간 걸 나중에 기억도 못 할 것 같았다. 억지로 대문을 연 다음, 닫지 않고 놔두었다. 걸려 넘어질 만한 구멍을 가릴 정도로 풀이 길게 자란 땅을 가로질러 뛰었다.

바비의 나무가 불타고 있었다. 나는 자세히 보기도 전에, 들판 가장자리에 서서 나무 몸통을 휘감고 타오르는 불길을 보기도 전에, 풀밭을 가로질러 나무로 줄줄이 옮겨붙는 불길을 보기도 전에 알았다. 프랭크는 나를 등지고 있었지만 그의 발밑에 놓인 파라핀 통이 보였다.

"프랭크!" 내가 이름을 외쳤지만 그는 곧장 돌아보지 않았다. 내가 부르는 소리를 듣지 못했을 수도, 듣고 싶지 않았을 수도 있다. 타오르는 불길에 너무 집중한 나머지 다른 것에 신경 쓸 여력이 없는지도 몰랐다. 이렇게 떨어진 곳에서도 프랭크의 기분을 알 수 있었다. 그를 지배해 엄청나게 크고 그만큼 무거운 그루터기를 파괴하도록 몰아붙인 격한 감정을. 모든 것의 중심에 있는 상실감을 태워 없애고 싶은 그 절박함을.

그 운명적인 날 이후로 많은 것이 달라졌다. 한 번, 두 번의 가을을 지났고 이제 세 번째 가을이 지나려 했다. 나는 열매를 따서 잼을 만들고 크럼블과 파이를 만들었다. 바비가 태어나기 전에도, 함께 있을 때도, 없을 때도 늘 하던 일이었다. 양이 새끼를 낳았지만 바비는 그곳에 없었다. 봄이 왔음을 언제나 알려주던 나이팅게일과 뻐꾸기 울음소리도 듣지 못했다. 우리는 바비를 잃고서도 농작물을 수확했다. 쟁기질하고 씨를 뿌리고 작물을 심었다. 바비가 떠나자 프랭크와 나의 모든 것이 바뀌었지만 목장은 계절마다 예전 그대로였다. 그 시간 내내, 눈이 올 때나 비가 올 때나 태양이 뜨겁게 내리쬘 때나, 그루터기는 우리에게 그날을 떠올리게 했다.

이제 프랭크 가까이 갔다. 눈이 따가웠고 연기 때문에 목구멍이 쓰라렸다. "프랭크, 새는 어쩌고? 바비는 새를 좋아했잖아." 쌍안경을 가지고 이 들판에 나와 함께 새를 찾아본 적이 얼마나 많았던가? 딱새, 참매, 박새. 딱따구리와 큰가슴딱따구리. 해 질 녘에 둥지 주위를 맴돌며 술자리에서 만난 사교계 인사들처럼 서로를 향해 울던 개똥지빠귀와 동박새. 바비는 이 새들을 모두 사랑했다.

"바비의 새들은 오래전에 떠났어."

프랭크는 여전히 나를 보지 않았다.

"둥지가 있을지도 모르잖아. 연기 때문에 다 죽겠어."

"곧 타다가 꺼질 거야. 나무가 축축해."

"불을 지르면 어떡해."

"왜 안 돼? 내 땅인데. 내가 주인이잖아. 내가 원하면 죽여도 되는 거잖아."

"왜 그랬어?"

프랭크는 돌아서서 나를 보았다. "다 끝났어."

그의 목소리는 무덤덤했고 감정 없는 표정이었다. 내가 아는 그 남자의 모습은 찾아볼 수 없었고 찾을 길도 없었다.

"프랭크, 뭐가 다 끝났다는 거야? 나무가? 바비가? 당신과 내가?"

"전부 다."

이제 나는 울고 있었다. "미안해……"

프랭크는 그만하라는 듯이 손을 들었다. "늘 그놈이었어."

"그렇지 않아."

"난 꿩 대신 닭일 뿐이었지."

"아니야. 당신은 달라. 당신이 더 좋은 사람이야. 날 구해줬잖아. 기억 안 나?"

"이제 다 의미 없어. 너무 늦었어."

"어떻게 알았어?"

"결혼식 날부터 알고 있었어. 당신이 그놈을 바라보는 표정을 보고. 그놈을 원한다는 그 표정. 사람들도 수군대고 있어. 곧 마을 전체가 알게 되겠지."

"아직 당신을 사랑해."

"그놈도 사랑하겠지. 그놈을 사랑해?"

나는 너무 오래 머뭇거렸다. 프랭크를 지키기 위해, 할 수만 있다면 우리를 구하기 위해, 아니 적어도 구할 기회라도 만들기 위해 거짓말하고 싶었다. 하지만 우리 사이에는 언제나 진실이 존재했다.

"응."

지금도 프랭크의 표정은 달라지지 않았지만 나는 그를 알았다. 그의 몸에서 공기가 빠져나가는 게 보였다. 싸울 의지가 빠져나갔는지도 모르겠다.

"그럼 마음대로 해. 당신 앞길 막지 않을게. 그놈 앞길도. 이유는 잘 알겠지."

프랭크는 파라핀 통을 집어 들고 들판을 가로질러 걷기 시작했다. 나는 그가 지평선의 작은 점이 될 때까지 하염없이 바라보았다.

금요일 밤

프랭크와 나는 자고 있었다. 아니, 적어도 잠든 척은 하고 있었다. 그런데 아래층에서 소란스러운 소리가 들렸다가 현관문이 쾅 닫히더니 돌바닥에 부츠 부딪치는 소리와 의자 넘어지는 소리가 들렸다.

"대체 무슨 일이지?" 프랭크가 말한 순간, 부츠는 쿵쿵 울리며 위층으로 올라오더니 우리 침실로 들어왔다.

"형도 알았어?" 지미가 소리쳤다.

"지미, 꺼져. 자고 있잖아." 프랭크는 내 위로 몸을 기울여 스탠드를 켰다. 소맷자락이 내 얼굴을 스쳤다. 프랭크는 추운 겨울에도 잠옷을 제대로 안 입고 잤다. 그래서 지금도 티셔츠와 팬티만 입고 있었다.

방이 환해지자 지미의 모습이 눈에 들어왔다. 분노 때문인지 맥주 때문인지 얼굴이 불콰했다. 아마 둘 다겠지.

"형수, 사실이 아니라고 말해요."

지미에게 할 말이 하나도 없었다. 지미가 내게 원하는 존재 중, 그러니까 그의 누나, 형의 아내, 보호자, 양육자 중 어느 하나도 될 수 없었다. 지미 안에서 분노가 끓어오르는 동안 우리는 서로 쳐다보기만 했다. 지미는 경멸로 뒤틀린 표정으로 고개를 홱 돌려 프랭크를 보았다.

"그래서, 어쩔 수 없다는 거야? 형수가 그 소름 끼치는 놈이랑 자고 나서 아무 일도 없었다는 듯이 형이랑 한 침대에 있게 내버려둘 셈이야?"

"입 다물어. 짜증 나게 굴지 마." 프랭크는 침대에서 나가 바닥에 벗어 놓은 청바지를 잡아채더니 동생을 방에서 밀어냈다. 그리고 문간에서 나를 돌아보았다. "그냥 있어. 내가 처리할게. 당신은 들을 필요 없어."

하지만 내가 들어야 할 이야기였다. 지금이야말로 내가 한 짓의 결과를 받아들여야 하는 결정적 순간이었다. 어떤 면에서는 간절히 바라던 순간이기도 했다.

주방에 가보니 형제는 가까이 마주 보고 서 있었다. 프랭크는 맨발이었고 아직 청바지 허리띠를 채우지도 않았다. 식탁에는 반쯤 빈 위스키병이 빛을 반사하고 있었다.

"이걸 어떻게 참아?" 지미가 프랭크에게 물었고 나는 약간 떨어진 곳에 서 있었다.

프랭크가 나를 흘끗 보더니 어깨를 으쓱했다.

내가 이 남자에게 무슨 짓을 한 걸까. 인생의 절반 가까운 시간 동안 내 영혼의 동반자이자 가장 친한 친구였고 내 아이의 아버지였던 이 남자에게.

"빌어먹을, 이기적이고 나쁜 년." 지미의 말에 프랭크는 그의 팔 위쪽을 세게 잡았다. 어찌나 세게 잡았는지 지미는 아파서 비명을 질렀다.

"내 아내를 그렇게 말하지 마. 용납 못 해."

"아직도 아내야? 확실해?"

"응. 네가 상관할 바 아니지만."

지미는 나를 보았다. "어떻게 그럴 수 있어요? 우리 가족이 다 같이 온갖 어려움을 헤쳐왔는데. 바비가……." 지미는 경건함마저 느껴지는 말투로 조카의 이름을 속삭였다. 바비와의 추억이 너무 순수한 나머지 이 혼란한 상황에서 언급하기 미안한 듯이. "우리에겐 서로가 필요해요. 안 그래요? 그리고 형은 형수를 사랑해요. 그 누구도 그렇게는 못 해요."

무슨 할 말이 있을까? 프랭크와 내가 말이 없자 지미는 폭주하기 시작했다.

내 생각보다 훨씬 많이 취한 것 같았다.

"그래서 어쩌려고요? 이렇게 계속 살겠다는 거예요? 알잖아요. 마을 전체가 형수의 그 더러운 비밀을 눈치채고 있다는 거. 술집에서 다들 이 얘기를 해요. 남편이 뼈 빠지게 일하는 동안 그놈을 만나러 몰래 빠져나가는 걸 아무도 눈치채지 못할 줄 알았어요?"

"지미, 내가 말했지. 베스는 내버려둬. 이건 우리 둘이 해결할 문제야. 다른 사람은 빠져."

지미는 울기 시작했다. 길을 잃은 듯 망연자실한 그 표정에 지난날 매일 그랬듯이 가서 안아주고 싶은 마음뿐이었다. 하지만 지금은 그럴 수 없었다.

"그럼 그놈은? 그냥 놔둘 거야?"

프랭크는 어깨를 으쓱했다. "아마도."

"잘났어. 내가 가서 그놈 얼굴을 박살 낼 거야. 본때를 보여줘야지."

지미가 위스키병을 잡으려 했지만 프랭크가 더 빨랐다. 프랭크는 병을 집어 바닥에 내던졌고 유리병은 산산조각 났다. 그를 괴롭히는 엄청난 고통이 겉으로 드러난 유일한 순간이었다.

좌절한 지미는 형에게 몸을 기댔고 프랭크는 아이를 안듯이 그를 감싸안았다. 프랭크는 고개를 들어 나를 보더니 눈짓으로 계단을 가리키며 입을 벙긋거렸다. "올라가." 그는 이런 상황에서도 내가 불쾌한 일을 겪지 않게 하고 싶어 했다.

내가 그의 친절을 받을 자격이 전혀 없는 지금 이 순간에도.

토요일 아침

삶이 무너지기 전에는 토요일마다 무엇을 했는지 기억하려 애쓰며 주방을 서성댔다. 요리하고 청소하고 빨래하고 목장에 가서 남자들의 일을 도왔다. 소젖 짜는 곳에 예고 없이 가서 놀라게 하면 프랭크는 좋아서 얼굴이 환해지며 기뻐했다. 사소하고 쉬운 일인데, 좀 더 자주 그럴걸 하는 아쉬움이 들었다.

오늘 니나를 다시 볼 수 있기를 약간 기대했지만 니나는 목장 근처에도 오지 않았다. 나는 세 사람을 모두 배신했다. 우리가 처음 만났을 때 니나는 이렇게 말했다. "내가 더 나이 들면 베스 같은 사람이 될 수 있을까요?" 그때 난 모든 걸 가졌다. 사랑하는 남편, 지구에서 가장 다정하고 재미있는 아이, 피와 땀과 눈물을 쏟아 우리만의 낙원으로 일군 80만 제곱미터의 땅. 나는 정말 운이 좋다고 생각했다. 오랜 세월 동안 그렇게 느꼈다.

내가 프랭크에게 한 짓을, 내게 이 모든 것을 준 남자에게 한 짓을 절대 스스로 용서할 수 없었다. 하지만 오늘 가장 걱정되는 사람은 지미였다. 갑작스레 달라진 상황에 지미처럼 대응하는 방식은 결코 옳지 않을 뿐만 아니라 지나치기까지 했다. 결혼해서 곧 아기 아버지가 될 텐데, 아직도 프랭크에게 그렇게 의지하는 것도 마찬가지다. 아버지가 되고 나서도 일이 잘못되면 지금처럼 행동할까? 발을 구르며 화를 낼까? 놀이터에서 자식과 다투게 되면 니나가 끼어들 때까지 유치하게 계속 싸울까?

지미의 그 망연자실한 표정이 머릿속에서 떠나지 않았다. 프랭크가 그를 어린애처럼 안아준 것도. 프랭크는 어머니가 돌아가셨을 때 지미에게 무슨 일이 벌어졌는지 본능적으로 이해했다. 지미가 꼼짝 못 하고 그 순간에 갇혀 성숙해질 수 없었다는 것을. 지미가 술에 의지하고 때로 폭력을 행사할 때도 프랭크는 한 번도 그를 비난하지 않았고, 자신만 아는 방법으로 지미가 고통을 느끼지 못하게 만들었다. 데이비드는 지미에게 화를 많이 냈지만 프랭크는 한 번도 화낸 적이 없었다.

이런 식으로 가족을 흩트리는 나 자신이 싫었다. 하지만 이건 나와 게이브리얼을 위해 피할 수 없는 일이었고, 언젠가는 우리가 서로에게 돌아갈 방법을 찾을 수밖에 없었다는 것을 이제야 알게 되었다. 우리의 이야기는 미완성이었고 지금도 그렇다. 우리 사이에는 의문과 맞지 않는 조각이 너무 많았다. 해결되지 않은 갈망도. 오랜 세월이 지났는데도 밑바탕에서 끓어오르는 욕망이 있었다. 성냥을 한 번만 그어도 불이 붙는, 그런 욕망이었다. 바비가 살아 있었다면 나는 계속 행운의 땅에서 소소하게 살았을 것이다. 하지만 바비는 죽었다. 그러자 모든 것이 무너졌다. 그리고 얼마 지나지 않아 게이브리얼이 나타났다.

마음이 너무 답답해서 오래 앉아 있을 수 없었다. 차를 한 잔 끓였지만 손도 대지 않은 채 싸늘하게 식어버렸다. 빨래판에서 나를 기다리는 작업복을 반쯤 멍한 상태로 문질러 빨다가 어찌지 못하는 생각 때문에 괴로워서 곧 그만둬 버렸다. 언제까지 프랭크와 지미의 빨래를 해야 하는 걸까? 저녁 식사 준비는? 목장에 나가 그들을 돕는 일은? 우리가 함께 쌓은 삶은 이렇게 끝나는 걸까? 나와 프랭크뿐만 아니라 지미까지 함께 오랜 세월 동안 쌓아온 삶은?

나는 사실상 큰 방 하나와 마찬가지인 집 1층에서 서성대며 주방과 계단으로 이어지는 좁은 복도를 왔다 갔다 했다. 그러다가 계단 맞은편 창턱에 놓인 우리의 결혼사진을 발견했다. 오랜만에 본 하나뿐인 결혼사진은 먼지에 덮여 있었다. 우리 결혼식에는 사진사도 없었고 우리 부모님과 데이비드와 지미와 엘리너를 제외한 다른 하객도 없었다.

완벽한 결혼식이었다. 프랭크와 나는 가족들만 증인으로 선 자리에서 결혼식의 상징인 "네, 그렇게 하겠습니다"라는 대답을 했고, 실감이 안 나서 놀란 얼굴로 서로 바라보았다. 그 후 아버지가 우리 모두를 섀프츠베리의 컨트리 호텔로 데려가서 점심을 먹었다. 로스트비프를 먹고 셰리주를 아주 조금 마셨다. 프랭크와 나는 형식적인 행사가 끝나고 진짜 부부가 되었다는 사실에 감격했다. 이렇게 수월하게 결혼식을 끝냈다는 게 믿기지 않았다. 어머니는 다른 종류의 결혼식을, 내가 길고 풍성한 드레스를 입고 베일을 쓰고 친구들 모두 피로연에 초대하는 결혼식을 바랐지만 굳이 말하지 않았다. 부모님은 거의 프랭크를 보자마자 마음을 열었다. 게이브리얼에게 상처받고 힘들어하는 나를 보기 싫어서 그랬을지도 모르지만, 가장 큰 이유는 부모님이 사위에게 바라는 점을 프랭크가 모두 갖추었기 때문이었다. 프랭크는 친절하고 재미있고 책임감 있고 독립적인 사람이었다. 두 분은 프랭크를 신뢰했다.

나는 먼지 자욱한 나무 액자에 담긴 사진을 주방으로 가져와 젖은 행주로 닦았다. 그리고 사진 속 우리를 한참 바라보았다. 지금 보니 우리 둘 다 어린아이티를 갓 벗었다고 할 수 있을 정도로 터무니없이 어렸다.

토요일, 늦은 오후

프랭크는 해 질 무렵에 주방으로 왔다. 나는 요리, 청소, 빨래를 비롯해 할 일을 하나도 하지 않은 채 어수선한 주방 안을 서성대기만 했다. 지나온 일과 앞으로 일어날 일들을 생각하느라 머리가 터질 것 같았다.

'*올 것이 왔구나.*' 프랭크를 본 나는 이렇게 생각했다. 그는 우리 둘 다 두려워하는 대화를 나눌 준비가, 우리 둘 다 묻고 싶지 않은 질문을 할 준비가 되어 있었다. 결혼 생활의 잔해에서 비틀거리며 일어나 다시 쌓아 올릴 만한 것이 우리에게 있는지 살펴봐야 할까? 아니면 각자의 길로 떠나서 스스로 잘 치유하고 상대를 잊으라고 하며 서로 놓아주어야 할까? 내 마음 한구석에서는 프랭크와 내가 함께 지내는 한 치유는 불가능하다고 늘 생각했다.

하지만 프랭크는 다른 것을 생각하고 있었다.

"지미 안 왔었어?" 그의 목소리는 이상할 정도로 심란했다.

"무슨 일 있어?"

"지미가 사라졌어. 아무 데도 없어."

"마지막으로 본 게 언제인데?"

"오늘 아침에 목장에서. 그때까지도 취해서 정신을 못 차리는 게 어디 가서 술을 더 마신 게 분명해 보였고. 계속 화를 내면서 말도 안 되는 멍청한 협박을 하더군."

"다른 때 사라진 것과 다른 것 같아?"

"솔직히 지미 상태가 안 좋아 보였어. 내면의 뭔가가 부러진 것 같았달까. 내가 항상 그 녀석을 유심히 지켜보잖아? 가끔은 당신이 지나치다고 할 정도로. 그런데 지금은 내가 제대로 지켜본 게 맞나 싶네. 지미에게 무슨 일이 벌어지고 있는지 내가 제대로 본 걸까? 그 애는 괜찮지 않은데, 우리 모두 지미가 괜찮다고 여기면서 계속 덮어온 게 아닐까."

"곧 술집이 다시 영업할 시간이니까 거기로 갈 거야."

"평소와 다른 게 또 있어. 산탄총 하나가 없어졌어."

그의 말을 이해하는 동안 우리는 서로 바라보았다. "사냥하러 간 건 아니야. 그럴 상태가 아니었거든. 음, 사격 게임을 하러 간 것도 아니고."

"프랭크?"

"지미가 메도랜즈로 갈까 봐 걱정돼. 그 녀석이 게이브리얼을 두고 한 말은…… 입에 담을 수 없을 정도야. 지미는 정신이 나가서 그 사람을 죽이고 싶어 했어. 그 사람을 해칠 수도 있다고."

"아, 이런, 프랭크. 경찰에 신고해야 해."

나는 전화기를 향해 다가갔지만 프랭크가 손목을 잡고 끌어당겼다. "뭐라고 말하게? 지미가 술에 취했고 무장해서 위험하다고? 형수의 애인을 해치고 싶어 한다고? 생각해 봐."

이렇게 말하며 나를 바라보는 프랭크의 눈빛은 무감각했다. 아무 감정이 남아 있지 않았다. 프랭크의 머릿속에서 우리는 이미 끝난 사이였다.

"안 돼, 우리끼리 해결해야 해. 게이브리얼에게 전화해서 지미가 갈지도 모른다고 미리 알려줘. 난 나가서 녀석을 찾아볼게."

토요일 초저녁

나는 메도랜즈로 걸어가서 게이브리얼에게 직접 말하기로 했다. 판단력이 흐려진 모양이었다. 그에게 전화를 걸었지만 통화 중이었고 너무 괴로워서 기다릴 수 없었다.

게이브리얼이 현관문을 열고 나라는 걸 확인했을 때, 나는 실수했다는 것을 깨달았다. 그는 이내 기쁨 가득한 미소를 지었다. 얼굴에 온통 행복이 넘쳐흘렀다. 내가 프랭크와 헤어졌다고 생각한 게 분명했다. 우리가 함께하는 새로운 삶의 시작을 알리러 왔다고 생각했다.

"베스." 그의 목소리는 기쁨으로 한껏 들떠 있었다.

나는 재빨리 고개를 저었다. "큰일 났어. 지미가 사라졌어. 프랭크는 지미가 여기로 올 수도 있다고 생각해."

"아." 게이브리얼의 얼굴에 실망과 혼란과 체념이 차례로 스쳤다.

"그렇군."

"지미가 우리 일을 알아. 그래서 화가 났어. 술에 취했고. 협박을 했대. 프랭크는 지미가 널 노리고 있다는 것 말고는 정확히 말해주지 않았어. 그러면서 네게 미리 알려주라고 했어."

"괜찮을 거야. 걱정 안 해도 될 거야." 게이브리얼의 목소리는 태평했고 개의치 않는 듯했다.

"제발, 게이브리얼. 내 말 잘 들어. 지미는 총을 한 자루 가져갔고 술에 취해서 제정신이 아니라고. 널 죽일 생각인 것 같아. 적어도 다치게 하거나."

그때 뒤쪽에서 비명이 들렸다. 레오가 복도에 서서 전부 다 들은 것 같았다. 아니, 다 들은 게 분명했다.

"아빠. 지미 아저씨가 아빠를 죽인대요?" 레오가 울면서 물었다.

게이브리얼이 팔을 벌리자 레오가 품 안에 뛰어들었다. "괜찮아." 게이브리얼은 아이를 달래며 머리에 입 맞췄다. "네가 생각하는 그런 게 아니야. 정말이야. 베스. 들어와. 문을 잠가야겠어."

레오가 게이브리얼의 허리에 매달려 놓아주지 않으려 하는 바람에 움직일 수가 없었다.

"레오?" 나는 레오가 나를 볼 때까지 기다렸다. "겁나는 거 알아. 하지만 아줌마가 뭐 하나 말해줄까? 아줌마는 평생 지미를 지켜봤어. 진심이 아니었을 거야. 지미는 누구를 다치게 할 사람이 아니야. 내 말 믿어도 돼." 이렇게 말하는 와중에도 지미가 술집에서 말다툼을 벌이던 때가 떠올랐다. 말다툼은 때로 몸싸움으로 번지기도 했다. 앤디는 경찰차 뒷좌석에 널브러진 지미를 집에 데려다주면서 지미가 술을 자제하는 법을 배우거나 아예 술을 마시지 말아야 한다고 우리에게 경고했다. 프랭크의 말대로 우리 모두 보고도 못 본 척해 온 것이다.

게이브리얼과 레오와 나는 주방으로 가서 식탁에 앉았다. 대화를 시작하려 애썼지만 실패했다. 기다리는 셋 다 너무 긴장하고 있어서 분위기를 가볍게 할 만한 이야기를 뭐든 꺼내보려 했는데. 며칠 전, 어떤 일이 닥칠지 전혀 모른 채 셋이 카드놀이하던 때가 떠올랐다. 니나도 생각났다. 프랭크가 그녀에게 지미가 사라졌다는 소식을 알렸을까? 프랭크가 지미를 찾으러 가장 먼저 간 곳이 컴퍼스 인일 텐데.

"뒷문 잠갔어?" 최대한 아무렇지 않은 목소리를 내려고 애쓰며 게이브리얼에게 물었다.

"아닐걸. 내가 가서……."

3. 지미

그때 탕하고 총소리가 크게 나는 바람에 우리 모두 비명을 질렀다. 창문에 거미줄처럼 금이 갔고 가운데 주먹 크기만 한 구멍이 뚫렸다.

구멍으로 내다보니 창문 바로 앞에 지미가 산탄총을 들고 있었다.

"세상에, 지미, 뭐 하는 거야?"

내가 소리치는데도 지미는 표정 하나 변하지 않았다. 내 말을 알아듣지 못하는 것 같았다. 우리는 지미가 청바지 주머니에서 탄창을 꺼내 총에 장전하는 모습을 겁에 질려 지켜보았다.

"엎드려!" 게이브리얼은 레오를 끌어내려 식탁 아래로 밀어 넣었다. "베스, 너도."

"나가서 지미와 이야기해야겠어. 난 몇 년이나 지미를 상대했어. 내 말은 들을 거야."

게이브리얼은 한 손으로 내 뺨을 잠시 감쌌다. "널 위험에 빠뜨릴 순 없어. 나도 갈래."

총소리가 다시 들리자 게이브리얼과 나는 무릎을 꿇고 창문 아래에 웅크리고 앉았다.

두 번째 총성으로 모든 것이 달라졌다. 밖에 있는 사람은 내 시동생이 아니었다. 우리는 미친 사람을 상대하고 있었다.

그때 내 발목을 잡는 손길이 느껴졌다.

"베스 아줌마. 이리 와주세요. 너무 무서워요." 레오가 속삭였다.

나는 레오 옆으로 기어갔다. 그렇게 우리 둘은 식탁 아래에 몸을 숨기고 있었다.

"손잡아도 돼요?"

"당연하지."

레오는 내 손가락을 꼭 잡았다. 몸을 떨고 있었다.

생각하자, 생각해. 다음은 뭘까? 전화기로 달려갈까? 지미가 나를 쏠까? 이유는 알 수 없었지만 그럴 것 같지는 않았다. 나는 그의 형수이고 지미는 여러 번 말했듯이 나를 누나로 생각했다.

"게이브리얼! 거기서 움직이지 마. 위험해." 나는 정신을 차리고 외쳤다.

하지만 너무 늦었다. 복도를 달려가는 게이브리얼의 부츠 소리, 잠금장치 푸는 소리, 현관문 열리는 소리가 들렸다.

때로는 비극이 일어나기 전에 이를 막을 수 있을지 모를 기회가 생기기도 한다. 단 몇 초라도. 지금이 바로 그런 순간이었다. 내가 나서야 할 순간이었다. 내게 주어진 기회였다. 하지만 나는 그 기회를 잡지 않았다. 게이브리얼을 쫓아가서 지미에게 자비를 간청하며 누구라도 피를 흘리기 전에 총을 내려놓으라고 애원하지 않았다. 대신 나는 어리석은 선택을 했다. 그 선택으로 우리 모두의 삶은 공포스러운 악몽으로 변했고, 나는 매일 밤에 잠 못 이루며 '만약 그랬다면'이라는 생각을 끝없이 하게 되었다.

나는 레오와 함께 식탁 밑에 웅크리고 가만히 있기로 했다.

"지미 아저씨가 아빠를 죽일 거예요, 그렇죠?" 레오가 훌쩍였다. 잠시 후 아이가 참고 있던 힘을 풀자 따뜻한 액체가 아래쪽에 조금씩 고였다. 불쌍한 녀석. 불쌍한 아가. 레오는 이런 일을 겪기엔 너무 어렸다.

"죄송해요." 레오는 이제 흐느끼고 있었다. 나는 아이를 끌어당겨 안았다. 지린내가 코를 찔렀다.

"우린 괜찮을 거야. 약속해."

왜 어른들은 이런 말을 할까? 왜 지키지 못할 약속을 하는 걸까?

"아빠가 지미와 잘 이야기해서 정신 차리게 할 거야. 내 말 믿어. 지미는 누구를 죽일 사람이 아니야."

"맞는데요. 내 개를 죽였잖아요."

"이런, 레오." 나는 잠시 아이와 이마를 맞댔다.

모든 일이 시작된 개 총격 사건. 그 일이 전생처럼 느껴졌다.

4.
프랭크

BROKEN
COUNTRY

1968년

헴스턴 마을 사람들은 그날 밤에 벌어진 일을, 목장의 젊은이가 목숨을 잃은 사건을 저마다 다른 시각으로 바라보았다. 프랭크 존슨이 말다툼 끝에 총구를 돌려 동생을 쏘았다고 생각하는 사람들도 있었다. 또 어떤 사람들은 우유와 신문을 가지러 마을 가게에 갔다가 잠시 발길을 멈추고 이야기를 나누기도 했다. 지난 몇 년 사이에 프랭크 존슨은 사람이 감당할 수 있는 수준을 넘어선 일들을 겪었다고.

사건 다음 날 《데일리 익스프레스Daily Express》에 실린 첫 번째 기사는 '죽음으로 끝난 소설가의 밀회'라는 강렬한 헤드라인으로 마을 사람들에게 충격을 안겼다.

사람들은 커피를 한 잔 더 마시려고 주전자에 물을 끓이고 시리얼과 버터 바른 따뜻한 토스트를 천천히 먹으면서, 바로 내 집 문 앞에서 그런 *위협적인* 일이 벌어졌다는 사실을 곱씹었다. 게이브리얼 울프의 소설보다 더 끔찍하고 충격적인 일이었다.

당시에는 극히 일부의 사실만 알려져 있었다. 프랭크 존슨은 동생 지미를 살해한 혐의로 체포되었다. 성격이 불안정한 것으로 알려진 지미는 10시간 동안 술을 퍼마시고 베스 존슨의 연인 게이브리얼을 죽이겠다고 협박했다. 어쩌다가 지미가 총에 맞았는지는 아무도 정확히 알지 못했고 추측만 난무할 뿐이었다.

그리고 추측은 마을 사람들이 가장 좋아하는 일이었다.

몇 주가 지나자 더 자세한 내용이 밝혀졌다. 프랭크 존슨은 살인과 과실치사라는 두 가지 혐의에 무죄를 주장했고, 재판을 기다리는 동안 보석으로 풀려났다. 그 사이 몇 달 동안 프랭크와 그의 아내는 숨어 지냈는지 마을에 한 번도 모습을 드러내지 않았고, 가끔 트랙터에 탄 프랭크를 보았다는 말만 돌았다. 언론에는 기사가 계속 실렸다. 일간지와 타블로이드 신문을 비롯해 모든 신문이 게이브리얼 울프의 위신이 추락한 사건을 기사로 다루고 싶어 했다. 원죄 없이 잉태되신 성모 수녀원의 학생이었다는 사람이 《데일리 텔레그래프》와의 인터뷰에서, 게이브리얼과 베스가 10대 시절에 음란한 연애를 시작했다고 말하기도 했다. 《미러Mirror》는 메도랜즈 호수 사진과 함께 이들이 야외에서 '모험적인 성행위'를 했다는 기사를 실었다. 베스 존슨과 게이브리얼 울프 모두 이에 대한 견해를 밝힐 상황이 아니었다.

살인 혐의 재판일이 다가오자 마을 사람들은 들떴다. 재판은 올드 베일리라고 불리는 런던 중앙형사재판소에서 열릴 예정이었고, 많은 사람들이 직접 가서 보겠다고 했다. 피고인석에 앉은 프랭크 존슨과 증인으로 출석해 증언하는 게이브리얼 울프라니. 이것이야말로 그들만의 헴스턴 드라마였다.

재판 예정일을 며칠 앞두고 또 다른 충격적인 소식이 들려왔다.

프랭크 존슨이 보석 조건을 어겨서 원즈워스Wandsworth 교도소에서 재판을 기다린다는 소식이었다.

재판

나의 옛 연인이 증인석에 섰다. 그는 지미와 니나의 결혼식에 입었던 짙은 회색 정장을 입었다. 맞은편 피고인석에는 내 남편이 있다. 결혼식에 입은 옷이자 유일한 정장인 남색 정장을 입었다. 그날 밤으로, 느릅나무 뒤에 숨어서 게이브리얼과 내가 어리석은 대화를 나눈 그때로 시계를 되돌릴 수 있다면 얼마나 좋을까. 아니면 더 거슬러 올라가, 잡종 개가 우리 들판에 침입해 양을 학살하던 그날로.

나는 오랜 세월 동안 매일 프랭크와 식탁에 마주 앉았기 때문에 그의 얼굴과 몸을 구석구석 잘 알았다. 하지만 지금 위에서 내려다본 이 남자는 낯선 사람과 다름없었다. 나는 눈이 아프고 마음이 아파서 견딜 수 없을 때까지 그를 뚫어지게 바라보았다.

이날 배심원단을 처음 보았다. 내 남편의 운명을 손에 쥐고 있는 사람들. 저 사람들은 프랭크가 지미에게 형이자 친구이자 안내자는 물론이고 부모 역할까지 했다는 말을 알아들을까? 또한, 프랭크가 지미를 죽이기는커녕 다치게 하지도 못할 사람이라는 것을 알게 될까?

언니 엘리너는 재판이 시작된 뒤로 매번 일반 방청석에서 지켜보았다. 언니는 기자들로 북적이는 언론 방청석을 가리키더니 못마땅한 듯 눈을 굴리며 속삭였다. "당연하겠지만 오늘은 두 배군."

한 남자가 죽었다. 프랭크의 동생이자 니나의 남편이자 예전에 내 아기를 받아준 남자였다. 하지만 '바람둥이' 작가 게이브리얼 울프와 비천한 '목장 주인의 아내' 사이의 연애에 초점을 맞추며 끝없이 쏟아지는 기사를 읽으면 그런 생각이 들지 않을 것이다.

"울프 씨. 처음부터 시작하고 싶습니다만. 괜찮을까요? 베스 존슨 씨를 어떻게 처음 만났습니까?" 검사가 물었다.

게이브리얼이 우리의 첫 만남을 이야기하기 시작하자 나는 정말이지 슬픔을 피할 길이 없었다. 무단 침입 이야기. 책과 글쓰기라는 연결 고리. 여름 방학을 어떻게 보낼까 생각하며 지루해하던 소녀와 소년. 서서히 시작되었지만 이내 우리를 집어삼켜 아무엇도, 다른 누구도 끼어들 틈이 없던 열정.

"설명을 들으니 아주 강렬하군요. 그때 사랑에 빠져 있었나요?"

"네, 우리는 서로 사랑했습니다."

게이브리얼은 한 번도 시선을 피하지 않고 도널드 글로솝 검사를 당당하게 마주 보았다. 게이브리얼은 상류층다운 또렷한 목소리로 조리 있게 말했고, 수많은 사람이 그를 쳐다보며 날카로운 눈빛으로 살피는데도 동요하지 않았다. 지금 그가 증인석에 있고 사생활이 낱낱이 해부될 위기에 처했지만, 그의 표정은 자신이 검사와 동등한 위치라고 말하고 있었다.

"하지만 그 관계가 끝났죠. 이유가 무엇이었습니까?"

어느새 나는 숨죽이고 게이브리얼의 답변을 기다리며 그를 뚫어지게 바라보았다.

"특별한 이유는 없었습니다. 의사소통 오류랄까요."

"어떤 의미에서는 끝이 좋지 않았군요?"

게이브리얼은 숨이 턱 막혀 말을 잇기 힘든 듯이 잠시 멈추었다. "네. 그렇습니다. 좋지 않은 결말이었습니다." 그는 더 차분해졌다.

"그런데 수년이 지나서 베스 존슨을 다시 만났을 때, 두 사람에게는 감정이 남아 있었습니까?"

게이브리얼은 피고인석을 흘끗 보았다. 그는 프랭크가 수감되기 몇 달 전, 내가 매일 프랭크에게 고해 성사를 했다는 걸 몰랐다. 그때 나는 프랭크에게 나를 다시 사랑할 생각이라면 내가 한 짓을 전부 다 알아야 한다고 말했다. 프랭크가 듣고 싶지 않다면서 제발 그만하라고 애원한 때도 있었지만, 나는 언제나 끝까지 이야기했다. 우리 사이에는 비밀이 없어야 하니까. 아무것도 숨기지 않고 모든 걸 공유해야 하니까. 그래서 프랭크는 게이브리얼과 나에 관해, 우리의 맨 처음부터 잔인한 끝까지 모든 것을 다 알게 되었다.

게이브리얼이 말했다. "마음 깊은 곳에서는 그랬습니다. 우리 둘 다 인정하려 하지 않았지만요. 베스는 결혼해서 행복하게 살고 있었습니다. 베스가 남편을 사랑한다는 걸 나도 알았고요."

"그런데도 불륜 관계를 시작했고요?"

방청석의 주의가 환기되는 것이 또렷하게 느껴졌다. 이게 바로 사람들이 여기까지 온 이유였다.

"네, 잘못된 행동이라는 걸 알았습니다. 그리고 지금 깊이 후회하고 있습니다. 하지만 베스를 사랑했습니다…… 언제나."

나는 잠시 고개를 숙이고 무릎을 내려다보았다. '오, *게이브리얼*.' 속절없이 슬픔이 밀려왔다. 그때 그러지 않았더라면 어떻게 되었을까 하는 생각은 의미 없었지만 어느새 나는 그런 생각을 하고 있었다.

"그 관계는 언제 시작됐습니까?"

"작년 9월입니다. 지미 존슨과 니나 존슨의 결혼식 직후였습니다."

이 말의 뜻을 이해한 법정 여기저기에서 비난이 터져 나왔다. 기쁨이 넘치는 가족 행사 이후에 태연하게 불륜을 시작했다니. 그때 결혼한 신랑이 일주일 뒤에 죽었다니.

"이제 작년 9월 28일로 가보겠습니다. 충격이 발생한 그날 밤 말입니다. 베스 존슨은 지미가 산탄총을 지닌 채 실종되었다고 미리 알려주러 증인의 집에 갔습니다."

이 재판은 1분 1초가 정말 중요했다. 이보다 더 중요한 건 없었다. 그런데 게이브리얼이 그 운명적인 밤에 벌어진 사건을 자기 시각에서 설명하기 시작하는데 왜 그의 목소리에 집중할 수 없는 걸까? 나는 그 이전의 모든 9월 28일을 떠올리고 있었다. 햇살 가득하고 웃고 사랑을 나누고 다투기도 하고 소젖을 짜고 양 먹이를 주고 요리하고 청소하고 침대 시트를 갈던 그날들을. 바비가 살아 있던 날들과 그 애가 없던 날들을. 그리고 이 사건 전체가 얼마나 터무니없는지 생각했다. 누군가를 이렇게까지 사랑할 수 있을까 싶을 정도로 동생을 사랑한 프랭크가 동생을 죽였다고 비난받다니. 나는 엉뚱한 사람이 피고인석에 앉아 있다고 생각했다. 일이 이 지경이 되도록 그냥 놔두는 게 아니었는데.

"그날 베스를 처음 보았을 때 어떤 상태였습니까?" 검사가 물었다.

"걱정돼 보였습니다. 프랭크에게 들었는데, 지미가 우리 둘 사이의 일 때문에 나를 벌하고 싶어 한다고 했습니다. 지미는 피를 보려 한다고요. 처음에는 심각하게 받아들이지 않았습니다. 설득력이 없어 보였거든요. 하지만 베스는 지미가 우리 집에 나타날지도 모른다고 생각하는 것 같았습니다. 그리고 곧 그가 나타났습니다."

나는 지미가 주방 창문에 총을 쏘았을 때 아들이 느낀 공포를 설명하는 게이브리얼의 증언을 귀 기울여 들었다. 유리가 산산조각 난 일. 우리 셋이 너무 놀라서 비명을 지른 일. 큰 구멍이 난 창문 바로 앞에 지미가 서서 산탄총에 탄창을 장전한 일.

"왜 위험을 무릅쓰고 밖으로 나가려 했습니까? 두렵지 않았습니까?" 글로숍이 물었다.

"아들을 보호하고 싶었습니다." 게이브리얼의 목소리가 낮아졌다. "베스도요. 두 사람을 안전하게 지키고 싶었습니다. 지미를 부지 밖으로 내보내야 했습니다. 그 생각뿐이었습니다."

"울프 씨, 약간 미심쩍은 부분이 있는데요. 주방 창문을 통해 증인을 쏘려고 한 지미가 왜 순한 양처럼 제 발로 차에 탔을까요?"

"순하지는 않았습니다. 지미에게 집까지 태워주겠다고 했더니 꺼지라고 하더군요. 지미는 그때까지도 술에 취해 정신 못 차린 채 총을 휘두르고 있었습니다. 두려웠어요. 그 사람을 설득해서 차에 태울 방법을 생각해 내야 했습니다. 그래서 베스와는 끝난 사이라고 말했습니다. 우리 둘의 관계가 끝났다고요."

"사실입니까?"

"그때는 아니었습니다."

"지금 거짓말했다고 말하는 겁니까, 울프 씨?"

"그렇습니다. 하지만 순간적인 충동으로 한 말이었습니다. 긴장이 심한 상황이었습니다. 빠르게 판단하고 즉흥적으로 대응해야 했습니다." 게이브리얼이 날카롭게 대꾸했다.

도널드 글로숍은 고개를 끄덕일 뿐 아무 말도 하지 않고 사람들이 게이브리얼의 증언을 이해할 시간을 주었다.

"왜 베스 존슨은 함께 차에 타지 않았습니까? 같이 탔어야 말이 되지 않나요? 지미를 진정시키는 일은 베스가 더 잘했을 것 같은데요."

"우리 둘 중 한 사람은 아들과 집에 있어야 했습니다. 아들은 엄청난 충격에 빠졌습니다. 내가 죽을 거라고 생각했습니다."

"블레이클리 목장에 도착했을 때는 무슨 일이 있었습니까?"

"차를 몰고 들어가는데 프랭크가 마당에 나와 있었습니다. 프랭크는 곧장 차로 다가와서 지미를 부축해 집으로 데리고 들어갔고요. 그게 제가 마지막으로 프랭크를 본 때입니다."

"그 지점에서 잠시 멈춰 보죠. 프랭크 존슨이 증인과 자기 아내의 불륜을 알게 된 뒤로 그를 처음 본 게 맞습니까?"

"네."

"프랭크 존슨은 틀림없이 증인에게 화가 많이 났을 텐데요……?"

"그랬을지 모르지만 드러내지는 않았습니다. 오히려 프랭크는 지미를 무사히 집으로 데려가서 고마워하는 것 같았습니다." 게이브리얼의 목소리가 자신 없어졌다가 다시 제자리를 찾았다.
"내게 고맙다고 했습니다."

"*고맙다*고 했다고요."

도널드 글로숍이 검사로 발표되자 언니는 하루 종일 영국 도서관에서 그가 승소한 사건 자료를 읽었다. 그리고 이렇게 말했다. "그 사람은 연기자야. 배심원단의 관심을 끌고 그들을 자기편으로 끌어들이지. 그들을 즐겁게 하고 웃게 해서 방심하게 만들어. 그런 다음 폭탄을 떨어뜨리는 거야. 전형적인 수법이던데."

"울프 씨, 나라면 같은 상황에서 *고맙다*고 할 수 있을지 모르겠군요. 내 아내였다면 좀 더 다채로운 어휘를 썼겠죠."

법정에 웃음소리가 울려 퍼졌고, 몇몇 배심원도 미소 지었다. 머리가 희끗하고 밝은 파란색 금속 테 안경을 낀 여자도 그중 하나였다. 나는 이미 그 화려한 안경을 눈여겨봤고, 그 안경에 특별한 의미가 있을까 생각했다. '런던 금융가'에서 일하는 것 같은 줄무늬 정장 남성은 웃음을 감추려고 손으로 입을 가렸다.

"프랭크 존슨은 단 한 번도 내게 분노를 표현한 적이 없습니다. 내가 그의 아내와 잤다는, 화낼 이유가 분명했는데도 말입니다. 지미는 불안하고 욱해서 폭력적인 성향을 보이기도 했습니다. 하지만 경험상 프랭크는 그렇지 않았습니다." 게이브리얼이 담담하게 말했다.

논의의 주인공인 남자는 오전 내내 그랬듯이 멍하니 앞만 보았다. 프랭크가 포커 선수라면 매번 이겼을 것이다. 그의 표정은 이해할 수 없었고 감정도 없었다. 하지만 나는 그가 동생을 얼마나 애타게 그리워하는지, 동생 때문에 얼마나 슬퍼하는지, 한밤중에 가슴에서 솟구치는 처절한 흐느낌을 감추려고 얼마나 애쓰는지 누구보다 잘 알았다. 프랭크를 알고 지낸 뒤로 그가 우는 것을 본 적이 거의 없었지만, 이런 그가 지미를 위해서는 하염없이 눈물을 흘렸다. 배심원단이 이걸 알 리 없었다.

"프랭크 존슨의 변호사 비용을 지불하고 있다고 알고 있습니다. 맞습니까?"

게이브리얼은 난처해하며 머뭇거렸다. 우리 중 누구도 재판 중에 이 이야기가 나올 줄은 몰랐다.

"다시 질문해야 할까요?"

게이브리얼은 고개를 저었다.

"낼 수 있어서 냈습니다. 존슨 가족은 여력이 없고요."

"무척 너그러운 분이 틀림없군요." 글로솝은 달콤한 말투였다. 그는 다시 한번 배심원단을 향했다. "변호사 비용이 등골이 휘는 수준이라고 들었는데 말입니다."

배심원들은 웃음을 터뜨리며 즐거워했다. 살인 사건 재판이라는 암울한 현실에서 잠시 벗어난 순간이었다.

"다른 동기 때문에 그런 행동을 한 게 아닌지 궁금하군요. 울프 씨는 피고인의 아내 베스 존슨을 사랑한다고, 늘 사랑했다고 법정에서 말했습니다. 그녀를 위하는 진심 때문이라고 해야 하지 않을까요?"

"네. 하지만 검사님이 의미하는 그런 방식은 아닙니다."

"프랭크 존슨이 어떤 사람인지 잘 모르는 것 같아서 하는 말입니다. 사실, 거의 알지 못한다고 봐야겠지요. 울프 씨와 관계있는 사람은 그의 *아내*니까요. 그것도 매우 친밀한 관계였죠. 프랭크 존슨은 *증인*과 단 1초도 함께 있고 싶지 않았을 겁니다."

배심원단은 비꼬는 이야기와 극적인 행동을 더 해보라는 듯이 다시 히죽거렸다. 하지만 도널드 글로솝은 널리 알려진 대로 갑자기 표정을 180도 바꾸더니 소리 지르기 직전까지 언성을 높였다.

"울프 씨, 아마 오늘 이 자리에 출석한 것은 *죄책감* 때문일 겁니다. 베스 존슨과의 불륜이 지미 존슨의 불행한 죽음의 촉매제가 되었다는 죄책감 말입니다."

"베스와의 관계에 대한 내 감정이 이 사건과 어떤 관련이 있는지 모르겠군요. 내가 이 자리에 증인으로 불려 나온 이유는 생전의 지미 존슨을 마지막으로 본 사람 중 한 명이기 때문입니다."

게이브리얼의 말투는 퉁명스럽고 간결했다. 법정의 다른 사람들은 그가 짜증 냈다고 느낄 수도 있었다. 애써 짜증을 참고 있다고. 하지만 내 귀에는 게이브리얼이 내 이름을 말할 때의 쓸쓸함만 들렸다.

"그렇군요. 그런데 지금 의문을 제기하는 것은 증인의 증언이 효력이 있을까 하는 문제입니다. 조금 전, 증인은 스스로 거짓말쟁이라고 선뜻 인정했습니다. 그러니 우리가 증언을 믿을 수 있을지 모르겠군요."

글로숍은 마지막으로 의미심장하게 잠시 멈추었다가, 게이브리얼의 증언을 듣는 것이 시간 낭비였다는 듯이 지루하고 피곤한 말투로 신문을 끝맺었다. "재판장님, 이상 증인 신문을 마치겠습니다."

1968년

재판 날짜가 정해지자 언니가 집에 와서 함께 있어주었다. 변호사인 언니는 수백 번 법정에 서보았기 때문에 어떻게 해야 할지 잘 알았다. 우리는 매일 밤에 불을 피워놓고 모여 앉았고, 언니는 앞으로 일어날 일을 설명해 주었다. 재판에 누가 참석하는지 모두 알려주었고, 법정 도면을 그려서 X 표시를 해가며 그들이 어디에 앉는지 알려주었다. "법원 서기는 여기 앉아. 언론 방청석은 여기인데, 게이브리얼이 증인으로 출석하는 날에는 무척 복잡할 거야." 언니가 사인펜을 휘두르며 말했다. 그때 언니가 그린 피고인석을 멍하니 바라보았던 게 기억난다. '프랭크'라는 이름이 암울하게 쓰여 있었다. 그걸 보면서 *이게 진짜일 리 없어. 우리에게 일어날 리 없어*'라고 생각했다.

언니는 프랭크가 쉬자고 애원할 때까지 그를 다그쳐 그날 밤 사건을 분 단위로 철저하게 알아냈다. 가차 없었다. "그 일을 생각하면 마음 아프다는 거 알아. 하지만 법정에서 도널드 글로솝을 마주하면 더 아플 거야. 그 사람은 광견병에 걸린 개처럼 포악해. 진짜야. 그러니까 물샐틈없이 대비해야 해."

언니가 그 결정적인 마지막 장면을 프랭크에게 얼마나 많이 반복 연습시켰던가? 지미가 술에 취해 프랭크에게서 산탄총을 빼앗으려 하며 폭력을 행사했다고. 형제간의 몸싸움이 죽음으로 끝났다고.

사건의 핵심은 이것이었다. 프랭크는 마지막 순간까지 화를 돋운 지미에게 심각한 해를 입힐 의도가 있었는가? 그 의도 때문에 지미가 죽었는가? 아니면 프랭크의 주장처럼 정당방위가 끔찍한 비극으로 끝난 것인가?

우리의 변호를 담당한 로버트 마일스는 나이는 젊지만 왕실에서 뛰어난 실력을 인정받은 변호사였다. 40대 초반의 호리호리하고 생기 넘치는 그는 상대 검사와 거의 정반대였다. 나는 해 뜰 무렵에 템스강을 따라 조깅하는 로버트와, 밤에 스틸턴 치즈에 포트 와인을 거나하게 마시고 술이 깨지 않아서 자고 있는 도널드 글로솝의 모습을 떠올렸다. 로버트는 품위 있고 우아하고 예의 발랐지만, 검사는 주로 럭비 선수에게 어울릴 법한 태도를 보였다.

게이브리얼은 법조계 지인 거의 전부와 이야기를 나누고 나서 로버트를 선임했다. 이뿐만 아니라 친구의 친구, 아버지, 삼촌,

애인, 형제를 비롯해 모르는 사람까지 상당수 만났다. 그때 가장 자주 거론된 이름이 로버트였다.

반대 신문을 기다리는 게이브리얼은 눈에 띄게 편안해 보였다. 어쨌든 그는 로버트에게 변호사비를 주는 사람이니까. 게이브리얼의 시련이 거의 끝나가고 있었다.

"증인과 존슨 부인의 관계를 굳이 자세히 다시 들춰낼 이유는 없다고 생각합니다. 그보다 증인이 지미와 함께 있는 동안 그가 어떤 정신 상태였는지가 더 궁금하군요. 증인의 자택 정원에서, 그리고 목장으로 돌아가는 차 안에서 말입니다." 로버트가 말했다.

"지미는 공격적이었습니다. 독설을 잔뜩 내뱉었어요. 하지만 술에 취해서 횡설수설했습니다."

"하지만 증인은 그에게서 위협을 느꼈고요?"

게이브리얼이 말이 없자 로버트가 재빨리 덧붙였다. "복수심에 불타는 사람이 술에 취해 산탄총을 가지고 있었다면 무척 심각한 위협을 느꼈을 것 같은데요?"

로버트는 사실상 "*지금이 정당방위로 몰아갈 기회예요. 기억하죠?*"라고 말한 셈이었다.

"네, 우리는 매우 위험한 상황이라고 느꼈습니다. 지미가 우리 집 주방 창문을 쐈으니까요. 우리 중 누구라도 다칠 수 있었습니다. 그래서 지미와 산탄총을 집 부지 밖으로 내보내려 했습니다. 아들을 안전하게 지켜야 했으니까요. 아버지라면 누구나 다 *그렇*

게 생각했을 겁니다."

"처음에는 증인과 베스와의 관계가 끝났다고 말해서 지미를 진정시킬 수 있었습니다. 그런데 지미를 집으로 데려다줄 때도 계속 차분한 상태였습니까?"

이번에는 게이브리얼이 제대로 알아들었다. "처음에는 그랬습니다. 지미는 그 모든 소동 때문에 완전히 지친 것 같았습니다. 하지만 목장에 가까워지자 나와 베스를 두고 한 말을 잊은 듯했습니다. 똑같은 협박을 시작하더군요. 다시 감정이 격앙되어 폭력을 행사할 듯한 상태가 되었습니다. 틀림없어요."

나는 피고인석의 프랭크를 보았다. 다른 사람은 알아차리지 못했겠지만 그의 얼굴에 고통이 스쳐 지나갔다. 우리의 이야기를 완성하려면 지미를 희생하는 수밖에 없었다.

"술에 취한 채 그렇게까지 화를 냈다니, 지미를 집안에 들여보내더라도 프랭크가 감당하기에는 무척 위험한 상태였던 것 같군요." 로버트의 말에 게이브리얼이 뭐라고 대꾸하기도 전에 도널드 글로솝이 벌떡 일어났다.

"재판장님, 이건 추측일 뿐입니다. 그 마지막 순간에 목장의 집 안에서 무슨 일이 있었는지, 더 나아가 그때 지미 존슨이 실제 어떤 감정 상태였는지 증인이 알았을 리 없습니다."

공식 직함으로는 왕립고문변호사인 미스킨 재판장이 인정한다는 듯 무겁게 손을 들어 보였다. 놀이터 싸움처럼 끝날 줄 모르고 이어지는 변호사와 검사의 다툼을 지켜보기란 분명 피곤한 일일 것이다.

로버트는 판사에게 사과하고 말을 이었다.

"울프 씨는 지미 존슨의 형을 제외하면 생전에 그의 모습을 마지막으로 본 사람입니다. 9월 28일 밤에 지미 존슨이 증인은 물론이고 다른 사람들에게도 위험하다고 생각했습니까?"

"당연히 그랬습니다. 지미는 술에 취해 사람을 죽일 수 있는 무기를 가지고 있었고 해를 끼칠 마음을 품고 있었으니까요."

게이브리얼은 핵심 증인이었고, 프랭크의 보석 조건 중 하나는 재판까지 남은 몇 달 동안 두 사람이 절대 만나지 말아야 한다는 것이었다. 하지만 사건 직후의 그 끔찍한 시기에는 게이브리얼과 내가 다시는 만날 수 없다는 게 있을 수 없는 일로 느껴졌다. 우리 사이에는 할 말이 너무 많이 남아 있었다. 어느 날 아침, 프랭크가 목장에 나갔을 때 나는 게이브리얼에게 전화해서 만날 수 있는지 물었다.

"하지만 어디서 만나? 누가 보기라도 하면……." 그가 말했다.

나는 그에게 바비와 숨바꼭질하던 곳을 알려주었다. 메도랜즈와 블레이클리 목장 중간쯤의 들판이었는데 한쪽 끝에 커다란 밤나무가 있었다. 바비와 나는 그 나무를 목장에 있던 오래된 참나무만큼이나 좋아했다. 바비가 어렸을 때 동화책을 가지고 그 나무로 소풍 가서 몇 시간이나 피터 래빗 이야기를 읽어주기도 했고, 땅을 파며 그 애가 가장 좋아하는 벌레를 찾기도 했다.

나는 게이브리얼보다 먼저 도착해서 그가 오기를 기다렸다. 하늘이 맑고 파랬지만 날이 추웠고 햇살은 날카로웠다. 나는 내가 아닌 다른 사람이고 싶었다. 그리고 게이브리얼도 그가 아닌 다른 사람이기를 바랐다. 핏속에 흐르는 불안이 게이브리얼을 다시 만난다는 것 때문인지 그에게 꼭 말해야 하는 사실 때문인지 알 수 없었다.

"왔네." 몇 분 뒤 게이브리얼이 나무로 다가오며 말했다.

그를 보기만 했는데도 심장에 약간 무리가 온 것 같았다.

게이브리얼은 야위었고 뺨에 주름이 깊이 파였다. 눈 밑에는 다크서클이 생겼다. 그래도 여전히, 오래전 내가 사랑에 빠진 아름다운 소년이었다.

"베스."

그는 내 이름만 부를 뿐 한동안 말이 없었다. 잠시 후 내 옆으로 와서 나무에 기대앉았고, 우리 둘은 길게 자란 젖은 풀을 멍하니 바라보았다. 11월 초였다. 그 끔찍한 밤 이후로 몇 주 만에 보는 것이었다.

나는 게이브리얼에게 레오에 관해 물었다. 레오가 악몽을 꾼다는 대답에 또 다른 죄책감의 독화살이 내게 날아왔다. 식탁 아래에 숨어 있을 때 내 옆에서 몸을 떨던 레오가 떠올랐고, 그 애의 공포를 있는 그대로 알려주던 냄새가 느껴졌다. 아버지가 곧 총에 맞을 것이라고 굳게 믿었던 어린아이가. 게이브리얼과 내게는 각자 자책할 일이 너무 많았다.

"프랭크는 어때?" 게이브리얼이 물었다.

엉망으로 망가져 껍데기만 걸어 다니는 남편을 무슨 수로 설명할 수 있을까?

"엉망이야." 내가 속삭였다.

게이브리얼은 내 손을 잡았다. "정말 미안해. 전부 다."

"알아. 나도 정말 미안해. 전부 다 내 탓이야."

"널 탓하지 말라고 하고 싶지만 나야말로 전부 다 내 탓이라고 생각하고 있네. 영원히 그러겠지."

우리는 각자 생각에 빠져 잠시 말이 없었다. 나는 게이브리얼을 생각했다. 그는 내가 아는 사람 중 유일하게, 일이 잘못되거나 상황이 나빠졌을 때 그걸 억지로 개선하거나 책임을 전가하려 하지 않고 늘 인정하는 사람이었다. 그런 사람은 드물었다. 사람들은 대부분 의미 없는 진부한 이야기로 죄책감을 황급히 달래려 하지만 그건 도움이 되지 않았다.

수년이 지나고서야 뒤늦게 깨달았지만, 내가 저지른 잘못을 인정하는 것이야말로 진짜 도움이 되는 행동이다. 그러니까 책임지는 자세를 갖는 것이다.

"그 일을 정말 후회해. 바꿀 수만 있다면 다른 무엇보다도 그걸 바꾸고 싶어. 하지만 너와 함께한 시간은 절대 잊지 못할 거야." 내가 말했다.

"그렇게 말하니까 정말 마지막인 것 같잖아."

"게이브리얼, 언제나 널 사랑할 거야."

"정말이지, 더 이상 말하지 말아 줘. 이런 말을 왜 들어야 하는지 모르겠어."

"그래도 말해야 해. 나를 위해서. 프랭크를 위해서. 미안해." 게이브리얼에게 이런 말을 듣게 해서 미안했다. 하지만 이게 지금의 내가 책임지는 방식이었다. "오랫동안 널 사랑했어. 그리고 그때 일이 틀어지지 않았다면 우리는 분명 지금도 함께였을 거야. 너와 함께한 시간은 내게 전부였어. 그리고 너와 다시 사랑에 빠졌지. 사람들은 두 사람을 동시에 사랑할 수 없다고들 하지만 가능해. 난 그렇거든. 널 사랑해. 그리고 프랭크도 사랑해. 하지만 내가 함께 있어야 할 사람은 프랭크야. 지미가 죽지 않았더라도 나는 프랭크 곁에 있어야 했을 거야. 프랭크와 나 사이에는 많은 것들이 쌓였어. 우리는 수많은 일을 함께 견뎠지. 그에게는 내가 필요해. 내게도 그가 필요하고. 시간이 지나면 넌 다른 누군가를 만나게 될 거야. 그 사람이 내가 될 수 없어서 정말 슬퍼. 게이브리얼, 넌 좋은 사람이야. 정말로."

나는 게이브리얼의 손을 꼭 잡았다. 우리 둘 다 앞만 보았다.

"내가 그렇게 쉽게 널 잊을 수 있을 거라고 생각해? 너 없이 어떻게 살아야 할지 모르겠는데. 늘 그랬어."

"점점 쉬워질 거야. 시간이 지나면. 우리 둘 다 알잖아."

"우리가 더 오래 함께이기를 바랐는데. 네가 내 옆에 계속 있어 주기를 바랐는데."

"넌 훨씬 더 좋은 사람을 만날 자격이 있어."

"그건 내가 판단할 문제야." 게이브리얼의 목소리가 한결 밝아졌다. 우리는 만나고 나서 처음으로 서로를 제대로 바라보았다. 그리고 미소 지었다.

"이만 가봐야겠어." 그가 말했다.

"알겠어."

게이브리얼이 손을 놓자 그가 전하는 온기가 사라진 내 손은 축 늘어져 싸늘하게 식었다.

"잘 가라는 말은 하지 않을게." 그가 말했다.

"그런 말은 하지 말자."

나는 오래된 밤나무에 기대앉은 채 그 자리에 남아 있었다. 밝은 겨울 햇살에 눈을 감고 길을 향해 멀어지는 게이브리얼의 발소리를 들었다.

언니가 법원 밖에 사람들이 몰릴 것이라고 미리 주의를 주었음에도, 막상 게이브리얼을 기다리는 수많은 사진기자를 직접 보자 충격이 컸다. 스무 명, 아니 서른 명은 되어 보이는 기자들이 세 겹으로 몰려 더 가까이에서 사진을 찍으려고 몸을 밀치며 안간힘을 썼다. 언제든 누구라도 넘어질 것 같았다.

"베스! 베스! 여기 봐주세요."

"보지 마. 앞만 봐." 언니가 속삭였다.

하지만 앞에 게이브리얼이 있었다. 우리 둘은 1미터 정도밖에 떨어지지 않았다. 손을 뻗으면 그에게 닿을 것만 같았다. 마음 한

구석에서는 정말 그러고 싶었다. *"고마워. 할 수 있는 모든 걸 해 줬어. 날 위해서라는 거 알아"*라고 말할 기회가 있기를 간절히 바랐다.

"게이브리얼, 보세요. 베스가 바로 뒤에 있어요."

그는 본능적으로 고개를 돌렸다. 정신을 다잡기까지 5초, 아니 10초쯤 걸린 것 같았다. 그 짧은 순간 동안 그와 나 둘뿐, 아무도 없는 듯했다. 세상의 다른 사람들도, 소란도, 카메라 플래시도, 고함도, 내 옆의 언니도, 모두 사라졌다.

이 찰나의 시간 동안 나는 그의 모습을 마음껏 담았다. 게이브리얼도 그랬겠지. 알아보았다는 미소나 끄덕임 같은 건 필요 없었다. 우리 눈이 말하고 있었다. *'너였구나.'*

게이브리얼이 돌아보자 어떤 기자가 밀고 들어와 그에게 바싹 붙었다. 게이브리얼처럼 키가 큰 기자였는데, 두 사람의 얼굴이 거의 닿을 지경이었다. 게이브리얼이 손바닥으로 가슴팍을 밀치자 기자는 비틀거렸다. "물러서요. 할 말 없다고 했잖아요."

그의 목소리에는 오로지 분노만 가득했다. 그런 목소리는 처음이었다.

"아직도 그녀를 사랑합니까?" 누군가가 외쳤지만 게이브리얼은 길 건너편의 빈 택시를 보았다.

나는 재빨리 길을 건너 한 손으로 택시를 세우는 그를 지켜보았다. 그는 문을 벌컥 열고 안으로 뛰어들었다. 그리고 가버렸다.

"내가 본 것 중 최악이군." 모퉁이를 돌며 언니가 말했다. 어찌나 빨리 걸었는지 숨이 찼다. "하지만 아무것도 얻지 못했어. 그러니까 걱정하지 마."

물론 언니는 틀렸다. 사진기자들은 맡은 일을 능숙하게 해냈고 언제든 재빨리 움직이는 사람들이었다. 다음 날, 모든 아침 신문에 사진이 실렸다. 게이브리얼과 내가 서로 바라보는 찰나를 포착한 사진이었다.

당시에 우리 둘 다 무표정한 줄 알았는데 사진에서는 그렇게 보이지 않았다.

《미러》의 헤드라인은 '사랑의 눈길?'이었다. 《더 선The Sun》은 한 단어지만 한 걸음 더 나아가 '실연'이라고 했다. 《데일리 텔레그래프》마저 게이브리얼의 증언을 인용하며 우리의 러브 스토리를 제멋대로 해석해 놓았다. "잘못된 행동이라는 걸 알았습니다…… 하지만 베스를 사랑했습니다…… 언제나."

나조차 인식하지 못한 감정을 카메라가 포착했다. 사진을 보니 내 눈에도 너무 분명했다. 나는 게이브리얼을 봐서 정말 행복해하고 있었다. 그런데 그게 그렇게 놀라운 일인가? 이 사건에 연루된 우리는 정확히 똑같은 심정이었다. 내가 느끼는 수치심을 게이브리얼도 똑같이 느꼈고, 우리 둘 다 지미의 죽음에 책임을 느꼈다. 하지만 프랭크는, 피고인석에 있던 그의 심정은 그게 아니었다.

사진 속 게이브리얼의 표정은 나와 달랐다. 고작 몇 초였지만 나를 바라보는 그의 눈에는 말로 표현할 수 없는 슬픔뿐이었다.

언니와 내게는 매일 하루를 마치고 파슨스 그런에 있는, 바람이 잘 통하고 해가 잘 드는 언니의 아파트로 돌아가서 치르는 의식 같은 일과가 생겼다. 우리는 신발을 벗고 소파에 쓰러져 누가 차를 끓일 차례인지 말씨름했다. 눈을 감으면 세월을 건너뛰어 예전 소녀 시절의 우리 모습이 생생하게 떠오를 정도로 그때와 똑같았다.

10대 시절에 학교가 끝나고 집에 돌아가면 부모님은 두 분 다 퇴근 전이었다. 우리는 차를 끓였고 언제나 태우기는 했지만 빵에 버터를 발라 그릴에 몇 차례 구워 먹었다. 그리고 축음기로 좋아하는 음반을 들었다. 우리가 좋아하는 가수는 매달 바뀌었다. 리틀 리처드Little Richard, 빙 크로스비Bing Crosby, 도리스 데이Doris Day, 프랭크 시내트라Frank Sinatra. 우리는 이들을 모두 좋아했다. 로즈메리 클루니Rosemary Clooney의 〈시스터스Sisters〉만 들으면 순수하던 그 시절로 돌아갈 수 있었다. 언니와 나는 자매간의 사랑과 헌신을 담은 노래 가사를 달달 외웠다. 그리고 부모님이 집에 오시면 둘이 같이 머리카락을 흔들고 회전하면서 우스꽝스럽게 노래를 불렀다.

하지만 지금 우리는 말없이 차를 마시며 하루의 중압감을 비워냈다. 너무 기진맥진해서 말할 기운이 없는 날이 많았다. 감옥에서 얇은 매트리스에 누워 천장을 멍하니 바라보는 프랭크의 모습이 떠올랐다. 그는 나에게 면회를 허락하지 않았고, 내게 그런 모습을 보이지 않아야 더 잘 견딜 수 있다고 했다.

언니가 예고 없이 한 번 찾아간 적이 있었다.

"거긴 어때?" 내가 물었다.

언니는 현실을 미화하지 않는 사람이었다. 그건 언니 방식이 아니었다.

"상상하는 그대로. 하지만 그보다 열 배 정도 나빠." 언니가 대답했다.

"프랭크는? 프랭크는 좀 어때?"

"상상하는 그대로. 하지만 그보다 열 배 정도 나빠. 담담하게 받아들이려고 애쓰지만 속이 말이 아닌 것 같아."

내일은 프랭크가 증언대에 서는 날이다. 로버트가 먼저 신문하기 때문에 부드럽게 시작하겠지만, 그럼에도 나는 다른 생각을 할 수 없었다. 프랭크에게 말을 걸고, 그를 만지고, 사랑한다고 말하고, 무슨 일이 있어도 우리는 괜찮을 거라고 안심시키지 못한 채 하루하루가 지나갔다. 그런데 우리는 정말 괜찮을까? 우리 둘 다 그가 유죄 판결을 받을 수도 있다는 가능성을 생각하고 싶지 않았다. 배심원단이 살인죄로 평결하면 최소 30년을 복역해야 하는 종신형을 선고받을 테고, 최소 10년 동안은 가석방 신청도 허용되지 않을 것이다. 프랭크는 오랜 세월 동안 작은 감방에 갇혀 지내며 매일 마당을 산책하는 것을 유일한 운동으로 삼게 될지도 모른다. 만일 그렇게 되면, 평생 드넓은 야외에서 살아온 프랭크에게 무슨 일이 벌어질까? 그가 어떻게 대처할까? 또 나는 어떻게 대처할까?

"검찰은 살인죄를 적용하려고 적극적으로 움직이고 있지만, 공소장에 과실치사를 넣은 걸 보면 자신이 없어 보여. 실패할 경우를 대비하는 거지. 그러니까 요점은, 검찰에게는 프랭크를 감옥에 보낼 증거가 충분하지 않다는 거야." 언니가 말했다.

언니는 매일 밤 내게 같은 말을 했다.

"믿음을 잃지 마. 다 잘될 거야."

나는 매일 밤 그 말을 믿으려고 최선을 다했다.

지난 며칠 동안 증인 선서를 많이 보았지만 남편이 증인석에 서자 느낌이 달랐다. 나는 성경에 손을 얹은 프랭크를 보며 오직 진실만을 말하겠노라 약속하는 그의 목소리 톤과 높낮이에 귀 기울였다. 자신 있는 목소리였다. 로버트는 지난 2주 동안 피고인 변론을 준비했다. 프랭크는 예상 밖의 질문이 없으리라는 것을 알고 있었다. 우리가 걱정해야 할 건 반대 신문이었다.

"존슨 씨, 9월 28일 밤에 동생 지미가 총격으로 목숨을 잃기까지 벌어진 일을 간략히 설명해 주시겠습니까?"

"동생에게는 음주 문제가 있었습니다." 프랭크가 증언을 시작하자 잠시 법정이 술렁댔다.

그가 그런 말을 하리라고는 전혀 예상하지 못했다. 프랭크의 새로운 모습이었다. 몇 달 동안의 성찰을 통해 달라진 모습이었다.

"지속적인 문제는 아니었습니다. 오랫동안 평온하게 잘 지내다가도 뭔가에 자극받으면 그랬습니다. 지미의 상태가 다시 나빠졌다는 걸 감지했지만 저는 무시했습니다. 지미조차 괜찮다고 자신을 속이려 한 것 같았습니다. 아내의 외도 사실을 알았던 날 밤에 지미는 술집에 있었습니다. 곧장 목장 집으로 왔고, 베스와 저는 침대에 있다가 일어났습니다. 지미는 사실인지 알고 싶어 했습니다. 그렇다고 하자 충격에 휩싸였고요."

아무리 자주 들어도 견디기 힘든 이야기였다. 지미는 죽었고 그건 내 잘못이었으며 그 어떤 것도 이 사실을 바꾸지 못한다.

"지미는 제가 어떻게 할지 알고 싶어 했습니다. 게이브리얼에게 어떻게 복수할지 말입니다. 저는 아무것도 하지 않을 것이라고 대답했고요. 베스와 게이브리얼의 관계에 신경 쓰지 않겠다고요. 그것 때문에 지미가 폭발했습니다."

"존슨 씨, 왜 그렇게 생각했습니까? 아내가 불륜에 빠졌는데도 그 관계가 지속되도록 놔둔 이유가 뭡니까?"

"그 관계 때문에 아내가 행복하다면 그렇게 해주고 싶었습니다. 제가 아내의 인생을 망쳤다고 생각했으니까요. 아내가 세상에서 가장 사랑한 사람이 저 때문에 죽었습니다. 그 애를 잃고 나서 아내의 삶이 너무 힘들어졌어요."

로버트의 목소리는 낮고 온화했다. "아들 바비 이야기로군요. 그렇지요, 존슨 씨? 3년 전에 나무에 깔려 사망한 아들 말입니다."

프랭크의 얼굴에 고통이 가득했다. "네. 참나무를 벨 때 바비를 잘 지켜보고 그 애를 안전하게 지키겠다고 베스에게 약속했습니다." 그의 목소리가 점점 가라앉아 더 이상 말을 잇지 못했다.

법정에는 기침 소리도, 종이 부스럭대는 소리도 들리지 않았다. 증인석에서 감정을 다스리려고 애쓰는 남자에게 모든 시선이 집중되었다.

"위험하다는 걸 알면서도 그 애를 제대로 지켜보지 않았습니다. 일에 너무 몰두했어요. 바비에게 안전한 곳에 가만히 있으라고 했지만 아이는 제 말을 듣지 않았습니다. 아홉 살이었으니까요. 그리고 나무가 쓰러졌을 때 바비가 그 아래에 있었어요."

여성 배심원 몇 명이 슬쩍 눈 밑을 훔쳤다. 아마 자식을 둔 어머니들일 것이다. 그들은 프랭크의 상실감이 얼마나 고통스러운지, 그가 짊어진 죄책감이 얼마나 무거운지 너무도 선명하게 그릴 수 있을 것이다. 그것 때문에 결혼 생활과 삶이 어떻게 망가졌는지도. 우리의 결혼 생활과 우리의 삶이.

로버트는 프랭크가 감정을 추스를 시간을 주려고 한동안 말을 멈춘 뒤에 다시 말문을 열었다. "존슨 씨, 이제 충격으로 넘어가도록 하지요. 검사님이 반대 신문에서 중요하게 다룰 테니 이걸 꼭 물어봐야겠습니다. 정당방위를 하는 순간에 사고가 발생했다고 주장했지요. 자신과 동생이 다치지 않도록 보호하려다가요."

"네. 동생이 너무 취해서 총을 다룰 만한 상태가 아니었습니다. 그래서 총을 빼앗고 싶었습니다."

"처음에 경찰에 진술한 바에 따르면 증인과 지미가 총을 두고 몸싸움을 벌이다가 총이 발사되었습니다. 맞습니까?"

"네."

"그리고 아주 가까운 거리에서 발사되었다고 생각했고요?"

"네, 그렇게 생각했습니다. 하지만 너무 순식간에 벌어진 일이라 확신할 수는 없었습니다."

"부검 결과에 따르면 지미는 어느 정도 떨어진 거리에서 총에 맞았습니다. 이에 관해서는 두 사람이 비틀거리며 물러나다가 총이 발사되었다고 경찰에 진술했고요. 새로운 증거에 맞춰 진술을 바꾼 것처럼 보일 수 있습니다."

"모든 일이 순식간에 일어났습니다. 저는 엄청난 충격에 빠졌고요. 동생이 바닥에 쓰러져 피를 흘리고 있었고, 저는 그 옆에 무릎을 꿇고 상처 부위를 손으로 누르며 지혈하려 했습니다…… 하지만 그때도 알겠더군요……."

이제 프랭크는 눈물을 참지 않았다. 이런 그를 보자 마음이 아팠다. 우리 둘 다 잠들지 못한 어느 깊은 밤에 내가 그에게 물어본 적이 있었다. *"그럴 가치가 있을까?"* 더 이상 설명할 필요는 없었다. 프랭크는 내 말뜻을 알아들었으니까. 우리가 결혼 생활을 이어갈 필요가 있을까? 왜 굳이 그래야 할까? 사랑하는 사람들을 모두 잃었는데.

프랭크는 한참 생각한 뒤에 대답했다. "우리는, 그러니까 당신과 나는 가족보다 더 큰 무언가를 지키는 사람들이잖아. 우리는 미래를 위해 이 땅을 보존해야 해. 우리가 없으면 이곳이 어떻게 되겠어?"

미스킨 판사는 몸을 앞으로 숙였다. "존슨 씨, 좀 쉴까요? 이 일이 얼마나 힘든지 이해합니다."

프랭크는 고개를 저었다. "계속하고 싶습니다. 부탁합니다, 재판장님. 질문에 답하겠습니다. 제가 사실을 잘못 알고 있었다면, 그 순간 머릿속이 멍해져서 당시에 일어난 일을 정확히 기억하기 힘들었기 때문일 겁니다."

로버트가 말했다. "경찰에 진술할 때 동생이 화를 돋웠다고 했습니다. 굳이 반복해서 입에 담지는 않겠습니다만, 증인의 아내를 매우 불쾌한 호칭으로 불렀다고요. 그것 때문에 화가 났습니까?"

"그렇지는 않았습니다. 진심이 아니라는 걸 알았으니까요. 아침이 되면 기억하지 못하리라는 것도요. 지미가 베스를 얼마나 사랑하는지 잘 압니다. 베스를 누나처럼 여겼죠."

"존슨 씨, 그날 밤에 동생을 해칠 의도가 있었습니까?"

"아니요. 전 우리 둘 다 다치지 않게 하려 했을 뿐입니다. 저는 평생 동생을 안전하게 지키고 싶었으니까요."

마침내 재판의 하이라이트인, 검사가 피고인을 반대 신문할 차례가 되었다. 남편이 공격당하는데도 도울 방법이 없었다. 배심원단은 프랭크를, 그의 목소리가 조금이라도 달라지는지를 유심히 살펴보고 있었다. 곧 그는 유죄 또는 무죄 판결을 받게 될 것이다. 그래서 지금이 그 어떤 때보다 중요했다.

도널드 글로숍이 가볍게 대화하는 말투로 신문을 시작했다.

"존슨 씨, 총 쏘는 걸 언제 처음 배웠습니까?"

프랭크가 머뭇거리는 것으로 보아 그 질문에 당황했다는 것을 알 수 있었다. 프랭크는 변호인석에 앉은 로버트를 힐끗 보며 어떻게 대답하는 것이 가장 좋을지 고민했다.

"좀 더 쉽게 묻겠습니다. 목장에서 자랐으니 어린 나이에 사냥을 배웠겠지요?"

"예닐곱 살 무렵이었던 것 같습니다."

"그러면 아들에게도 총 쏘는 방법을 가르쳐 주었습니까?"

"아버지가 바비에게 가르쳐 주셨습니다."

"비슷한 나이에요? 예닐곱 살쯤?"

"네."

"그렇다면 총은 목장 생활의 일부이자 필수품이었다고 해도 과언이 아니겠군요?"

"네."

프랭크의 대답은 조심스러웠다. 불쾌하고 놀랄 만한 일이 다가온다는 걸 알았지만 그게 무엇인지는 알 수 없었다.

"현관, 주방, 목장, 양 외양간 같은 곳에 장전된 총이 있겠군요. 사실상 무기고나 마찬가지인 거죠. 그리고 이 총은 모두 안전장치 없이 잠그지도 않은 채 방치되어 있었고요."

로버트가 벌떡 일어났지만 그가 개입하기 전에 판사가 말했다. "글로숍 검사, 이 자리는 안전한 무기 보관을 논하는 곳이 아닙니다. 요점이 뭡니까?"

"그냥 그림을 한번 그려보는 것입니다, 재판장님. 존슨 씨, 평생 총을 몇 번이나 쏴 본 것 같습니까? 5천 번? 1만 번? 셀 수 없이 많다고 칩시다. 그런데도 증인이 들고 있던 총에 동생이 죽었을 때 누구의 손가락이 방아쇠를 당겼는지 모를 수 있을까요?"

프랭크는 도널드 글로숍이 한 말이 질문인지 확신하지 못해 잠시 아무런 반응을 보이지 않았다.

"제가 총열을 잡고 있다는 것은 알았습니다. 너무 세게 쥐어서 잘못 발사된 것 같습니다."

"존슨 씨, 당신은 거짓말쟁이입니까?"

"아닙니다."

"하지만 부검 결과가 나오자 진술을 바꾸었지요? 비틀거린 것 같다는 시나리오를 *생각해 냈습니다*."

나는 이 남자가 정말 싫었다. 비단결 같지만 빈정대는 말투, 양손으로 따옴표를 그리는 듯 비꼼이 숨어 있는 그 말들이 싫었다.

"제가 기억하는 건 우리 둘이 총을 잡고 있었다는 것입니다. 그리고 잠시 후에 총이 발사되었고요."

"아, 그렇군요." 이제 검사는 프랭크의 말을 대놓고 무시했다. "그 얘기는 들었습니다. 그때 동생에게 화가 났었지요?"

"아닙니다."

"동생이 모욕감을 주었잖아요."

"아닙니다."

"동생은 피고인의 약점을 알고 있었어요. 그렇지 않습니까?"

도널드 글로숍은 배심원단을 향해 돌아섰다. 얼굴이 보이지 않았지만 그의 목소리에서 미소가 느껴졌다. "원래 형제자매가 나를 가장 잘 아는 법이지요. 어디를 때려야 가장 아픈지 정확히 알고 있습니다." 그는 다시 홱 돌아서서 프랭크를 보았다. "그날 밤, 동생은 피고인을 모욕했습니다. 그렇지 않습니까, 존슨 씨?"

"지미는 술에 취했습니다. 말도 안 되는 얘기를 많이 했어요. 저는 전혀 모욕을 느끼지 않았습니다."

"아내를 사랑합니까?"

질문의 방향이 바뀌자 프랭크도 나와 마찬가지로 어리둥절해 보였다.

"네."

"오랫동안 사랑했다고 알고 있는데요. 얼마나 오래입니까?"

"열세 살 때부터였습니다."

"*열세 살이요.*" 도널드 글로숍의 목소리가 달래고 회유하듯 부드러워졌다. 하지만 나를 속일 수는 없었다. "법정에서 들은 바에 따르면, 피고인은 꽤 힘든 시기에도 그녀를 계속 사랑했습니다. 사고로 아들을 잃고 그 일로 아내가 당신을 탓할 때도요. 그 후 아내가 게이브리얼 울프와 불륜을 저질렀을 때도요. 이런 일들에도 불구하고 아내를 향한 사랑이 흔들리지 않았습니다. 맞습니까?"

"네."

프랭크의 목소리는 차분했다. 그는 마음을 다잡고 있었다. 도널드 글로솝이 연기하고 있다는 것을, 분위기가 밝음에서 어둠으로 급격히 달라지며 뭔가 잔인한 것이 다가오고 있다는 것을 알아차린 듯했다.

"지미가 베스를 모욕했을 때 화가 났을 테지요. 안 그렇습니까?"

"아닙니다."

"지미가 베스에게 욕설을 퍼부었을 때 화가 났을 테지요."

"아닙니다."

"지미가 욕설을 하지 않았습니까?" 도널드 글로솝은 들고 있던 수첩을 잠깐 내려다보았지만, 꾸며낸 행동이라는 걸 알 수 있었다. 그는 시간을 들여 수첩의 내용을 읽지도 않았다. "경찰 진술서에 따르면, 지미가 베스를 두고 *난잡한 계집*이라고 했던데요. 이건 꽤 모욕적인 표현 아닌가요?"

그 충격적인 말이 일곱 번 법정에 울려 퍼졌다.

나는 도널드 글로솝이 결정적 한 방을 준비하는 동안 배심원단을 유심히 살펴보았다. 파란 안경테 여성 배심원은 입을 꼭 다물어 입술이 가늘어진 걸 보니 불만에 차 있었다. 런던 금융가 남성은 불쾌한 단어에 인상을 찡그렸다. 히피 스타일의 긴 머리에 헐렁한 셔츠를 입은 맨 앞줄의 젊은 남자도 충격받은 표정이었다.

"동생이 아내를 *난잡한 계집*이라고 불러서 이성을 잃지 않았습니까?"

"아닙니다."

"분노에 휩싸여 총을 잡지 않았습니까?"

"아니요. 그런 건 아니었습니다."

"존슨 씨, 총을 들어 동생을 쏘지 않았습니까? 방아쇠를 당긴 게 피고인의 손가락 아니었습니까? 오랜 세월 무방비 상태의 생명체에게 총을 쏜 사냥꾼으로서의 본능으로 말입니다. 아무 생각 없이 그렇게 했겠지요."

"아닙니다."

도널드 글로숍은 언성을 높여 연극하듯이 소리쳤다. "존슨 씨, 동생을 죽이지 않았습니까? 피고인은 걷잡을 수 없는 분노에 휩싸여 그를 쏘았습니다."

"아닙니다. 아니라고요. 마지막으로 한 번 더 말하지만 안 그랬습니다." 프랭크는 너무 스트레스받고 자극받아 목소리가 아주 커졌다. 정확히 검사가 의도한 대로였다.

배심원단은 프랭크의 갑옷에 처음으로 금이 가 그 아래에 숨어 있던 분노가 희미하게 드러나는 모습을 넋 놓고 보았다. 도널드 글로숍은 아득한 침묵과 비난의 흔적을 남긴 채 자기 자리로 돌아갔다.

이 재판에는 사실이 아닌 연기가 난무했다. 도널드 글로숍은 셰익스피어 극의 배우처럼 관객의 감정을 끌어올렸다. 햄릿이자 맥베스이자 리어 왕이 되어 관객을 아드레날린이 솟구치는 광적인 상태로 몰고 갔다. 그래서 그들이 그의 말에 동의하게 조종했다.

그가 뛰어난 검사라는 것은 알고 있었다. 하지만 반대 신문에서는 눈부실 정도였다. 나는 그를 이길 수 없을 것 같아 두려웠다.

부모님, 언니, 나는 법정으로 돌아와 최종 변론이 시작되기를 기다렸다. 어머니와 언니와 나는 프랭크의 성품을 옹호하기 위해 증인석에 선 아버지가 공격당하는 것을 견뎌냈다. 그 어느 때보다 아버지가 자랑스러웠다. 동시에 이렇게 슬프고 충격적이었던 적도 없었다. 아버지는 당연히 해야 할 일이었다고, 별것 아니었다고 말했다. 하지만 겉으로는 그래 보이지 않았다. 검사의 신문이 끝났을 무렵, 아버지는 심장이 뜯겨 나간 사람 같았다.

판사가 선언했다. "변호인이 피고인의 성품을 증언해 줄 증인을 마지막으로 한 명 더 세우게 해달라고 요청했기에 이를 허가하기로 했습니다."

"이상한데. 정말 막판에 신청한 증인인가 봐. 안 그랬으면 로버트가 어제 뭐라고 말했을 텐데." 언니가 속삭였다.

언니는 매일 저녁 로버트와 통화했다. 로버트는 "모든 상황을 감안할 때 아주 잘 있습니다"라고 프랭크의 안부를 전했고 그날의 심리에 대한 의견을 말했다.

"느낌이 좋아요. 프랭크에게는 힘든 날이었겠지만 그거야 늘 예상된 일이었죠. 잘 견뎌냈어요." 어젯밤에 로버트는 이렇게 말했다.

피고인석의 프랭크를 보고 있는데 미스킨 판사가 말했다. "마일스 변호사, 증인을 부를 준비가 되었습니까?"

그리고 니나가 증인석에 들어서자 프랭크의 얼굴이 일그러졌다. 니나를 마지막으로 본 건 지미의 장례식이었는데, 그때 우리는 말 한마디, 눈길 한 번 주고받지 않았다. 니나는 부모님을 통해 나와 프랭크와 더 이상 연을 맺고 싶지 않다고 알렸다. 당연히 그럴 만했고 그럴 줄 알았다. 이런 일을 당해 마땅하지만 나는 니나가 정말 그리웠다. 그래도 니나의 바람을 존중하려고, 전화해서 미안하다고 거듭 사과하지 않으려고 안간힘을 썼다. 물론 세상의 온갖 미안하다는 말로도 모자라겠지만.

나는 증인 선서하는 니나를 간절한 눈빛으로 바라보았다. 프랭크를 흘끗 보니 그 역시 니나를, 우리 둘 다 만난 첫날부터 사랑하게 된 이 여자를 완전히 집중해서 바라보고 있었다.

"존슨 씨." 로버트의 말에 나는 놀라서 멍해졌다. 니나가 결혼했기에 나와 성이 같아졌다는 사실을 새삼 깨달았기 때문이다. 우리는 존슨 가족의 며느리로 만난 인연이었다. 계속 그럴 수 있었다면 얼마나 좋을까.

"피고인의 성품을 증언하기 위해 출석하기로 어젯밤에 결정하셨는데요. 이유가 무엇입니까?"

니나는 프랭크가 있는 피고인석을 향해 아주 잠깐 눈길을 주었다. 프랭크를 보았는지는 알 수 없었다.

"신문을 통해 재판 진행 상황을 파악하고 있었는데요. 더 이상 못 본 체할 수 없다는 생각이 강하게 들었고⋯⋯." 니나는 자신감 있는 말투였다. 목소리는 맑고 힘이 있었다. 그녀는 잠시 말을 끊고 마음을 가다듬었다. "남편 지미도 제가 형을 대변해 목소리를 내주기를 바랐을 것 같았습니다. 실제로 그랬을 겁니다. 그리고 저 역시 그렇게 하지 않으면 살아갈 수 없을 것 같았습니다."

"고맙습니다, 존슨 씨. 용기에 찬사를 보내고 싶습니다. 쉬운 결정이 아니었을 테니까요."

니나는 그렇다는 의미로 로버트에게 짧게 고개를 끄덕였다.

"총격 사건이 발생하기 며칠 전 동안 지미는 어땠습니까? 법정에서 이미 진술되었듯이, 남편이 그런 식으로 흐트러질 수 있다고 생각했습니까?"

니나는 한숨을 쉬었다. "여러 면에서 전혀 아니었습니다. 저희는 행복해서 어쩔 줄 몰랐어요. 정말 멋진 결혼식을 치렀고 아기를 가지려고 하던 중이었어요. 앞날이 창창했어요. 하지만 지미는 쉽게 상처받는 사람이라 걱정이 되기는 했어요. 딱히 술 마실 이유가 없는데도 술 냄새가 난 적도 있었고요."

"남편은 불안정한 사람이었습니까?"

이 질문에 니나가 얼마나 당황했는지, 얼마나 마음을 단단히 먹고 대답하는지 알 수 있었다. "네. 가끔은 심할 정도로요."

"형수와 게이브리얼 울프와의 불륜을 알게 되었을 때 그의 반응은 어땠습니까?"

"정말 가슴 아파했어요. 처음에는 사실이라고 믿고 싶지 않아 했죠. 우리 둘 다 그랬어요. 우리에게 베스와 프랭크는 전부나 마찬가지였으니까요."

나는 무릎 위로 눈물이 떨어진 자국과 그 위에 얹은 아버지의 손을 내려다보았다. 매일 느끼는 이 수치심은 새로울 것이 없었다. 하지만 내가 가족 구성원 한 사람 한 사람에게 어떤 방식으로 상처를 주었는지 알게 되는 것은 매우 특별한 고통이었다.

"지미는 화가 났습니까?" 로버트가 물었다.

"네. 제정신이 아니었어요. 게이브리얼이 주된 이유였죠. 그에게 화풀이하는 게 가장 쉬웠던 것 같아요. 하지만 지미는 프랭크에게도 화가 났어요. 프랭크가 아무것도 하지 않을 거란 걸 알고 나서 말이에요. 지미는 그 일을 받아들이는 프랭크를 이해하지 못했어요."

"충격 사건 당일 아침에 지미의 정신 상태는 어땠습니까?"

"숙취가 심했어요. 계속 술에 취한 상태였겠죠. 위스키 한 병을 거의 다 마셨더라고요. 냉장고 뒤에 숨겨둔 빈 위스키병을 나중에 발견했거든요. 너무 이른 시간이라 이야기를 많이 나누지는 않았어요. 하지만 지미는 누구라도 게이브리얼을 혼쭐내야 한다면서 그에게 계속 집착하고 있었어요."

"그게 지미를 마지막으로 본 때입니까?"

"네." 법정에 들리는 니나의 목소리는 작고 절망적이었다.

"존슨 씨, 고통스럽다는 거 잘 압니다. 오래 붙잡고 있지는 않을 겁니다. 남편의 죽음을 어떻게 알게 되었는지 법정에서 말해주시겠습니까?"

"베스가 술집으로 전화를 걸었어요."

"그리고 지미가 죽었다고 말했습니까?"

"너무 심하게 울어서 무슨 말을 하는지 이해할 수 없었어요. 하지만 계속 '지미가, 지미가……'라고 말해서 알아들었죠. 목장에서 사고가 났다고 했어요. 그래서 지미가 다쳤다고요."

"베스가 그렇게 말했습니까? 사고가 났다고요?"

"네."

"산탄총 사고라는 걸 알고서 놀랐습니까?"

"많이 놀라지는 않았어요. 전에도 베스는 총이 주변에 방치되어 있다고 걱정했어요. 물론 바비가 살아 있을 때 이야기지만요. 어쨌든 저는 그런 일에 익숙했어요."

"프랭크 존슨이 살인 혐의로 체포되었다는 소식을 들었을 때 무슨 생각이 들었습니까?"

"말도 안 된다고 생각했어요. 살면서 들어본 중 가장 터무니없는 말이었거든요. 세상에 프랭크보다 지미를 더 사랑한 사람은 없었으니까요. 심지어 저보다도 더."

마침내 니나는 고개를 돌려 프랭크를 보았다. 두 사람은 8개월 만에 처음으로 마주 보았다. 증인석과 피고인석 사이에 날 것의 감정이 물결치며 계속 이어지는 듯한, 그런 시선이었다.

"프랭크 존슨이 남편을 쏘았다고 생각합니까?"

니나는 고개를 들었다. "프랭크가 그러지 않았다는 걸 알아요. 그건 절대 일어날 수 없는 일이에요."

언니의 아파트 전화벨이 약속대로 7시 정각에 울렸다. 나는 벨이 한 번 울리자마자 수화기를 재빨리 집어 들었다.

"전화기 옆에서 기다리고 있었어?" 프랭크가 웃으며 말했다.

"프랭크……." 나는 울지 않겠다고 다짐했음에도 울고 있었다.

"울지 마. 부탁이야."

"보고 싶어." 나는 가까스로 말했다.

"나도."

"사랑해."

"나도. 잘 알잖아."

프랭크에게 하고 싶은 말이 정말 많았다. *"괜찮아? 우리가 원하는 결과가 아니면 어떡하지? 난 어떻게 살지? 당신은?"* 하지만 오늘 밤에 프랭크가 듣고 싶은 말은 그게 아니라는 걸 알았다. 내일 평결이 나올 예정이라서 우리 둘 다 마음을 굳게 먹어야 했다.

허락된 통화 시간이 몇 분뿐이었는데, 그 시간이 침묵 속에 흘러가고 있었다. 하지만 정작 그 침묵이 우리 마음을 채워주었다.

"니나 말이야." 마침내 프랭크가 말문을 열었다.

"그러게. 정말 대단했어."

"그래도 니나를 보니까."

"놀라웠어. 니나는 정말 강했어."

"그 녀석이…… 정말 자랑스러워할 거야."

"그래. 정말 그랬을 거야. 당신도."

"그런 말은 하지 마."

"하지만 그랬을 거야."

나는 프랭크가 숨 고르는 소리를 들으며 얼마나 많은 수감자들이 사랑하는 사람들과 통화할 때 우는지 궁금해졌다. 아마 대부분이겠지.

"프랭크……."

"응?"

나는 망설였다. 그에게 하고 싶은 말이 있었다. 혹시나 하는 일이 있는데 아니면 어쩌지?

몇 달 전에 나는 피임을 중단하겠다는 꽤 중요한 결정을 내렸다. 게이브리얼과의 관계를 끝내고 프랭크와의 관계를 하나씩 다시 쌓아보려고 애쓰던 때였다. 우리는 서로에게 모든 걸 말했다. 여기에는 온갖 나쁜 일도 포함됐다. 이게 나라고, 이게 나의 가장 형편없고 끔찍한 모습이라고, 그런데도 정말 이런 나를 원하느냐고 말하는 것 같았다. 마침내 우리가 어둠 속에서 서로를 향해 머뭇머뭇 손을 뻗으며 다시 사랑을 나누었을 때, 마치 처음인 듯한 기분이 들었다. 그 암울한 시절에 찾아온 놀라운 기쁨은 작은 희망의 조각이자 빛이 되어 주었다. 하지만 한 달이 지나 생리가 시작될 때마다 나는 절망했다. 나 자신보다도 프랭크를 위해 아기를 갖기로 마음을 굳혔는데, 너무 늦어버린 건 아닐까 하는 생각이 들기 시작했다.

그런데 지난 며칠 동안 뭔가 느낌이 왔다. 끊임없는 두려움과 무관하게 속이 메스꺼웠고 특정한 맛과 냄새가 역겹게 느껴지자 예전 기억이 떠올랐다. 하지만 상상에 불과하면 어쩌지? 프랭크에게 희망을 품게 했다가 무너뜨리는 건 견딜 수 없었다. 지금처럼 우리 둘이 간신히 버티는 상황에서는 더욱 그럴 수 없었다.

"사랑해."

프랭크는 웃음을 터뜨렸다. "아까 말했잖아."

"나 무서워."

"그렇겠지. 나도 그래."

"혹시라도 그 사람들이……" 삐 소리가 울렸다. 완벽한 타이밍이었다.

"전화기에 돈이 떨어졌어. 사랑해."

"내일 봐." 내가 말했다.

"내일 봐."

전화가 끊어졌다. 나는 프랭크가 아직도 전화기 반대편에 있는 것처럼 수화기를 귀에 붙이고 한참 동안 서 있었다.

평결

"프랭크 존슨 형사 재판 관계자들은 모두 7번 법정으로 가십시오."

우리는 거의 하루 꼬박 평결을 기다렸다. 어제 미스킨 판사는 배심원단에게 사건의 핵심을 요약해 주었다. 검찰은 프랭크 존슨이 순간 엄청난 분노에 휩싸여 동생을 총으로 쏘았다고 주장한다. 피고인 측은 정당방위였다고, 프랭크는 자신과 동생을 보호하려 한 것이라고 주장한다. 미스킨 판사의 말에 따르면, 프랭크 존슨이 동생에게 심각한 해를 입힐 의도로 총을 쏘았다는 사실을 배심원단이 합리적 의심의 여지 없이 확실하게 믿어야 살인죄 유죄 평결을 내릴 수 있다. 또한, 불법 행위가, 즉 무기를 불법으로 사용하여 사람을 사망하게 한 행위가 발생했다는 데 배심원단이 동의해야 과실치사 유죄 평결을 내릴 수 있다. 프랭크가 총을 들고 있었고 총이 발사된 시점에 손가락을 방아쇠에 대고 있었다고 배심원단이 믿는다면, 이 역시 과실치사에 해당할 수 있다.

"필요한 만큼 시간을 충분히 들여서 증거를 검토해 주십시오. 그리고 이 사건과 관련된 언론 보도를 모두 무시해 줄 것을 다시 한번 촉구합니다." 판사가 배심원단에게 말했다.

로버트는 배심원단이 한 시간 이내에 결정할 수도 있다고 했다. 그러면서 그렇게 빨리 평결을 내리는 것은 좋은 신호인 경우가 많다고 했다. 오후가 지나도록 평결을 내리지 않자 우리는 점점 낙담했다. 기다림과 긴장의 연속으로 완전히 지쳐서 그저 빨리 끝났으면 좋겠다는 마음뿐이었다.

평결을 기다리는 지금, 내 몸은 현실을 거부하듯이 얼어붙었다. 팔다리가 움직이지 않았다. 머릿속에서는 피가 솟구쳤다. 그동안 억누르고 있었던 공포와 불안이 나를 짓눌렀다.

"못 듣겠어요." 나는 간신히 말을 내뱉었다.

"아니야, 할 수 있어. 지금 프랭크에게는 그 어느 때보다 네가 필요해." 아버지가 내 어깨를 감싸며 말했다.

반대쪽 옆에 있던 어머니는 내게 얼굴을 마주 보라고 했다.

"얘야, 우리가 여기 있다는 걸 기억하렴. 네가 내딛는 모든 걸음에 함께할 거야. 언제까지나. 넌 혼자가 아니란다."

"프랭크는 죄가 없어. 자유의 몸이 되어 여기에서 나갈 거야. 두고 봐." 언니가 자신 있게 말했지만 나를 속일 수는 없었다.

오늘 법정은 끔찍할 정도로 조용했고 기대감이 가득했다. 언론 방청석의 기자들도, 변호사도, 마지막 재판을 방청하려고 오늘 아침 8시부터 줄을 선 사람들도 모두 말이 없는 것 같았다. 그들을 둘러보고 있으니 이들은 무엇 때문에 여기에 왔을까 궁금해졌다. 죽음 때문에 한 번도 아니고 두 번이나 인생이 망가진 부부의 하찮은 휴먼 드라마. 그 사이에 끼어 있는 유명 작가. 전국에 화제가 된 은밀한 불륜. 재판이 끝나면 사람들은 일상으로 돌아가 우리에 관한 것을 전부 다 잊겠지.

배심원단이 한 사람씩 들어왔다. 나는 너무 긴장한 나머지 소리 지르지 않으려고 참는 것 말고는 아무것도 할 수 없었다. 자리에 앉는 그들의 얼굴이 평소보다 더 울적해 보이지는 않는지 유심히 살폈다. 그들은 마지막이자 가장 중요한 재판 절차를 위해 말쑥하게 차려입었다. 그들에게 모든 권력을 주는 날이었다. 히피 청년마저 재킷을 입고 넥타이를 맸다. 대표로 선출된 런던 금융가 직원 느낌의 배심원은 흰색 깃이 달린 줄무늬 셔츠를 입었다. 파란 안경테 배심원은 양쪽 어깨에 큰 리본이 늘어진 원피스를 입었다.

피고인석의 프랭크에게 눈길을 주는 사람은 아무도 없었다. 곧 유죄 평결을 내릴 남자를 차마 볼 수 없다는 뜻인가 싶어 불길했다. 물론 프랭크가 증인석에 섰을 때를 제외하면 재판 내내 그를 쳐다보는 일이 거의 없기는 했다.

배심원단의 대표가 일어나자 심장이 쪼그라드는 것 같았다.

"배심원 여러분, 여러분 모두의 동의를 바탕으로 평결을 내렸습니까?" 법원 서기가 물었다.

"네." 대표가 대답했다.

"첫 번째 범죄 혐의인 살인 혐의에 대해 피고인은 유죄입니까, 무죄입니까?"

1초도 안 되는 정적이었다. 하지만 남편이 살인 혐의로 기소되었을 때 그 1초가 얼마나 길게 느껴지는지 모를 것이다.

"무죄입니다."

나도 모르게 숨을 참고 있었는지 안도의 숨이 터져 나왔다. 내 옆에서 언니가 외쳤다. "좋았어." 그리고 아버지는 나를 보며 말했다. "하느님, 감사합니다, 감사합니다."

아버지의 말은 주문처럼 들렸다.

언론 방청석에서 시끌시끌 대화가 오갔다.

"법정에서 조용히 해 주십시오." 판사가 말했다. 서기는 소음이 가라앉을 때까지 기다렸다가 다시 말했다.

"두 번째 범죄 혐의인 과실치사 혐의에 대해 피고인은 유죄입니까, 무죄입니까?"

또다시 짧은 시간이 지났다. 그 안에 전 생애가, 온 세상이 담겨 있었다.

"유죄입니다."

이 말이 법정에 권총으로 발사된 것만 같았다.

"아니야! 말도 안 돼!" 냉정하고 차분하던 언니가 침묵을 가르고 외쳤다.

충격에 빠진 사람들이 내지르는 소리가 들렸다. 언니, 아버지, 어머니, 그리고 이 평결과 무관한 사람들의 소리였다.

나는 자리에서 일어나 프랭크의 이름을 부르며 나를 다시 끌어 앉히려는 부모님과 언니를 밀치고 나갔다. 아버지는 계속 내 손목을 잡아끌었다. 나는 그 상태로 방청석 난간에 몸을 기댔고, 마침내 프랭크가 고개를 들어 나를 보았다. 그는 이미 교도관 두 명 사이에 서 있었지만 최대한 오랫동안 내 눈을 마주 보았다. 도대체 어떻게 그럴 수 있었는지 모르지만 미소를 짓기까지 했다. 그리고 나를 향해 짧게 고개를 끄덕인 뒤에 끌려 나갔다.

1968년 9월 28일

레오와 함께 계속 식탁 아래에 몸을 숨기고 있는데 현관문 열리는 소리와 복도를 뛰어오는 발소리가 들렸다.

게이브리얼일까, 지미일까?

"아줌마!" 레오가 겁에 질려 비명을 질렀고 나는 아이를 더욱 꼭 끌어안았다.

"괜찮아. 레오, 나와도 돼. 괜찮을 거야." 게이브리얼이 주방으로 들어오며 말했다.

주방의 밝은 불빛 속에서 우리 셋은 잠시 서로 바라보며 서 있었다.

"정말 다행이야." 내 말은 '네가 살아 있어서'라는 뜻이었다. 게이브리얼은 아까처럼 손을 뻗어 내 얼굴을 어루만졌다.

"지미를 목장에 데려다주려고. 그런데 네가 같이 가야지만 가겠대. 네가 프랭크에게 돌아가는 걸 확인하고 싶어 하는 것 같아."

"말도 안 돼요. 날 두고 가면 안 돼요." 레오가 내 옆구리에 매달리며 말했다.

"레오. 잘 들어보렴. 아빠 금방 올 거야. 넌 여기 있으면 안전할 거고. 문을 잠가 놓을 거야." 게이브리얼이 말했다.

"안 돼요, 안 돼, 안 돼."

레오는 눈을 질끈 감고 고개를 세차게 저었다. 몸을 심하게 떨고 있었다.

"레오도 데려가자. 이 상태로 혼자 둘 수는 없어. 내가 뒷좌석에 같이 앉을게." 내가 말했다.

밖에 나가보니 지미는 게이브리얼의 하늘색 울슬리 후드에 기대 있었다. 금방이라도 바닥으로 미끄러질 듯이 온몸이 왼쪽으로 기울어진 채. 지칠 대로 지친, 불쾌한 얼굴의 목장 주인이 어제 옷을 그대로 입은 채 전시장에서 막 나온 듯이 흠 하나 없고 반짝이는 자동차에 쓰러져 있는 모습이라니. 정말 어울리지 않는 광경이었다.

"이제 차에 타죠." 게이브리얼이 말했다. 퉁명스럽고 날 선 말투였다. 부모가 짜증 내며 자식에게 지시하는 듯한.

지미는 고개를 들어 게이브리얼을 보았다. "나한테 한 말인가?"

"맞아요. 이제 갈까요?"

게이브리얼의 이런 모습은 처음이었다.

"당신이 뭔데?" 지미의 목소리에는 술기운이 가득했다. 그는 만화에 등장하는 술 취한 사람처럼 혀가 꼬였다. "꺼지라고."

"원하는 대로 베스를 데려왔어요. 그러니 제발 우리 모두의 부탁을 들어줘요. 차에 타라고요."

놀랍게도 지미는 순순히 따랐다. 게이브리얼의 딱딱하고 권위적인 말투 때문일 수도 있고 너무 지쳐서 이 상황이 끝나기를 바라기 때문일 수도 있었다.

게이브리얼은 나를 흘끗 보며 눈썹을 아주 약간 치켜올렸다. 이렇게 쉬울 줄은 몰랐다는 듯했다. 그의 표정은 "*최악은 지났어*"라고 말하고 있었다.

메도랜즈에서 블레이클리 목장까지는 차로 몇 분밖에 안 걸리는 거리지만 오늘 저녁에는 열 배 더 멀게 느껴졌다. 앞 좌석에 주저앉은 지미는 똑같은 질문만 반복했다. "형수, 왜 그랬어요? 왜 그래야 했어요?"

"미안해, 지미. 정말 미안해."

"그러면 안 되는 거잖아요. 형이랑 형수가 겪은 일을 생각하면. 왜 그랬어요?"

우리가 겪은 그 모든 일 때문이라는 대답 말고 다른 말은 떠오르지 않았다. 나도, 프랭크도 알고 있었다. 바비가 죽던 날 끝난 건 그 애의 삶뿐만이 아니었다.

레오가 내 손을 어찌나 꼭 잡고 있는지 손이 아파 오기 시작했다. 열한 살, 아직 어린아이가 감당하기에는 정말이지 너무 힘든 일이었다.

"다 왔군." 우리 집 마당에 들어서자 게이브리얼은 일부러 밝게 말했다.

그가 이곳에 마지막으로 온 건 결혼식 때였다. 일주일 전 오늘 이후로 얼마나 많은 일이 일어났는지 따라잡기 힘들 정도였다. 그때 지미는 헛간에서 형 옆에 서서 신부가 길게 깔린 레드 카펫을 따라 걸어오는 모습을 지켜보고 있었는데.

게이브리얼이 집 앞에 차를 세우자 나는 지미를 부축하려고 얼른 내렸다.

"자." 내가 손을 내밀며 말했다.

지미는 반쯤 감긴 눈으로 나를 보더니 술에 취해 나른하게 미소 지었다. "이제 피곤해요." 그는 이렇게 말하며 고개를 푹 숙였다.

지미를 끌어당겼지만 그는 자리에 다시 주저앉으며 내리지 않으려 했다.

"내가 도와줄게." 게이브리얼이 시동을 끄며 말했다. 그는 뒷좌석의 아들을 돌아보며 말했다. "금방 끝날 거야."

게이브리얼과 내가 지미를 양쪽에서 부축하며 주방으로 들어서자 프랭크는 놀라서 움찔했다. 프랭크가 불륜을 알게 된 뒤로 우리가 함께 있는 모습을 본 건 처음이었다.

"어젯밤과 오늘 하루 종일 널 찾아 헤맸어, 이 바보야." 프랭크는 동생을 보며 말했다. 그의 목소리는 따뜻하고 다정했다. 그는 우리를 보지 않았다. "내가 언제까지 너 때문에 식겁해야겠어? 이제 넌 유부남이야. 언젠가는 아버지가 될 거고."

"미안해." 지미가 말했다. 그는 팔을 내민 프랭크에게 안겨 형에게 이마를 맞댔다. 두 사람은 그렇게 한참 동안 끌어안고 있었다.

"더 이상 이런 짓 하지 마. 알겠지? 가슴이 철렁해서 더는 못 견디겠어." 프랭크가 다정하게 말했다.

"그럼 난 가볼게요." 게이브리얼의 말에 프랭크는 처음으로 그를 보았다.

"데려다줘서 고마워요."

프랭크는 자기 아내와 잠자리를 한 남자에게 고맙다고 했다. 어찌 된 노릇인지 차분한 목소리였다. 정말 고마워하는 것처럼 들렸다.

하지만 그 말에 지미는 뺨이라도 맞은 듯이 발끈했다. "말도 안 되는 소리." 그는 몸을 홱 돌려 게이브리얼과 한 발짝 정도밖에 떨어지지 않은 곳에서 이렇게 말했다. 목소리가 이상하리만치 또렷해졌다. "고마워할 일 하나도 없어. 당신은 내 형의 인생을 망쳤는걸."

"이봐요. 이 얘기는 다시 안 했으면 합니다. 이미 정말 미안하다고 했잖아요." 게이브리얼이 말했다.

게이브리얼의 목소리에서 좌절, 슬픔, 후회를 비롯한 온갖 감정이 느껴졌다. 하지만 지미에게서는 약간의 거들먹거림만 느껴졌는데, 내 상상일 뿐인지도 몰랐다. 이 상황에서 지미가 무슨 생각을 하는지, 아니 생각이란 걸 하기나 하는지 알 길이 없었다.

그때 지미가 억센 손으로 게이브리얼의 목을 움켜쥐었다. 마치 목을 조를 듯했다.

피가 끓는 긴 비명이 내 안에서 터져 나왔다. 온몸의 신경이 산산조각 난 듯 정신이 나갔다.

프랭크가 "지미, 하지 마……"라고 외치며 재빨리 달려갔다.

"알겠어, 알겠다고. 진정……." 지미는 이렇게 말하며 게이브리얼의 목에서 손을 풀고 한 걸음 물러났다. 하지만 현관문이 벌컥 열리는 바람이 말을 끝맺지 못했다.

레오였다.

레오가 산탄총을 들고 지미를 겨누고 있었다.

레오는 총알이 발사된 반발력 때문에 비틀거리며 뒷걸음질 쳤다.

공포스러운 그 순간, 모든 게 말이 안 됐다. 지미는 바닥에 쓰러져 말없이 꼼짝도 하지 않았다. 옅은 색 셔츠를 가로질러 피가 고였다. 프랭크는 그 옆에 무릎을 꿇고 손바닥으로 총상 부위를 누르며 동생의 폐에 공기를 불어 넣기 위해 흐느낌을 참으려 애쓰고 있었다. 아이는 비명을 질렀다. 거듭 날카로운 소리를 질렀다. 충격으로 얼굴이 하얗게 질린 레오 옆에 산탄총이 있었다. 게이브리얼은 레오를 진정시키러 가지 않았다. 꼼짝도 할 수도 없이 우리 모두 어떤 끔찍한 광경 속에 얼어붙어 누구도 풀려나지 못한 듯했다.

"구급차를 부를게!" 가까스로 정신을 차린 내가 울부짖었다.

하지만 프랭크는 바닥에서 일어났다. 손과 얼굴이 피투성이였다. 오른쪽 소매는 팔꿈치까지 피에 젖어 있었다.

"아직. 생각할 시간이 필요해. 가망이 없어. 베스, 지미는 죽었어."

이 말을 들은 레오가 울기 시작했다. "아빠, 내가 죽인 거예요? 내가 저 아저씨를 죽였어요?"

게이브리얼은 아이를 들어 올려 품에 안았고, 레오는 어린아이처럼 다리로 제 아빠의 허리를 감고 목덜미에 얼굴을 묻었다. "괜찮아." 게이브리얼이 레오의 작은 등을 문지르며 말했다.

하지만 괜찮지 않았다. 다시는 괜찮아질 수 없었다.

프랭크도 울고 있었다. 소리 내 울지는 않았지만 뺨을 타고 눈물이 흘러내렸다. 그러면서도 게이브리얼에게 간결하고 사무적인 목소리로 말했다. "아이 데리고 여기서 나가요."

"무슨 말입니까? 경찰을 불러야죠."

"죄송해요." 레오가 훌쩍이며 말했다. "아빠, 죄송해요. 그럴 생각은 아니었어요."

"베스. 저 사람들 내보내. 당신도 같이 가. 이 일은 내가 처리할게. 사고라고 말할 거야." 프랭크의 목소리는 날카로웠다.

"당신 혼자 두고 안 가."

"지금 당장. 진심이야. 내가 하라는 대로 해야 해. *부탁이야, 베스.*" 프랭크는 나를 이해시키려고 소리를 질렀다. 내 충격을 뚫고 들어가려고, 어쩌면 자신의 충격도 뚫어보려고 애쓰는 것 같았다.

"사실대로 말해야……." 게이브리얼이 말했지만 프랭크가 잘랐다.

"안 됩니다. 아이가 법정에 서게 될 텐데요. 열한 살 아닌가요? 아이를 증언대에 세울 겁니다. 그걸 원합니까?" 프랭크는 지미의 시신을 내려다보았다. "내 동생입니다. 내 방식대로 처리하게 놔둬요."

메도랜즈로 돌아가는 차 안에서 게이브리얼은 프랭크가 왜 그러는지 물어볼 뿐이었다.

"프랭크가 왜 그러는 거지? 왜 하지도 않은 일을 책임지려 하는 거지?"

나는 심하게 우느라 대답할 수 없었다.

바보 같을 정도로 고결한 나의 남편은 잘못된 죄책감에 사로잡혀 있었다.

1969년

목장 일은 비극, 가슴앓이, 옥살이로 시간을 허비할 틈을 주지 않았다. 나는 목장 곳곳을 다니며 일하느라 육체적, 정신적, 감정적으로 몹시 지쳤으나, 지금은 아주 바쁜 계절이었다. 내가 자리를 비운 사이에 뒤늦게 태어난 새끼 양들이 나를 위로해 주었다, 출산을 기다리는 암컷 양 몇 마리가 아직 남아 있었다. 나는 엉덩이를 확인하며 출산 조짐이 있는지 살폈고 손바닥으로 배를 눌러 배 속 양의 위치를 확인했다. 이제는 일상이자 차분하게 집중해서 할 수 있는 일이 되었다. 이렇게 하는 걸 처음 봤을 때 지미와 프랭크가 그랬듯이. 사료를 섞으면 양들이 주위로 몰려들었고 양들은 내가 꼬불꼬불한 털을 쓰다듬어도 가만히 있었다. 법정에서 보낸 나날이 끝나고 이곳으로 풀려나자 아드레날린이 솟구치는 것 같았다.

개 한 마리가 이 들판에 들어와 양 떼를 공격한 지, 누구도 상상하지 못한 일이 벌어지는 불씨가 된 그 일이 발생한 지 1년이 조금 넘었다. 잃어버린 내 아들과 조금은 닮은 레오가, 엄마 노릇이 아직 간절하던 내게 엄마를 원하던 그 아이가 나타난 지도. 게이브리얼과 내가 다시 만나 매일 함께하면서, 우리 마음속 깊이 억눌러온 감정이 사라진 게 아니라 다시 깨어나기만을 기다리고 있었다는 사실을 깨달은 지도. 한때 내가 그토록 집착한 남자가, 내 욕망을 일깨우고 나를 버린 소년이, 아니 내가 그렇다고 오해한 그 소년이, 내가 머릿속으로 그려낸 악당이 아니라 여전히 아끼고 사랑하는 사람으로 밝혀진 지도.

나를 향해 들판을 걸어 올라오는 게이브리얼이 보였다. 나는 마음이 지치고 유약해져서 헛것이 보인다고 생각했다. 하지만 그는 계속 다가왔다. 키 크고 호리호리한 그 모습을 내가 못 알아볼 리 없었다.

"베스." 그는 몇 발짝 떨어진 곳에서 걸음을 멈추었다.

나는 양 사료가 묻은 손으로 흘러내린 머리카락을 쓸어 올렸다.

"이렇게 올 수밖에 없었어."

"괜찮아." 말은 이렇게 했지만 괜찮지 않았다. 사실 정반대였다. 나는 그를 볼 준비가 되지 않았다. 누구도 볼 준비가 되지 않았다.

"프랭크가 유죄 평결을 받을 줄은 몰랐어. 다들 로버트는 최고의 변호사라고 했고 그가 이길 거라고 생각했는데. 베스, 정말 미안해. 널 실망시키다니."

이런 대화는 나누고 싶지 않았다. 무의미하고 희망 없는 대화였다.

"몇 년 형을 받을 것 같아?" 게이브리얼이 물었다.

"로버트는 8년을 예상하던데. 하지만 더 빨리 나올 수도 있다고. 운 좋으면 5년 정도."

내가 이렇게 말하며 인상을 찡그리자 게이브리얼도 찡그렸다. 우리는 운 좋은 사람들이 아닌데.

"미안해." 게이브리얼이 다시 사과했다. "프랭크가 그러도록 놔두는 게 아니었어. 그때도 그러고 싶지 않았어. 기억나? 그때……." 그는 허둥지둥하며 말끝을 흐렸다.

나는 말 없는 벽과 같았다. 무슨 말이든 해야 한다는 걸 알았다. 게이브리얼이 죄책감을 극복하도록 도와야 했다. 하지만 너무 지쳤다. 이 모든 게 너무 피곤했다.

"로버트마저 우리를 실망시키다니." 게이브리얼이 말했다.

"그런 말 하지 마. 로버트는 할 수 있는 일을 했어. 우리 이야기가 앞뒤가 맞지 않았잖아. 그가 사실을 온전히 알지도 못했고."

"프랭크가 왜 그랬는지 도무지 모르겠어. 왜 자기 자식도 아닌 아이를 위해 죄를 뒤집어썼을까?"

너무 기진맥진해서 그런지 내 안에는 투지가 남아 있지 않았다. 저항할 기운도 없었다. 하지 말아야 할 말들이 머릿속에 떠오르기 시작하더니 목구멍에서, 입에서 나도 모르게 제멋대로 튀어 나갔다. "네 아들을 구하지 못했으니까."

"무슨 소리야? 구했잖아. 내 아들 대신 감옥에 갔다고."

심장이 너무 거세게 뛰어서 기절할 것 같았다. "네 첫 번째 아들."

이 말을 이해하는 데는 1초면 충분했다.

"바비?" 아이의 이름을 말하는 게이브리얼의 목소리가 떨렸다.

나는 고개를 약간 숙였다. 숨결처럼 미세한 인정의 표현이었고 그게 내가 할 수 있는 전부였다.

"내 *아*들이라고, 그 애가 내 아들이었어?"

게이브리얼은 고통으로 울부짖었다. 들어본 적 없는 소리였다. 이런 포효라니. 마침내 모든 진실을 이해하게 된 순간, 고통과 분노와 슬픔이 담긴 울부짖음이 한참 이어졌다.

"게이브리얼."

내가 다가갔지만 그는 물러섰다. "가까이 오지 마."

나는 손으로 얼굴을 가리고 흐느끼기 시작하는 그를 지켜보았다. 그동안 감춰온 우리 사이의 이 충격적인 일은 용서할 수 없는 것이었다. 나는 용서받지 못할 일이라는 것을 늘 알고 있었다. 프랭크도 그랬다.

게이브리얼은 뺨에 흐르는 눈물을 닦으며 나를 다시 보았다. "어쩐지 레오가 바비를 닮았다 했어. 이제야 알겠어. 레오와 무척 닮았던 네 사진 속 아이 말이야. 이럴 수가. 가여운 레오. 넌 레오에게 형이 있다는 걸 속였어. 내게 아들이 있다는 것도 속였고. 네가 그 아이를 훔친 거야. 아니, 너와 프랭크가."

"바비는 내 아들이기도 해. 그리고 그때 넌 내 곁에 없었잖아. 기억 안 나?"

"하지만……. 옆에 있을 수도 있었다고! 널 사랑했으니까. 왜 말 안 했어?" 게이브리얼은 울부짖으며 목소리를 높였다.

"말하고 싶었어. 네 어머니는 아셨어. 그리고 난 어머니가 대신 네게 말해주길 바랐어."

"어머니가 알았다고? 우리 어머니가?"

게이브리얼의 얼굴에는 공포가 가득했다. 너무 무서워서 말을 잇기 힘들 정도였다.

"내가 말한 건 아니고 어쩌다 보니 너희 어머니가 알게 된 거야. 내 배 속 아기가 네 아이라는 걸 알면 너희 어머니가 도와주고 싶어 할 줄 알았어. 하지만 어머니의 관심사는 네 평판을 지키는 것뿐이었지. 네게 절대 말하지 말라고 하면서 내게 돈을 주셨어. 입 다무는 대가로 두둑한 수표를 말야."

"아니야. 아니, 아니, 아니야. 어머니가 내게 그럴 리 없어." 게이브리얼이 말했다. 그의 목소리에 담긴 고통과 의구심에 가슴이 아팠다.

"그럴 분이라는 거 알잖아. 너희 어머니가 언제 자기 자신 말고 다른 사람에게 신경 쓴 적이 있었어?"

한참 침묵이 흘렀다. 그러다가 게이브리얼이 얼음장 같은 눈빛으로 나를 보았다. "네게 해준 바비에 관한 온갖 이야기들 말이야. 결국 그건 네 죄책감이었어. 그렇지? 그 오랜 세월 동안 숨기고서 몇 마디 던져주면 네 기분이 나아질 줄 알았어?"

내 안에서 분노가 폭발했다. 억눌린 분노의 마지막 조각이 터져 나왔다. 나는 양 떼를 모는 거친 야생의 여인이 되어 소리를 질렀다. "프랭크는 네 *아들이* 지미를 죽인 바람에 감옥에 있어. 레오를 대신해서 모든 일을 책임졌다고. 그 덕에 *넌* 아들이 법정에서 증언하는 모습을 보지 않을 수 있었고. 그리고 *넌* 아들을 빼앗기지 않게 되었어. 그래, 프랭크는 바비의 아버지 노릇을 했고 넌 그렇지 못했기 때문이었어. 프랭크가 그 일로 죄책감을 느낀 것도 맞아. 바비가 죽고 나서는 더 심하게. 하지만 네가 필요할 때 넌 어디 있었는데? 내가 열일곱 살에 미혼모가 되어 학교에서 쫓겨날 때 넌 어디에 있었어? 프랭크는 조금도 망설이지 않고 나와 다른 남자의 아기를 품어주었어. 날 사랑하니까. 그리고 프랭크는……." 이제 나는 울고 있었다. "바비에게 최고의 아버지였어. 네가 할 수 있는 것보다 훨씬 더 좋은 아버지였다고."

나는 주저앉아서 양손에 얼굴을 묻었다.

총격 사건이 발생한 뒤로 우리는, 그러니까 게이브리얼과 프랭크와 나는 그 일은 사고일 뿐이었다고 레오에게 확신을 주기 위해 최선을 다했다. 우리 모두 레오가 일부러 지미를 쏘지 않았다는 걸 알고 있다고 말해주었다. 아버지를 보호하려고 그랬다는 걸 안다고. 어떤 아들이라도 똑같이 했을 것이라고.

그럼에도 레오는 몇 달이 지나도록, 재판이 다가올수록 점점 어두워졌다. 결국 프랭크가 레오를 만나러 메도랜즈로 갔다. 보석 조건을 어기면서까지, 그래서 마을 사람들이 온갖 안 좋은 말을 하리라는 것을 알면서도 결국 그렇게 했다.

"그 애가 계속 죄책감에 시달린다면, 내가 이렇게까지 하는 게 무슨 의미가 있겠어? 그러니까 내가 가서 잘 이해시킬게. 아이는 이해할 수 없는, 어른이 만들어 낸 엉망진창에 운이 나빠서 얽힌 것뿐이었다고." 프랭크는 이렇게 말했다.

"미안해." 나는 두 손에 얼굴을 묻은 채 게이브리얼에게 중얼거렸다. 도저히 그를 볼 수 없었다. 분노가 사라지자 수치심이 밀려왔다. "나 정말 형편없는 사람이네. 내가 정말 끔찍한 일을 저질렀어. 네가 날 미워해도 할 말이 없어. 나도 내가 싫은걸."

게이브리얼이 축축한 풀 위에 쪼그려 앉는 기척이 느껴졌고, 그의 손이 내 손을 얼굴에서 조심스레 떼어 냈다.

나를 바라보는 그의 눈빛에는 모든 게 담겨 있었다. 슬픔, 비애, 열정, 상실감, 순수함, 분노, 서서히 사그라드는 빛까지. 그 모든 것의 중심에는 거짓말이 있었다. 용서받기에는 늘 너무 크기만 했던 거짓말이. 그럼에도 그의 눈빛에서는 내가 예상했던 비난이나 증오가 아니라 사랑이 느껴졌다.

우리는 서로 끌어안았다. 그야말로 무너지지 않으려고 서로 붙들고 있었다. 하늘이 서서히 어두워지고 양이 울고 새들이 둥지로 날아가는 동안, 우리의 아들 바비가 가장 좋아했던 곳에서 서로 꼭 껴안고 있었다.

과거

생리 예정일이 되기 전인데도 임신했다는 걸 알았다. 가슴이 말랑말랑해지거나 아침에 잠에서 깼을 때 메스껍거나 이 밖에 도서관에서 몰래 읽은 임신 징후 때문이 아니었다. 그냥 알았다.

떠올리기 가슴 아프지만, 우리가 마지막으로 사랑을 나눈 때는 옥스퍼드에서 게이브리얼과 함께 있던 날 한밤중이었다. 우리는 반쯤 흐릿한 의식 속에서 마법처럼 은밀한 시간을 보냈다. 꿈속에서 서로를 향해 손을 뻗으며 이성이 따라잡을 새도 없이 몸이 먼저 움직였다. 그리고 나서는 피임 도구를 착용했는지 기억나지 않았다. 나중에 집에 돌아가서 케이스에 의기양양하게 들어 있는 페서리를 보고서야 빼놓고 갔다는 것을 깨달았다. 하지만 그때는 실연의 상처가 너무 커서 신경 쓸 겨를이 없었다. 게이브리얼과의 관계가 끝났다. 내가 원하는 것은, 생각할 수 있는 것은 그에게 돌아갈 방법을 찾는 것뿐이었다.

생리를 건너뛰고 하루하루 지날수록 분명한 징후가 새롭게 나타났다. 가슴이 커지고 정맥이 푸르스름하게 도드라졌고 계속 화장실에 가고 싶었다. 베이컨 굽는 냄새, 커피 냄새, 향수 냄새를 비롯해 언제나 좋아했던 냄새를 견딜 수 없게 되었다. 부모님에게 말해야 한다는 걸 알았다. 하지만 뭐라고 말해야 할지 적당한 말이 생각나지 않았다.

거의 끊임없이 게이브리얼을 생각했다. 그에게 전화하려고 전화기를 100번, 아니 200번은 집어 들었다. 하지만 우리가 헤어진 뒤로 그에게서는 연락이 없었고, 나는 그 이유가 하나뿐이라고 생각하며 두려워했다. 그가 루이자와 사랑에 빠졌다고. 나도 모르는 사이에 그가 원하는 결말을 만들어 준 것이다.

임신 사실을 알면 게이브리얼이 어떻게 생각할까? 그가 명예를 중시하는 건 분명했다. 그러니까 결혼하자고 할 수도 있었다. 하지만 그가 다른 여자를 사랑하는 걸 아는데, 과연 내가 그와 결혼하고 싶을까?

밤이면 편지를 써서 후회와 슬픔을 쏟아냈다. 내가 한 말이 얼마나 미안한지. 그걸 얼마나 주워 담고 싶은지. 얼마나 간절히 그가 보고 싶은지. 그리고 네가 알아야 할 사실이 있다고······.

나 임신한 것 같아.

이 문장을 수없이 썼지만 매번 충격적이었고 돌이킬 수 없을 것만 같았다. 그래서 매번 편지를 갈기갈기 찢어버렸다.

이러지도 저러지도 못한 채 2주를 보낸 뒤에 메도랜즈로 향했다. 가서 마음이 바뀌기 전에 문을 두드렸다.

크리스마스 휴일을 보내러 게이브리얼이 와 있을 줄 알았지만 문을 열어준 사람은 테사였다. 그녀는 나를 보고 놀랐다. "베스. 여긴 무슨 일이니?"

"게이브리얼과 이야기하고 싶어서요."

"유감이지만 여기 없어."

"아." 이렇게 대답하고 이제 어떻게 해야 하나 생각하자 목구멍에 뜨거운 덩어리가 생겼다. 게이브리얼이 집에 없을지도 모른다고는 전혀 생각하지 않았다.

숨이 가빠졌다. 테사가 이를 알아차렸는지 갑자기 "베스, 들어오지 그러니"라고 말했다. 그녀는 돌아서서 집안으로 걸어갔고 나도 모르게 따라갔다.

분홍색으로 꾸며진 작은 응접실에는 예전에 게이브리얼과 서로 엇갈리게 누워서 와인을 마시던 벨벳 소파가 있었다. 테사는 벽난로 앞 안락의자를 손짓하며 말했다. "앉아."

쭈뼛쭈뼛 의자에 앉아서 기다리는데 테사가 동작을 멈추고 나를 유심히 보았다.

"게이브리얼은 언제 오나요?" 내가 침묵을 깨고 겨우 물었다.

"아마 다음 주일 거야. 솔직히 널 만나서 좀 놀랐어. 둘이 헤어졌다면서."

나는 할 말을 잃었다. 우리의 이별을 아무렇지 않게 확인해 주는 말에 상처받았다. 테사가 알고 있다는 사실에도.

뭘 어떻게 해야 할지 몰랐다. 어디로 가야 할지도. 게이브리얼이 여기 있고 그에게 임신 사실을 알린 다음, 앞으로 어떻게 해야 할지 함께 결정할 수 있기를 바랐는데.

나는 무의식중에 배에 손을 얹었다. 그리고 내 안에서 자라는 아기를 생각했다. 도서관에서 읽은 책에 따르면 아직 1센티미터도 되지 않았다.

고개를 들자 테사가 눈을 가늘게 뜨고 나를 보고 있었다.

"세상에. 베스, 임신했니? 그래서 온 거야?"

무슨 말을 할지 생각하기도 전에 "네"라는 말이 불쑥 튀어 나갔다.

이 사실을 인정하자마자 나 말고 다른 누군가가 사실을 알고 있다는 데서 안도감이 밀려왔다. 아들의 아기를 품고 있다는 걸 알면 분명 테사는 나를 도와주겠지?

"어쩌다가?"

"저…… 아니 저희가…… 옥스퍼드에서 조심하지 못했어요."

테사는 혀를 찼다. "이렇게 무책임할 데가. 그건 그렇고 게이브리얼이 내게 직접 말하지 않다니, 좀 놀랍구나."

"게이브리얼은 아직 몰라요."

테사의 낯빛이 갑자기 환해지는 게 이상했다. 그녀는 몸을 숙여 내 손을 토닥였다. "게이브에게는 숨기고 있었구나. 아주 분별 있는 아가씨야. 이 일로 그 애를 걱정시킬 필요는 없잖니?"

"사실, 오늘 말할 생각이었어요. 그래서 여기 왔고요." 테사는 일어나서 작은 원을 그리며 서성댔다. "잠깐 생각 좀 해보자꾸나. 부모님은 아시니?"

"아직요."

"더 잘됐구나."

"얼마 후에는 눈치채시겠죠."

테사의 아름다운 얼굴이 한 번 더 급격히 달라졌다. "설마 낳을 생각은 아니지?"

"그럼 어떻게 해야 하는데요?"

"이런, 네가 세상 물정 모르는 시골 애라는 걸 가끔 잊어버린다니까. 이런 문제를 다 해결해 주는 곳이 있어. 불법은 아니니까 걱정 말고. 돈을 마련해서 해외에 다녀오기만 하면 돼. 이 문제를 내게 먼저 이야기할 생각을 하다니 정말 다행이구나."

나는 괴로워하며 테사를 올려다보았다. "임신을 중단하라는 말인가요?" 이 말을 입 밖에 내는 것만으로도 배 속 아기의 기분이 상할까 봐 작게 속삭였다. 나는 가톨릭 신앙 속에서 자랐다. 물론 이렇게 임신한 걸 보면 알겠지만 독실한 신자는 아니었다. 하지만 수년간 주입된 교리를 통해 한 가지는 확신하고 있었다. 내 배 속의 이 작은 수정란이 언젠가 아기가 된다는 사실이었다. 그리고 내가 그 아기를 사랑하고 아기에게 내가 줄 수 있는 최고의 삶을 줄 것이라는 사실이었다.

"그래, 맞아. 네가 생각하는 것보다 훨씬 쉬워. 사소하게 바보 같은 실수 한 번 저질렀다고 너나 게이브가 인생을 망칠 필요는 없잖니."

"아기가 제 인생을 망칠 거라고 생각하지 않아요…… 게이브리얼의 인생도 그렇고요."

잠시 침묵이 흘렀다.

"게이브에게 말하기로 마음먹었나 보구나."

"알고 싶어 하지 않을까요? 게이브리얼도 참여하고 싶겠죠. 지금 이야기하는 아기가 자기 자식이니까요."

"아. 이제야 네가 왜 이러는지 알겠구나. 게이브리얼에게 말해서 결혼하자고 설득할 수 있을 것 같니? 베스, 정말이지 난 그런 꼴은 못 본다. 내 말 오해하지 말고 들어. 너랑 헤어졌다고 말할 때 게이브는 차라리 다행이라고 생각하는 것 같더구나. 솔직히 서로 만나지도 못하는 상황에서 관계를 이어가려고 애쓰는 게 그 애에게는 부담이었던 것 같아. 물론 옥스퍼드에 가는 바람에 환경이 완전히 새로워지기도 했고. 새로운 친구도 많이 사귀고."

용감해지자는 결심은 사라지고 말았다. "게이브리얼이 아직도 루이자와 함께인가요?" 나는 간신히 물었다.

이 말을 들은 테사의 얼굴에 알 수 없는 표정이 스쳤다. 혼란스러운 걸까? 안도하는 걸까? 아니면 다른 무언가일까? "물론 아직 얼마 안 됐지만 둘은 *아주* 잘 어울려. 게다가 루이자의 아버지는 게이브리얼이 작가로 성공하는 데 도움을 많이 줄 수 있고. 당연히 그걸 방해하고 싶지는 않겠지." 테사는 가식적으로 까르르 웃었다. "옥스퍼드를 떠나서 할리우드로 이사 갈 수도 있겠지. 우리 가족 모두 그럴지도 모르겠구나. 이 지긋지긋한 날씨에서 벗어나고 싶거든."

나는 벽난로 온기에도 불구하고 몸을 떨었다. 여기 오는 게 아니었는데. 테사 울프에게서 최대한 멀리 떨어지고 싶었다. 조용한 방에 누워 내가 잃은 모든 것을 생각하며 울고 싶었다.

"가려고?" 내가 일어나자 테사가 물었다.

나는 고개를 끄덕였다.

"잠깐만 기다려. 줄 게 있으니까."

나는 창가의 책상에 앉는 테사를 지켜보았다. 이 책상을 처음 보고 탐냈던 게 기억났다. 예쁜 자개 장식과 앙증맞은 금색 손잡이가 달린 비밀 서랍이 있는 책상이었다. 그때 나는 이렇게 생각했다. '*언젠가 나를 위해 이런 책상을 사서 보물로 가득 채워야지. 연애편지, 희귀한 깃털, 특이한 모양의 자갈, 남몰래 쓴 시 같은 것들로. 리본과 우표와 밝은 잉크도 넣어둬야지.*'

테사는 응접실을 가로질러 오더니 봉투를 하나 건넸다. "지금 보지 말고. 하지만 어떤 결정을 내리든 도움이 될 거다."

당연히 나는 곧장 봉투를 열어보았다. 안에는 1천 파운드짜리 수표가 들어 있었고 이름 쓰는 칸이 비어 있었다. 부모님이 1년 동안 버는 돈보다 큰 금액이었다. "너무 많은데요."

"말도 안 되는 소리. 꼭 받았으면 좋겠구나. 너 같은 처지의 여자애 중 상당수가 입양을 선택하지. 나이츠브리지Knightsbridge에 있는 아주 좋은 입양 기관을 추천해 주마."

분홍 장밋빛 카펫을 물끄러미 보고 있는데 위험한 예감이 휘몰아쳤다. '너 같은' 처지라니. 게이브리얼이 아니라. 테사의 세계에서는 이런 식으로 돌아가는 모양이었다.

"베스?" 테사는 내가 고개를 들고 볼 때까지 기다렸다. "그 대가로 사소한 부탁이 하나 있는데. 게이브리얼에게 임신 사실을 알리지 않겠다고 약속해. 그 애가 대학 생활을 시작한 지 얼마 안 됐잖니. 이 일 때문에 그 애의 앞날이 망가진다고 생각하면 견딜 수가 없구나. 그리고 아기를 낳기로 결정하더라도 아기 아버지에 관해서는 말조심해 줄 수 있지?"

나는 대답하지 않았다. 할 수 없었다. 소중한 아들만 온전하다면 내 인생은 망가져도 괜찮다니.

"그렇게 하겠다는 뜻이니?"

나는 고개를 끄덕였다. 그래야만 이 방에서, 이 집에서, 울프 가족의 지독한 세계에서 벗어날 수 있을 테니까.

밖으로 나간 나는 잠시 계단에 서서 우리의 짧은 러브 스토리의 배경이 된 천국 같은 들판과 하얀 백조가 미끄러지듯 헤엄치는 호수를 바라보았다. 결국 이 모든 것이 허상에 불과했다.

나는 폐 깊숙이 맑은 공기를 들이마셨다. 그리고 지난 30분 동안의 추악함을 모두 숨결에 뱉어냈다.

끝났다. 끝났다. 다 끝났다.

학기 마지막 날에 교장 수녀님이 나를 불렀다.

"이번엔 뭐지?" 헬렌이 걱정스럽게 말했다.

헬렌은 나의 가장 친한 친구고 나는 언제나 그녀에게 모든 것을 말했다. 하지만 배 속에서 자라는 비밀은 지금으로선 나만의 것이었다.

나는 더 이상 셰익스피어나 브론테 자매나 옥스퍼드의 세인트 앤스 칼리지를 생각하지 않았다. 찰스 디킨스나 산업혁명에 관한 그의 묘사에도 관심 없었다. 초대받은 크리스마스 파티도, 같은 반 친구들이 파티에 입고 간다는 드레스도 신경 쓰이지 않았다. 나는 인생이 영원히 달라질 것이라는 생각에 교실 창밖을 물끄러미 바라보았다. 하지만 잠깐은 나만의 작은 세계 안에 우리 둘, 나와 배 속 아기뿐이었다. 그러자 왠지 모르게 신성하게 느껴졌다. 이 느낌을 다른 누구와 공유하고 싶지 않았다.

교장실 문을 두드리면서 몇 주 만에 내가 얼마나 달라졌는지 생각했다. 이제 교장 수녀님이 무슨 말을 해도 상처받지 않을 것 같았다. 이상한 말이지만 내 안의 작고 소중한 비밀이 나를 지켜주는 것 같았다.

"엘리자베스. 와서 앉도록." 수녀님은 책상 앞 의자를 가리켰다.

교장실에는 1학년 학생 몇 명이 빨간색, 은색, 금색의 싸구려 장식으로 꾸민 작은 크리스마스트리가 있었다. 열한 살 때 나도 그중 한 명이었는데, 이냐시오 수녀님의 개인 공간에 초대받아 무척 기뻐했다.

"이 자리에 학교 이사장님인 미카엘 신부님을 모실까 하는 생각도 했지만, 상황을 고려할 때 신중히 처리하는 것이 최선이라고 판단했어. 일단 우리 둘이 문제를 논의하는 게 좋겠구나."

수녀님과 내가 서로 쳐다보는 잠시 동안 내 머릿속에 의문이 빙빙 돌았다. 수녀님이 아는 걸까? 어떻게? 내가 임신한 걸 아는 사람은 세상에 둘뿐인데. 나와 테사 울프. 게이브리얼의 어머니가 말했을 리는 없다. 내 임신을 최대한 오래 숨기는 것에만 신경이 쏠려 있을 테니까.

"엘리자베스, 오늘 오후에 네 부모님께 편지를 썼다. 네가 다음 학기에는 학교로 돌아올 수 없다고 말이야."

"무슨 말씀인지 모르겠어요."

"알 텐데."

"자세히 설명해 주세요."

"용감하구나. 그 점은 높이 사마. 학교는 널 학생으로 계속 두는 게 더 이상 적절치 않다고 결정했어. 너도 알다시피 학생 수는 학교 재량에 따라 정해지고 이 학교에 들어오고 싶어 하는 학생은 많아. 너 대신 학교가 요구하는 도덕규범을 준수할 수 있는 학생을 받기로 했다. 우리는 상위권 학생들이 후배들에게 모범을 보이기를 기대해. 그런데 엘리자베스, 너는 정반대로 부적절한 행동을 숨기려는 노력조차 안 하더구나. 하지만 퇴학 조치는 아니야. 네 부모님께도 이 점은 설명드렸어. 원한다면 6월에 여기서 대학 입학시험을 보게 해주마." 교장 수녀님은 나를 뚫어지게 보았다. "그럴 가능성은 거의 없다고 생각한다만. 안 그러니?"

"누구한테 들으셨어요?"

미처 막을 새도 없이 이 말이 나왔다.

"어제 손님이 찾아와서 우리 학교 과학 전용 건물을 새로 지을 거액의 기금을 기부했어. 그분은 네 민감한 상황이 학교 내에 알려지면 안 된다고 무척 걱정하더구나. 그래서 소문이 퍼지기 전에 최대한 빨리 네가 학교를 떠나는 게 낫겠다고 판단했어."

"그 사람이 제게도 돈을 주며 입 다물고 있으라고 했어요. 돈이 많으면 그럴 수 있나 보죠." 나는 눈물이 그렁그렁한 채 말했다.

놀랍게도 이냐시오 수녀님은 웃음을 터뜨렸다. 진심 어린 따뜻함이 느껴지는 웃음이었다. "내 생각엔 네 주변에 그런 사람들이 없는 게 더 나아. 엘리자베스, 난 네 걱정은 크게 하지 않아. 넌 똑똑하고 근성이 넘치는 아이니까. 결국에는 모든 걸 이겨낼 거야. 그걸 잠시도 의심한 적 없어."

크리스마스가 며칠 지난 어느 날, 프랭크가 우리 집에 찾아왔다. 교복을 입지 않은 그의 모습은 정말 달라 보였다. 검은색 재킷과 회색 바지 교복이 그의 탄탄한 체형을 가리고 있었던 것 같았다. 씻고 아직 마르지 않은 축축한 머리카락에서 비누 향기가 났다.

"네게 보여주고 싶은 게 있어." 그가 말했다.

"뭔데?"

프랭크가 미소 짓자 눈이 거의 보이지 않을 정도로 오므라들었다. 전에는 웃을 때 이런지 몰랐다.

"놀라게 해주려고 하는데 그걸 말하면 다 망치지 않을까?"

집 앞에는 낡은 랜드로버가 한 대 서 있었는데, 원래의 색이 보이지 않을 정도로 진흙이 말라붙어 있었다.

핸들을 잡은 프랭크의 손은 햇볕에 그을고 강인해 보였지만 의외로 손가락이 우아하고 손톱을 짧게 잘랐다. 기어를 바꿀 때는 피부 아래에서 팔뚝 근육이 움직이는 게 보였다.

우리는 존슨 가족의 집이 있는 블레이클리 목장으로 이어진 긴 비포장도로에 들어섰다. 프랭크가 어디 사는지는 알았지만 와본 적은 처음이었다.

"너희 집에 가는 거야?"

"아니." 프랭크는 철문 옆에 차를 세웠다. "다 왔어." 그는 나를 보고 씩 웃으며 말했다.

그를 따라 길고 경사진 들판을 돌아 그 끝에 있는 커다란 참나무에 이르렀다. "이 나무 엄청난데. 정말 거대해." 나는 예의상 이렇게 말했다. 프랭크가 나를 자연 애호가 유형이라고 생각한다면 큰 착각이었다.

그는 나무 몸통 중간쯤에 난 시커먼 구멍을 가리켰다. 내 눈보다 살짝 높았다. "이 안을 봐. 얼굴을 너무 가까이 들이대지는 말고." 그가 말했다. 처음에는 너무 어두워서 아무것도 보이지 않더니 서서히 둥지 모양이 보이기 시작했다. 그 안에는 겨우 솜털뿐인 작은 새 두 마리가 노랗고 자그마한 부리를 벌리고 있었다.

"새 둥지네. 그런데 계절이 안 맞지 않아? 지금은 너무 춥잖아. 무슨 새지?"

"찌르레기인 것 같아. 일찍 날아왔어. 버려진 새들 같고. 며칠 지켜봤는데 잔뜩 굶주렸어."

"죽을까?"

"우리가 구해주면 안 죽겠지."

"우리?"

프랭크는 미소 지었다. "아니면 네가? 네가 새 돌보는 걸 좋아할 것 같아서. 처음에는 할 일이 정말 많아. 그런데 나는 종일 목장에서 일해야 하고. 네가 싫다고 하면 둥지를 집에 가져가서 살리려고 시도는 해보려고."

"내가 할게." 내가 단호하게 말했다. "지금 둥지를 꺼내서 가져가는 게 어때? 여기서 밤을 버티지 못할 것 같은데."

"그럴 줄 알았어. 차에 필요한 걸 전부 실어 놨어."

프랭크가 가려는 찰나 나는 그의 팔을 붙잡았다. "프랭크, 날 사랑해?"

그는 내 뜬금없는 질문에도 전혀 놀라지 않은 듯했다.

"응. 하지만 친구로 지내는 걸로 족해."

"좋아."

"친구로 지내는 거?"

"친구 이상이 될지도 모르지. 우리가 서로 잘 알게 되면."

프랭크는 갑작스레 웃음을 터뜨렸다. 무척 단순하고 순진하게 느껴지는 웃음이었다. *'그래, 이게 프랭크 존슨이지. 건강하고 복잡하지 않은 삶을 사는 그런 사람.'* 나는 이렇게 생각하며 약간 아련해졌다.

프랭크는 목장 일을 마치면 집으로 나를 찾아왔다. 우선, 우리는 함께 둥지를 점검했다. 새끼들은 매일 살이 붙고 깃털이 나며 잘 자라고 있었다. 그런 다음에는 겨울의 짙은 어둠을 뚫고 시골

길을 달리며 이야기를 나누었다. 가족, 학교 다닐 때 좋아했던 친구들, 싫어했던 친구들에 관해 이야기했다. 음악과 좋아하는 음반을 이야기하다가 취향이 비슷해서 놀라기도 했다. 프랭크는 게이브리얼에 관해 묻지 않았고 내가 학교를 떠난 이유나 옥스퍼드에 갈 계획인지 아닌지 묻지 않았다. 나는 그에게 왜 학교를 끝까지 다니지 않았는지, 왜 대학 입학시험을 치르지 않았는지 묻지 않았다.

나는 프랭크가 목장 이야기를 할 때 가장 활기차다는 것을 알아차렸다. 몇 시간이나 길 잃은 양을 찾았다거나, 동물 배설물과 흙 같은 것이 뒤섞인 악취에 너무 익숙해져서 이제는 그 냄새를 느끼지 못한다거나 하는 지루한 이야기를 할 때조차도. 나는 이것이 그의 세계이자 산소라는 것을, 목장 밖에 있을 때 그는 정체성을 잃어버린다는 것을 알게 되었다.

"보여줘." 어느 날 저녁에 내가 말했다.

"뭘?"

"목장에서 네가 가장 좋아하는 곳."

프랭크는 희열에 들뜬 듯 환하고 편안하게 미소 지었다. 보는 것만으로도 행복해져서 계속 웃음 스위치를 누르고 싶었다.

"이번 일요일 오후에 쉬어. 거긴 낮에 봐야 해."

프랭크가 나를 참나무로 다시 데려올 줄은 몰랐다.

우리는 나무 아래에 서서 추위로 얼어붙은 듯한 삭막한 풍경을 바라보았다. 하지만 들판이 완만하게 내리막을 이루며 그 너머의 풍경이 보였고, 갈색과 황토색 조각보 같은 들판은 생울타리에 둘러싸여 있었다. 멀리 솟아 오른 언덕은 무한하다는 느낌을 주었다. 프랭크가 왜 이곳을 사랑하는지 알 수 있었다.

"이게 전부 다 목장 땅이야?" 내가 물었지만 프랭크는 대답하지 않았다.

그는 내 이름을 불렀다. 다정하게.

프랭크가 나를 바라보는 눈빛을 보자마자 무슨 일이 일어날지 알았다. 내 온몸이 긴장했고 공기마저 기대감으로 가득 찼다.

프랭크는 아주 가까이 다가왔다. 그리고 내게 키스하려 했다.

"잠깐만." 나는 손을 들어 올렸다. "싫어서 그러는 게 아니야." 그가 고개를 숙이자 내가 재빨리 말을 이었다. "나도 하고 싶어. 하지만 그 전에 먼저 해야 할 말이 있어."

"알겠어."

프랭크는 그 자리에 서서 차분하게 기다렸다. 아무런 걱정 없이.

"나 임신했어. 낳아서 키울 거야."

프랭크의 표정은 달라지지 않았다. 그는 내가 한 말을 생각하며 고개를 끄덕였다. 잠시 시간을 가졌다. 몇 초 정도. 1분이 채 되지 않았을 것이다.

"남자 쪽은? 알고 싶어 하지 않는 거겠지?"

"모르고 있어. 앞으로도 모를 거고. 헤어졌으니까……."

"아, 알겠어. 그렇다면……." 프랭크는 내가 마주 보고 웃어줄 때까지 나를 보며 미소 지었다. 앞으로 웃을 일은 없다고 생각했는데. 우리 둘은 어느 겨울 오후, 오래된 참나무 아래에서 바보처럼 웃고 있었다. "축하할 일 아닌가?"

프랭크는 안기라는 뜻으로 팔을 활짝 벌렸다. 그리고 내가 품에 안기자 소리 내어 웃었다.

5.
그레이스

BROKEN
COUNTRY

1975년

그레이스는 들판 꼭대기에서 암컷 양 두 마리와 태어난 지 얼마 안 된 새끼 양들을 데리고 천천히 걸어 내려가고 있었다. 새끼 양들이 제대로 된 방향으로 걸을 수 있도록 지그재그로 방향을 조금씩 바꿔가며 들판을 내려갔다. 언제 멈추어 기다려야 새끼 양들이 어미와 떨어지지 않는지도 잘 알았다. 그러는 동안 삼촌과 오빠 바비가 그랬듯이 양들에게 끊임없이 말을 걸었다. 그레이스는 다섯 살이었다.

그레이스에게 이 새끼 양들은 더욱 특별했다. 어제 직접 받았기 때문이다. 새끼 양의 다리가 보이기 시작하자 그레이스는 어미 양 옆에 쪼그리고 앉아서 진통이 오기를 기다리며 작은 손으로 발목을 잡아당겨 새끼 양이 조금 더 수월하게 나오도록 도왔다.

"그레이스, 이제 세게 당겨보렴. 온 힘을 다하는 거야." 새끼 양의 작고 까만 코가 보이자 아버지가 말했다.

아버지는 그레이스를 도와주고 싶어서 안달이었지만 간신히 참고 있었다. 나도 마찬가지였다.

그레이스가 헤비급 레슬링 선수처럼 끙끙대며 힘껏 잡아당기자 마침내 새끼 양이 미끄러지듯 나왔다. 카메라가 있었으면 얼마나 좋았을까. 그레이스의 표정을 찍어야 했는데. 프랭크가 이 표정을 보면 정말 좋겠다고 생각했다. 나를 돌아보고 씩 웃으며 엄지손가락을 치켜세우는 그레이스의 뿌듯함과 경외감이 뒤섞인 표정을.

그레이스는 재판이 끝나고 8개월 뒤, 제 오빠처럼 주방 바닥이 아닌 도체스터 병원에서 태어났다. 나는 유산할 위험이 적어진 안정기까지 기다렸다가 프랭크에게 임신했다고 알렸다. 아기가 태어난다는 사실이 그에게 얼마나 큰 의미일지 잘 알았다. 이번에는 그의 살과 피를 물려받은 아기였다.

"그거 알아? 나 임신했어. 어제로 13주가 됐어. 프랭크, 우리에게 아기가 생겼어." 다음에 그가 전화했을 때 나는 이렇게 말했다.

프랭크가 말하기 전에 잠시 침묵이 흘렀다. 교도소 전화박스에서 감정을 억누르려고 애쓰는 그의 모습이 눈에 선했다. 가쁜 숨소리가 들리더니 목멘 소리로 말문을 열었다.

"어떻게 그럴 수 있지?"

"재판이 있기 몇 달 전부터 피임을 안 했어. 그동안에는 혹시나 아닐까 봐 말을 못 했어."

"우리에게 아기가 생긴다고? 당신이 임신했다고? 우리한테 아이가 다시 왔다고?"

프랭크는 소리치고 있었다. 소리치며 웃고 있었다. 내가 전한 소식이 온전히 이해될 때까지 거듭 말했다.

내 말에 기뻐하던 그의 목소리를 떠올리는 것이 외로움에 사무친 밤을 보내는 데 위로가 되었다.

우리 딸을 처음 보았을 때, 전율이 밀려들었다. 아이는 여자로 살아가기에 조금씩 나아지기 시작하는, 딱 적당한 때에 태어났다.

"널 위해 세상이 바뀌고 있단다." 나는 작디작은 아기에게 젖을 물리고 속삭였다.

바로 그날 오후에 프랭크에게 편지를 썼다. *당신에게 딸이 생겼어. 지금껏 보지 못한 아름다운 생명체야. 아기 이름을 지어 줄래?*

프랭크는 우편으로 답을 보냈다. *그레이스라고 하자.*

나는 생각했다. '*좋았어. 프랭크도 그렇게 생각했구나. 딸은 우리의 두 번째 은총grace이지. 우리의 새로운 시작이야.*'

나는 딸이 태어나면 프랭크가 면회를 허락하기를 바랐다. 하지만 그는 내가 물어볼 때마다 안 된다고 했다.

"베스, 부탁이야. 내 방식대로 하게 해줘."

가끔은 그에게 푸념하기도 했다. "왜 당신이 원하는 것만 중요한데? 나는? 당신이 보고 싶은 나는 어떡하고?" 일요일 밤마다 통화할 때면 화내며 소리를 지르기도 했다. "거기 있는 모습이 부끄러워서 그래? 내가 어떻게 생각할지 부끄러워서 아내도 보지 않고 아기도 안아보지 못하고 몇 년을 보내겠다는 거야? 날 그 정도로 생각한다면 그거야말로 부끄러운 일이네."

나는 프랭크가 대답하기도 전에 전화를 끊어버리고서 밤새도록 자책하고 후회했다. 전화 통화를 이렇게 허비하다니. 더 나쁜 건 내가 프랭크를 화나게 했다는 것이다. 그리고 그와 다시 이야기하려면 일주일을 꼬박 기다려야 했다.

이틀 뒤, 프랭크의 편지가 도착했다.

베스에게.

내가 머릿속에 그려 놓은 그림이 있어. 그게 매일 날 지탱하는 힘이야. 어느 화창한 봄날 오후에 목장으로 돌아가는 내 모습을 그려보곤 해. 차갑고 건조하고 햇살이 쨍쨍한, 우리가 언제나 좋아했던 그런 날에 말이야. 들판에는 새로 태어난 양들이 있고 바비가 좋아하던 온갖 새들이 여름을 보내러 돌아와서 떠들썩하게 지저귀고 있어.

나는 우리 땅을 밟고 그걸 한껏 누리는 거야. 집에 왔다, 이렇게 되뇌면서. 집에 왔다고. 그때 당신과 함께 있는 그레이스를 처음으로 보는 거야……. 베스, 얼마나 순수한 느낌일까. 당신과 그레이스의 머릿속에 이곳이 남는 게 싫어. 이기적이라는 거 알아. 그래도 부탁인데 이해해 줄래……?

프랭크가.

아버지는 매달 프랭크를 면회하고 목장 소식을 알려주었다.

프랭크가 8년 형을 선고받고 윈즈워스 교도소에 수감되자, 아일랜드에서 교사로 일하던 부모님 모두 바로 사직했다. 그리고 3개월 뒤에 도싯으로 돌아와 목장 일을 도와주고 계신다.

목장 일을 하며 두 분이 달라지는 모습을 볼 수 있어서 기뻤다. 목장도 두 분 덕분에 많이 달라졌다. 책을 읽거나 채점하지 않는 모습을 상상하기 힘든 어머니는 온종일 우리와 함께 들판에 있다. 아버지는 낡은 코듀로이 옷을 끼고 살며 바깥에서 끊임없이 햇볕을 쬤다. 어머니는 몇 년이나 젊어 보였다.

어머니는 목장 회계 장부 틈에서 손 글씨로 된 오래된 체더치즈 제조법을 발견했다. 그리고 몇 달을 연구해 어머니만의 블레이클리 체더치즈 제조법을 완성했고, 치즈를 만들어서 동네 토요 장터에 팔기 시작했다. 치즈는 짭짤하고 꼬릿한 맛이었지만 크림처럼 부드러웠다. 독특하게 보라색 왁스로 표면을 덮은 이 치즈는 매주 한 시간 안에 모두 판매되었다. 이제 우리는 헛간을 치즈 제조장으로 개조해 새로운 기계에 투자했고, 치즈는 전국에 팔려 나갔다. 이 작은 실험이 우리의 주요 수입원이 되었다.

아버지는 문젯거리를 모아두었다가 프랭크에게 갔을 때 이야기하기를 좋아했다. 주로 설비 고장 문제였다. 당황스러운 일이 생길 때마다 아버지는 언제나 이렇게 말했다. "뭐가 됐든 프랭크가 고치는 법을 알 거야. 내가 가서 만나고 올까?" 아버지는 이런 식으로 프랭크가 목장 일에 계속 참여하도록 애썼다.

아버지 말고 프랭크에게 가장 자주 면회 가는 사람은 게이브리얼과 레오였다.

게이브리얼이 나와 다시 말하기까지는 오랜 시간이 걸렸다. 충분히 이해할 만한 일이었다.

어느 날 오후에 그가 목장에 불쑥 나타났다.

현관문을 연 아버지가 주방으로 돌아와서 의미심장한 표정으로 말했다. "게이브리얼이야."

나는 마당으로 나가서 현관문을 닫고 그와 이야기를 나누었다. 처음에는 서로 쳐다보면서 멀뚱멀뚱 서 있기만 했다. 그를 본 건 몇 달 만이었다.

"뭐 좀 물어보려고." 마침내 그가 말문을 열었다. "네가 좋아하지 않을 만한 거야."

"말해봐."

"레오에게 바비가 친형이었다고 말해주고 싶어. 프랭크가 왜 그렇게 했는지 레오가 이해하면 그 일을 이겨내는 데 도움이 될 수 있을 것 같아서. 레오가 가장 힘들어하는 건 자기가 감옥에 있어야 하는데 프랭크가 대신 갇혔다는 거야."

우리 이야기는 수많은 조각을 맞춰야 하는 복잡한 이야기였다. 게이브리얼, 나, 프랭크, 레오, 지미 모두 어떤 면에서는 책임이 있었다. 우리 모두 비극에서 어느 부분을 담당했으니까.

그리고 깊이 파보면 이 모든 것이 바비와 얽혀 있었다.

게이브리얼과 레오는 매주 프랭크를 면회하러 가서 한 시간 내내 바비 이야기를 했다. 처음에 프랭크는 잠시나마 아내를 빼앗은 남자와 시간을 보내는 것을 힘들어했다. 바비와 목장에서 있었던 추억을 이야기하는 것도. 사고 당일에 무슨 일이 있었는지 레오에게 자세히 이야기하는 것도. 그리고 왜 프랭크가 책임을 느꼈는지 설명하는 것도. 하지만 차츰 그는 두 사람의 면회를 기다리게 되었다. 프랭크는 서서히 치유되기 시작했다. 그리고 마침내 레오는 프랭크가 왜 그런 고귀하면서도 어리석은 짓을 했는지 이해하게 되었다. 레오를 구하는 것은 실로 프랭크 자신을 구하는 길이기도 했다.

어느 일요일의 전화 통화에서 프랭크는 이렇게 말했다. "이제 그 애를 보낼 준비가 됐어."

지미 이야기라고 생각할 수도 있었지만 아니라는 걸 알았다.

"아." 내 반응은 말이라기보다 감정의 분출에 가까웠다. 슬픔이나 다행스러움, 아니, 아마 둘 다였을 것이다.

그날 밤 나는 프랭크를 위해 시를 쓰기 시작했다. 바비가 죽고 나서 처음으로 종이에 뭔가를 끄적이고 싶은 생각이 들었다. 그레이스와 우리의 새로운 시작에 관해 쓸 줄 알았는데, 다 쓰고 보니 그건 아니었다.

재판이 끝나고 1년 뒤에 게이브리얼의 새 소설이 출간되었다. 내게는 꽤 슬픈 책이었다. 책 속의 그와 나에게서, 그가 처음 아이디어를 떠올렸을 때의 소녀와 소년의 흔적은 찾을 수 없었다. 소설은 시종일관 갈망과 후회, 그리고 두 번째 기회를 찾는 여정으로 물들어 있었다. 그건 틀림없이 우리 이야기였다. 우리의 불륜을 둘러싼 부정적 여론이 그의 이력에 영향을 미칠까 걱정했지만 그런 일은 전혀 일어나지 않았다. 스캔들과 나쁜 평판은 책 판매에 오히려 좋은 듯했다.

지금 게이브리얼과 레오는 캘리포니아에 살고 있다. 레오는 미국에서 고등학교에 다닌다. 내게 보낸 엽서에는 야구와 햄버거 이야기가 있었고, 그레이스에게는 크리스마스 선물로 뉴욕 양키스 티셔츠를 보내기도 했다. 그레이스는 그 옷을 벗으려 하질 않는다. 레오는 이제 열일곱 살이고 가끔 게이브리얼이 잊지 않고 보내는 사진을 보면, 어느 모로 보나 내가 처음 만났을 때의 게이브리얼만큼 잘생겼다.

그레이스와 산책을 하다 보면 가끔 숲으로 가는 길에 메도랜즈를 지나기도 한다. 도로 옆의 나무들 틈으로 호수가 거의 완벽하게 보이는 지점이 있다. 나는 잠시 그곳에 서서 한때 그토록 열정적으로 사랑에 빠진 소녀와 소년을 떠올렸다. 더 이상 그 둘이 게이브리얼과 나로 느껴지지 않았다. 수련 사이에서 수영을 하고 휴대용 스토브에 커피를 내려 마시며 스스로 운이 좋다고 굳게 믿던 그들의 순수함이 너무 가슴 아파서 오랫동안 생각에 잠길 수 없었다.

얼마 전, 레오는 고결한 행동을 보여주었다. 니나를 만나러 간 것이다. 니나에게 무슨 이야기를 할지 우리의 허락을 구하지는 않았다. 다만, 그 이야기를 하기 전에 니나에게 비밀을 지키겠다고 약속받았다. 프랭크가 위증죄라는 새로운 죄목으로 처벌받는 건 누구도 원치 않았으니까.

마당에서 장화를 물로 씻고 있는데 니나가 나타났다. 차에서 내리는 그녀를 보고 정말 깜짝 놀랐고, 제대로 섰을 때 불러온 배를 보고 더욱 놀랐다. 임신 7개월이라고 했다. 어느 날 밤, 니나가 컴퍼스 인에서 새로운 사람을 만났다는 이야기를 전해 듣기는 했다. 뜻밖에도 솔즈베리Salisbury에서 일하는 회계사였다.

"알아요." 니나가 말했다.

무엇을 아는지 물어볼 필요도 없었다. 니나의 표정이 모든 걸 말해주었다.

"어쩐지 프랭크의 이야기가 전혀 앞뒤가 안 맞는다 싶었어요. 그동안 미워해서 미안해요."

"그럴 만했어."

우리는 둘 다 울면서 한참 동안 끌어안고 있었다.

니나의 배 속 아기는 딸이라고 했다. 지미가 아닌 다른 남자의 딸이었지만 나와 비슷한 처지라는 생각을 지울 수 없었다. 우리의 우정을 회복하기에는 너무 많은 일들이 있었지만 혹시 우리 딸들이 언젠가 좋은 친구가 될지 모를 일이었다. 지미는 어디에 있든 좋아하겠지. 바비도 그럴 것이다. 그 애는 언제나 니나를 좋아했으니까.

이제 그레이스는 들판을 절반쯤 내려갔다. 바비와 삼촌 지미처럼 계속 암컷 양들에게 중얼대면서. 한번은 그레이스에게 오빠가 모든 양에게 이름을 지어 주었다고 말해주었더니 그레이스도 똑같이 따라 했다. 벅스 버니, 마담 버터플라이, 메이비스였다. 메이비스에게 너무 오래 걸린다고 다정하게 타박하는 소리가 들렸다. "메이비스, 하루 종일 기다리게 할 거야?"

그레이스 너머로 남색빛이 얼핏 비쳤다. 들판 맨 아래에 어떤 남자가 나타났다. 나는 그 남자가 한 손으로 울타리를 잡고 단번에 빠르고 자연스럽게 넘는 모습을 지켜보았다. 결혼식용 정장을 입은 프랭크는 키가 크고 강인해 보였다. 그는 내가 있는 집을 향해, 그레이스를 향해, 또 다른 날의 시작을 향해 자기 땅을 걸어 올라왔다. 프랭크가 나올 때가 되었다는 건 알았지만 이렇게 빨리 올 줄은 몰랐다. 그는 언제나 우리를 놀라게 해주고 싶어 했다.

"저기 걸어 올라오는 사람 보이지?" 그레이스를 향해 외치자 아이는 걸음을 멈추고 바라보았다.

그레이스는 동화 속 양치기 소녀처럼 햇볕을 가렸다. "누구예요?"

"모르겠어?"

그레이스의 침실 벽에 테이프로 프랭크의 사진을 붙여 놓았다. 그레이스는 매일 밤 잠들기 전에 사진을 보며 잘 자라고 인사했다.

그레이스는 잠시 멈추어 우리를 향해 들판을 올라오는 남자를 자세히 보았다. 그러더니 소리쳤다. "아빠다!" 아이는 양들을 내팽개치고 달려가기 시작했다.

나는 팔꿈치를 부지런히 흔들며 뛰어 내려가는 아이를 지켜보았다. 분홍색 반바지를 입고 빨간 장화를 신었다. 머리카락이 흩날려 검은 구름이 쫓아가는 듯했다. 프랭크가 팔을 벌리자 그레이스가 품에 뛰어들었다. 프랭크는 아이를 훌쩍 안고 빙빙 돌았다. 두 사람의 웃음소리가 들렸다. 프랭크는 고개를 젖히더니 머리 위로 흘러가는 회색 구름을 향해 외쳤다. "집에 왔다, 집에 왔다고!" 그레이스는 제 아빠의 어깨에 기댄 채 고개를 들어 하늘을 보더니 똑같이 따라 했다. "집에 왔다, 집에 왔다고!" 두 사람은, 처음으로 만난 아버지와 딸은 웃고 소리 지르고 다시 웃었다. 잠시 후 둘은 나를 바라보았다. 프랭크가 오른팔을 들어 올리자 그레이스가 이내 눈치채고 왼팔을 뻗었다. 거인 남자와 허수아비 아가씨 같았다.

흘끗 보니 아버지가 수돗가 옆에 서서 양들에게 줄 물 양동이를 채우는 체하며 이 광경을 모두 지켜보고 있었다. 눈물이 많은 아버지는 울고 있었다. 기쁨의 눈물이었다.

"애야, 뛰어가렴. 어서 달려가." 아버지가 내게 말했다.

프랭크는 꼼짝하지 않고 서서 팔을 벌리고 기다리고 있었다. 내 기억보다 말랐고 나이 들었지만 여전히 프랭크였다.

"엄마, 어서 뛰어요!" 그레이스가 계속 웃으며 외쳤다.

그래서 나는 달려갔다.

프랭크에게, 사랑을 담아 베스가

내 목소리를 들을 수 있다면
이렇게 말해주고 싶어요
한순간이었어요, 아빠
한순간이었죠.
아프지 않았어요
슬픔은 모두 당신이 감당했죠.
이제 충분해요.
이렇게 말해주고 싶어요.

삶은 얼마나 눈부셨는지로 이야기되어야 해요.
내 삶을 기억해 줘요
찬란히 뻗어나간 강렬한 빛과 경이로운 아름다움으로.
우리가 사랑하며 살았던 세상은
지구이고
흙이고
나예요, 아빠…

감사의 말

『브로큰 컨트리』의 아이디어는 남편이 아들의 강아지를 데리고 달리기를 하고 온 뒤, 번개처럼 갑작스레 떠올랐다. 강아지가 양들이 있는 들판으로 뛰어들자, 목장 주인이 강아지를 쏘아버리겠다고 위협했다는 이야기를 들은 때였다.

다행히 실제로 총을 쏘지는 않았으나, 놀란 마음이 가라앉고 나자 내 머릿속에는 어떤 장면이 선명하게 떠올랐다. 그 안에는 목장 주인, 그의 아내, 강아지를 쫓는 소년이 있었다. 나는 그 부부가 소년을 보자마자 얼마 전에 세상을 떠난 아이를 떠올렸다는 걸 알 수 있었다. 그리고 목장 안주인과 소년의 아버지 사이에 묵은 인연이 있음을 직감했다. 그리하여 곧 삼각관계가 형성되리라는 것도!

우리 가족은 들판으로 둘러싸인 17세기 농가에 살고 있다. 봄이 되면 어미 양이 새끼를 부르는 경이로운 소리에 잠에서 깬다. 그리고 개에게 습격당해 새끼 양을 잃은 목장 주인이 얼마나 상심할지 마음 깊이 이해하게 되었다. 곰곰이 생각할수록 도시에서 이주해 시골의 전통에 익숙지 않은 나 같은 사람과, 도시에서 온 사람들 때문에 시골의 오랜 질서가 무너질까 걱정하는 토박이 사이의 간극이 뚜렷해졌다.

그 시점부터 나는 마을의 목장에서 시간을 보내기 시작했다. 새끼 양을 받고 젖을 짜고 농작물을 수확했으며, 어느 부부가 운영하는 켄트의 작은 목장에 머무르기도 했다. 그때마다 목장 주인의 넓고 깊은 지식에 놀랐고, 오랜 노동과 혹독한 날씨와 경제적으로 불확실한 상황에서도 '축복받은 삶'이라고 확신하는 모습이 무척 인상적이었다. 이들의 눈을 통해, 형형색색의 새와 한 번도 본 적 없는 작은 생명을 가리키는 이들의 손을 통해, 시골은 내게 살아 있는 풍경이 되었다.

나는 이 소설을 통해 목가적 삶에 숨은 가혹한 현실과 그 안에서 빛나는 절대적 아름다움을 모두 보여주고 싶었다. 무엇보다도 『브로큰 컨트리』의 중심에는 베스라는 젊은 여성이 있다. 그는 목장 주인과 결혼해 들판과 인연을 맺으며, 책상에서 배우던 학문을 자연에서 발견하는 평생의 배움으로 바꾸어 나간다.

이 소설은 사랑 이야기이기도 하다. 상실의 여정을 함께 견뎌내며 다시금 서로를 향해 다가서야 하는 인내의 사랑, 그리고 잊을 수 없는 아찔한 첫사랑까지. 베스의 이야기는 지난날에 대한 추억이 사람을 얼마나 강렬하게 끌어당기는지 잘 보여준다. 중요한 시기에 형성된 첫사랑의 기억은 DNA에 각인된 듯 찰나에 되살아나는데, 특히 삶이 힘겨울 때 우리를 가장 강력하게 끌어당긴다. 난감한 선택을 마주한 베스는 당연할 줄 알았던 게이브리얼과의 삶과 오랜 시간 함께 일구어 온 프랭크와의 삶 사이에서 갈등한다.

나는 『브로큰 컨트리』를 쓰면서 무척 즐거웠고, 베스와 프랭크, 게이브리얼을 오랫동안 마음에 품었다. 여러분도 그들과 함께하는 시간이 즐겁기를 바란다.

옮긴이 박지선
동국대학교에서 영어영문학을 전공하고 성균관대학교 번역대학원에서 번역학과 석사 과정을 마쳤다. 대형 교육기업에서 영어교재 개발, 편집 및 영어교육 연구직으로 근무한 뒤에 번역가가 되었다. 현재 출판번역 에이전시 글로하나에서 인문, 소설을 중심으로 영미서를 번역하면서 출판번역가로 활발히 일하고 있다.
옮긴 책으로는 『내가 빠진 로맨스』, 『핵가족』, 『우리가 끝이야』, 『작은 아씨들』, 『생각 중독』, 『퀴팅: 더 나은 인생을 위한 그만두기의 기술』, 『감각의 미래』, 『당신은 왜 나를 괴롭히는가』, 『당신의 손길이 닿기 전에』, 『만체보 씨네 식료품 가게』, 『소호의 죄』, 『나를 지워줄게』 등 약 40여 권이 있다.

브로큰 컨트리

1판 1쇄 발행 2025년 10월 15일
1판 2쇄 발행 2025년 10월 28일

지은이 클레어 레슬리 홀
옮긴이 박지선
책임편집 정다움
콘텐츠 그룹 정다움 이가람 전연교 김신우 정다솔 문혜진 기소미
디자인 R DESIGN 이보람

펴낸이 전승환
펴낸곳 책읽어주는남자
신고번호 제2024-000099호
이메일 book_romance@thebookman.co.kr

ISBN 979-11-93937-85-3 (03840)

- 북로망스는 '책읽어주는남자'의 출판브랜드입니다.
- 이 책의 저작권은 저자에게 있습니다.
- 저작권법에 의해 보호를 받는 저작물이므로 저자와 출판사의 허락 없이 무단 전재와 복제를 금합니다.
- 이 책의 일부 또는 전부를 재사용하려면 반드시 저작권자와 출판사 양측의 동의를 받아야 합니다.
- 책값은 뒤표지에 있습니다.